U0949362

世界十大文学名著

战争与和平

（二）

WAR AND PEACE

〔俄〕列夫·托尔斯泰 著

Leo Tolstoy

草 婴 译

上海文艺出版社

目　录

第三卷

第四卷

尾　声

第二卷

第　一　部

1

一八〇六年初，尼古拉回家休假。杰尼索夫也要回沃罗涅日老家，尼古拉就请他一起到莫斯科，先去他家住几天。在终点前一站，杰尼索夫遇到一个同事，同他喝了三瓶酒。杰尼索夫挨着尼古拉躺在驿站雪橇上，尽管道路坎坷，直到莫斯科他都没有醒过。尼古拉则越接近莫斯科，心情越急切。

"快到了吗？快到了吗？哦，这些街道、小铺、面包房、街灯、雪橇，真讨厌！"在城门口验过准假证，进入莫斯科后，尼古拉想。

"杰尼索夫，到了！还睡呢！"尼古拉说，前倾着身子，仿佛想用这种姿势来增加雪橇的速度。杰尼索夫没有理他。

"喏，那是十字路口，车夫扎哈尔总是停在这里的。瞧，那不就是扎哈尔吗，还是那匹马！喏，那是卖蜜糖饼干的小铺子。快到了吗？对了！"

"到哪一家？"车夫问。

"哦，就是街头那所大房子，你怎么没看见！那就是我们家的房子，"尼古拉说，"那就是我们家的房子！"

"杰尼索夫！杰尼索夫！我们这就到了。"

杰尼索夫抬起头来，咳嗽几声清清嗓子，却什么也没回答。

"德米特里，"尼古拉转身对驭座上的跟班说，"那不是我们家的灯光吗？"

"是的，少爷，老爷书房里灯还亮着。"

"他们还没睡吧？呃？你说呢？"

“喂，别忘了给我把那件新的短外套拿出来。”尼古拉摸摸初生的胡子，添上说，“喂，快跑！”他对车夫嚷道，“你醒醒，瓦夏。”他对杰尼索夫说，杰尼索夫又垂下头，“喂，快一点，赏你三卢布酒钱，快一点！”当雪橇离他家大门还有三座房子时，尼古拉又叫道。他仿佛觉得马不在走。雪橇终于向右拐往大门口。尼古拉看见熟识的灰泥剥落的飞檐、台阶和人行道柱。他不等雪橇停住就跳下来，跑进门廊。房子里依旧死气沉沉，仿佛根本不理会来了什么人。门廊里一个人也没有。“天哪！是不是都平安无事？”尼古拉想，心头揪紧地站了一会儿，立刻又顺着门廊和熟识的歪斜楼梯跑去。那个曾因没擦干净而惹得伯爵夫人生气的门把手轻轻转动了。前厅里点着一支蜡烛。

米哈依洛老头子睡在一个大柜子上。跟班普罗科菲是个大力士，能抓住后座把马车抬起来，此刻正坐在那里打草鞋。他抬头望望打开的门，他那睡意蒙眬的淡漠神情顿时变得又惊又喜。

“啊，小少爷！小伯爵！”他一认出小东家就大声叫道，“真是没想到！我的宝贝！”普罗科菲兴奋得浑身直打哆嗦，向客厅跑去，大概想去通报，但又改变主意，回过来俯身吻了吻小东家的肩膀。

“都好吗？”尼古拉闪开手臂，问。

“感谢上帝！一切平安！他们刚吃过晚饭！哦，让我瞧瞧您，少爷！”

“全家都平安无事吗？”

“感谢上帝，感谢上帝！”

尼古拉把杰尼索夫完全给忘了，不要别人通报，就自己拉下皮外套，踮着脚尖跑进黑暗的大厅。一切都是老样子：还是那几张牌桌，还是那个带罩的枝形吊灯。但显然有谁看见了他，不等他跑到客厅，就有一个人像一阵风似的从边门冲出来，一把抱住他，在他脸上吻着。接着又有第二个、第三个人从另一扇门里冲出来；又是拥抱，又是接吻，又是叫嚷，又是快乐的眼泪。尼古拉分不清哪个是爸爸，哪个是娜塔莎，哪个是彼嘉。大家都同时叫嚷，说话，吻他。只有母亲不在，这一点他已发觉了。

“哦，真没想到……尼古拉……我的朋友，宝贝！”

“瞧他……我们的宝贝……他可变多了！喂！拿蜡烛来！……倒茶！”

“快来亲亲我！”

“心肝……还有我。”

宋尼雅、娜塔莎、彼嘉、德鲁别茨基公爵夫人、薇拉、老伯爵，一个个拥抱他；男女仆人挤满客厅，一面说话，一面叹息。

彼嘉抱着他的腿，叫道：“还有我呢！”

娜塔莎抱住他的头，吻遍他的脸，闪开身子，抓住他的外套前襟，像山羊似的在原地跳着，发出尖厉的叫声。

周围都是亮晶晶的快乐眼泪，充满爱的眼睛，渴望亲吻的嘴唇。

宋尼雅容光焕发，脸红得像块红布，也抓住尼古拉的手臂，用幸福的目光盯住他的眼睛，期待他的回顾。宋尼雅已满十六岁，出落得楚楚动人，特别在这欣喜若狂的时刻。她目不转睛地瞧着尼古拉，脸上挂着微笑，屏住呼吸。尼古拉感激地瞟了她一眼，但还在等待和找寻什么人。老伯爵夫人还没有出来。一会儿，门口传来了脚步声。脚步非常急促，不可能是他的母亲。

但正是他的母亲。她穿着一件他走后新做的连衣裙。大家都放开他，他向母亲跑去。两人走到一起，伯爵夫人立即倒在儿子怀里放声痛哭。她抬不起头来，把脸贴在他那冷冰冰的外套扣带上。杰尼索夫悄悄地走进屋里，没有引起任何人注意，独自站在那里擦眼泪。

“我叫杰尼索夫，是令郎的朋友。”他向狐疑地望着他的伯爵自我介绍说。

“欢迎，欢迎！我知道，知道！”伯爵同杰尼索夫拥抱，接吻，“尼古拉来信说起过您……喂，娜塔莎，薇拉，这位就是杰尼索夫。”

一张张喜气洋洋的脸都转过来对着黑发蓬乱的杰尼索夫，大家把他团团围住。

“好朋友，杰尼索夫！”娜塔莎高兴得忘乎所以地尖叫，跳到他跟前，抱住他，吻他。大家都为娜塔莎的举动感到尴尬。杰尼索夫也脸红了，但他微微一笑，拿起娜塔莎的手吻了吻。

杰尼索夫被领到为他准备的客房。罗斯托夫一家人都聚集在起居室里，围着尼古拉。

老伯爵夫人坐在他旁边，一直拉住他的手不断地吻着；其余的人聚集在他周围，不肯放过他的每个动作、每句话、每道目光，一双双眼睛热情洋溢，充满了爱，一直盯住他。他的弟弟和姐妹相互争吵着，都要挨着他坐，抢着给他递茶，送手巾，取烟斗。

尼古拉看到大家这么爱他，感到很幸福；但比起刚见面时的那种狂欢，此刻的幸福就显得平淡了。他一直期待着更多更大的幸福。

第二天早晨，两个远道来的人一直睡到九点多钟。

客房外边的屋里杂乱地放着军刀、挎包、皮囊、打开的箱子、肮脏的皮靴。两双擦得干干净净的带马刺的军靴放在墙边。仆人送来了洗脸盆、刮胡子用的热水和刷干净的衣服。屋子里散发着烟草和男人的气味。

“喂，格里沙，拿烟斗来！”杰尼索夫哑着嗓子叫道，“尼古拉，起来！”

尼古拉揉揉睁不开的眼睛，从热乎乎的枕头上抬起蓬乱的头。

“怎么，晚了吗？”

“晚了，九点多钟了！”娜塔莎的声音回答。隔壁屋里传来浆洗过的衣服的窸窣声、姑娘们的低语和笑声。在微微打开的门缝里掠过缎带、黑发、一张张快乐的脸和一件蓝色的衣衫。原来是娜塔莎、宋尼雅和彼嘉，他们来看看尼古拉和杰尼索夫有没有起床。

“尼古拉，快起来！”门外又传来娜塔莎的声音。

“这就起来！”

这时彼嘉在外屋里看见军刀，一把抓起，就像一般孩子看到从军的哥哥时那样兴奋，也不顾姐姐看到裸身男子会发窘，把门打开来。

“这是你的刀吗？”彼嘉叫道。姑娘们连忙躲开。杰尼索夫神情慌乱地把毛茸茸的腿藏到被子下，回头向朋友求援。彼嘉走进屋里，又把门关上。门外传来了笑声。

“尼古拉，穿上睡袍出来。”又是娜塔莎的声音。

“这是你的刀吗？”彼嘉问，“还是您的？”他谄媚地对留黑胡子的杰尼索夫说。

尼古拉慌忙穿好鞋，披上睡袍走出来。娜塔莎穿上一只带马刺的靴子，正在穿第二只。尼古拉出来的时候，宋尼雅正旋转身子，想撒开裙摆行屈膝礼。娜塔莎和宋尼雅穿着一式的崭新浅蓝色连衣裙，容光焕发，双颊绯红，喜气洋洋。宋尼雅跑开了，娜塔莎挽住哥哥的手臂，把他拉到起居室。兄妹俩交谈起来。他们争先恐后地相互询问和回答只有他们俩感兴趣的无数琐事。娜塔莎听到哥哥说的每句话和她自己说的每句话都发笑，并非因为他们说的话可笑，而是因为她心里快乐，忍不住要用笑来表达自己的心情。

"啊，多么好哇！多么精彩！"娜塔莎谈到任何事都这样称赞。尼古拉觉得，在娜塔莎热情的感染下，离家一年半来消失的天真无邪的欢笑又从他心里和脸上洋溢出来。

"不，你听我说，"娜塔莎说，"你现在完全成为男子汉了，是不是？我真高兴，你是我的哥哥。"她摸摸哥哥的小胡子，"我很想知道你们男子汉是怎样的？跟我们一样吗？"

"宋尼雅怎么跑了？"尼古拉问。

"是啊。说来话长啦！你现在怎样称呼宋尼雅呢……称'你'还是称'您'？"

"看情况。"尼古拉说。

"你对她还是称'您'吧，道理我以后告诉你。"

"究竟是为什么？"

"好，我现在就告诉你。你要知道，宋尼雅是我的朋友，很好的朋友，我为她烙了胳膊发过誓。你瞧！"她卷起麻纱衣袖，露出细长白嫩的手臂上的一个红色伤疤。那伤疤接近肩膀，连穿舞衣都能遮住。

"这是我自己烙的，表示我对她的爱。我拿一把铁尺在火里烧红，在上面烫的。"

尼古拉坐在他书房的沙发上，靠着扶手上的软垫，望着娜塔莎那双灵活调皮的眼睛，他的心又回到他的童年世界。这个世界对别人没有意义，对他却很有意义，因为这个世界给了他人生最大的欢乐。至于用铁尺烙手臂表示爱，他认为不无道理，因此不以为怪。

"还有什么呢？"尼古拉又问。

“嗳，我们可要好了，可要好了！烙胳膊不过是好玩，但我们永远是好朋友，她一旦爱上谁，就会爱一辈子。这一点我不能理解。我什么事都忘记得快。”

“那又怎么样？”

“我是说，她是那么爱我，也那么爱你。”娜塔莎突然涨红了脸，“哦，你可记得你动身之前……她说你可以忘记一切……她说：‘我将永远爱他，但他可以自由。’她这人真了不起，真了不起，真高尚！你说是吗？非常高尚，是吗？”娜塔莎说得那么认真，那么激动，可以看出，她现在说的话她以前也曾含着眼泪说过。尼古拉沉思起来。

“我说过的话决不收回，”尼古拉说，“再说，宋尼雅是那么可爱，只有傻瓜才会放弃这样的幸福，是不是？”

“不，不！”娜塔莎叫道，“这事我同她也谈过。我们料到你会这样说。但这样可不行，你要明白，你要是这样说，你就认为自己是受诺言的约束，这样，她说这话就像是故意的。这就表示你同她结婚是勉强的。这就不对头。”

尼古拉看出，这事她们是好好考虑过的。宋尼雅的美昨天就使他吃惊。今天匆匆看到她一眼，尼古拉觉得她更加迷人。宋尼雅是个漂亮的姑娘，今年十六岁，显然热爱着他（这一点他从没怀疑过）。尼古拉想：他怎么能不爱她，不同她结婚呢，但现在还不到时候。现在他还有那么多别的活动和快乐的事！“不错，她们想得很妙，”尼古拉说，“但我要维护我的自由。”

“那很好，”尼古拉说，“这事我们以后再谈。啊，我看到你真高兴！”他补充说，“那么，你怎么样，对保里斯没变心吧？”哥哥问。

“胡扯！”娜塔莎笑着叫道，“我不想他，也不想别的什么人，我才不想呢。”

“原来如此！那么你想什么呢？”

“我吗？”娜塔莎反问，脸上焕发出幸福的微笑，“你看到过杜波吗？”

“没有。”

“大名鼎鼎的舞蹈家杜波，你没看到过？那你就不理解了。我要做个像她那样的人。”娜塔莎弯着两臂，提起裙子，像跳舞那样后退几步，转了个身，跳起来两脚相撞，然后踮着脚尖走了几步。“你看我站住了，是吗？就是这样！”娜塔莎嘴里这样说，但脚尖站不稳，“我就是要做个这样的人！我一辈子不嫁人，我要当个舞蹈家。但你谁也别告诉。”

尼古拉乐得哈哈大笑，引得里屋的杰尼索夫都羡慕他。娜塔莎忍不住也跟他一起笑起来。“这样不是很好吗？”娜塔莎反复说。

“很好。那你不愿嫁给保里斯吗？”

娜塔莎的脸唰地红了。

“我谁也不嫁。我见到他，也会这样对他说的。”

“原来如此！”尼古拉说。

“是啊，这些都是废话！”娜塔莎继续胡扯，“那么，你说，杰尼索夫这人好吗？”

“是个好人。”

“嗯，再见，快去穿上衣服。那么，他可怕吗，杰尼索夫？”

“为什么可怕？”尼古拉问，“不可怕，瓦夏这人挺可爱。”

“你叫他瓦夏吗？……真怪。那么，他挺好吗？”

“挺好。”

“好，快来喝茶吧。大家一起喝。”

娜塔莎站起来，像舞蹈家那样踮着脚尖走出房间，但脸上浮起只有十五岁的幸福姑娘才有的微笑。尼古拉在客厅里遇见宋尼雅，脸红了，他不知道怎样对待她。昨天他们一见面高兴得接了一次吻，但今天他觉得不能再这样了；他发觉母亲和姐妹们都用疑问的目光瞧着他，看他怎样对待宋尼雅。尼古拉吻了吻宋尼雅的手，并且管她叫“您宋尼雅”。但当他们的目光一接触，透露出来的意思就是相互以“你”称呼，并且亲热地接吻。宋尼雅还用眼神请求他原谅，因为她竟敢通过娜塔莎向他提到他的诺言，并且感谢他对她的爱情。尼古拉也用目光感谢她给他自由，并且表示不论遇到什么情况他决不会变心，因为不可能不爱她。

“真奇怪，”薇拉趁大家沉默的时刻说，“宋尼雅和尼古拉现在相互称‘您’，好像外人一样。”薇拉这话说得对，就像她平时说话一样；

但也像她大部分话那样，这话使大家感到尴尬，不仅宋尼雅、尼古拉和娜塔莎有这样的感觉，就连一向害怕宋尼雅的爱情会妨碍儿子择偶的老伯爵夫人，也像姑娘一样脸红了。杰尼索夫出乎尼古拉的意料，穿了一套崭新的军服，搽过发油，洒了香水，风度翩翩地出现在客厅里，就像在战场上一样，而他对待女人又彬彬有礼，好像一名多情的骑士。

2

尼古拉从部队回莫斯科休假，家里人都把他看作好儿子、英雄和百看不厌的尼古拉，亲戚把他看作讨人喜欢的规矩青年，熟识的人把他看作英俊的骠骑兵中尉、跳舞能手和莫斯科的理想快婿。

罗斯托夫家交游广阔，认识莫斯科各界人士。今年老伯爵把所有的地产都抵押出去，手头宽裕，因此尼古拉又买了一匹纯种走马，一身莫斯科还没人穿过的最时髦马装，一双带银马刺、靴头很尖的最时髦马靴，过着优哉游哉的生活。尼古拉回家后，渐渐又适应原来的生活方式，感到心情愉快。他自以为变得老练了。他因圣经考试不及格而垂头丧气，替马车夫向加夫里拉借钱，同宋尼雅秘密接吻，这些事回忆起来就像遥远童年的往事。如今他可是个骠骑兵中尉了，他穿着有银饰的骠骑兵披肩，佩着士兵的圣乔治勋章，同德高望重的老骑手们一起训练他的走马。他有一个相识的太太住在林荫道上，晚上常去看她。他在阿尔哈罗夫家舞会上领跳玛祖卡舞，同卡明斯基陆军元帅谈论战事，去英国俱乐部玩乐，同杰尼索夫介绍给他的一个四十岁上校称兄道弟。

尼古拉对皇帝的热情在莫斯科有所减退，因为这个时期他一直没有见到皇帝。不过，他还是常常讲到皇帝，讲到他对皇帝的爱戴，并使人觉得他还没有讲出他对皇帝的全部感情，因为这种感情不是人人都能理解的。当时在莫斯科弥漫着一种崇拜亚历山大皇帝的情绪，大家称他为“天使的化身”，而尼古拉也充满这样的感情。

尼古拉回军队前在莫斯科短暂逗留期间，不仅没亲近宋尼雅，反而同她疏远了。宋尼雅出落得美丽可爱，显然热恋着尼古拉，但尼古拉正处在青春期，觉得要做的事太多，**无暇**同她谈情说爱。而年轻人之所以珍惜自由，因为觉得许多活动都需要它，害怕受束缚。尼古拉在莫斯科逗留期间，一想到宋尼雅，总是对自己说："哦，这样的姑娘多得很，将来还会遇到很多。我若要谈恋爱，机会有的是，现在可没功夫。"除此以外，他觉得在女人中间厮混有损他男子汉的形象。他出入舞会和女性圈子，装出一副无可奈何的样子。赛马，去英国俱乐部玩乐，同杰尼索夫痛饮，去**那种地方**——那可是另一回事了，那对年轻的骠骑兵来说是很合适的。

三月初，老罗斯托夫伯爵在英国俱乐部忙着安排宴会，为巴格拉基昂公爵接风。

伯爵身穿睡袍在大厅里来回奔走，吩咐俱乐部总管和著名的掌勺厨师费奥克齐斯特为这次宴会采办芦笋、鲜黄瓜、草莓、小牛肉和鱼。伯爵从俱乐部创办日起就是它的成员，并担任俱乐部主任。现在俱乐部委托他筹备宴会为巴格拉基昂接风，因为有本领安排这种豪华宴会的人很少，而肯自己掏钱的人则更少。俱乐部掌勺厨师和总管喜气洋洋地听着伯爵吩咐，因为他们知道，不论替谁安排几千卢布的宴会，都不像替罗斯托夫伯爵安排那么有利可图。

"注意，乌龟汤里要放鸡冠子，鸡冠子，别忘了！"

"冷菜要三道，是吗？"厨师问。

伯爵考虑了一下。

"三道，不能再少了……蛋黄色拉一道。"伯爵弯曲着一个手指说……

"老爷吩咐要大鲟鱼，是吗？"总管问。

"即使人家不肯让价，也得买，有什么办法呢。哦，老天爷，我差点儿给忘了。还得有一道开席菜。哦，老天爷！"伯爵抱住头，"谁去替我弄些鲜花来？米嘉！喂，米嘉！你赶到莫斯科郊区去一次，"他对应声进来的管家说，"你快到莫斯科郊区，吩咐花匠马克西姆叫农奴把暖房里的鲜花用毡子包好运来。叫他们在礼拜五以前送来两百盆鲜花。"

伯爵又做了种种安排，正预备到伯爵夫人那里去休息一下，但想起一些事，立刻又把掌勺厨师和总管叫来吩咐了一番。这时门外传来轻轻的男人脚步声和踢马刺的叮当声，接着脸色红润、留黑色小胡子的伯爵少爷走了进来。他在莫斯科休息得很好，显得容光焕发。

“哦，老弟！可把我忙得头昏脑涨，”老头儿在儿子面前不好意思地微笑着说，“你要是能帮我点忙就好了！喏，我们还要找一批歌手来。乐队我有，但要不要找些吉卜赛人来？你们当兵的弟兄可喜欢听歌呢。”

“真的，爸爸，我看巴格拉基昂公爵准备申格拉本战役还不及你现在忙碌呢！”儿子笑眯眯地说。

老伯爵装出生气的样子。

“哼，你就会说风凉话，你倒来试试！”

老伯爵对掌勺厨师说话，掌勺厨师带着乖巧而恭敬的神气讨好地打量着父子俩。

“你看，如今年轻人都变成什么样子了，费奥克齐斯特？”老伯爵说，“竟然取笑起我们老头子来了。”

“可不是，老爷，他们只知道吃得好，至于筹备宴会，购办菜肴，他们就不管了。”

“对了，对了！”伯爵叫道，快乐地抓住儿子的双手，“哈，这回我可把你抓住了！你现在就坐上双马橇，到皮埃尔那儿去一下，就说罗斯托夫伯爵问他要些新鲜草莓和菠萝。这些东西哪儿也弄不到。他本人要是不在，你就去找公爵小姐们。再从那里到游乐场——车夫伊巴特卡知道那地方——你去把吉卜赛人伊留沙找来，就是当年在奥尔洛夫伯爵家跳过舞的那一个，记得吗，那个穿白色哥萨克装的，你去把他给我带来。”

“把他那些吉卜赛女人也带来吗？”尼古拉笑着问。

“对，对！……”

这时，德鲁别茨基公爵夫人脸上露出她素有的心事重重和基督徒那种虔诚的神色，悄悄地走进来。尽管德鲁别茨基公爵夫人每天都看见伯爵身穿睡袍，伯爵每次看见她总有点发窘，并请她原谅他衣冠不整，今天也是这样。

“没关系，伯爵，好人儿，”德鲁别茨基公爵夫人温顺地闭上眼睛，说，“皮埃尔那里由我去好了。他回来了，什么东西我们都可以到他的温室里去取。我正要见见他。他给我送来保里斯的一封信。感谢上帝，保里斯终于进司令部了。”

伯爵看见德鲁别茨基公爵夫人自愿替他分忧，感到很高兴，就吩咐仆人给她套一辆小轿车。

“您对皮埃尔说，请他务必来。我把他列入宾客名单了。他会跟妻子一起来吗？”伯爵问。

德鲁别茨基公爵夫人闭上眼睛，脸上现出深切的悲哀……

“唉，我的朋友，他真不幸！”她说，“要是我们听到的传闻确有其事，那真是太可怕了。当初我们为他的幸福高兴，怎么也没想到会出现这样的局面！他有一颗天使般崇高的心灵，这位年轻的伯爵。是啊，我衷心怜悯他，我会竭力安慰他的。”

“究竟出了什么事？”罗斯托夫父子一起问。

德鲁别茨基公爵夫人长叹一声。

“陶洛霍夫，玛丽雅·伊凡诺夫娜的儿子，”她神秘地低声说，“据说，把她的名誉彻底败坏了。皮埃尔救了他，请他住到彼得堡家里，结果……她一来，那无赖就死死钉住她，”德鲁别茨基公爵夫人说，想对皮埃尔表示同情，但从她情不自禁的语气和似笑非笑的神态中却流露出她对无赖（她这样称呼陶洛霍夫）的同情，“据说，皮埃尔伤心透了。”

“不管怎样，您还是叫他到俱乐部来，一切都会过去的。宴会可丰盛了。”

第二天，三月三日，中午一点多钟，英国俱乐部的二百五十名成员和五十位来宾在等待贵宾——奥地利战役的英雄巴格拉基昂公爵——光临宴会。奥斯特里茨战役失利的消息刚传到时，莫斯科有点困惑。当时俄国人听惯捷报，一旦接到失利的消息，有些人根本不相信，有些人则找些异乎寻常的理由来为这突兀的消息解释。英国俱乐部里聚集着所有消息灵通的达官贵人。十二月间消息传来，大家矢口不提战事和最后一次战役，仿佛商量好要对这事保持缄默。一向左右舆论的人，例如拉斯托普庆伯爵、陶尔戈鲁基公爵、华鲁耶夫、马尔科夫伯爵、维亚泽姆斯基公爵，没有在俱乐部里露面，而在他们接近的几个人家里集合。惯于随声附和的莫斯科人（包括罗斯托夫在内）对战事还没有发表明确意见，也没有人带头表态。莫斯科人觉得情况不妙，也很难谈论这些坏消息，因此还不如保持沉默。但过了一阵，左右俱乐部舆论的大亨们就像陪审官走出议事室那样，又出现了，于是大家说话的口气又明确了。他们找到原因来解释闻所未闻和不可思议的俄军的失利。于是真相大白，莫斯科又处处传布着同样的话。失利的原因是：奥国人失信，军粮低劣，波兰人普尔杰贝歇夫斯基和法国人朗热隆背信弃义，库图佐夫无能，以及（悄悄地说）皇帝年轻缺乏经验，信任卑鄙小人。至于俄国军队，大家都认为非常英勇，创造了不少奇迹。士兵、军官和将军，个个都是英雄。而英雄中的英雄就是巴格拉基昂公爵。他以申格拉本战役和奥斯特里茨撤退而闻名。他单独撤退军队，秩序井然，而且奋战一整天，打退了力量强大一倍的敌军。巴格拉基昂被莫斯科人选作英雄，还因为他在莫斯科是个外人，超然于各党派之外。他身上体现了勇敢朴实、大公无私的俄国军人的美德，使人想起苏沃洛夫远征意大利的丰功伟绩。此外，给予巴格拉基昂这样的荣誉，正是贬低库图佐夫的最好办法。

“要是没有巴格拉基昂，*那就得造出这样一个人来*。”爱说俏皮话的申兴模仿伏尔泰的话说。对库图佐夫大家避而不谈，有人低声骂他，说他是朝廷的风向旗和老色鬼。

莫斯科全市都在复述陶尔戈鲁基公爵的话“智者千虑，必有一失”，拿过去的胜利来安慰今天的失败。大家还重复拉斯托普庆的话：对法国兵要用高帽子来激励；对德国兵要使他们相信，逃跑比前进更危险；对俄国兵只能加以约束，要他们头脑冷静！四面八方都一再传来我军士兵和军官在奥斯特里茨战役英勇奋战的事迹。有人救了军旗，有人打死五名法国兵，有人单独打响五门炮。有人谈到别尔格，那些不认识他的人说他右手负了伤，左手拿着佩剑冲锋。却没有人谈到安德烈，只有熟识他的人惋惜他死得太早，把怀孕的妻子撇在脾气古怪的父亲那里。

3

三月三日，英国俱乐部的所有厅堂里都人声鼎沸。俱乐部成员和来宾，有的身穿军装和礼服，有的头上扑了发粉，有的穿着俄罗斯长袍，像春天的蜜蜂那样来回游荡，有的坐，有的立，有的围在一起，有的分散开来。听差们头上扑粉，身穿制服，脚穿长筒袜和低口鞋，伫立在每道门口，留神窥察俱乐部成员和客人们的一举一动，以便随时趋前侍候。在场的人多半年高德劭，他们脸庞宽阔，神态自若，手指粗大，动作稳健，说话沉着。这类客人和成员都坐在坐惯的地方，聚集在一定的圈子里。一小部分人是临时来宾，他们多半是青年，其中包括杰尼索夫、尼古拉和陶洛霍夫。陶洛霍夫现在又是谢苗诺夫团的军官了。在青年人的脸上，特别是在青年军人的脸上，总有一种对老年人既尊敬又蔑视的神气，仿佛在说："我们愿意尊重你们，但你们可得记住，未来毕竟是我们的。"

聂斯维茨基也来了，他是俱乐部的老成员。皮埃尔奉妻子之命蓄了长发，摘掉眼镜，穿上时式服装，但神色愁闷，在几个厅里走来走去。他在这里也像在别的地方一样，被崇拜他财富的人所包围，他则照例用满不在乎的神气和心不在焉的态度对待他们。

论年纪，他应该同年轻人待在一起；但论财富和社会地位他属于年高德劭的贵宾，因此他就在两个圈子之间转来转去。几位特别德高望重的老人成了每个圈子的中心，就连素不相识的人也都凑拢来听名人谈话。在拉斯托普庆伯爵、华鲁耶夫和纳雷施金周围形成了几个大圈子。拉斯托普庆讲到俄军怎样被逃跑的奥军冲乱，他们不得不用刺刀开路。

华鲁耶夫信心十足地讲到，乌瓦罗夫被彼得堡派来调查莫斯科人对奥斯特里茨战役的看法。

在第三个圈子里，纳雷施金讲到有一次奥国军事委员会开会，苏沃洛夫在会上像公鸡一样大叫，回敬奥国将军们的蠢话。申兴站在这里，也想开玩笑，说库图佐夫连学公鸡叫的本领都没从苏沃洛夫那里学到，但老人们严厉地对他瞧了瞧，使他感到今天即使提到库图佐夫也是不礼貌的。

罗斯托夫伯爵脚穿软靴，紧张地在餐厅与客厅之间来回奔走，一视同仁地招呼不同身份的人（他认识所有的人），偶尔用眼睛找寻他那个英俊的宝贝儿子，快乐地把目光停留在他身上，向他挤挤眼。尼古拉同陶洛霍夫站在窗口，他认识陶洛霍夫不久，却很重视同他的友谊。老伯爵走到他们跟前，跟陶洛霍夫握了握手。

"欢迎光临寒舍，你同我的小子认识了……你们一起，一起英勇作战……啊！华西里·伊格纳基奇……你好，老伙计！"他对走过的一位老人说，但还来不及寒暄，屋子里就骚动起来，一个听差神色慌张地跑进来通报："贵客驾到！"

铃响了，俱乐部理事们赶上前去；分散在各个厅堂里的客人好像一铲子黑麦，挤在一起，站立在大客厅的门口。

巴格拉基昂出现在前厅门口，没戴帽子，也没佩剑。他遵照俱乐部的规矩，把帽子和剑留在门房。他不像尼古拉在奥斯特里茨战役前夜看到时那样头戴羔皮帽，肩搭短皮鞭，而是穿着一套崭新的紧身军服，佩着不少俄国勋章和外国勋章，左胸上还挂着一枚圣乔治星章。他来赴宴前刚理过发，修过胡子，但这样反而有损他的仪表。他脸上现出喜气洋洋的天真神态，配上他刚毅威武的相貌，显得有点滑稽。跟他同来的别克列沙夫和乌瓦罗夫在门口站住，让他这位主客走在前面。巴格拉基昂迟疑了一下，不肯接受他们的礼让。他在门口停留了一下，最后还是领先走了进来。他拘谨地走在接待室镶木地板上，两手不知往哪儿放。他更习惯在子弹横飞的田野上行走，像他在申格拉本战役走在库尔斯克团之前那样。理事们在门口迎接他，说了些欢迎贵宾的话，但不等他回答，就把他团团围住，领他走进客厅。客厅门口无法通过，因为挤满了俱乐部成员和来宾。他们互相拥挤，从别人的肩膀上观看巴格拉基昂，好像观看稀有动物一样。罗斯托夫伯爵比谁都起劲，笑着说："请让一让，朋友，请让一让，让一让！"他挤开人群，把客人带进客厅，让他们坐在中间沙发上。俱乐部的显贵们又把新来的贵宾围住。罗斯托夫伯爵又挤开人群，走出客厅。过了一会儿，他跟另一个理事端着一个大银盘回来。他把银盘献给巴格拉基昂公爵。银盘上放着颂扬这位英雄的诗篇。巴格拉基昂看见银盘，惊惶地回顾了一下，仿佛在求救似的。但所有的眼神都在要求他收下银盘。巴格拉基昂发觉推辞不掉，断然用双手接过盘子，愤怒地像责备一样瞧瞧端着银盘的伯爵。有人殷勤地从巴格拉基昂手里接过盘子（要不然他似乎会把盘子端到晚上，并端着它入席），要他注意上面的诗篇。巴格拉基昂好像在说："好吧，我来念。"接着他就用疲倦的眼睛盯住纸专心阅读。诗的作者接过稿本，朗诵起来。巴格拉基昂公爵低下头听着。

你保卫皇上稳坐江山，
为亚历山大皇朝增光。
你是威严的统帅，仁慈的好人；
你是战场的英雄，国家的栋梁。
就算拿破仑福星高照，
也受巴格拉基昂一顿训教，
从此再不敢欺侮俄罗斯大邦……

但不等他念完，嗓门洪亮的管家就宣布："请各位入席！"门开了，餐厅里传出波兰舞曲："胜利的炮声响彻云霄，欢乐吧，勇敢的俄罗斯……"罗斯托夫伯爵愠怒地瞧瞧还在念诗的作者，向巴格拉基昂鞠躬。大家纷纷起立，觉得酒席比诗更重要。巴格拉基昂又领先向餐桌走去。他被安排在主宾位子上，两边坐着别克列沙夫和纳雷施金，因为他们两人都叫亚历山大，跟皇帝同名，以此来表示对他的敬意。三百个人都按官位和权势在餐厅就座，官位越高越靠近主宾，就像水往低处流一样自然。

宴会开始前，罗斯托夫伯爵把他的儿子介绍给公爵。巴格拉基昂认出尼古拉，说了几句不很得体的话，如同那天他说的所有的话一样。巴格拉基昂跟尼古拉说话的时候，罗斯托夫伯爵得意扬扬地环顾所有的人。

尼古拉跟杰尼索夫和新交的陶洛霍夫一起几乎坐在餐桌中央。他们对面坐着皮埃尔和聂斯维茨基公爵。罗斯托夫伯爵同其他几个理事坐在巴格拉基昂对面。他殷勤地招待这位贵宾，就像是莫斯科亲切好客的使者。

罗斯托夫伯爵的心血没有白花。荤素菜肴都精美绝伦，但在宴会结束前他还是不能完全放心。他向餐厅总管挤挤眼，对侍者低声吩咐着什么，兴奋地等待上每道他熟悉的菜。一切都尽善尽美。第二道大鲟鱼上来时，罗斯托夫伯爵高兴得脸都红了。侍者动手开瓶塞，倒香槟。这道给人深刻印象的美味大鱼上过后，罗斯托夫伯爵同其他理事交换个眼色。“要干杯好多次呢，现在该开始了！”他低声说，拿着杯子站起来。大家都不作声，等他说话。

“祝皇上身体健康！”罗斯托夫伯爵大声呼叫，他那双善良的眼睛顿时涌出快乐的泪水。这时乐队又奏起《胜利的炮声响彻云霄》的曲子。全体起立，高呼乌拉！巴格拉基昂也高呼乌拉！声音就像他在申格拉本战场上一样洪亮。在三百人的喊声中听得出尼古拉激动的声音。他差一点哭出来。

“祝皇上身体健康，乌拉！”尼古拉喊道，一口气干了杯，把杯子往地上一摔。许多人都学他的样。欢呼声持续了很久。等到喊声停止，侍者捡起打碎的酒杯。大家重新坐下，因为高声呼喊而露出笑容，接着开始交谈。罗斯托夫伯爵又站起来，瞧了瞧放在盘子旁的条子，提议为最近一次战役的英雄巴格拉基昂公爵的健康干杯。他那双蓝眼睛又泪水盈眶。三百个人又高呼乌拉！代替音乐的是歌手们高唱诗人古图卓夫的颂诗：

俄国人所向披靡，
勇敢保证了胜利。
我们有了巴格拉基昂，
敌人都得向我们投降……

歌手们刚唱完，又是一次一次的干杯，罗斯托夫伯爵越来越激动，摔碎的酒杯越来越多，呼喊声也越来越响。大家为别克列沙夫、纳雷施金、乌瓦罗夫、陶尔戈鲁科夫、阿普拉克辛、华鲁耶夫的健康干杯，为俱乐部经理的健康干杯，为俱乐部全体成员和来宾的健康干杯，最后为宴会主办人罗斯托夫伯爵的健康干杯。听到为自己干杯，伯爵掏出手帕捂着脸哭出声来。

4

皮埃尔坐在陶洛霍夫和尼古拉对面。他照例吃得很多，喝得很多。但熟识他的人看出，今天他大大变了样，他始终没有说话，皱着眉头，眯着眼睛环顾四周，或者瞪着眼睛，现出心不在焉的样子，用手指擦擦鼻梁。他闷闷不乐，仿佛对周围的一切视而不见，听而不闻，一味考虑着一个没解决的苦恼问题。

这个没解决的苦恼问题就是，莫斯科的表姐向他暗示，陶洛霍夫同他的妻子有暧昧关系。再有，今天早晨他收到一封匿名信，信里也像一切匿名信那样使用卑劣的讽刺口吻，说他戴着眼镜还看不清楚，他妻子同陶洛霍夫的关系已尽人皆知，只有他一个人还蒙在鼓里。皮埃尔既不相信表姐的暗示，也不相信匿名信，但他现在怕看坐在对面的陶洛霍夫。每当他的目光同陶洛霍夫漂亮而傲慢的目光相遇时，他心里就感到紧张和慌乱，连忙转过头去。他不由得回忆妻子的往事和她跟陶洛霍夫的关系。他清楚地想到，匿名信里的话说不定确有其事，至少不是没有可能，如果这事指的不是**他的妻子**。皮埃尔不禁回想到，战后陶洛霍夫回到彼得堡后去过他家。陶洛霍夫利用他同皮埃尔的酒肉之交，常来他家。皮埃尔留他住宿，还借钱给他。皮埃尔想起，海伦对陶洛霍夫住在他们家里曾含笑表示不满，陶洛霍夫也曾厚颜无耻地吹捧他妻子的美丽，从那时起到他来莫斯科，陶洛霍夫一直没有离开过他们。

"是的，他长得很漂亮，"皮埃尔想，"我知道他的为人。正因为我为他出过力，接济过他，帮助过他，他侮辱我嘲弄我就觉得格外好玩。如果确有其事，我知道，我明白，这种忘恩负义的行为会使他感到多么过瘾。是的，如果是确有其事，但我不相信，我没有权利相信，我也无法相信。"他想起陶洛霍夫干残酷事时的模样，例如他把警察局长和熊绑在一起抛到河里，或者无缘无故挑人决斗，或者用手枪打死驿马。皮埃尔时常看到陶洛霍夫脸上有这种表情。“是的，他是个亡命之徒，”皮埃尔想，“他杀人不当一回事，他一定觉得人人怕他，因此扬扬自得。他一定认为我也怕他。我确实怕他。”皮埃尔这样想着，心里又感到紧张和慌乱。现在陶洛霍夫、杰尼索夫和尼古拉就坐在皮埃尔对面，他们看来都很快乐。尼古拉兴致勃勃地同两个朋友交谈着：一个是勇猛无畏的骠骑兵，另一个是出名的亡命之徒和浪荡鬼。尼古拉偶尔嘲弄地向皮埃尔望望。在这个宴会上皮埃尔心事重重、魂不守舍的神态和庞大的身躯引人注目。尼古拉对皮埃尔侧目而视，第一因为，在他骠骑兵的眼里，皮埃尔只是个普通的有钱人、美人的丈夫，总之是个懦夫；第二因为，皮埃尔心事重重，魂不守舍，没有认出尼古拉来，也没有向他答礼。当大家为皇上的健康干杯时，皮埃尔正想得出神，没有站起来，也没有举杯。

“您怎么啦？”尼古拉眼睛冒火，对他嚷道，“难道您没听见祝皇上身体健康吗？”皮埃尔叹了口气，顺从地站起来，喝干了杯里的酒。等大家都坐下，他又带着和善的微笑对尼古拉说话。

“我没认出您来。”皮埃尔说。但尼古拉顾不上同他招呼，大声喊着乌拉！

“你为什么不睬他？”陶洛霍夫对尼古拉说。

“去他的，他是个傻瓜。”尼古拉说。

“应该巴结漂亮女人的丈夫啊！”杰尼索夫说。

皮埃尔没听见他们在说些什么，但知道他们在说他。他涨红了脸，转过身去。

“好，现在为漂亮女人的健康干杯！”陶洛霍夫说，现出一本正经的样子，但嘴角露出微笑，举杯对着皮埃尔，“为漂亮女人和她们情夫的健康干杯，皮埃尔！”

皮埃尔垂下眼睛，呷了一口杯里的酒，没看陶洛霍夫，也没搭理他。一个仆人分送着古图卓夫的颂诗，把皮埃尔看作贵宾，给了他一张。皮埃尔刚要去拿，但陶洛霍夫探过身来，从他手里抢过诗篇，读了起来，皮埃尔白了陶洛霍夫一眼，垂下眼睛：宴会上这件一直使他心烦的可怕而丑恶的事突然冒将出来，使他失去理智。他将肥胖的身躯探过桌子。

“不许拿！”他嚷道。

聂斯维茨基和右边邻座的人听见皮埃尔的喊声，看见他对谁叫嚷，慌忙劝阻。

“算了，算了，您怎么啦？”他们惊惶地低声说。陶洛霍夫用他那双明亮、快乐和凶恶的眼睛对皮埃尔瞧瞧，露出他那惯常的微笑，仿佛说：“嘿，我就喜欢这样。”

“我不给！”陶洛霍夫清楚地说。

皮埃尔脸色苍白，嘴唇发抖，抢回那张纸。

“你……你这……流氓！……我要同你决斗。”皮埃尔说，推开椅子，从桌子后面站起来，就在这一刹那，他觉得这一天一晚一直折磨着他的妻子不贞的问题，终于明确了。他恨她，从此跟她一刀两断。不管杰尼索夫怎样要求尼古拉别干涉这事，尼古拉还是同意当陶洛霍夫的副手，并且饭后同皮埃尔的副手聂斯维茨基谈判决斗条件。皮埃尔回家了，尼古拉同陶洛霍夫和杰尼索夫在俱乐部里听吉卜赛人和歌手们唱歌，一直坐到入夜。

“那么明天见，索科尔尼基森林见。”陶洛霍夫跟尼古拉在俱乐部门口告别时说。

“你心里平静吗？”尼古拉问。

陶洛霍夫站住。

“嗯，你瞧，我可以用两句话把决斗的秘密告诉你。你去决斗，要是立下遗嘱，给父母留下感伤的信，要是你想到你可能被打死，你就是个傻瓜，十有八九要完蛋；但要是你下定决心尽快把对方打死，那么一切都会顺顺当当，科斯特罗马的猎熊人就是这样对我说的。他说，熊怎么不可怕呀？但只要一看见熊，你就会想，可别让它逃走，心里就不害怕了！我也是这样。明天见，朋友！”

第二天早晨八点钟，皮埃尔同聂斯维茨基一起来到索科尔尼基森林，发现陶洛霍夫、杰尼索夫和尼古拉已在那里了。皮埃尔仿佛在考虑跟当前的事毫无关系的问题。他脸色憔悴发黄，看来他一夜没睡。他精神恍惚地环顾四周，像怕阳光似的眯缝起眼睛。他头脑里只有两件事：

一是妻子不贞，在他通宵失眠之后这一点已明确无疑；二是陶洛霍夫无辜，他也没有必要维护一个与他无关的人的名誉。“我要是处在他的地位，说不定也会这样做吧！”皮埃尔想，“甚至一定会这样做。那么，何必决斗，何必杀人呢？不是我打死他，就是他打中我的脑门、臂肘或者膝盖。还是从这里逃走，躲到什么地方去吧。”就在这样想着的时候，他显得格外镇定，使人肃然起敬。他若无其事地问：“准备好了吗？快了吗？”

一切都准备就绪，两把军刀已插在雪地上作界标，手枪已装上子弹。聂斯维茨基走到皮埃尔跟前。

“伯爵，在这生死关头，”聂斯维茨基怯生生地说，“我要是不对您说实话，我就没有尽到我的责任，也辜负您选我当副手的信任和荣誉。我认为没有充分理由这样做，不值得因此流血……您这样做不对，您太急躁了……”

“是啊，非常愚蠢……”皮埃尔说。

“那就让我去替您道一下歉吧。我相信我们的对手会接受您的道歉的，”聂斯维茨基说（他也像其他几个参与其事的人那样，也像一切处于这种情况下的人那样，不相信真的要决斗），“您要知道，伯爵，承认错误要比把事情弄到不可收拾的地步体面得多。任何一方都没有丢脸。让我去说……”

“不，还有什么可说的，”皮埃尔说，“反正都一样……那么，准备好了吗？”他添上说，“您只要告诉我，应该走到哪里，往哪里开枪。”他说，尴尬地露出温顺的微笑。他拿起手枪，问聂斯维茨基怎样开枪，因为他手里从来没有拿过枪，而他又不愿承认。“哦，对了，我知道，我只是忘记了。”他说。

“没有什么可道歉的，绝对不道歉！”陶洛霍夫回答杰尼索夫。杰尼索夫也试图调解，同样没有成功，就向规定的地方走去。

决斗地点选在离停雪橇的大路八十步的地方，是松林中一块小空地，地上的积雪这几天刚开始融化。决斗双方站在空地边上，中间相距四十来步。两个副手从他们站着的地方走到相距十步插着聂斯维茨基和杰尼索夫军刀的地方，数着步子，在潮湿的深雪上留下脚印。天还在融雪，又起了迷雾，四十步开外双方都看不清楚。三分钟后一切都准备就绪，但双方还是迟迟没有动手。大家都不作声。

5

“好，开始吧！”陶洛霍夫说。

“行。”皮埃尔说，仍旧那么微笑着。

气氛十分紧张。显然，轻率地开了头的事已无法中止，只能听其自然，直到结束。杰尼索夫首先走到界标那里，宣布：

“既然双方拒绝和解，那么是不是就开始:拿好手枪，听到我叫‘三’就起步。”

“一……二！三！……”杰尼索夫怒气冲冲地叫道，退到一边。决斗双方沿着雪地上踩出来的小径越走越近，在雾中渐渐看清对方。决斗的人走到界标那里，谁要开枪，就可以开枪。陶洛霍夫慢慢地走着，没有举起手枪，他那双明亮的蓝眼睛盯着对方的脸。他的嘴也像平时一样似笑非笑。

皮埃尔一听到“三”，就快步向前走去，离开踩出来的小径，走到洁白的雪地上。他握着手枪，伸出右手，仿佛怕打在自己身上。他把左手放在身后，他原想用左手撑住右手，但知道不能这样做。皮埃尔走了六七步，从小径走到雪地上，回头看看脚下，又迅速地望了一眼陶洛霍夫，按照人家教他的样子，弯起手指扳动枪机。皮埃尔怎么也没料到枪声会那么响，吓得浑身打了个哆嗦，接着为自己的胆怯笑了笑，站住了。硝烟加上迷雾，使他最初一刹那什么也看不见。但他等待的还击并没有打响。只听得陶洛霍夫急促的脚步声，还透过烟雾看见他的身影。陶洛霍夫一手摁住左腰，一手握着下垂的手枪。他的脸色煞白。尼古拉跑到他跟前，对他说了些什么。

“不……不！”陶洛霍夫咬着牙说，“不，没有完！”他又向插着军刀的地方踉跄走了几步倒在雪地上。他的左手都是血，他在外衣上擦了擦，又用左手撑着身子。他脸色苍白，眉头皱起，脸颊抽搐着。

“好……”陶洛霍夫开口，但一下子说不出来，“好吧！”他费力地说。皮埃尔勉强忍住呜咽向陶洛霍夫跑去，他想越过两个界标之间的那块地，但陶洛霍夫大声叫道："回到界线上去！"皮埃尔懂得他的意思，在刀旁站住。他们之间只隔十步路。陶洛霍夫把头俯在雪地上，贪婪地咬着雪，又抬起头来，摆正姿势，收拢腿坐起来，稳定身体的重心。他咽了一口冰凉的雪，吸着冰水；他的嘴唇颤抖着，但还在微笑；他拼着所有的力气，眼睛里冒出凶光。他举起手枪瞄准。

"侧过身子，用手枪掩护自己。"聂斯维茨基对皮埃尔说。

"掩护自己！"连杰尼索夫也忍不住向对方叫道。

皮埃尔露出又抱歉又悔恨的温顺微笑，无可奈何地伸开手脚，挺起宽阔的胸膛站在陶洛霍夫面前，悲伤地望着他。杰尼索夫、尼古拉和聂斯维茨基都眯缝起眼睛。就在这时他们听见了枪声和陶洛霍夫的怒叫声。

"偏了！"陶洛霍夫叫了一声，脸向下颓然倒在雪地上。皮埃尔抱住头，转过身，走到树林里，在雪地上大步走着，嘴里大声嘟囔着。

"真傻……真傻！死……谎话……"皮埃尔皱着眉头一再说。聂斯维茨基拦住他，把他送回家去。

尼古拉和杰尼索夫把负伤的陶洛霍夫带走。

陶洛霍夫闭着眼睛默默地躺在雪橇上，人家问他，他什么也不回答。但雪橇一进入莫斯科市区，他突然清醒了，困难地抬起头来，抓住坐在旁边的尼古拉的手。陶洛霍夫的脸色完全变了，现出兴奋而亲切的神态，尼古拉感到很惊讶。

"哦，怎么样？你自己觉得怎么样？"尼古拉问。

"很糟！但问题不在这里。我的朋友，"陶洛霍夫断断续续地说，"我们现在在哪里？在莫斯科，这我知道。我倒没什么，可我要了她的命，要了她的命……这事她会受不了，受不了……"

"谁呀？"尼古拉问。

"我母亲。我母亲，我的天使，我敬爱的天使母亲。"陶洛霍夫抓住尼古拉的手哭起来。等他稍微平静点儿，他向尼古拉解释说，他同母亲住在一起，要是母亲看见他快死了，她会受不了的。陶洛霍夫要求尼古拉去看看她，让她有点思想准备。

尼古拉先赶去执行这项委托。他惊奇地发现，陶洛霍夫这个好斗成性的亡命之徒，在莫斯科跟老母亲和驼背的姐姐生活在一起，原来是个孝顺的儿子和弟弟。

6

皮埃尔近来很少同妻子单独见面。在他们彼得堡的家里和莫斯科的家里经常高朋满座。决斗的那天晚上，皮埃尔没有去卧室，而像平时那样留在父亲的大书房里，也就是别祖霍夫伯爵去世的房间里。通宵没睡觉固然非常痛苦，但现在却更加难受。

皮埃尔歪在沙发上想睡个觉，好忘掉所发生的一切，但他办不到。感情、思想和回忆突然像狂风暴雨一样涌上他的心头，他不仅无法入睡，而且无法安坐在沙发上，他只能从沙发上跳起来，在屋里快步走来走去。他忽而回想着新婚不久的她，光着肩膀，眼睛里露出懒洋洋的热情光芒。他忽而看见她旁边出现了陶洛霍夫，他像在宴会上那样现出英俊、蛮横、倔强而嘲弄的神色，然后又是他转身倒在雪地上的那张苍白、抽搐而痛苦的脸。

"出了什么事啦？"皮埃尔问自己，"我杀了**情夫**，杀了妻子的情夫。是的，是这么回事。为了什么？我怎么会做出这样的事来？"他心里有个声音回答："因为你娶了她。"

"但我究竟错在哪儿呢？"皮埃尔问自己。"错就错在你并不爱她，却娶了她，你欺骗了自己，也欺骗了她。"他历历在目地回忆起那天在华西里公爵家晚饭后他对她说的言不由衷的话："我爱你。"一切错误都是缘于说了这句话！他想："我当时就觉得不对头，我没有权利那样说。结果就出了这种事。"他回想到他们的蜜月，脸都红了。他清楚地想起他们婚后有一天，中午十二时光景，他穿着绸睡袍从卧室走进书房，在那里遇见总管，总管恭恭敬敬地向他鞠了一躬，瞧瞧他的脸色，瞧瞧他的睡袍，微微一笑，仿佛对东家的幸福表示合乎身份的庆贺。想到这事，皮埃尔感到又难堪又羞愧。

"有多少次我为她感到自豪，为她高贵的美貌和交际场上的风度而感到自豪，”皮埃尔想，“我以她接待过彼得堡全市名流的豪华住宅自豪，以她自命不凡的仪态和艳丽自豪。其实有什么可以自豪的？！我原以为我不了解她。我常常思考她的性格，总怪自己不了解她，不了解她为什么总是冷若冰霜，没有丝毫激情，其实问题只在于那个可怕的事实：她是个荡妇。这事一说出来，问题就一清二楚了！

“阿纳托里常来向她借钱，吻她的光肩膀。她不给他钱，但是听任他吻。她父亲开玩笑，想引起她的醋劲，她却冷静地笑着说，她才不会愚蠢得吃醋呢。‘他爱怎么办就怎么办好了。’她这是在说我。有一次我问她有没有怀孕的感觉，她轻蔑地笑着说，她可不是傻瓜，不会要孩子，而且她决不**替我**生孩子。”

然后皮埃尔想起，尽管她出身上层贵族，思想却十分庸俗，语言也很粗鲁。“我可不是傻瓜……你自己去试试……你给我滚！”她说。皮埃尔常常看到，她在男女老少中间都很讨人喜欢，却弄不懂他怎么会不爱她。“我可从来没有爱过她。”皮埃尔自言自语，“我知道她是个荡妇，”他在心里一再说，“但我不敢承认这一点。”

“陶洛霍夫现在坐在雪地上强作欢笑，也许他快死了，但硬充好汉来回答我的忏悔！”

有些人表面上似乎软弱，遇到不幸的事却不愿向人倾诉，宁肯独自默默地忍受痛苦。皮埃尔就是这一类人。

“一切都得怪她不好，都得怪她不好，”皮埃尔自言自语，“但有什么办法呢？为什么我要同她绑在一起？为什么我要对她说‘我爱你’呢？这是谎言，甚至比谎言更坏。是我不好，自作自受……什么？这是名誉扫地，生活中的不幸吗？哼，真无聊。耻辱也罢，荣誉也罢，一切都有原因，不是由我决定的。”

“路易十六被处死，因为**他们**说他无耻，是个罪人，”皮埃尔想，“从他们的观点来看，他们是对的，而那些为他殉难、把他尊为圣人的人也是对的。后来，罗伯斯庇尔被处死，因为他搞独裁。谁是谁非？无法判断。今天你活着，你就活下去；明天说不定就会死，正像一小时前我差点儿死掉那样。一个人的生命同永恒比起来只是一瞬间，何必自寻烦恼？”但就在这些思想似乎使他心里平静下来时，他忽然又想到**她**，想到自己向她热烈地表示虚假的爱情，他感到血往心脏直涌，不能不站起身来，来回走动，打碎和撕毁任何到手的东西。“我为什么要对她说‘我爱你’？”他一再自怨自艾。他把这问题重复了十遍，不禁想起了莫里哀的话：“我何苦自寻烦恼？”于是他嘲笑起自己来。

夜间，皮埃尔把侍仆唤来，叫他收拾行李，明天去彼得堡。他无法同她生活在一个屋子里。他无法想象今后怎样跟她说话。他决定明天动身，留给她一封信，向她宣布他要跟她一刀两断。

早晨，仆人端咖啡到书房，看见皮埃尔躺在土耳其沙发上，手里拿着一本打开的书睡着了。

他猛地醒来，惊惶地向四周环顾了好一阵，弄不懂他在什么地方。

“伯爵夫人派我来看看，老爷您是不是在家。”仆人说。

但不等皮埃尔想好答话，伯爵夫人就走了进来。她穿着一件绣银白缎睡袍，没有做过头发（两条粗大的辫子像冠冕一样在她美丽的头上绾了两圈），庄重而镇定地走进屋来，只有她那微微突出的大理石般前额上现出一条愤怒的皱纹。她强作镇静，不当着仆人的面说话。她知道昨天他去决斗，特地来谈这事。她等仆人放好咖啡出去。皮埃尔从眼镜上怯生生地对她瞧了瞧，继续躺在沙发上看书，好像一只被猎犬包围的兔子，竖起耳朵，在敌人面前躺着不动；但他觉得这样于事无补，也不可能继续下去，就又怯生生地瞧了她一眼。她没有坐下，只带着冷笑瞧着他，等仆人出去。

“这又是怎么回事？您干了些什么？我问您！”海伦声色俱厉地说。

“我？……什么？我……”皮埃尔说。

“哼，好一个英雄好汉！您倒说说，决斗是怎么回事？您要证明什么？什么？我问您。”

皮埃尔在沙发上翻了个身，张开嘴，不知道该怎样回答。

“既然您不回答，那就让我来告诉您……”海伦继续说，“人家对您说什么，您就相信什么。您听人家说……”海伦笑了，“陶洛霍夫是我的情夫，”她用法语说，毫无顾忌地说出“情夫”这个词，她确实什么都说得出口，“而您就相信了！但您究竟要证明什么？您用这场决斗来证明什么呢？证明您是个傻瓜吗，您是个傻瓜，这一点谁都知道。这会造成什么后果？会使我成为全莫斯科的笑柄：人人都会说，您喝得糊里糊涂，无缘无故吃人家醋，挑动他同您决斗，”海伦越说嗓门越高，越说越激动，“而他呀，什么都比您强……”

“哼……哼……”皮埃尔哼哼着，皱起眉头，眼睛不瞧她，身子一动不动。

“您怎么能相信他是我的情夫呢？……怎么能？因为我喜欢同他在一起吗？您要是聪明些，有趣些，那我就情愿同您在一起。”

“别跟我说了……我求您。”皮埃尔哑着嗓子低声说。

“我为什么不说！我能说，我敢说，有您这样的丈夫，做妻子的很少不找个把情夫的，可我没有这样做。”她说。皮埃尔想说什么，用她无法理解的古怪眼神瞧了她一眼，又躺下来。这当儿，他感到肉体上非常痛苦：他的胸口发紧，喘不过气来。他知道，他得做些什么来结束这痛苦，但他想做的事实在太可怕了。

“我们还是分手的好。”皮埃尔断断续续地说。

“分手，对不起，那您就得给我一笔财产，”海伦说，“分手，想用这来吓唬人！”

皮埃尔从沙发上跳起来，踉踉跄跄地向她冲去。

“我要杀掉你！”他叫道，猛地抓起桌上的大理石板，抢前一步，向她挥了挥。

海伦的脸色变得很可怕；她尖叫一声，躲开了他。父亲遗传下来的脾气在皮埃尔身上发作了。他忘乎所以，按捺不住怒气。他把大理石板一扔，把它砸个粉碎。他张开双臂向海伦扑去，嘴里叫道：“滚开！”他叫得那么可怕，家里的人都恐怖地听到了他的叫声。要不是海伦逃了出去，天知道皮埃尔会做出什么事来。

一星期后，皮埃尔把他在大俄罗斯[①]的全部产业（也就是他的一大半产业）交给妻子管理，独自到彼得堡去了。

---

① 指俄罗斯本土。

7

童山得到奥斯特里茨会战和安德烈公爵阵亡的消息，已有两个月了。尽管通过使馆去信查问，多方寻找，他的尸体一直没有找到，俘虏名单里也没有他的名字。尤其使家属不安的是仍存在一线希望：他可能被当地居民从战场上救起，此刻说不定正在陌生人中间渐渐康复，但也可能生命垂危，却无法通知家里人。老公爵第一次从报纸上知道了奥斯特里茨会战失败的消息。报上照例简单而含糊地说，俄军在获得辉煌战果后顺利撤退，而且秩序井然。老公爵从官方的报道中明白，我军已被打败。在他接到奥斯特里茨会战消息一星期后，库图佐夫寄来一信，告诉公爵他儿子的遭遇。

"我目睹令郎手举军旗，冲在全团之前，英勇倒下，无愧于他的父亲和祖国。我和全军深感遗憾的是，他的存亡至今不明。我和您仍希望令郎尚在人间，因为对方军使提供的阵亡军官名单中没有他的名字。"

晚上老公爵独自在书房的时候收到这封信，他没有把消息告诉任何人。第二天早晨，他照例出去散步，但没有同管家、花匠和建筑师说话。他脸色阴沉，没对人说过一句话。

玛丽雅公爵小姐按规定时间走进公爵书房，公爵正站在车床旁车东西，也照例没向她回顾一下。

"哦！玛丽雅公爵小姐！"他突然不自然地说，扔掉凿子。轮子由于惯性还在转动。玛丽雅公爵小姐很久以后还记得车床的吱吱声，同接着发生的事混在一起。

玛丽雅公爵小姐走到父亲跟前，看见他的脸色，她的心往下沉。她的眼睛模糊了。她看到父亲脸上没有悲哀，没有沮丧，只有愤怒和痉挛，她明白了，她遭到一场空前的大灾难，而且无法挽回，就是说死了一个心爱的人。

"爸爸，*安德烈怎么样？*"外貌不扬、动作笨拙的公爵小姐说，脸上现出无法形容的悲怆和激动，以致父亲一遇到她的目光，也忍不住抽噎一声转过脸去。

“接到通知了。俘虏名单中没有他，阵亡名单中也没有他。库图佐夫写的信，”老公爵尖声大叫，仿佛要把公爵小姐撵走，“他被打死了！”

公爵小姐没有倒下，也没有晕过去。她一听到这话，苍白的脸顿时变了，那双明亮美丽的眼睛闪耀着光芒，仿佛有一种欢乐，一种与尘世悲欢无关的无上欢乐淹没了她内心的重大悲哀。她忘记了对父亲的畏惧，走到他面前，抓住他的手，把他拉过来，搂住他那青筋毕露的瘦脖子。

“爸爸！”她说，“您别撇下我，让我们一起哭吧。”

“混蛋！无赖！”老头儿叫道，闪开脸，“他们毁了军队，毁了人！为了什么呀？去，去，去告诉丽莎。”

公爵小姐颓然倒在父亲旁边的椅子上，哭起来。她回想起哥哥跟她和丽莎告别的情景，想到他那温柔而傲慢的神态，又想到他戴上圣像时亲切而嘲弄的模样。“他信不信神哪？他有没有因为自己不信教而忏悔？他是不是到了那个世界？到了永久安宁和幸福的世界？”她想着。

“爸爸，您告诉我，是怎么回事？”她含着眼泪问。

“去吧，去吧！他在战斗中阵亡了，在断送俄国最优秀人物和俄国荣誉的战斗中阵亡了。去吧，玛丽雅公爵小姐。去告诉丽莎。我就来。”

玛丽雅公爵小姐从父亲那里回来时，小公爵夫人正坐在房里做针线活，带着孕妇特有的幸福而安详的神态，瞧瞧玛丽雅公爵小姐。她的眼睛显然不在看玛丽雅公爵小姐而是在看自己，看自己身子里一种逐渐完善的幸福而神秘的东西。

“玛丽雅，”她说，身子离开刺绣架往后仰，“把你的手给我。”她抓住公爵小姐的手摁在自己的肚子上。

她眼睛含笑，噘起生有毫毛的嘴唇，一直像孩子般幸福地噘着。

玛丽雅公爵小姐在嫂子面前跪下来，把脸藏到她的衣褶里。

“喏，喏，你听见吗？我觉得很怪。不瞒你说，玛丽雅，我会很爱他的。”丽莎说，幸福的明亮眼睛望着小姑。玛丽雅公爵小姐抬不起头来，她在哭。

“你怎么了，玛丽雅？”

“没什么……我想念……想念安德烈。”玛丽雅公爵小姐说，在嫂子膝盖上擦着眼泪，整个早晨，玛丽雅公爵小姐几次想暗示嫂子，让她思想上有所准备，但每次都是没开口就哭了。小公爵夫人天生粗心大意，不善于观察，她不明白小姑为什么哭，但小姑的眼泪还是使她提心吊胆。她什么也没说，只是不安地环顾着，找寻着什么东西。午饭前，老公爵走到小公爵夫人的房里。小公爵夫人一向怕公公，这会儿他的脸色格外恼怒，他又一言不发地走掉了。她望望玛丽雅公爵小姐，然后带着孕妇特有的关注自己身体的神情思索了一下，突然哭起来。

“安德烈有什么消息吗？”她问。

“不，你知道还不可能有消息来，但爸爸有点着急，我也觉得不安。”

“那么没事吧？”

“没事。”玛丽雅公爵小姐说，目光闪闪地紧盯着嫂子。她决定不告诉嫂子，并劝父亲把那可怕的消息隐瞒到她分娩以后，而分娩就是这几天里的事。玛丽雅公爵小姐和老公爵各用各的方式忍受和隐藏他们的悲哀。老公爵已不抱任何希望，断定安德烈公爵已经阵亡。尽管他派了一名官员去奥国找寻儿子的踪迹，他还是在莫斯科订了一座墓碑，准备竖立在花园里，并且逢人就说他的儿子阵亡了。他竭力保持原来的生活方式，没有作任何改变，但还是力不从心：他走得少了，吃得少了，睡得少了，身子一天比一天虚弱。玛丽雅公爵小姐仍抱着希望。她为哥哥祈祷，认为他还活着，并且时刻等待他归来。

8

“亲爱的朋友！”三月十九日早餐后小公爵夫人说，习惯成自然地噘着她那有毫毛的嘴唇。自从接到那个可怕的消息以后，全家人不仅在笑容中，而且在语气中，甚至在步履中都流露出悲哀。现在小公爵夫人虽不知原因，她的笑容却也受到这种情绪的影响，并且增添了全家的悲伤。

“亲爱的朋友！我怕今天的糟餐，”厨子福卡发音不清，总是把早餐说成糟餐，小公爵夫人学着他的样子说，“会使我难受。”

“你这是怎么了，我的心肝？你脸色苍白。唉，白得厉害。”玛丽雅公爵小姐惊惶地说，脚步沉重而又缓慢地跑到嫂嫂跟前。

“小姐，要不要去请波格丹诺夫娜来？”一个女仆问。波格丹诺夫娜是县城里的产婆，来童山已有一个多星期了。

“哦，对，”玛丽雅公爵小姐附和说，“也许是时候了。我这就去。不要怕，我的天使！”她吻了吻丽莎想走。

“哦，别走，别走！”小公爵夫人的脸上除了苍白，还因难以忍受的痛苦而现出孩子般的恐惧。

“不，这是胃病……你说，玛丽雅，这是胃病……”小公爵夫人像孩子一般痛苦、任性，甚至有几分做作地哭起来，扭着她的小手。公爵小姐跑出去找波格丹诺夫娜。

“哦，天哪！天哪！”她听见背后的叫声。

这时，产婆带着镇定沉着的神气，搓着又白又胖的小手走进来。

“波格丹诺夫娜！好像有动作了。”玛丽雅公爵小姐说，恐惧地睁大眼睛瞧着产婆。

“噢，感谢上帝，公爵小姐，”波格丹诺夫娜并没有加快脚步，说，“你们姑娘家不该知道这种事。”

“那么，莫斯科医生怎么还不来？”公爵小姐问。（遵照丽莎和安德烈公爵的意思，事先已派人去莫斯科请产科医生，此刻正在等候他来。）

“不要紧，公爵小姐，不用慌，”波格丹诺夫娜说，“没有医生也保证没事。”

五分钟后，公爵小姐听见外面在搬什么重东西。她探出头去，看见仆人正把安德烈公爵书房里的皮沙发搬到卧室里。搬沙发的仆人们脸上现出庄严平静的神色。

玛丽雅公爵小姐独自坐在卧室里，倾听房子里的各种声音。有时有人经过，她就打开门，看看走廊里有什么动静。有几个女人走过来又走过去，望望公爵小姐，又转过身去。她不敢问，关上门回到屋里，一会儿坐到安乐椅上，一会儿拿起祈祷书，一会儿跪在神像前。使她苦恼和吃惊的是，祈祷并没有使她的心情平静。突然她的房门轻轻地开了，门口出现了包头巾的老保姆萨维施娜。由于公爵禁止，她几乎从没踏进公爵小姐的房间。

“小姐，我来陪你坐一会儿，”老保姆说，“你瞧，我把安德烈公爵的结婚蜡烛拿来点在圣徒前面，我的天使。”她叹了一口气说。

“哦，妈妈，你来了，我很高兴。”

“上帝是仁慈的，心肝。”保姆在神龛前点上涂金蜡烛，拿着编织的袜子坐到门口。玛丽雅公爵小姐拿起一本书来看。只有听到脚步声和说话声时，公爵小姐才同保姆对视一下。公爵小姐的目光充满恐惧和疑问，保姆的目光显得镇定而沉着。家里人的心情个个都同玛丽雅公爵小姐一样。据说，知道产妇痛苦的人越少，产妇的痛苦也就越少，因此人人都装作不知道；谁也不提这件事，但大家除了遵守公爵家严肃庄重、礼貌周全的家风之外，显然都有点焦虑不安，都很同情小公爵夫人，并且觉得此刻正在发生一件重大而神秘的事。

宽大的女仆室里听不见笑声，侍应室里男仆都默默地坐着，做着准备工作。下房里，农奴们点了火把和蜡烛，也都没有睡觉。老公爵脚跟着地在书房里走来走去，派季洪向波格丹诺夫娜探问情况。

“你就说，公爵派我来问问，情况怎么样。回来告诉我，她怎么说。”

“你去回公爵，分娩开始了。”波格丹诺夫娜意味深长地看了一眼季洪，说。季洪就回去报告。

“很好。”公爵说，随手关上门。季洪听到书房里不再有声音。过了一会儿，季洪走进书房，装作来剪烛花。季洪看见公爵躺在长沙发上，望望他，望望他那烦恼的脸，探探头，默默地走到他跟前，吻了吻他的肩膀，又走了出去，既没有剪烛花，也没有说他来干什么。世界上最庄严神秘的事正在进行着。黄昏过去，黑夜来临。对这件神秘的事的期待和忧虑不仅没有减弱，反而加强了。全家谁也没有睡觉。

这是三月里的一个夜晚，冬天还没有收起余威，愤怒地撒着最后一批狂风暴雪。大家时刻都在等待德国医生从莫斯科赶来，已把备换的马派到大路上，还派了几个人骑马打着灯笼到道路转弯处，以便医生经过坑坑洼洼的地面和融雪的水洼时给他照亮道路。

玛丽雅公爵小姐早就把书放在一边。她默默地坐着，一双亮晶晶的眼睛盯着保姆的皱脸，脸上的每个部位她都熟识，包括那绺从头巾里露出来的花白头发和那个皮肤松弛的下巴。

保姆萨维施娜手里拿着袜子，无意识地低声讲着讲过几百遍的旧事：已故的公爵夫人怎样在基什尼奥夫生下玛丽雅公爵小姐，当时助产的不是产婆，而是一个摩尔达维亚农妇。

“上帝仁慈，压根儿用不着什么医生。”保姆说。突然一阵寒风向着已卸去一层槅子的窗户猛烈袭来（遵照公爵的规定，云雀一叫，每个房间就卸掉一层槅子），吹开没有闩牢的窗子，把花缎窗帘吹得鼓起来，灌进来的寒气和雪花把蜡烛都吹灭了。玛丽雅公爵小姐打了个寒噤；保姆放下袜子，走到窗前，探出身去抓吹开的窗子。寒风掀动她的头巾梢儿和露出来的花白头发。

“公爵小姐，好人儿，大路上有人来了！”保姆抓住窗子，没有把它关上，说，“打着灯笼，大概是医生……”

“哦，我的天！赞美上帝！”玛丽雅公爵小姐说，“我得去接他，他不懂俄语。”

玛丽雅公爵小姐披上披肩，跑去迎接来人。她穿过前厅，从窗子里看见门口有一辆马车和许多提灯。她走到楼梯口。栏杆上插着一支蜡烛，被风吹得不断流泪。男仆菲里普手里拿着另一支蜡烛，神色慌张地站在下面楼梯口。再下面，在楼梯转角处，传来渐渐逼近的穿暖靴的脚步声。玛丽雅公爵小姐听到一个熟识的声音。

“感谢上帝！”那个熟识的声音说，“爸爸呢？”

“已经休息了。”管家杰米扬在楼下回答。

随后熟识的声音又说了些什么，杰米扬又作了回答。穿暖靴的脚更快地从楼梯转弯处走来。“这是安德烈！”玛丽雅公爵小姐想，“不，这不可能，太意外了。”就在她这样想着的时候，在仆人手拿蜡烛照亮的楼梯口，出现了安德烈公爵的脸和身子。安德烈公爵身穿皮大衣，领子上撒满了雪。不错，是他，但他脸色苍白、消瘦，神情也变了，显得温柔而激动。他走上楼梯，拥抱妹妹。

“你们没接到我的信吗？”安德烈公爵问，没有得到回答。他不可能得到回答，因为公爵小姐说不出话来。他同产科医生（他在最后一站上遇到他）一起上了楼，又拥抱了一下妹妹。

“真是想不到！”安德烈公爵说，“玛丽雅，亲爱的！”他脱下皮大衣和靴子，向公爵夫人的屋子走去。

9

小公爵夫人头戴白睡帽，靠在枕头上，阵痛刚过去。一绺绺乌黑的头发垂在她发烧出汗的脸颊上；唇上长着黑毫毛的美丽红润的小嘴张开着，脸上挂着快乐的微笑。安德烈公爵走进屋子，站在妻子躺着的沙发跟前。小公爵夫人那双亮晶晶的眼睛露出孩子般恐惧和激动的神色望着他，表情一直没有变。“我爱你们大家，我没有害过谁，为什么要受这样的罪？救救我吧！”她的神态这样说。她看见丈夫，弄不懂他此刻怎么会出现在她面前。安德烈公爵绕过沙发，吻了吻妻子的前额。

“我的心肝！”安德烈公爵第一次这样称呼妻子，“上帝是仁慈的……”

小公爵夫人用疑问的、孩子般责备的神气对他瞧了瞧。

“我等待你来救我，可是不行，你也救不了我！”她的眼神这样表示。他来，她并不感到惊奇；但她不了解他来做什么。他的到来跟她的痛苦不相干，也不能减轻她的痛苦。阵痛又发作了。波格丹诺夫娜劝安德烈公爵离开屋子。

产科医生走进来。安德烈公爵走了出去。他遇见玛丽雅公爵小姐，又走到她跟前。他们低声谈话，但不时停下来。他们期待着，谛听着。

“去吧，我的朋友！”玛丽雅公爵小姐说。安德烈公爵又去看望妻子，在隔壁屋子里坐下等着。一个女人慌慌张张地从她屋里出来，一看见安德烈公爵，窘态毕露。安德烈公爵双手掩脸坐了几分钟。门里传出来绝望的惨叫声。安德烈公爵站起来，走到门口去推门。但门被人顶住了。

“不行，不行！”有人在门里惊惶地叫道。

安德烈公爵在屋里来回踱步。叫声停止了。又过了几秒钟。突然从隔壁屋里传来一声惨叫。那不是她的声音，她不可能那样惨叫，安德烈公爵赶快跑到房门口。叫声停止了，传出来另一个声音，一个婴儿的叫声。

“怎么把一个娃娃带到那里？”安德烈公爵最初一刹那想，“娃娃？什么娃娃？……那边怎么会有娃娃？是不是有个娃娃生下来了？”

当他忽然懂得这叫声表示什么喜讯时，他的喉咙哽住了。他双肘支在窗台上，像孩子一般呜呜哭起来。门开了。医生卷起衬衫袖子，没穿上装，脸色发白，下巴打战，从屋里出来。安德烈公爵招呼医生，但医生不知所措地瞧了他一眼，一言不发，从他身边走过去。一个女人跑出来，一看见安德烈公爵，迟疑不决地在门口站住。安德烈公爵走进妻子屋里。她死了，像五分钟前他看见时那样躺着，她那张孩子般怯弱的美丽小脸上，上唇长着黑毫毛，虽然眼珠停滞不动，脸颊苍白，但表情并没有变。

“我爱你们大家，我没有伤害过谁，你们为什么这样对待我呀？唉，你们为什么这样对待我呀？”她那张没有生气的好看的脸仿佛这样说。在卧室一角，波格丹诺夫娜雪白的双手颤巍巍地抱着一样尖叫的红色小东西。

两小时后，安德烈公爵悄悄走进父亲的书房。老人已知道了一切。他站在门口，门一打开，他一言不发，却用他那双像铁钳一般粗硬的老手搂住儿子的脖子，像孩子般大哭起来。

三天后，家人给小公爵夫人举行葬礼。安德烈公爵走上棺材旁的台阶，和她告别。小公爵夫人躺在棺材里，形容依旧，只是闭上了眼睛。“唉，你们为什么这样对待我呀？”她的脸一直现出这样的表情。安德烈公爵觉得有一样东西在他心里断裂了，他犯了一个无法补救，也无法忘记的罪过。他哭不出来。老公爵也来了，吻了吻她那安详地交叠在胸前的蜡黄小手。她的脸仿佛在对他说：“唉，您为什么这样对待我呀？”

老公爵看到这张脸，怒气冲冲地转过身去。

又过了五天，家里人给刚出世的小尼古拉公爵行了洗礼。奶妈用下巴颏压住襁褓，神父用鹅毛在婴儿又红又皱的小手掌和小脚掌上涂了油。

祖父当了教父。他颤颤巍巍地抱着婴儿，唯恐把他落掉，绕着凹凸不平的白铁圣水盘走了一圈，然后把他交给他的教母玛丽雅公爵小姐。安德烈公爵提心吊胆地坐在隔壁屋里，唯恐他们把孩子淹死，直到仪式结束。当奶妈把婴儿抱过来时，他高兴地瞧了一眼；保姆告诉他投在圣水盘里的婴儿头发和蜡没有下沉①，他满意地点点头。

10

尼古拉参与陶洛霍夫同皮埃尔决斗一事，由于老伯爵的努力，总算暗中了结。尼古拉不仅没有如他所预料的那样受到降职处分，反而被任命为莫斯科总督的副官。因此他不能随同家人下乡，整个夏天都留在莫斯科担任新职。陶洛霍夫身体复原了。在他养伤期间，尼古拉同他的交情更深了。陶洛霍夫住在母亲那里养伤，母亲格外疼他，体贴他。老太太因为尼古拉同儿子要好，也很喜欢尼古拉，常常同他谈儿子的事。

“可不是，伯爵，他的心肠太好，人品太纯洁了！”陶洛霍夫的母亲说，“这个腐化堕落的世界容不了他。谁也不喜欢高尚的品德，看到了还觉得刺眼。嗳，伯爵，您倒说说，皮埃尔这样做对头吗？讲理吗？我的费嘉品德高尚，一向喜欢他，到现在也不说他的坏话。在彼得堡作弄警察局长，拿他开玩笑，还不是他们一起干的？到头来皮埃尔什么事也没有，可我们费嘉一人承担了全部责任！唉，他受了多少罪啊！现在总算官复原职了。他们能不让他官复原职吗？我想，像他这样勇敢的爱国青年是不多的。再说那场决斗，他们那批人有没

① 俄国风俗：神父施洗时剪下一撮婴儿头发用蜡粘住，投入圣水盘，如浮在水面，表示吉祥。

有良心，讲不讲人情？明明知道他是独子，还要同他决斗，对着他开枪！幸亏上帝保佑我们。可究竟为了什么呀？唉，现在时势谁不要个阴谋诡计？哼，既然他那么爱吃醋，早就该有所表示了，那事都快一年了。好吧，他要决斗，以为费嘉欠了他的钱，就不敢决斗。真卑鄙！真下流！我知道，亲爱的伯爵，您了解费嘉，因为这个缘故我真心喜欢您，我不瞒您。真正了解他的人很少。他的心像天使一般纯洁高尚……”

在养伤期间，陶洛霍夫常常对尼古拉说些意想不到的话。

“人家说我是个坏人，这我知道，”陶洛霍夫说，“就让他们去说吧。除了我所喜欢的人之外，谁也不放在我心里，但我可以为了所喜欢的人把命豁出去。谁要是挡我的道，我就把他们一脚踢开。我有一位心爱的天下最好的妈妈，两三个朋友，包括你在内。至于其他人，我只注意他们对我有益还是有害。事实上几乎所有的人都有害，特别是女人。不瞒你说，老弟，我遇见过高尚、正直、可爱的男人，可是女人，除了出卖自己的贱货——不论伯爵夫人还是厨娘，都一样——我还没遇见过别的女人。我还没找到过一个像天使般纯洁和忠贞的女人。要是能找到这样的女人，我不惜为她献出生命。可是那些！”陶洛霍夫做了一个轻蔑的手势，“不瞒你说，我之所以还爱惜生命，是因为我还抱有希望，希望有朝一日遇见一位天使，她能使我的灵魂净化，变得高尚，获得新生。不过这一层你是不会理解的。”

“不，我很理解！”尼古拉被这位新朋友所感动，回答说。

一八〇六年秋季，罗斯托夫一家回到了莫斯科。初冬，杰尼索夫也回来了，住在罗斯托夫家。尼古拉在莫斯科度过的这个初冬，是他和全家最快乐幸福的日子。尼古拉把许多年轻人带到父母家里。薇拉是个二十岁的美丽姑娘；宋尼雅是个含苞欲放的十六岁少女；娜塔莎半是少女，半是孩子，有时天真可笑，有时妩媚动人。

这个时期，罗斯托夫家也像那些有几个美丽年轻姑娘的家庭那样，弥漫着谈情说爱的气氛。凡是来到罗斯托夫家的青年，看到这些年轻、多情和无故发笑（大概是为自己的幸福而发笑吧）的少女，看到她们生气勃勃的活动，听到她们充满希望的亲热闲谈，听到她们不连贯的歌声和琴声，就会渴望恋爱，憧憬幸福，就像罗斯托夫家的年轻人那样。

在尼古拉带到家里来的青年中，陶洛霍夫属于最早的一批。家里除了娜塔莎之外，人人都喜欢他。为了陶洛霍夫，娜塔莎差点儿跟哥哥吵嘴。她一口咬定，陶洛霍夫是个坏人，在这场决斗中皮埃尔是对的，陶洛霍夫是错的，她还说他装腔作势，令人讨厌。

“我没有什么要了解的！”娜塔莎任性地叫道，“他这人心地坏，没有感情。我还是喜欢你那个杰尼索夫，尽管他是个酒鬼，可我还是喜欢他，应该说，我了解他。我不知道该怎样对你说，陶洛霍夫很世故，我就是不喜欢这种人。但杰尼索夫……”

“哦，杰尼索夫可是另一回事！”尼古拉回答，他的口气使人觉得同陶洛霍夫相比，杰尼索夫简直算不了什么，“你要明白，陶洛霍夫这人心地很好，他非常孝顺母亲，很有良心！”

“这个我不知道，但同他在一起我感到不舒服。你知道吗，他爱上宋尼雅了。”

“胡说……”

“我有把握，你等着瞧吧。”

娜塔莎的话得到了证实。一向不爱同女性交往的陶洛霍夫开始常来罗斯托夫家。他究竟为谁而来，这问题终于有了答案（虽然没有人公开说过），他是为宋尼雅而来的。宋尼雅虽然从来不敢说出口，可是心里明白，陶洛霍夫一来，她的脸就涨得像红布一样。

陶洛霍夫常在罗斯托夫家吃饭。罗斯托夫家去看戏，他也从不错过。他还常参加舞蹈教师约盖尔家的青年舞会，因为罗斯托夫家的年轻人也常去参加。他对宋尼雅格外殷勤，还含情脉脉地看她，不仅看得她脸红，连老伯爵夫人和娜塔莎发觉他的眼神，也都脸红了。

这个身强力壮、脾气古怪的男人，显然深深地迷上了这位皮肤浅黑、体态优美的姑娘，可她爱的却是另一个人。

尼古拉发现陶洛霍夫和宋尼雅的关系有些变化，但他不能确定这是什么关系。“她们都在谈情说爱。”尼古拉这样想着宋尼雅和娜塔莎。

他跟宋尼雅和陶洛霍夫在一起不像以前那样自然，因此他不常待在家里。

一八〇六年秋季起，大家又谈论同拿破仑的战事，而且谈得比去年更起劲。新的命令发布了，千人中不仅要征十名新兵，而且要招九名后备兵。到处都在咒骂拿破仑，莫斯科人谈的无非就是迫在眉睫的战争。在备战问题上，罗斯托夫家最关心的是，尼古拉坚决不肯留在莫斯科，等过了节杰尼索夫假期一满，他们就一起回团。不久即将出征，这一点不仅没有影响他的情绪，反而使他更加兴高采烈。他大部分时间不在家里，而去参加各种宴会、晚会和舞会。

11

圣诞节第三天，尼古拉在家吃饭。近来这在他是难得的。家里隆重地为他饯行，因为尼古拉和杰尼索夫过了主显节[①]即将返团。参加宴会的有二十来人，包括陶洛霍夫和杰尼索夫在内。

在罗斯托夫家，谈情说爱的气氛从来没有这样浓厚过。"抓住幸福的时刻去爱人和被人爱吧！只有爱情最可贵，别的都没有意思。我们只关心这件事。"人们仿佛都在这样说。

尼古拉照例赶坏两对马还来不及跑遍他要去的地方，直到宴会开始才赶回家。他一进门就发觉热烈的恋爱气氛，还发现家里有几个人神态失常。最兴奋的要数宋尼雅、陶洛霍夫和老伯爵夫人，其次是娜塔莎。尼古拉明白饭前宋尼雅和陶洛霍夫之间发生过什么事。他天生敏感，吃饭时对他们格外谨慎体贴。那天，舞蹈教师约盖尔照例为他的男女学生举行舞会。

"尼古拉哥哥，你去约盖尔家吗？你务必要去，"娜塔莎说，"他特别关照要请你去。杰尼索夫也去。"

"既然伯爵小姐命令，我能不去吗？"杰尼索夫说，他在罗斯托夫家风趣地以娜塔莎的骑士自居，"我还准备跳披巾舞呢。"

---

① 公历1月18或19日。

“只要来得及！我已答应参加阿尔哈罗夫家的晚会了。”尼古拉说。

“那么你呢？……”尼古拉问陶洛霍夫。但话一出口，他就想到不该这样问。

“嗯，也许……”陶洛霍夫冷淡而愤怒地回答，瞧了宋尼雅一眼，接着又像那天在俱乐部宴会上瞧皮埃尔那样，皱起眉头望了望尼古拉。

“一定发生了什么事。”尼古拉想。陶洛霍夫饭后就走，更证实了他的猜测。他把娜塔莎叫过来，问她是怎么回事。

“我在找你呢。”娜塔莎跑到尼古拉跟前说，“我说过，可你不相信，”她得意扬扬地说，“他向宋尼雅求婚了。”

尽管尼古拉近来很少想到宋尼雅，但他听到这话，还是感到若有所失。对没有陪嫁的孤女宋尼雅来说，陶洛霍夫是个合适的，甚至出色的配偶。从老伯爵夫人和世俗的观念看来，没有理由拒绝他。因此，尼古拉一听到这事，就生宋尼雅的气。他准备说：“太好了，她当然应该忘记小时候的诺言，接受他的求婚。”但他还没来得及说出口，就被娜塔莎抢先了。

“你准想不到，竟被她拒绝，一口拒绝！”娜塔莎说，“她说，她爱着另一个人。”娜塔莎停了停，添加说。

“是啊，我的宋尼雅不会有别的做法！”尼古拉想。

“妈妈劝过她多少次，都被她拒绝了。我知道，她这人一旦把话说出口，就不会改变……”

“妈妈劝过她？！”尼古拉责备说。

“是的，”娜塔莎说，“听我说，尼古拉，别生气；我知道你不会同她结婚。我说不出为什么，可我知道你不会同她结婚的。”

“嗯，这种事你不懂！”尼古拉说，“可我得同她谈一谈。宋尼雅这姑娘真可爱！”尼古拉含笑添加说。

“她真是个好姑娘！我去给你把她找来。”娜塔莎吻了吻哥哥，跑掉了。

过了一会儿，宋尼雅进来了。她显得惊惶不安，脸有愧色。尼古拉走到她跟前，吻了吻她的手。这是尼古拉回家后他们第一次单独谈话，而且谈的是爱情问题。

“宋尼雅，”尼古拉说话起初有点畏缩，后来越来越大胆，“您要是拒绝他，那很可惜，他可是个合适的好对象，还是个高尚的好人……他是我的朋友……”

宋尼雅打断了他的话。

“我已经拒绝他了。”她慌忙说。

“您如果是为了我而拒绝他的话，那我怕我会……”

宋尼雅又打断他的话。她用恐惧和恳求的目光瞧瞧尼古拉。

“尼古拉，别跟我谈这件事。”宋尼雅说。

“不，我应该说。也许我有点自大，但我还是要说。您如果是为了我而拒绝他的话，那我应该把实话告诉您。我想，我爱您超过爱任何人。”

“这样我就满足了。”宋尼雅哭着说。

“不，尽管我恋爱过不知多少次，今后还会恋爱，但像我对您这样的友谊、信任和爱情再也不会有了。再说，我还年轻。妈妈又不赞成这事。不过，我没有作过什么许诺。我请求您再考虑考虑陶洛霍夫的求婚。”尼古拉好容易才说出朋友的名字来。

“别对我说这样的话。我什么也不要。我爱您，就像爱哥哥一样，我永远爱您，别的我什么也不要。”

“您真是一位天使，我配不上您，但我怕耽误您。”尼古拉又吻吻她的手。

12

“约盖尔举行的舞会是莫斯科最快乐的舞会。”做母亲的看着她们的半大孩子踏着刚学会的舞步，这样说；舞跳得都快倒下来的少男少女这样说；露出降格参加的神气的大姑娘和小伙子也这样说，并感到兴致盎然。这种舞会今年促成了两宗婚事。高尔察科夫家两位漂亮的公爵小姐在那里获得了求婚者，并且结了婚，这就使这种舞会增加了声誉。这种舞会的特点是没有主人，约盖尔谨守舞会规矩，像羽毛一般轻盈地来回飘舞，向来客收取入场券。前来参加舞会的都是些真正爱好跳舞和玩乐的人，就像十三四岁的少女初次穿上长长的舞裙那样兴奋。姑娘们，除了少数几个例外，全都很漂亮，至少看上去很漂亮：个个容光焕发，满面春风，目光闪亮。有时优秀的女学生还跳披巾舞，而其中最秀丽的要数娜塔莎；不过在这次舞会上大家只跳苏格兰舞、英格兰舞和刚刚时兴的玛祖卡舞。约盖尔借皮埃尔家的大厅举行舞会，大家都认为很成功。来了许多漂亮的姑娘，而罗斯托夫家的两位小姐更是其中的佼佼者。那天晚上，娜塔莎和宋尼雅两人都感到特别快乐和幸福。宋尼雅因为陶洛霍夫的求婚、自己的拒绝和同尼古拉的谈心而扬扬得意，在屋里团团打转，不让使女梳好辫子，这会儿更是心花怒放，无法自制。

娜塔莎第一次穿舞裙参加正式舞会，她的快乐心情不亚于宋尼雅，甚至比宋尼雅还要幸福。两人都穿白纱衣裙，束粉红缎带。

娜塔莎一进舞场，就陶醉在爱情之中。她不是爱某一个人，而是爱所有的人。她看到谁，就爱上谁。

“哦，真开心！”她一边说，一边向宋尼雅跑去。

尼古拉同杰尼索夫在大厅里走来走去，和颜悦色而又纡尊降贵地环顾着跳舞的人们。

“她真可爱，准能成为一个大美人！”杰尼索夫说。

“谁？”

“娜塔莎伯爵小姐。”杰尼索夫回答。

“她跳得真好，姿势真优美！”他停了停，又说。

“你这是在说谁？”

“说你的妹妹。”杰尼索夫怒气冲冲地大声说。尼古拉冷笑了一声。

“亲爱的伯爵，您是我的高才生之一。您应该跳舞。”矮小的约盖尔走到尼古拉跟前说，“您瞧，这里有多少漂亮的姑娘！”他对杰尼索夫也说了同样的话。杰尼索夫也跟他学过跳舞。

“不，老师，还是让我坐在旁边瞧瞧吧！”杰尼索夫说，“难道您不记得我跟您学舞学得很糟吗？……”

“哦，不！”约盖尔赶快安慰他说，“您只是不用心，其实您很有才能，很有才能。”

乐队又奏起新近流行的玛祖卡舞曲。尼古拉不好意思拒绝约盖尔，就请宋尼雅一起跳。杰尼索夫坐到老太太们旁边，臂肘搁在军刀上，用脚踏着拍子，眼睛看着跳舞的年轻人，兴致勃勃地说着什么，逗得老太太们哈哈大笑。约盖尔最先和他的得意门生娜塔莎跳。约盖尔穿着浅口皮鞋，轻轻移动步子，带着胆怯而认真地跳舞的娜塔莎，首先在舞厅里轻盈地飘来飘去。杰尼索夫眼睛盯着她，用军刀打着拍子，他的神气表示，他不跳舞不是因为不会跳，而是因为不愿跳。跳到一半，他叫住从旁边走过的尼古拉。

"根本不是那么一回事！"杰尼索夫说，"难道这能算是波兰的玛祖卡舞吗？但她跳得很漂亮。"

尼古拉知道，杰尼索夫跳玛祖卡舞就是在波兰也有点名气，就跑到娜塔莎跟前。

"你去请杰尼索夫跳吧。他跳得可出色了！漂亮极了！"尼古拉说。

又轮到娜塔莎的时候，她站起来迈着穿蝴蝶结皮鞋的小脚，怯生生地独自穿过舞厅，跑到杰尼索夫坐着的角落。她看到大家都望着她，等她再跳。尼古拉看见杰尼索夫和娜塔莎在笑眯眯地争论，杰尼索夫不肯跳舞，但快乐地微笑着。尼古拉跑过去。

"来吧，杰尼索夫，"娜塔莎说，"我们跳一圈吧。"

"哦，对不起，伯爵小姐。"杰尼索夫说。

"别推辞了，杰尼索夫。"尼古拉说。

"简直就像劝小猫一样。"杰尼索夫开玩笑说。

"哪天我为您唱一个晚上。"娜塔莎说。

"小妖精，真拿她没办法！"杰尼索夫说着解下军刀。他从一排椅子后面走出来，紧握住舞伴的手，微微昂起头，伸出一只脚，等着音乐拍子。只有在马背上和跳玛祖卡舞时，杰尼索夫才不显得个儿矮小。他自以为像骑士一般风度翩翩。他等到拍子，得意而调皮地从侧面瞧了瞧舞伴，突然用一只脚点了点，像皮球一般从地板上跳起来，带着舞伴轻快地兜着圈子飞舞。他用一只脚无声地滑过半个舞厅，仿佛没看见前面的椅子，一直冲过去；接着突然碰响马刺，用脚跟站了一秒钟光景，接着双脚的马刺响亮地碰了碰，迅速地转了个圆圈，左脚往右脚一碰，又绕着圈子飞舞起来。娜塔莎凭直觉知道他要做什么，就不由自主地听他摆布。他忽而用右手使她打转，忽而用左手使她打转，忽而单膝跪下，拉她围着自己转，然后又蹿起来，猛地向前冲，仿佛要一口气穿过所有的房间；接着突然停下，又摆了个新颖美妙的舞姿。当杰尼索夫把舞伴送到位子前，碰响马刺，向她鞠躬时，娜塔莎甚至没向他行屈膝礼。她困惑地盯住他，脸上露出微笑，仿佛不认识他似的。

“这是怎么回事？”娜塔莎问。

尽管约盖尔认为这不是真正的玛祖卡舞，但大家对杰尼索夫的舞艺都惊叹不止，不断地邀请他跳。老人们都笑眯眯地谈到波兰，谈到过去的美好时光。杰尼索夫跳玛祖卡舞跳得脸都红了，他用手帕擦着脸，坐到娜塔莎旁边，到舞会结束一直没有离开她。

13

那次舞会以后，尼古拉有两天没在家中遇见陶洛霍夫，到他家去也没找到他。第三天尼古拉接到陶洛霍夫的一张便条。

“由于你知道的原因我不再造访尊府，并即将归队。今晚略备酒菜邀请几位朋友，务请来英国饭店一聚。”尼古拉当晚同家人和杰尼索夫看戏，九点多钟离开剧院，如约去英国饭店。他一到饭店，就被领往陶洛霍夫那晚租用的最好单间。

约莫有二十个人围桌而坐，陶洛霍夫坐在两支蜡烛中间。桌上放着金币和钞票。陶洛霍夫坐庄。自从他向宋尼雅求婚遭到拒绝后，尼古拉还没见到过他，一想到同他见面的情景，心里不免有点忐忑不安。

尼古拉一进门，陶洛霍夫明亮而阴冷的眼睛就看见了他，仿佛早在等待他了。

“久违了，”陶洛霍夫说，“谢谢大驾光临。我马上就把牌发完，伊留施卡要带他的合唱队来。”

“我去找过你了。”尼古拉红着脸说。

陶洛霍夫没有回答他。

“你可以下注。”陶洛霍夫说。

尼古拉这时想起同陶洛霍夫的一次古怪谈话。当时陶洛霍夫说：“只有傻瓜才靠运气赌钱。”

“你是不是怕同我赌钱？”陶洛霍夫说，仿佛猜透了尼古拉的心思，微微一笑。尼古拉从他的笑容中看出他的情绪。这种情绪表现在俱乐部宴会上，表现在最近一段时期里，仿佛陶洛霍夫要用一种古怪的、多半是残酷的行为来排遣无聊的日常生活。

尼古拉觉得不自在。他想用一句俏皮话来回敬陶洛霍夫，但想不出来。不过，不等他想出来，陶洛霍夫就直瞪着他的脸，一字一顿地（使大家都能听到）慢慢对他说：

“你还记得我同你谈过赌钱的话吗……只有傻瓜才想靠运气赌钱。赌钱一定要有信心，让我试试。”

“赌钱是靠运气呢，还是要有信心？”尼古拉想。

“你最好还是别赌！”陶洛霍夫添加说，接着拍响一副新牌又说，“诸位，下注！”

陶洛霍夫把钱向前一推，准备发牌。尼古拉坐在他旁边，开头没有赌。陶洛霍夫对他瞧瞧。

“你怎么不赌？”陶洛霍夫说。说也奇怪，尼古拉感到非抓一张牌不可，就放上一个小赌注，赌了起来。

“我没有钱。”尼古拉说。

“我可以让你记账！”

尼古拉在牌上押上五个卢布，输了，又押上，又输了。陶洛霍夫一连杀了（就是赢了）尼古拉十张牌。

“诸位，”陶洛霍夫发了一会儿牌，说，“请把钱放在牌上，要不我会算错的。”

有个赌客提出，希望能让他记账。

“记账是可以的，但我怕搞乱；请大家把钱放在牌上。”陶洛霍夫回答。“你不用顾虑，我们以后会算清的。”他又对尼古拉说。

赌博继续下去，侍者不停地递送香槟。

尼古拉的牌输光了，他的账上写着八百卢布。他原想在一张牌上写上八百卢布，但侍者递给他一杯香槟，他改变了主意，又照常写上二十卢布。

“慢着！”陶洛霍夫说，眼睛似乎没看尼古拉，“你快捞回本钱了。我输给别人，可是赢了你。你是不是怕我啊？”陶洛霍夫重复说。

尼古拉听他的话。留下八百卢布的账不动，从地上捡起一张破角红桃七放在桌上。事后他记得很清楚：他用粉笔头在红桃七上端端正正地写上八百这个数字；他喝干一杯侍者递给他的暖香槟，听到陶洛霍夫的话笑了笑，盯着陶洛霍夫的手，心情紧张地等着翻出七来。这张红桃七对尼古拉可是关系重大。上星期日罗斯托夫伯爵给了儿子两千卢布。他一向不愿提到经济拮据，但这次还是对儿子说，五月以前只能给他这么多钱，要他节省一点。尼古拉说，这些钱对他绰绰有余，他保证开春以前不会再问父亲要钱。现在这笔钱只剩下一千二百卢布了。因此这张红桃七不仅关系到一千六百卢布的输赢，而且关系到他的保证是否算数的问题，他紧张地瞧着陶洛霍夫的手，想：“哦，快让我拿到这张牌！拿到这牌，我就拿起帽子回家去跟杰尼索夫、娜塔莎和宋尼雅一起吃晚饭。从此以后我再也不碰牌了。”这时候，家庭生活的情景——同彼嘉开玩笑，同宋尼雅谈天，同娜塔莎合奏，同父亲打牌，甚至厨司街家中舒服的床，都生动而富有魅力地浮现在他的眼前，仿佛这一切都是一去不复返的无上幸福。他无法想象，由于不幸的意外这张红桃七发到右边而不发到左边[①]，就会使他丧失全部新的幸福，从而使他掉进空前的灾难深渊。这种情况是不会发生的，但他还是提心吊胆地盯着陶洛霍夫的手。这双宽大、略呈浅红色的手，从衬衫袖子里露出长着汗毛的手腕，放下那副牌，接过递给他的酒杯和烟斗。

“那么你不怕同我赌牌吗？”陶洛霍夫又问。他仿佛要讲一件有趣的事，放下牌，靠在椅背上，不慌不忙地含笑讲起来：

“是啊，诸位，听说莫斯科流传着一个谣言，说我是个骗子手，因此奉劝大家对我留点神。”

“喂，发牌吧！”尼古拉说。

---

① 开牌后，输家把所押的那张牌放在右边，赢家放在左边。

“唉，全是莫斯科的三姑六婆编的！”陶洛霍夫说，笑嘻嘻地去抓牌。

“哎呀！”尼古拉差点叫出声来，举起双手抱住头。他所需要的那张红桃七竟是那副牌的第一张。他输得无力付账了。

“可是你别不顾死活胡来！”陶洛霍夫说，瞟了一眼尼古拉，继续发牌。

14

一个半小时后，多数赌客已不再关心自己的牌了。

大家的注意力都集中在尼古拉一人身上。他欠的已不是一千六百卢布，而是一长串数字，原来他估计欠了一万卢布，但此刻估计已超过一万五千。其实他欠的账已超过两万卢布。陶洛霍夫已不再听人讲话，也不再说故事；他注视着尼古拉双手的一举一动，偶尔溜一眼他欠账的数目。他决定赌下去，直到这笔账达到四万三千卢布。他之所以选定这个数字，是因为他和宋尼雅的年龄加起来正好是四十三。尼古拉双手抱着头坐在桌旁，桌上写满粉笔字，酒迹斑斑，纸牌散乱。他的头脑里一直留着一个使他痛苦的印象：那双从衬衫袖子里露出长着汗毛的淡红色大手，他爱这双手，又恨这双手，因为这双手控制了他。

“六百卢布，爱司，折角，九……翻不了本！……要是待在家里多开心！……杰克，加倍……这不可能！……他为什么要跟我来这一手？……”尼古拉想。有时他下一个大注，但陶洛霍夫不接受，另定一个数目，尼古拉依了他。尼古拉忽而像战时在恩斯河桥上那样祷告上帝；忽而幻想从桌下一堆破牌中捡到的第一张牌会拯救他；忽而数着衣服上的绦子，打算孤注一掷，把全部输款都押在同绦子数目相等的牌上；忽而望望其他几个赌客求援；忽而望望陶洛霍夫此刻冷冰冰的脸，竭力想猜透他的心思。

“他明明知道，我这样输下去会有什么结果。可他总不至于想把我逼死吧？他不是我的朋友吗？我可是喜欢他的……但这也不能怪他，他走运，有什么办法？但我也没有错，”尼古拉自言自语，“我又没有做过什么错事。难道我杀过人？侮辱过人？存心害过人吗？我怎么会倒这样大的霉？这是从什么时候开始的？刚才我来到桌子旁还想赢它一百卢布，给妈妈买一个首饰盒过命名日，然后带回家去。我原是多么快乐，多么幸福，多么无忧无虑啊！可当时我没体会到我是多么幸福！这样的幸福生活是什么时候结束的？这种可怕的新局面又是什么时候开始的？怎么会发生这样的变化？我一直这样坐在这儿，坐在这张桌子旁，选牌发牌，一直这样瞧着这双宽大灵活的手。这一切是什么时候发生的？究竟是怎么发生的？我身体好好的，我还是原来的我，一直待在老地方。不，这不可能！不可能出什么事。”

尼古拉脸红耳热，浑身出汗，尽管屋里并不热。他的脸色又可怕又可怜，由于故作镇定而显得越发不自然。

记下的账达到了陶洛霍夫预定的四万三千这个可怕的数字。尼古拉刚折了一张牌的角，表示要捞回或加倍支付刚输去的三千卢布，陶洛霍夫却把一副牌拍了一下，推到一边，拿起粉笔，笔迹粗大而整齐地记下尼古拉欠的账，但把粉笔折断了。

“吃饭了！该吃饭了！哦，吉卜赛人来了！”果然，一群皮肤黝黑的男女从寒冷的户外走进来，操着吉卜赛口音交谈着。尼古拉明白，一切都完了，但他若无其事地说：

“怎么，你不打了？我倒准备了一张好牌。”仿佛他最感兴趣的还是赌博。

“全完了！我完了！”尼古拉想，“如今只剩下一条路，把子弹往脑门上打。”嘴里却兴致勃勃地说：

“喂，再来一张小牌吧。”

“好！”陶洛霍夫算清账回答，“好！二十一个卢布。”他指着四万三千卢布后面的零数二十一说，拿起牌准备发。尼古拉听话地抚平牌角，不写六千，而恭恭敬敬地写了二十一。

“这对我都一样，”尼古拉说，“我只想知道你要吃掉这张十还是让我赢。”

陶洛霍夫一本正经地发牌。哦，尼古拉这时真恨死了这双手指很短、汗毛从衬衫袖口里露出来的淡红色的手，因为这双手控制了他……那张十落到了他手里。

“您欠四万三千卢布，伯爵！”陶洛霍夫说，伸着懒腰从桌旁站起来，“坐了这么久，真累啊。”

“是啊，我也累了。”尼古拉说。

陶洛霍夫仿佛提醒他别开玩笑，拦住他说：

“什么时候可以拿到钱，伯爵？”

尼古拉涨红脸，把陶洛霍夫叫到隔壁屋里。

“我一下子付不出，你收期票吧。”尼古拉说。

“听我说，尼古拉，”陶洛霍夫开朗地微笑着，盯着尼古拉的眼睛，“你一定知道那句俗语：‘情场上得意，赌桌上失利。’你的表妹爱上你了。这我知道。”

“唉！我落在这个人手里真是可怕！”尼古拉想。他明白，他输钱这个消息将给父母带来多大的打击。他明白，要是能摆脱这困境该多幸福。他明白，陶洛霍夫明知道怎样可以使他避免这场羞辱和悲伤，却还在像猫玩老鼠那样玩弄他。

“你的表妹……”陶洛霍夫刚开口，尼古拉就抢在他的前头。

“我表妹同这事无关，不用提她！”尼古拉疯狂地吼道。

“那么，什么时候可以拿到钱？”陶洛霍夫问。

“明天。”尼古拉说完，就走出屋子。

15

说一声“明天”并保持体面的语气倒不难，可是独自回到家里，看见妹妹、弟弟、母亲和父亲，坦白自己的过错，并在保证不再要钱后又提出要钱，这是很难堪的。

家里人都还没有睡。罗斯托夫家的年轻人已从剧院回来，吃过晚饭，坐在钢琴周围。尼古拉一走进大厅，就落入一冬都弥漫在他们家的诗意盎然的爱情气氛中。这种气氛在陶洛霍夫求婚和约盖尔的舞会之后更浓了，就像雷雨前的空气那样，而在宋尼雅和娜塔莎身上表现得尤其明显。宋尼雅和娜塔莎穿着浅蓝色连衣裙从剧院回来，显得很美，她们自己也很得意，笑眯眯地站在钢琴旁。薇拉和申兴在客厅里下棋。老伯爵夫人在跟住在他们家的一位贵妇人摆牌阵，等着儿子和丈夫。杰尼索夫眼睛闪亮，头发蓬乱，坐在钢琴旁，一条腿伸到后面，粗短的手指按着琴键，眼珠转动着，用低哑而正确的声音唱着他自己编的诗《仙女》，试图配上音乐。

仙女啊，告诉我：
是什么魔力引我重新拨动琴弦；
你在我心中燃起了烈火，
使我狂欢得手指震颤！

杰尼索夫热情奔放地唱着，他那黑玛瑙般的眼睛瞟着又惊又喜的娜塔莎。

“太美了！妙极了！”娜塔莎叫道，“再来一段！”她说，没有发现尼古拉。

“他们总是这一套。”尼古拉望了望客厅想，他看见了薇拉和母亲跟那个老妇人。

“哦，尼古拉来了！”娜塔莎叫着向他跑去。

“爸爸在家吗？”尼古拉问。

“你来了，我真高兴！”娜塔莎没有回答他，径自说，“我们真快活！杰尼索夫为了我再留一天，你知道吗？”

“没有，爸爸还没有回来。”宋尼雅说。

“尼古拉，你来了，到我这儿来，我的孩子。”客厅里传来伯爵夫人的声音。尼古拉走到母亲跟前，吻了吻她的手，默默地坐在她的桌旁，望着她那双摆牌阵的手。大厅里不断传来笑声和求娜塔莎唱歌的快乐声音。

“嗯，好，好！”杰尼索夫叫道，“您别推辞了，轮到您唱船歌了，我求求您。”

伯爵夫人回头看了一下沉默不语的儿子。

“你怎么了？”母亲问尼古拉。

“哦，没什么，”尼古拉说，仿佛对这个问题已感到厌烦，“爸爸快回来了吗？”

“我想快回来了。”

“他们总是这一套。他们什么也不知道！我到哪儿去好呢？”尼古拉想着，又走到摆着钢琴的大厅里。

宋尼雅坐在钢琴旁，弹着杰尼索夫特别喜爱的船歌的序曲。娜塔莎准备唱歌。杰尼索夫目光如痴似醉地望着她。

尼古拉在屋里来回踱步。

“怎么会想到叫她唱！她能唱什么？又没有什么开心的事。”尼古拉想。

宋尼雅弹了序曲的第一个和音。

“天哪！我是一个不要脸的人，我是一个堕落的人。拿子弹打进脑门，只剩下这一条路了，还唱什么歌，”尼古拉想，“逃走吗？逃到哪儿去？反正都一样，让他们唱好了！”

尼古拉闷闷不乐地继续在屋里来回踱步，瞧瞧杰尼索夫和姑娘们，但避开她们的目光。

“尼古拉，你怎么了？”宋尼雅的目光盯住他，仿佛这样问。宋尼雅立刻看出他出事了。

尼古拉避开她的目光。娜塔莎天生机灵，立刻发现哥哥的情绪有点不对头。她发现了这一点，但她是那么高兴，根本顾不上悲伤、忧愁和责备，她有意欺骗自己（这种情况在青年人是常有的）。“不，我现在太快乐了，不能因为同情别人的苦难而使自己扫兴，”娜塔莎自言自语，“不，大概是我弄错了，他一定也像我一样快乐。”

“喂，宋尼雅！”娜塔莎说，走到客厅中央，她认为在那里唱歌共鸣最好。娜塔莎昂起头，像舞蹈家那样垂下双臂，有力地踮着脚尖走到大厅中央站住。

“瞧，我就是个这样的人！”娜塔莎仿佛这样回答热情地盯住她的杰尼索夫。

“她高兴什么呀！”尼古拉望着妹妹想，“她怎么不觉得无聊，怎么不觉得害臊！”娜塔莎唱出第一个音符，放开喉咙，挺起胸膛，眼睛里现出严肃的神情。这时她什么人也不想，什么事也不想。从她含笑的嘴唇里吐出来的声音，谁也能用同样的时间和音程唱出来，这种声音即使唱一千遍还不会使你感动，但到一千零一遍准会使你震惊和流泪。

娜塔莎今冬第一次开始认真唱歌，很大原因是杰尼索夫很欣赏她的歌喉。她现在唱歌已不像孩子，已不像从前那样幼稚可笑、声嘶力竭，但听过她唱歌的行家说，她唱得还不好。"没有经过训练，但嗓子很好，需要训练一下。"大家都这样说。但大家总是在她的歌声停止好久后才这样说。当她这种未经训练的嗓子用不正确的送气方法歌唱和紧张地转调的时候，就连行家也没说什么，一味欣赏着她的歌喉，并希望再听一次。她的声音带有一种处女的纯洁、对自己力量的未知和未经训练的天鹅绒般的温柔。这些特点同她唱歌艺术的缺点混合在一起，使人觉得若改变这声音，就会把它糟蹋。

"这是怎么回事？"尼古拉听到娜塔莎的声音，睁大眼睛想，"她怎么了？她今天怎么唱得这样好？"突然尼古拉觉得全世界都在聚精会神地等待下一个音符、下一句歌词，整个世界就分成三拍，"唉，我那残酷的爱情[①]一、二、三……一，二，三……一……唉，我那残酷的爱情[②]……一，二，三……一。唉，我们的生活糟透了！"尼古拉想，"灾难，金钱，陶洛霍夫，仇恨，名誉，这一切都毫无意思……只有这歌声才有意思……哦，娜塔莎，你真是个宝贝，真是个好姑娘！……她怎么唱 si 呢……唱了？感谢上帝！"为了加强这个 si，他不知不觉唱起了第二声部的高三度音。"天哪！多么好哇！难道这是我唱的吗？多么幸福哇！"尼古拉想。

哦，这三度音唱得多么动人，尼古拉心里最好的感情也被触动了。这感情跟世上任何事情无关，凌驾于一切之上。什么输钱，什么陶洛霍夫，什么诺言！……一切都毫无意思！杀人也罢，盗窃也罢，人总是幸福的……

---

①② 原文为意大利语。

16

尼古拉好久没有像今天这样尝到音乐的乐趣了。但娜塔莎一唱完船歌，现实又浮现在他的面前。他一言不发，走到楼下自己的房间里。过了一刻钟，老伯爵兴高采烈地从俱乐部回来。尼古拉一听见他的车子声，就去迎接他。

“怎么样，玩得好吗？”罗斯托夫伯爵得意扬扬地含笑望着儿子说。尼古拉想说“是”，但说不出口，他差一点哭起来。伯爵点燃烟斗，没有发觉儿子的神态。

“唉，非说不可了！”尼古拉第一次也是最后一次想。突然他用自己也感到讨厌的平静语气对父亲说话，仿佛只是向父亲要一辆马车进城：

“爸爸，我有事跟您商量。我差点儿给忘了。我需要钱。”

“是吗？”父亲说，他的情绪特别好，“我对你说过，弄不到钱了。需要很多吗？”

“很多，”尼古拉红着脸，带着若无其事的傻笑说，为了这傻笑他好久都不能原谅自己，“我输了一点钱，我是说输了很多，简直是非常多，我输了四万三千卢布。”

“什么？输给谁？……你开玩笑！”伯爵大声说，脖子和后颈红得像老人中风一样。

“我答应明天还账。”尼古拉说。

“哦！……”老伯爵双手一摊，颓然倒在沙发上。

“有什么办法！谁没有遇到过这样的事。”儿子若无其事地大胆说，心里却在咒骂自己是无赖，是混蛋，这辈子再也赎不清自己的罪孽了。他想吻吻父亲的双手，跪下来向他求饶，但却若无其事地粗声粗气说谁都会遇到这样的事。

罗斯托夫伯爵听到儿子的话，垂下眼睛，心慌意乱地找寻着什么。

“是啊，是啊，”他说，“不容易，我怕不容易筹到这笔钱……谁都会遇到！是啊，谁都会遇到……”伯爵瞥了一眼儿子的脸，走出屋子……尼古拉原以为会遭到父亲的拒绝，却怎么也没料到会有这样的结果。

“爸爸！好爸爸！”尼古拉放声哭着在后面叫道，“饶恕我吧！”他抓住父亲的一只手，嘴唇贴上去，大哭起来。

就在父子谈心的时候，母女之间也在进行一场重要的谈话。娜塔莎情绪激动，跑到母亲跟前。

“妈妈！……妈妈！……他向我求……”

“求什么？”

“求，求婚。妈妈！妈妈！”娜塔莎叫道。

伯爵夫人不相信自己的耳朵。杰尼索夫求婚。向谁求婚？向娜塔莎小丫头求婚，可她前不久还在玩布娃娃，现在也还在念书。

“娜塔莎，够了，别胡闹了！”伯爵夫人说，还希望这只是玩笑。

“哼，胡闹！我在对您说正经事，”娜塔莎气愤地说，“我来问您该怎么办，可您说：‘胡闹’……”

伯爵夫人耸耸肩膀。

“要是杰尼索夫先生真的向你求婚，尽管这事挺可笑，那你可以对他说，他是个傻瓜。就是这样。”

“不，他不是傻瓜。”娜塔莎生气地认真说。

“噢，那你准备怎么样？现在你们个个都在谈情说爱。好，既然谈情说爱，那就出嫁吧，”伯爵夫人生气地笑着说，“上帝保佑！”

“不，妈妈，我没有爱上他，我认为我没有爱上他。”

“那就这样去对他说吧。”

“妈妈，您不生气吧？您不要生气，好妈妈，我有什么过错啊？”

“那又怎么样，我的宝贝？你如果愿意，让我去对他说。”伯爵夫人微笑着说。

“不，我自己去，您只要教教我就行了。这在您是不费事的，”娜塔莎看到母亲的微笑，添上说，“可惜您没看见，他是怎么对我说的！我知道，他是不愿意说的，他这是无意中说出来的。”

“嗯，不管怎样还是得拒绝他。”

“不，不要。我真可怜他！他那么可爱。”

“噢，那就接受他的求婚吧。你也到嫁人的时候了。”母亲又好气又好笑地说。

“不，妈妈，我真可怜他。我不知道该怎样对他说。”

“你不用说什么，让我去对他说。”伯爵夫人说，想到有人竟敢把她的小娜塔莎当作大人，不禁有点生气。

“不，绝对不要，我自己去，您就到门外听着好了。”娜塔莎穿过客厅跑到大厅。杰尼索夫双手掩住脸，仍旧坐在钢琴旁的那把椅子上。他听到娜塔莎轻轻的脚步声，跳起来。

“娜塔莎！”杰尼索夫快步走到她面前说，“决定我的命运吧。它在您手里！”

“杰尼索夫，我真替您难过！……不，您真好……但不要……这样……我会永远这样敬爱您的。”

杰尼索夫低头吻她的手，她听见他嘴里发出一种古怪的声音。她吻了吻他那蓬乱的黑色鬈发。这当儿响起了伯爵夫人衣裾的窸窣声。她走到他们面前。

“杰尼索夫先生，我感谢您看得起我们，”伯爵夫人窘困地说，但杰尼索夫听来觉得很严厉，“可是我的女儿还很小，我想您是我儿子的朋友，您应该先同我说。这样您就不至于要我出面来拒绝您了。”

“伯爵夫人……”杰尼索夫垂下眼睛，面带歉意地说。他还想说些什么，但是口吃了。

娜塔莎看见他这副可怜的样子，内心觉得难过，她大声抽噎起来。

“伯爵夫人，我对不起您，”杰尼索夫声音断断续续地往下说，“但请您相信，我是那么崇拜您女儿和您全家，我情愿献出两次生命……”他望望伯爵夫人，发现她板着脸……“那么再见了，伯爵夫人。”他吻了吻她的手说。接着他没看一眼娜塔莎，就断然快步走出屋子。

第二天，尼古拉送别了杰尼索夫。杰尼索夫在莫斯科连一天也不想待下去。莫斯科的朋友们在吉卜赛人那里给杰尼索夫饯行。杰尼索夫不记得他怎样被扶上雪橇，怎样走过最初三个驿站。

杰尼索夫走后，尼古拉在莫斯科又住了两星期，等着老伯爵好不容易给他筹足那笔赌账。他足不出户，大部分时间都待在姑娘们房里。

宋尼雅待他比以前更温柔更体贴。她似乎要向他表示，他这次输钱有男子汉气概，她因此越发爱他。但尼古拉却认为自己现在配不上她。

尼古拉在姑娘们的纪念册里写诗作曲，最后把四万三千卢布送给陶洛霍夫，取了收据，在十一月底，也没跟任何熟人告别，就动身去追赶他那个已到达波兰的部队。

第 二 部

1

皮埃尔同妻子摊牌后动身去彼得堡。到了托尔日克驿站，那里没有马匹，但也许是驿站长不肯给。皮埃尔只得等待。他和衣躺在圆桌前的皮沙发上，把两只穿暖靴的大脚搁在桌上，沉思起来。

“箱子要不要搬进来？床要铺吗？要不要沏点茶？”跟班问道。

皮埃尔没有回答，因为他什么也没听见，什么也没看见。他在上一站就开始沉思，这时还在思索那个重大的问题，根本没注意周围发生的事。他不仅不关心什么时候到达彼得堡，在这个站上有没有地方休息，而且觉得同他现在所考虑的问题相比，他在这个站上待几小时或者待一辈子都没有差别。

驿站长、驿站长妻子、跟班、卖托尔日克刺绣的农妇一个个进来伺候他。皮埃尔依旧跷起两腿，从眼镜上方瞧着他们，弄不懂他所关心的问题不解决，他们来做什么，他们怎么还能活下去。自从那天他从索科尔尼基决斗回来，度过了第一个痛苦的不眠之夜后，他的头脑里一直萦回着那些问题；现在，在孤寂的旅途中，这些问题就格外强烈地支配着他的心情。他不论想什么，都会回到这些问题上来，而这些问题他既无力解决，又不能不思考。仿佛他头脑里的主要螺丝钉坏了，而他的全部生活就是靠这个螺丝钉维持的。这个螺丝钉既拧不进去，又退不出来，只能在那里打空转，又无法使它停止不转。

驿站长走进来，低首下心地请求他大人再等那么两小时，两小时后他一定给他弄到驿马。驿站长显然在撒谎，他一心想从旅客身上多弄几个钱，“这是好事还是坏事？”皮埃尔自问，“在我是好事，在别的旅客可是坏事，他却非如此不可，因为他没有钱买食物。他说，他还因此挨了一个军官的打。军官之所以打他，是因为急于赶路。我之所以向陶洛霍夫开枪，是因为我受了侮辱。而路易十六上断头台，是因为他被认为是个罪人，一年后那些处死他的人也因故被杀了。什么是恶？什么是善？什么应该爱，什么应该恨？活着为了什么？我是什么人？什么叫生，什么叫死？是什么力量在支配一切？”他问着自己。但这些问题一个也没有得到解答，只有一个解答既不合逻辑，又同这些问题无关。这个解答就是：“你一死就一了百了。你一死就会明白一切，要么你就别再发问。”但死也是很可怕的。

托尔日克女贩在尖声兜卖货物，特别起劲地兜卖羊皮软底鞋。“我有成百卢布没处花，她却穿着破外套站在那里怯生生地打量着我，”皮埃尔想，“她要钱做什么？难道钱能给她增添丝毫幸福或者灵魂的安宁吗？世界上有什么东西能使她和我减少罪恶、避免死亡？死可以了结一切，而且早晚总要来到，但它比起永恒来只是一刹那的事。”于是他又拧起那个永远拧不紧的螺丝钉，而那个螺丝钉又在原处打空转。

跟班给了他一本裁开一半的苏萨夫人的书信体小说[①]。他读到一个叫爱米丽·曼斯菲尔的女人的痛苦和保护贞操的努力。“既然她爱上勾引她的人，为什么要抗拒他呢？”皮埃尔想，“上帝是不会把违反他意志的欲望注入她的灵魂的。我原来的妻子就没有抗拒，也许她倒是对的。我们什么也不知道，什么也弄不懂。我们所能知道的就是我们的无知。这也就是人类的最高智慧。”

皮埃尔觉得他自身和周围的一切都是混乱、无聊和可憎的。但在这种憎恶的情绪中，他感到一种刺激性的特殊乐趣。

“我斗胆请求大人给这位先生让一块地方。”驿站长进来说，随身带着一位也因缺乏驿马而耽搁的旅客。这是个老头子，个儿很矮，骨骼粗大，脸色枯黄，满脸皱纹，两条灰白的眉毛倒挂，一双似灰色非灰色的眼睛闪闪发亮。

皮埃尔把腿从桌上放下，站起来，躺到为他准备的床上，偶尔望望

① 苏萨夫人（1761—1836），法国作家，此处指她的小说《爱米丽和阿尔封斯》。

新来的旅客。这位旅客形容憔悴，神色忧郁，眼睛不看皮埃尔，在跟班的帮助下费力地脱着衣服。他脱得只剩一件破旧的布面羊皮袄，枯瘦的脚上套了一双暖靴，坐在沙发上。他头发剪得很短，天庭宽阔，脑袋靠在沙发背上。他瞧了一眼皮埃尔。那眼光的严肃、聪明和锐利使皮埃尔吃惊。皮埃尔想同他交谈，但刚要问他旅途的情况，那旅客已闭上眼睛，交叠起那双皱缩的老手——他手上戴着一个大铁戒，铁戒上刻有一个骷髅——一动不动地坐在那里。皮埃尔觉得他不是在休息，就是正在深沉而平静地思考问题。那旅客的跟班也是个脸色枯黄、满脸皱纹的老头儿，没有胡子，看上去不是刮掉的，而是从来没有长过。这个灵活的老跟班打开食物箱，摆好茶具，搬来一个烧开的茶炊。一切准备就绪，那旅客睁开眼睛，凑近桌子，给自己倒了一杯茶，又给没有胡子的老头倒了一杯，递给他。皮埃尔有点不安，觉得非同这位旅客攀谈一下不可。

那跟班交还一只杯底向上的空杯子和一块没有吃完的方糖[①]，问主人还需要什么。

"不要了。你给我一本书。"旅客说。跟班把皮埃尔认为是神学方面的一本书递给他，他就专心阅读起来。皮埃尔对他望望。旅客突然放下书，夹好书签，又闭上眼睛，像原来那样靠在沙发背上坐着。皮埃尔对他望望，还没来得及转过头去，老头儿就睁开眼睛，他那执拗而严厉的目光直盯着皮埃尔的脸。

皮埃尔感到有点窘，想避开他的目光，但老头儿那双炯炯有神的眼睛却不可抗拒地吸引着他。

2

"要是我没有弄错的话，阁下是别祖霍夫伯爵吧。"那个旅客从容不迫地大声说。皮埃尔露出疑惑的神情从眼镜上方瞧着对方，没有作声。

"久闻大名，阁下，"旅客继续说，"也听说您遭到的不幸。"他特别

---

① 杯底向上表示不再要茶；方糖一般不放在茶里，而只在喝茶时咬一点。

强调“不幸”两个字，好像在说：“是的，不幸，不管您叫它什么，我知道您在莫斯科所遭遇的确实是不幸。”他接着又说：“阁下，我很为您难过。”

皮埃尔脸红了，慌忙从床上放下腿，向老头儿欠欠身，不自然地露出羞怯的微笑。

“我对您提起这事可不是出于好奇，阁下，而是有更重要的原因。”他停了一下，眼睛一直盯住皮埃尔，身子在沙发上挪了挪，示意皮埃尔坐到他旁边。皮埃尔没兴致同这个老头儿交谈，但不由自主地顺从他，走到他旁边坐下。

“您真不幸，阁下，”他继续说，“您年轻，我老了。我愿尽我的力量帮助您。”

“哦，是吗？”皮埃尔不自然地微笑着说，“我很感谢您……请问您从哪儿来？”这位旅客的脸并不和蔼可亲，甚至显得冷淡和严厉，但尽管如此，他的言语和面容对皮埃尔却有一种不可抗拒的吸引力。

“您要是有什么原因不愿意跟我谈话，”老头儿说，“那您就直说好了。阁下！”他突然像父亲一般慈祥地笑了笑。

“哦，不，完全没有这回事，正好相反，我很高兴跟您认识。”皮埃尔说，再次望了望新相识的手，更近地察看他的戒指。他看见戒指上有一个骷髅——共济会的标志。

“请问，您是共济会会员吗？”皮埃尔问。

“是的，我是共济会会员，”旅客说，越来越执拗地盯着皮埃尔的眼睛，“我以个人的名义和会友们的名义向您伸出兄弟之手。”

“我怕，”皮埃尔含笑说，共济会会员的人格使他感动，但他一向嘲笑共济会的信仰，此刻他就处于这种矛盾心情中，“我怕我远不能理解，怎么说呢，我对世界的看法同您的看法完全相反，我怕我们不能相互理解。”

“您的看法我是知道的，”共济会会员说，“您的看法，您以为是您个人思考的结果，其实是多数人的看法，是骄傲、懒惰和无知造成的。您别见怪，阁下，我要是不知道这一点，我就不同您谈了。您的想法是一种可悲的迷误。”

"同样，我也可以认为您的想法是一种迷误。"皮埃尔微微地笑着说。

"我决不敢说我认识真理，"共济会会员说，他说话语气的坚决越来越使皮埃尔吃惊，"谁也不能单独掌握真理；只有通过无数代人的努力，从亚当到今天，一砖一瓦地累积起来，才能建立起适合上帝居住的圣殿。"共济会会员说，闭上眼睛。

"我应当告诉您，我不信，我不信……上帝。"皮埃尔说，觉得必须讲真话。

共济会会员仔细瞧了瞧皮埃尔，微微一笑，好像百万富翁看见穷人那样。那穷人对富翁说，他连五个卢布都没有，要是有五个卢布他就幸福了。

"是的，您不认识他，阁下，"共济会会员说，"您不能认识他。您不认识他，所以您才不幸。"

"是的，是的，我不幸，"皮埃尔肯定地说，"可是我有什么办法呢？"

"您不认识他，阁下，所以您很不幸。您不认识他，可他在这儿，在我心中，在我的话里，他在您身上，甚至在您刚才说的亵渎他的话里。"共济会会员声音严肃而颤抖地说。

他停了一下，喘了口气，竭力想平静下来。

"要是没有他，"共济会会员悄悄地说，"我跟您也不会谈到他了，阁下。我们在谈什么，我们在谈谁啊？您否定了谁？"他突然兴奋而又威严地说，"要是他不存在，那是谁臆想出来的？为什么你认为那么难以理解的上帝是存在的呢？为什么你和全世界的人都认为这个不可思议的上帝，这个全能和永恒的上帝是存在的呢？……"他停住话头，沉默了好一阵。

皮埃尔不能也不愿打破沉默。

"他是存在的，但要理解他却是困难的，"共济会会员又说，眼睛不看皮埃尔而瞪着前方，他那双衰老的手由于内心激动而安静不下来，不停地翻动书页，"如果他是个人，你怀疑他的存在，那我可以把他带来，挽着他的手让你看个清楚。但我这个渺小的凡人怎能让一个瞎子，或者一个不愿看见他、不愿看见和了解自己的污浊和罪恶的人看到他的全能、他的永恒和他的仁慈呢？”他停了停，“你是谁？你是什么人？你自作聪明，自以为是，因此胆敢说出这种亵渎的话来，”他带着忧郁和轻蔑的嘲笑说，“小孩子玩弄精致的钟表零件，因为他不懂钟表的用途，他不相信钟表匠，你其实比这个小孩还要愚蠢，还要不懂事。要理解上帝是困难的。从始祖亚当开始到今天，我们世世代代都在探索这个问题，但这个目标还极其遥远；而由于不理解他，我们只看到我们的弱点和他的伟大……”

皮埃尔双目炯炯地瞧着共济会会员的脸，聚精会神地听着，没打断他的话，也没问什么，而全心相信这位陌生人说的话。不论他是不是相信共济会会员所说的聪明的理论，是不是像孩子那样相信共济会会员的语气、信念和诚恳，相信共济会会员使说话中断的颤抖的声音，或者相信他那双在信念中逐渐变老的炯炯有神的眼睛，或者相信共济会会员全身焕发出来的镇定、刚毅和对自己使命的认识（这同自己的颓丧和绝望对照起来，特别使皮埃尔感到惊讶），总之，皮埃尔真心愿意相信并且确实相信了，同时体验到一种恬静、净化和新生的快乐。

“要理解他不能用理智，而要用生命。”共济会会员说。

“我不明白。”皮埃尔说，恐惧地感觉到心里的怀疑不断上升。他怕对方的论证模糊不清，软弱无力，他怕自己不相信他，“我不明白，”他说，“人类的智慧怎么不能理解您所说的事。”

共济会会员露出长者的温厚笑容。

“最高的智慧和真理好像最纯净的水，我们希望吸取它，”他说，“我能用不清洁的容器装这清洁的水，并且指摘它不清洁吗？只有自身清洁了，我才能使这水保持一定程度的清洁。”

“对，对，说得对！”皮埃尔高兴地说。

“最高的智慧不是建立在单纯的理智上，不是建立在分成物理、历史、化学等尘世科学的知识上。最高的智慧只有一种。最高的智慧只有一种科学——解释世界的创造和人在其中地位的科学。要掌握这门科学，必须清洗和革新自己的心灵，因此，在认识之前必须有信心和自我完善。为了达到这个目的，必须在我们心里注入上帝的光，也就是良心。”

“对，对！”皮埃尔同意说。

“用心灵的眼睛看看你自己，问问你自己：你对自己满意吗？光靠理智，你能领会到什么呢？你是什么人？你年轻，你富有，你聪明，你有教养，阁下。你利用这些优越的条件做了什么呢？你对你自己和你的生活满意吗？”

“不，我恨我的生活。”皮埃尔皱着眉头说。

“既然你恨它，那就改变它，净化自己，根据净化的程度你将逐渐获得智慧。阁下，看看你的生活吧。你是怎么度过的？纵酒狂饮，荒淫无度。你从社会上获得一切，却不给社会任何东西。你获得了财富，但你怎样使用它呢？你为亲人做了什么呢？你想到过你的成千上万的农奴吗？你在物质上和精神上帮助过他们吗？没有。你利用他们的劳动过放荡的生活。嗯，这就是你所做的。你有没有选择过一项造福他人的活动？没有。你饱食终日，无所事事。后来你结了婚，阁下，负责指导一个年轻的女人，可是你做了什么呢？你没有帮助她找到真理的道路，阁下，却把她引入欺骗和不幸的深渊。有人侮辱了你，你就把他打死。你还说你不认识上帝，你恨你的生活。这里没有什么奥妙的东西，阁下！”

共济会会员说了这番话，仿佛有点累，又靠在沙发上，闭上眼睛。皮埃尔望着这张严厉、呆板、苍老、简直没有生气的脸，无声地动了动嘴唇。他想说自己的生活是卑劣、空虚和放荡的，但他不敢打破沉默。

共济会会员嘶哑地、老态龙钟地咳嗽了一声，唤来了跟班。

“马怎么样了？”他眼睛不看皮埃尔，问。

“替换的马来了。”跟班回答，“您不休息了吗？”

“不，叫他们套车。”

“难道他不把话说完，不答应帮助我，就走掉，把我一个人抛下吗？”皮埃尔想，站起来，垂下头，偶尔望望共济会会员，在屋子里来回踱步，“是的，这问题我没有想过，我过的生活是放荡可耻的，我不喜欢这样的生活，我不愿意这样过，”皮埃尔想，“但这个人知道真理。

如果他愿意，他能开导我。”皮埃尔想对共济会会员这样说，但不敢说。这位旅客用老年人熟练的手收拾好东西，扣上羊皮袄。他做完这些事，转身对着皮埃尔，冷淡而客气地说：

“请问您去哪儿，阁下？”

“我吗？……我去彼得堡，”皮埃尔像孩子般吞吞吐吐地回答，“我感谢您。我同意您的一切看法。但您别把我想得那么坏。我完全愿意做个像您所希望的那样的人，但我从没得到过人家的帮助……不过，首先得怪我自己不好。请您帮助我，教导我，也许我会……”皮埃尔再也说不下去，他吸了吸鼻子，转过身去。

共济会会员好一阵不作声，显然在考虑什么。

“只有上帝才能帮助人，”他说，“但力所能及的帮助，我们共济会是能向您提供的，阁下。您去彼得堡，把这个交给维拉尔斯基伯爵。（他拿出笔记本，在一页四折的大纸上写了几句话。）让我给您一个忠告。您回到京城，先单独生活一个时期，自我反省反省，不要再过以前那样的生活了。现在我祝您一路平安，阁下！”他看见跟班进来，又说：“祝您成功……”

皮埃尔从驿站长的登记簿上知道，那位旅客叫巴兹杰耶夫。巴兹杰耶夫是诺维科夫[①]时代一位著名的共济会会员和马丁主义[②]者。他走后好久，皮埃尔一直没有躺下睡觉，也没打听马匹，却在驿站房间里来回踱步，回想着自己荒唐的往事，同时怀着新生的喜悦展望着他认为容易获得的高尚、完美和幸福的未来。他觉得他原来生活荒唐，只因为偶尔忘记了做个善良的人是多么幸福。他心里的疑虑已一扫而光。他坚信人类以互相共济为宗旨的大家庭是能够建立的，而共济会就是这样的组织。

① 诺维科夫（1744—1818），俄国著名启蒙主义者、讽刺作家、新闻记者、出版商、共济会会员，但反对共济会的迷信仪式。1792 年被叶卡捷琳娜二世监禁，1796 年保罗一世时获释。

② 共济会中的一派，因追随马丁尼斯·巴斯卡里斯而得名。

3

皮埃尔到了彼得堡，没告诉任何人他已回来，也没去哪儿，整天阅读不知谁给他送来的凯姆庇斯基[①]的书。皮埃尔读这本书，自始至终体会到一种从未有过的快乐，那就是相信人类能够达到至善的境界，人与人能够像兄弟一般相亲相爱，巴兹杰耶夫曾向他启示过这一点。皮埃尔到彼得堡后一星期，有一天晚上，他在当地社交界有过一面之交的年轻的波兰伯爵维拉尔斯基像陶洛霍夫的副手那样一本正经地走进他的房间，随手关上门，确信屋里除了皮埃尔之外没有别人，就对他说：

"伯爵，我来拜访您，负有一项使命，带有一个建议，"维拉尔斯基说，没有坐下，"本会一位高级人物建议提早接受您入会，并且建议让我当您的保人。我认为执行他的意志是神圣的责任。您愿意由我当保人加入共济会吗？"

皮埃尔以前在舞会上看到他时，他总是面带亲切的笑容，同最出色的妇女在一起。现在他那冷淡而严厉的声音使皮埃尔感到惊讶。

"是的，我愿意。"皮埃尔说。

维拉尔斯基点了点头。

"还有一个问题，伯爵，"他说，"请您不是作为共济会的未来会员，而是作为一个正直的人坦率地回答我：您放弃了原来的信仰，改信上帝，是吗？"

皮埃尔考虑了一下。

"是的，是的，我信奉上帝。"他说。

"那么……"维拉尔斯基刚开口，就被皮埃尔打断了。

"是的，我信奉上帝。"皮埃尔又说了一遍。

"那么，我们可以走了，"维拉尔斯基说，"您坐我的马车好了。"

一路上维拉尔斯基没再说什么。皮埃尔问他应该做什么，应该怎样回答，维拉尔斯基只说，地位比他高的兄弟要考验他，他只要说实话就

---

① 凯姆庇斯基（1380—1471），中世纪神秘主义者，著有不少宗教论著。

行了。

他们走进共济会分会大厦的大门，通过黑暗的楼梯，来到灯烛辉煌的前室，没有仆人帮助，自己脱下外套。他们从前室走到另一个房间。门口出现了一个装束古怪的人。维拉尔斯基迎上前去，用法语对他低声说了些什么，然后走到一个小橱前面，橱里放满各种他从没见过的服装。维拉尔斯基从橱里取出一块手帕，拿它蒙住皮埃尔的眼睛，在后脑勺上打了个结，把他的头发拉得很痛，然后扳过皮埃尔的脸，吻了吻，拉住他的手，把他带到一个地方去。皮埃尔因为头发打在结里觉得很痛，皱起眉头，尴尬地微笑着。他脸上带着苦笑，垂着双臂，移动高大的身躯，怯生生地跟着维拉尔斯基走去。

维拉尔斯基拉着他的手走了十来步站住。

“您要是决心参加我们的组织，不论遇到什么情况，您都要勇敢地忍受。（皮埃尔肯定地点点头。）等您听到门响，您就解开眼睛上的手帕，”维拉尔斯基添加说，“祝您勇敢和成功。”维拉尔斯基握了握皮埃尔的手，走出去了。

剩下皮埃尔一个人，他依旧微笑着。他耸了两次肩膀，举起一只手，仿佛要解下手帕，但又放下。他蒙着眼睛过了五分钟，好像过了一小时。他的双臂发麻，两腿发软，他觉得筋疲力尽。他体会到最错综复杂的感情。他害怕将要发生的事，他更害怕让人家看到他的恐惧。他很想知道他将遇到什么，他会得到什么启示，但最使他高兴的是，他终于走上新生和行善的生活道路，因为自从遇见巴兹杰耶夫以来，他就梦想过这样的生活。

屋里响起猛烈的敲门声。皮埃尔解下手帕，向周围环顾了一下。屋里一片漆黑，只有一件白色的东西，里面点着一盏小灯。皮埃尔走近一看，小灯放在一张黑桌上，桌上还放着一本打开的书。原来是《福音书》，里面点灯的白色东西是一个骷髅，上面有窟窿和牙齿。皮埃尔念了《福音书》的第一句：“太初有道，道与上帝同在。”他绕过桌子，看见一个打开的装满东西的大箱子。原来是一口棺材，里面装着人骨。他看到这些东西，一点也不感到惊讶。他希望过一种崭新的生活，跟过去截然不同的生活；他希望看到异乎寻常的东西，比他所看到的更稀奇古怪的东西。骷髅、棺材、《福音书》——他觉得这些东西都不出他所料，他希望看到更多东西。他环顾四周，竭力想使自己感动。“上帝，死亡，爱情，博爱。”他自言自语，同时模糊而快乐地想象着。这时门开了，有人走进来。

皮埃尔在微弱的灯光下看见进来一个矮小的人。这人显然是从亮处来到暗处，他走到屋里站住；接着小心翼翼地走到桌旁，把他那双戴着皮手套的小手放在桌上。

这个矮小的人系一条白色皮围裙，皮围裙遮住他的胸部和部分大腿；脖子上戴着一串类似项链的东西，项链下面竖起高高的白皱领，衬托出他那从下方照亮的长脸。

“您到这儿来是为了什么？”进来的人听见皮埃尔弄出的沙沙声，转过身来问他，“您不相信真理，看不见光明，您到这儿来是为了什么？您要从我们这儿获得什么？智慧，美德，还是启蒙？”

陌生人打开门进来的时候，皮埃尔产生一种恐惧和崇敬的心情，就像小时候做忏悔那样。他觉得他面对着一个生活环境截然不同而在博爱这点上同他很接近的人。皮埃尔呼吸困难，心跳剧烈，走近导师（共济会中指导请求入会的人称导师）。皮埃尔走近一看，认出导师是个熟人，叫斯莫里央尼诺夫。皮埃尔看到进来的人感到有点不快，因为他只是个普通的兄弟和有德行的传教士。皮埃尔好半天说不出话，导师只得把他的问题重复了一下。

“是的，我……我……我要新生。”皮埃尔好容易才说出口来。

“好，”斯莫里央尼诺夫说，立刻又说下去，“您懂得我们神圣的教会将怎样帮助您达到目的吗？……”导师镇定而迅速地说。

“我……希望……在新生上得到……指导……帮助。”皮埃尔由于激动，由于不惯用俄语谈抽象问题，说话结巴，声音哆嗦。

“您对共济会有什么看法？”

“我认为共济会是人们以行善为宗旨的博爱和平等的组织，”皮埃尔说，因为他的话同这庄严的时刻不相称而感到害臊，“我认为……”

“好的，”导师连忙说，显然对这个回答很满意，“您在宗教中寻求过实现自己宗旨的途径吗？”

“没有，我一直认为宗教是不对的，我没遵循它。”皮埃尔低声说，低得导师都听不清，问他说什么。“我是个无神论者。”皮埃尔回答。

“您在找寻真理，以便在生活中遵循真理；因此您在找寻最高的智慧和美德，是这样吗？”导师顿了顿，说。

“是的，是的。”皮埃尔同意说。

导师咳清喉咙，戴手套的双手叠在胸前，开始说：

“现在我要向您宣布本会的宗旨，”导师说，“您要是认为它符合您的想法，您就参加我们的会，这样对您也有益处。本会的宗旨和任何人不能动摇的基础，就是保存和传给后代一项重要的秘密……从太古甚至从始祖遗传至今的秘密，这秘密可能关系到人类的命运。但这种秘密有这样一种性质，一个人要是不进行长期的自我净化，他就无法认识它，无法利用它，而且不是任何人都能很快掌握它。因此我们还有第二个宗旨，就是凭借以前探索这种秘密的人传授给我们的方法，尽量改造本会会员的心灵，净化和启发大家的智能，使大家能领悟这种秘密。

“第三，通过净化和改造本会会员，我们要以我们会员的虔诚和善良为榜样，竭力改造全人类，并全力对抗统治世界的邪恶。这事请您考虑一下，回头我再来找您。”导师说着出去了。

“对抗统治世界的邪恶……”皮埃尔重复说。他想象着今后在这方面的活动。他想象着那些同他两星期前一样的人，他在心里教诲他们。他想到有罪的不幸的人，他要用言行来帮助他们；他想到压迫人的人，他要从他们手里拯救牺牲者。导致所提出的三个宗旨中，最后一个宗旨——改造人类，皮埃尔觉得特别亲切。导师提出的重要秘密虽引起他的好奇，他却认为并不重要；第二个宗旨，净化和改造自己，他也不感兴趣，因为他这时快乐地感觉到，他已完全清除了以前的罪恶，一心准备行善了。

半小时后，导师回来，向他宣布凡是共济会会员都应培养的相当于所罗门神庙七级台阶的七项美德，就是：一、**谦逊**，保守教会的秘密，二、**服从**上级会员，三、品行端正，四、爱人类，五、勇敢，六、慷慨，七、视死如归。

“**第七项**，您要努力做到，”导师说，“直到您觉得死并非可怕的敌人，而是朋友……它会使您那颗在今生行善的活动中疲乏的心灵获得解脱，使您的心灵得到奖赏和安宁。”

“是的，理应如此，”当导师说完这番话出去后，皮埃尔独自想，“理应如此，但我还很软弱，我还迷恋生活，生活的意义现在我才稍稍懂得。”其余五项美德，皮埃尔掐着手指回想，觉得他已具备。那五项美德就是：**勇敢**、**慷慨**、**品行端正**、**爱人类和服从**。而服从尤其重要。他甚至觉得服从并不是美德，而是幸福。(他现在感到很快乐，因为克服了自己的主观武断，并能服从掌握绝对真理的人。)还有一项美德皮埃尔忘记了，怎么也想不起来。

一会儿，导师第三次回来，问皮埃尔有没有拿定主意，能不能身体力行对他提出的一切要求。

“一切我都愿意照办。”皮埃尔说。

“我还得向您说明，”导师说，“我们的教会宣扬教义不仅用语言，而且用其他方法。对诚心追求智慧和美德的人来说，这些方法也许比语言更有力。这个会堂和您所看见的陈设一定比语言更能启发您的心灵，如果您有诚意的话；接下去在入会仪式中您也许会得到类似的启发。我们的教会仿效古代社会，用象形文字来宣扬教义，”导师说，“象形文字是没有感觉的符号，具有同图像相似的性质。”

皮埃尔很想知道象形文字是什么，但他不敢说。他默默地听着导师讲话，从各方面预感到考验马上就要开始。

“如果您主意已定，我要替您行入会仪式了，”导师走近皮埃尔，说，“请把所有贵重的东西都给我，以表示您的慷慨。”

“可是我手头什么也没有。”皮埃尔说，以为要他交出所有的东西。

“就是您随身带着的东西：表、钱、戒指……”

皮埃尔赶快摸出钱包、表，从他肥胖的手指上好不容易摘下结婚戒指。戒指摘下后，共济会会员说：

“请您脱去衣服，以表示服从。”皮埃尔遵照导师的命令脱去燕尾服、背心和左靴。共济会会员拉开皮埃尔左胸上的衬衫，然后弯下腰，把他左裤腿卷到膝盖以上，皮埃尔慌忙想脱下右靴，把右裤腿也卷起来，免得麻烦陌生人，但共济会会员对他说，那可不必，并且给他一只左脚穿的鞋。皮埃尔情不自禁地露出羞怯、疑虑和自嘲的天真微笑，垂下双臂，叉开两腿，站在导师兼会友前面，等待下一道命令。

“最后，请您坦白说出您的主要嗜好，以表示您的诚意。”导师说。

“我的嗜好！我**有过**许多嗜好。”皮埃尔说。

“我是指那种在修行路上最使您动摇不定的嗜好。”共济会会员说。

皮埃尔停了停，思索着。

“酗酒？贪吃？好逸恶劳？懒惰？暴躁？怨恨？女色？”他在心里列举他的毛病，但不知道哪一种是主要的。

“女色。”皮埃尔说，声音轻得几乎听不见。共济会会员听到这个回答，身子一动不动，好半天没说话。最后他走到皮埃尔面前，拿起桌上的手帕，又蒙住他的眼睛。

“我最后一次对您说：把您的注意力集中在您自己身上，控制您的感情，幸福不要从情欲中寻求，而要从自己心里寻求……幸福的源泉在我们自身，而不在外界……”

皮埃尔已感觉到这种令人神清气爽的幸福源泉，现在他的心里已充满快乐和热情。

4

不多一会儿，到黑暗的圣殿来接皮埃尔的，不是原来的导师，而是保人维拉尔斯基。皮埃尔是从声音里听出来的。维拉尔斯基问他是不是打定主意，皮埃尔回答说：

“是的，是的，我同意。”皮埃尔带着孩子般开朗的笑容，袒着肥胖的胸脯，一只脚穿靴子，一只脚穿便鞋，迈着胆怯而紧张的步子，随着用剑抵住他光胸脯的维拉尔斯基走去。他从屋里被领到走廊，前转后拐，最后来到会堂门口。维拉尔斯基咳嗽一声，回答他的是共济会锤子的敲击声，接着他们前面的门开了。有个男低音向他提了些问题（他的眼睛仍被蒙着）：他是谁？生于何处？生于何时？等等。然后他仍被蒙着眼睛带走，一路上有人用譬喻向他说明他巡行的艰苦、友谊的神圣、世界的永恒创造者和他经受困难和危险所需要的勇气。在巡行过程中，皮埃尔发觉，他有时被称为“求道者”，有时被称为“受难者”，有时被称为“申请者”，同时听到锤子和剑的不同敲击声。他被领到目的地去的时候，发现领导人之间有点混乱和慌张。他听见周围的人在低声争论，有人坚持应该领他从地毯上走。随后，有人抓住他的右手，教他用左手把圆规按在左胸上，并跟着另一个人念忠于共济会会规的誓词。然后，皮埃尔闻出他们灭了蜡烛，点着酒精灯，并对他说他将看到微光。有人解去他眼睛上的手帕，他像做梦一样，在微弱的酒精灯下看见几个和导师一样系围裙的人，站在他前面，手握长剑对住他的胸膛。他们中间有一个身穿血迹斑斑的白衬衫。皮埃尔看到这光景，迎着长剑挺起胸膛，希望这些剑刺进他的胸膛。但接着剑都从他身前撤回去，他们立刻又把他的眼睛蒙上。

“现在你看到一点光了。”有人对他说。然后他们又点亮所有的蜡烛，说他应该充分看到光明，于是他的蒙眼布又被解下，有十几个声音同时说：“尘世荣华如此消逝。”[①]

皮埃尔渐渐清醒过来，环顾所在的房间和房里的人。在一张铺着黑布的长桌周围坐着十二个人，个个穿着他以前见过的那种服装。其中有几个皮埃尔在彼得堡的社交界里见过。首席上坐着一个陌生的年轻人，脖子上挂着一个样子特别的十字架。右边坐着皮埃尔两年前在安娜·舍勒家见过的意大利神父。还有一个达官和一个以前在库拉金家做过家庭教师的瑞士人。个个都神态庄重，默不作声，听那手拿锤子的会长说话。墙上嵌着一个星形的灯；桌子一端铺着一块有各种图案的小毯，另一端摆着一个小祭坛，坛上放着《福音书》和骷髅。桌子周围有七个类似教堂用的大烛台。两个会友把皮埃尔领到祭坛前，要他的双腿摆成直角，命令他趴下，说他要趴在圣殿的大门口。

“他应该先领铲子。”一个会友低声说。

“哦，请别作声！”另一个说。

皮埃尔没有理他，他那双近视眼慌张地环顾四周，心里突然起了疑

① 原文是拉丁文。

问："我在哪里？我在做什么？他们是不是在取笑我？将来我想到这事会不会感到害臊？"但这种疑虑只持续了一刹那。皮埃尔环顾周围一张张严肃的脸，想起他已经历的一切，明白不能半途而废。他为自己的疑虑感到害怕，竭力恢复原来那种虔诚的感情，趴在圣殿大门口。他的虔诚果然在他身上恢复了，并且比原来更强烈。他在地上趴了一会儿，他们命令他起来，给他系上同别人一样的白围裙，交给他一把铲子和三副手套，然后会长对他说话。会长叫他尽量不要玷污这象征堡垒和纯洁的白围裙；然后要他用这把古怪的铲子清除自己心上的罪恶，宽宏大量地抚慰别人的心。第一副男式手套的用处，会长说皮埃尔不该知道，但应该把它保存起来；至于另一副男式手套，皮埃尔应该在集会时戴上；最后，关于第三副手套，那是一副女式手套，会长说：

"亲爱的兄弟，这副女式手套归您所有。将来把它送给您认为最可敬的女人。把它作为礼物送给与您志同道合的女伴，来证明您心地的纯洁。"会长顿了顿，添加说，"不过，亲爱的兄弟，要注意，别拿这副手套戴在脏手上。"皮埃尔觉得会长说最后一句话时有点窘。不过皮埃尔觉得更窘，他像孩子一般面红耳赤，差点儿掉眼泪。他不安地环顾四周。接着是一片令人难堪的沉默。

这种沉默被一个会友打破了。他把皮埃尔领到毯子前，并根据稿本向他说明毯子上的图案：太阳、月亮、锤子、铅锤、铲子、粗石、方石、柱子、三扇窗子，等等。然后他给皮埃尔指定一个座位，给他看分会会标，告诉他口令，这才让他坐下。会长开始宣读会章。会章很长，皮埃尔由于快乐、激动和羞愧没听清向他宣读的会章。他只听到最后一条，并把它记住了。

"在我们的圣殿里，除了善和恶之外，我们不承认其他差别，"会长说，"警惕不要制造可能破坏平等的任何差别。火速救援任何兄弟，指导迷途的人，扶起跌倒的人，永远不仇恨兄弟。待人亲切有礼。点燃人人心中行善的火种。同人有福共享。永远不让嫉妒玷污这种纯洁的快乐。"

"饶恕你的敌人，不向他报复，只对他行善。这样执行最高会规。你将重新获得你所丧失的古代传下来的尊严。"会长说完，站起来搂抱皮埃尔，并且吻了他。

皮埃尔眼睛里含着喜悦的泪水，环顾四周，不知道该怎样回答周围人们的祝贺和问候。他不再承认原来的相识，而把所有的人一视同仁地看作兄弟，并且渴望同他们一起行动。

会长敲了一下锤子，大家各就各位，有个人读了会员必须谦逊的训诫。

会长提议履行最后一项义务。于是那个被称为“收捐人”的显要会友就绕着兄弟们走了一圈。皮埃尔想把他所有的钱都写在捐册上，但又怕因此显得招摇，就认捐了同别人一样的数目。

会议结束了。皮埃尔回到家里，仿佛经历了几十年的长途旅行归来，他完全变了样，彻底摒弃了原来的生活方式和习惯。

5

入会后的第二天，皮埃尔坐在家里读书，用心研究一个方块图案的含义。方块一边象征上帝，另一边象征精神，第三边象征物质，第四边象征三者的混合物。他有时丢开书和方块，考虑新的生活计划。昨天在共济会会所里有人对他说，决斗的消息已传到皇上那里，他还是离开彼得堡为好。皮埃尔打算去南方庄园照管他的农奴。他正在快乐地考虑这种新的生活，华西里公爵突然走了进来。

“我的朋友，你在莫斯科干了什么？你为什么同我的海伦吵嘴，老弟？你好糊涂！”华西里公爵一边走进来，一边说，“我全知道了。我可以明确地对你说，海伦没有对不起你的地方，就像基督没有对不起犹太人一样。”

皮埃尔想回答，但被华西里公爵拦住。

“你为什么不把我看作朋友，不直接来找我？我什么都知道，什么都明白，”华西里公爵说，“你的行为表明你珍惜名誉，但也许性急了一点，这事我们不谈了。但有一点你要明白，在整个社会甚至在朝廷面前，你把我们父女俩放在什么地位。”华西里公爵压低声音添加说，“她住在莫斯科，你住在这里。够了，我的朋友！”他把皮埃尔的一只手往下拉，

“这纯粹是误会。我想你也一定感觉到了。现在我们来写封信，叫她到这儿来，把事情解释清楚，流言蜚语也就不会有了。要不，老实对你说，你准会痛苦的，我的朋友。”

华西里公爵威严地瞧了皮埃尔一眼。

“我从可靠方面得到消息，皇太后对这事很关心。你要知道，她很垂爱海伦。”

皮埃尔几次想说话，但一方面华西里公爵不让他说，总是急急忙忙把他的话打断；另一方面，皮埃尔想坚决拒绝岳父的建议，但又怕自己改口。再说，他想起了共济会的一条规则：“待人亲切有礼。”他皱起眉头，涨红了脸，站起来又坐下，勉强自己做一生中最困难的事：当面说人家不愿听的话，不管对方是谁。他一向听从华西里公爵自以为是的傲慢语言，现在也觉得无力违抗；不过他觉得他现在要说的话将关系到他一生的前途：是继续走老路呢，还是走共济会会员富有吸引力地给他指出的新生之路。

“哦，我的朋友，”华西里公爵戏谑地说，“你只要说一声‘好’，我就写信给她，我们就宰肥牛犊[1]。”不过，华西里公爵还没说完他的俏皮话，皮埃尔脸上就现出像他父亲那样的狂怒，眼睛不看对方，低声说：

“公爵，我并没请您来，请出去，出去！”皮埃尔跳起来，给华西里公爵打开门，“出去！”他忘乎所以地又说了一遍，看见华西里公爵脸上窘困和恐惧的神色，不禁感到高兴。

“你这是怎么了？你病了？”

“出去！”皮埃尔再次用威胁的语气说。华西里公爵没有听到任何解释，无可奈何地走了。

一星期后，皮埃尔辞别共济会的新朋友，留给他们巨额捐款，动身到自己的庄园去。他新认识的兄弟为他写了给基辅和敖德萨共济会的介绍信，并答应同他通信，指导他今后的活动。

---

① 典出《新约全书·路加福音》第十五章：浪子回家，他父亲宰肥牛犊欢迎他。

6

皮埃尔跟陶洛霍夫决斗一事私下了结了。尽管当时皇帝对决斗事件处理很严，双方当事人和他们的副手都没有受到惩罚。但皮埃尔夫妇分居，证实决斗事出有因，这事也就成了社会上的话柄。本来皮埃尔只是个私生子，那时大家对他都抱着一种宽容的态度；后来他成为俄罗斯帝国最理想的女婿，受到大家的宠爱和赞扬；结婚以后，闺女们和母亲们对他已无所期待，他在社会上的地位一落千丈，何况他这人不会也不愿讨好社交界。现在大家都把这件事归罪于他一人，说他吃醋成癖，无理取闹，而且像他父亲一样，一旦脾气发作就心狠手辣。皮埃尔走后，海伦回到了彼得堡。她所有的相识不仅待她热情，而且对她的不幸遭遇深表同情。一谈到她的丈夫，海伦脸上就现出庄重的神气。这是出于她的本能，尽管她并不懂得它的作用。这种神气表示，她决不怨天尤人而默默地忍受自己的不幸，因为她认为丈夫是上帝加在她身上的十字架。华西里公爵比较露骨地表示他的意见。一谈到皮埃尔，他总是耸耸肩膀，指指前额说：

“神经有点毛病——我一向这样说。”

“我早就说过，”安娜·舍勒谈到皮埃尔时说，“我当时就说过，我比谁都先说（她总是认为自己第一），这个青年疯疯癫癫，被时代的堕落思想毒害了。那时他刚从国外回来，一天晚上在我家，你们还记得吗？他装得像马拉①一样，大家都称赞他，我当时就说过这话。结果怎么样？我当时就不赞成这门婚事，早就料到会发生这种事。”

安娜·舍勒有空依旧在家举行晚会。这样的晚会只有她才有本事举办。参加晚会的，像她自己说的那样，都是真正上流社会的精英，彼得堡知识界的花朵。除了选择社会精英之外，安娜·舍勒的晚会还有一个特色，就是每次她总要把一个有趣的新人物介绍给大家，同时，体现彼得堡保皇派情绪的政治温度在这种晚会上也表现得比哪儿

① 马拉（1743—1793），法国资产阶级革命家，雅各宾派领袖之一。

都清楚。

一八〇六年底，拿破仑在耶纳和奥尔施泰特打垮普鲁士军队，普鲁士大部分要塞陷落，俄军开进普鲁士，我们同拿破仑开始了第二次战争。就在这时，安娜·舍勒又在家里举行了一次晚会。真正上流社会的精英包括被丈夫遗弃的迷人而不幸的海伦、莫特玛、刚从维也纳回来的讨人喜欢的伊波利特公爵、两位外交官、老姑妈、一个在客厅里被称为正人君子的青年、一个新受命的女官和她的母亲，还有几个不很著名的人物。

那天晚上，安娜·舍勒介绍给客人们的新人就是保里斯。保里斯在普鲁士军队中任一位要人的副官，刚作为专使从普鲁士军队中回来。

那天晚会上反映出来的政治温度是这样的：不论欧洲各国君主和统帅怎样姑息拿破仑，使**我们**感到苦恼和难堪，我们对拿破仑的看法可不会改变。我们不能不说出我们对这事的想法，在普鲁士国王和其他君主面前也只能这样说："这样对你们更糟。你这是自作自受，乔治·当丹。[①]我们只能这样说。"安娜·舍勒家晚会上所反映的政治温度就是这样。当保里斯走进客厅的时候，客人差不多已到齐了，安娜·舍勒所主持的谈话正涉及我国同奥地利的外交关系，以及同奥地利结成同盟的希望。

保里斯身材魁伟，脸色红润，容光焕发，穿一套讲究的副官制服，潇洒地走进客厅。他照例先被领去向姑妈请安，然后来到客人中间。

安娜·舍勒让他吻她那干瘦的手，替他同几个他不认识的人作了介绍，同时低声告诉他每个人的情况。

"伊波利特公爵，可爱的年轻人。克卢格先生，哥本哈根派来的代办，绝顶聪明的人……还有，西多夫先生是位正人君子。"

保里斯在服役期间，靠了安娜·舍勒的关照，也靠了自己的风度和稳重，在部队里已处于极有利的地位。他当上一位极其重要人物的副官，担负着极其重要的使命被派去普鲁士，刚作为专使从那里回来。他已精通他在奥洛莫乌茨所欣赏的不成文法。根据这种不成文法，一个准尉的

① 引自莫里哀喜剧《乔治·当丹》。

地位可以大大高于一位将军；根据这种不成文法，在仕途上要取得成功不靠勤奋，不靠功劳，不靠勇气，不靠恒心，而靠善于巴结那些能给予他奖赏的人。他常常为自己平步青云和别人不懂得个中奥妙而感到奇怪。由于这一发现，他的全部生活方式、他跟所有老朋友的关系、他未来的全部计划都完全变了。他并不富裕，但他把仅有的一些钱花在穿着打扮上，务必穿得比别人体面。他宁可牺牲许多享受而决不乘坐寒酸的马车，或者穿着旧军服在彼得堡街上露面。他只结交地位比他高的人，因为他们可能对他有用。他喜欢彼得堡，而瞧不起莫斯科。回忆在罗斯托夫家的往事和他对娜塔莎的天真爱情是不愉快的，自从参军以来他也没再去过罗斯托夫家。他认为进安娜·舍勒的客厅就是高升的重要台阶。他立刻懂得自己在这里应扮演的角色，就让安娜·舍勒充分利用他。他留神观察每一张脸，并且估计同每个人接近的机会和好处。他坐在给他指定的美人海伦旁边，听着大家的谈话。

"'维也纳认为拟议中的条约是无法实现的，除非取得一系列辉煌的胜利。他们对我们获得胜利的方法也表示怀疑。'这是维也纳内阁的原话。"丹麦代办说。

"怀疑得有道理！"绝顶聪明的人微妙地笑着说。

"必须把维也纳内阁和奥地利皇帝区别开来，"莫特玛说，"奥地利皇帝决不会想出这样的事来，只有内阁才会这样说。"

"哦，我亲爱的子爵，"安娜·舍勒插嘴说，"欧洲永远不可能成为我们忠实的盟友。"

接着安娜·舍勒把话题扯到普鲁士国王的勇敢和刚强上，想引保里斯加入谈话。

保里斯留神地听着每个人的话，等待机会发言，同时几次转过头看看身旁的美人海伦。海伦的目光几次笑眯眯地同年轻英俊的副官的目光相遇。

在谈到普鲁士局势时，安娜·舍勒顺理成章地请保里斯讲讲格罗高之行，以及他所看到的普鲁士军队的情况。保里斯不慌不忙，用一口地道的法语讲了许多军队和宫廷的趣闻，但竭力避免表明他的态度。保里斯的讲话好一阵吸引大家的注意。安娜·舍勒觉得客人对她介绍的这位新人物都很满意。海伦听保里斯讲话特别专心。她几次问他这次旅行中的一些细节，仿佛很关心普鲁士军队的状况。保里斯一讲完，海伦就照例笑眯眯地和他说起话来。

“您一定要来看我，”海伦说话的语气表示，这是完全必要的，尽管他不知道为什么，“星期二,八九点钟。您会使我很高兴的。”

保里斯答应满足她的愿望，想同她谈下去，但安娜·舍勒借口姑妈要听他讲讲，把他拉走了。

“您不是认识她丈夫吗？”安娜·舍勒闭上眼睛，伤心地指指海伦，“唉，她真是个不幸的漂亮女人！别在她面前提到他，千万别提。她太痛苦了！”

7

保里斯和安娜·舍勒回到客人那儿时，伊波利特公爵正在主持谈话。他坐在安乐椅上，前冲着身子说：“普鲁士国王！”他说完笑了，大家都向他转过身来。“普鲁士国王，是吗？”伊波利特问，又笑起来，又一本正经地在安乐椅上坐好。安娜·舍勒等了一会儿，但伊波利特似乎不准备说下去，安娜·舍勒就讲起不信神的拿破仑怎样在波茨坦偷走腓特烈大帝的宝剑。

“这把腓特烈大帝的宝剑，我……”安娜·舍勒刚开口，伊波利特就打断了她的话：

“普鲁士国王……”大家对他看看，他表示了一下歉意，又不作声。安娜·舍勒皱起眉头。伊波利特的朋友莫特玛语气坚决地问他说：

“普鲁士国王怎么样？”

伊波利特笑起来，但仿佛又因自己发笑而感到不好意思。

“不，没什么，我只想说……”伊波利特想说他在维也纳听到的一个笑话，这笑话他整晚一直想讲，“我只想说，我们**为普鲁士国王**打仗是徒劳无功的。”

保里斯谨慎地微微一笑，这笑容可以被理解为嘲笑，也可以被理解为赞赏，因人而异。大家都笑了。

“您这个笑话不高明，虽然很俏皮，但是不公正，”安娜·舍勒用瘦得打皱的手指指指他说，“我们打仗是为了正义，可不是为了普鲁士国王。哦，伊波利特公爵的嘴真毒！”

谈话一晚上都没有停止过，话题主要围绕政治新闻。晚会将近结束时，大家谈到皇帝的奖赏，气氛特别活跃。

“既然去年N获得过一个绘有皇帝御像的鼻烟壶，”绝顶聪明的人说，“那么S为什么不能获得同样的奖赏呢？”

“对不起，绘有皇帝御像的鼻烟壶是赏赐，而不是嘉奖，”外交官说，“不如说是一种赠品。”

“有过先例的，譬如施瓦岑贝格就得过这种赏赐。”

“这不可能！”另一个人反驳说。

“我可以打赌。绶带可是另一回事了……”

大家站起来要走。这时，整个晚上很少说话的海伦又用亲切而神秘的命令语气要保里斯星期二去她家。

“我有很重要的事。”海伦含笑回顾着安娜·舍勒说。安娜·舍勒就像谈到她的恩主时那样露出忧郁的笑，支持海伦的要求。海伦觉得需要见他，仿佛是由于保里斯谈到普鲁士军队时说的某一句话。她仿佛答应他，等他星期二来时，她将向他说明为什么需要见他。

保里斯星期二晚上来到海伦豪华的客厅，海伦并没有向他说明为什么一定要他来。客厅里还有别的客人，海伦伯爵夫人很少同他说话，直到临别他吻她手的时候，她才古怪地收起笑容，突然低声对他说：

“明天晚上来吃晚饭。您一定要来……一定要来。”

这次在彼得堡期间，保里斯成了海伦伯爵夫人家的密友。

8

战争越来越激烈，战场已接近俄国边境。到处都在咒骂人类公敌拿破仑；乡下在征募民团和新兵，战场上传来各种不同的消息，多半是虚假的，总之是众说纷纭，莫衷一是。

老保尔康斯基公爵、安德烈公爵和玛丽雅公爵小姐的生活，从一八〇五年起有了很大的变化。

一八〇六年老公爵被任命为全俄八个民团总司令之一的要职。老公爵虽然年迈体弱（在他认为儿子已经牺牲的日子里尤其明显），但觉得皇帝的圣旨不能违抗。不过，这个新的职务倒使他重新振作精神，增强了活力。他经常出去巡视他分管的三个省，履行职责一丝不苟，对待下属铁面无情，连最琐碎的事也要亲自过问。玛丽雅公爵小姐已不再跟父亲学数学，只有早晨老公爵在家的时候，她带着奶妈和吃奶的尼古拉公爵（祖父给他取的名字）去书房里看看父亲。小尼古拉公爵同奶妈和保姆萨维施娜住在已故公爵夫人那部分楼房，玛丽雅公爵小姐白天大部分时间待在育儿室，尽心照顾小侄儿，担当起母亲的职责。布莉恩小姐似乎也很喜欢娃娃，玛丽雅公爵小姐就常常慷慨地把照顾**小天使**（她这样叫她的小侄儿）和逗他玩的乐趣让给自己的朋友。

小公爵夫人安葬在童山教堂旁边。她的墓旁有一座小礼拜堂，礼拜堂里有一座从意大利运来的大理石纪念碑，碑上雕刻着一个振翅欲飞的天使。天使的上唇微微上翘，似笑非笑。有一次，安德烈公爵和玛丽雅公爵小姐走进礼拜堂，都感到惊奇，觉得这个天使的脸有点像小公爵夫人。但使人更惊奇的是——安德烈公爵没有告诉妹妹——艺术家随意雕成的天使脸容，酷似安德烈公爵在亡妻脸上看到的微微谴责他的表情："唉，你们为什么这样对待我呀？……"

安德烈公爵回家后不久，老公爵就把离童山四十俄里的保古察罗伏大庄园分给他。安德烈公爵就利用保古察罗伏庄园大兴土木，在那里消磨大部分时间，部分是想消除跟童山有关的痛苦回忆，部分是由于不能忍受父亲的脾气，部分则是由于想离群索居。

安德烈公爵在奥斯特里茨战役以后毅然决定不再服役。战争一开始，人人都有服役的义务，他为了逃避现役，就在父亲手下从事征募民团的工作。一八〇五年战役以后，公爵父子仿佛对换了角色。老公爵从工作中得到鼓舞，对当前战争满怀希望；安德烈公爵正好相反，总是只看到坏的一面，没有参加战争，但心里还是感到遗憾。

一八〇七年二月二十六日老公爵巡视全军区。安德烈公爵在父亲出巡时照例留在童山。小尼古拉生病已经四天。送老公爵出门的马车夫从城里回来，给安德烈公爵带来了文件和书信。

侍仆在书房里没有看见安德烈公爵，就到玛丽雅公爵小姐屋里，但他也不在那里。人家告诉侍仆，公爵在育儿室。

“老爷，彼得鲁施卡送文件来了。”一个使女，保姆的下手，对安德烈公爵说。安德烈公爵坐在一张孩子坐的小椅子上，皱着眉头，双手哆嗦着拿瓶里的药水滴在盛有半杯水的杯子里。

“什么事？”他生气地问，不留神手一抖，往杯子里多倒了几滴药水。杯子里的药水又泼到地板上，他重新要一点水。使女把水给了他。

屋里放着一张童床、两只箱子、两把安乐椅、一张桌子、一套孩子用的小桌椅，安德烈公爵此刻就坐在那张小椅子上。窗上都挂着窗帘，桌上点着一支蜡烛，用一本乐谱遮住，免得烛光射到小床上。

“我的朋友，”玛丽雅公爵小姐站在小床旁，对哥哥说，“还是等一下……过一会儿……”

“哼，对不起，你尽说蠢话，老是等，已经等成什么样子了。”安德烈公爵愤愤地低声说，显然要刺刺妹妹。

“我的朋友，真的，还是不要弄醒他，他睡着了。”公爵小姐恳求说。

安德烈公爵站起来，拿着杯子踮着脚尖走到小床前。

“那么，你说，不要弄醒他吗？”他迟疑地说。

“随你的便，真的……我想……随你的便。”玛丽雅公爵小姐说，显然因为她的意见占上风反而感到胆怯和害臊。她指给他看正在低声唤他的使女。

兄妹两人照顾发烧的孩子，已有两晚没有睡了。这两个昼夜他们不相信家庭医生，派人到城里另请医生，自己一会儿用这种疗法，一会儿用那种疗法给孩子治病。他们由于不眠和忧虑而脸色憔悴，满腹怨气，相互责怪，争论不休。

“彼得鲁施卡从老爷那里带来了文件。”使女低声说。安德烈公爵走了出去。

“哼，什么事！”安德烈公爵怒气冲冲地说，听了父亲传来的口头吩咐，接过父亲的信，回到育儿室。

“怎么样？”安德烈公爵问。

“还是那样，看在上帝的分上再等一等。卡尔·伊丹内奇说，睡眠比什么都重要。”玛丽雅公爵小姐低声叹息说。安德烈公爵走到孩子那里，摸摸他的身子。孩子在发烧。

“你和你的卡尔·伊凡内奇都给我滚！”安德烈公爵拿起滴了药水的杯子，又走过去。

“安德烈，别这样！”玛丽雅公爵小姐说。

但安德烈公爵又生气又痛苦地对着她皱起眉头，拿着杯子向婴儿俯下身去。

“可我要给他吃，”安德烈公爵说，“来吧，我请你喂给他吃。”

玛丽雅公爵小姐耸耸肩膀，顺从地拿起杯子，叫保姆来喂药。孩子哑着嗓子啼哭。安德烈公爵皱起眉头，抱住头，走出去，坐到隔壁屋里的沙发上。

信一直握在他手里。他机械地拆开信，读起来。老公爵用他那又大又长的字体，间或用缩写，在蓝信纸上写了下面的信：

“我刚从专差那里接到重大喜讯。如不是谣传，别尼生在埃劳对拿破仑作战获得全胜。彼得堡万众欢腾，慰劳品源源送往前方。尽管别尼生是日耳曼人，我还是要向他祝贺。我不知道科尔切瓦的司令官亨德利科夫在做什么：补充人员和粮食至今未到。你赶到他那里去一下，告诉他，要是在一星期之内不把一切办妥，我要他的脑袋。关于埃劳战役我还接到彼嘉来信，他参加了此次战役，一切都是事实。只要不该干涉的人不出来干涉，就是日耳曼人也能打败拿破仑。据说，他逃跑时极其狼狈。注意，立即赶往科尔切瓦执行任务！”

安德烈公爵叹了一口气，拆开另一封信。这是比利平写来的，他密密麻麻地写了两张信纸。安德烈公爵没有读就把它放在一边，又拿起父亲的信来读，读到最后一句：“立即赶往科尔切瓦执行任务！”

“不，对不起，孩子没好我不去。”安德烈公爵想，走到门口，往育儿室望了一眼。玛丽雅公爵小姐一直站在小床旁，轻轻地摇着孩子。

“哦，他还写了什么不愉快的事？”安德烈公爵回想着父亲的信，“是啊，我们打败拿破仑，偏偏就在我没去服役的时候。是啊，是啊，父亲总是取笑我……嗯，由他去吧……”安德烈公爵开始看比利平的法文信。他看着信，一半没有看懂，看信只是为了摆脱那长久折磨他的一个痛苦思想。

9

比利平现在以外交官的身份待在总司令部。他写信虽用法文，还带着法国式的俏皮话和风格，但描写整个战役，却用了纯粹俄国式的勇于自责和自嘲的语气。比利平说，从事外交工作的清规戒律使他很苦恼，幸亏他有安德烈公爵这样可靠的朋友通信，倾吐由目睹军中情景而产生的积愤。这信还是在埃劳战役以前写的，如今已是明日黄花。

“自从我们在奥斯特里茨获得辉煌的胜利以来，不瞒您说，亲爱的公爵，我一直没有离开过总司令部。我确实对战争发生了兴趣，并对我的职务感到很满意；我在这三个月里的见闻，简直令人难以置信。

“让我**从头**说起。您所知道的**人类公敌**向普鲁士人发动进攻。普鲁士人是我们的忠实盟友，他们在三年里只对我们耍了三次花招。我们保护他们。不料**人类公敌**根本不理我们的甜言蜜语，蛮不讲理地向普鲁士人猛攻，不让他们检阅完毕，就把他们打得落花流水，他自己则住进波茨坦宫。

“普鲁士国王写信给拿破仑说：‘我很愿意以陛下最满意的方式在我的王宫接待陛下。我已在条件许可范围内做好一切安排。哦，但愿我能达到目的！’普鲁士将军们在法国人面前大献殷勤，法国人一提出条件，他们就放下武器。格罗高城防司令手下有一万士兵，他请示普鲁士国王他应该怎么办。这一切都千真万确。总而言之，我们原希望只用我们的军事姿态吓唬吓唬他们，结果真的被卷入战争，而且是在我们的国境里，主要是**为了普鲁士国王**并同他一起作战。我们万事俱备，只缺一件小东西，就是总司令。大家认为，要不是总司令太年轻，奥斯特里茨的胜利会更辉煌，因此就从八十岁老将军中物色，最后从普罗卓罗夫斯基和卡明斯基两人中挑选了后者。卡明斯基将军仿效苏沃洛夫乘敞篷马车来到我们那里，大家向他高声欢呼，隆重接待。

“四日，第一个专差从彼得堡来到。箱子被送到（库图佐夫）元帅办公室里，因为元帅事必躬亲。我被叫去帮助检信，把写给我们的信都检出来。元帅派给我们这个差事，自己在一旁瞧着，看有没有写给他的信。我们找了半天，一封也没有找到。元帅等得不耐烦，亲自来检信，发现了皇上给T伯爵、B公爵等人的信。他大发雷霆，忘乎所以，拿起皇帝给别人的信一一拆开来看……‘哼，他们这样对待我。他们不信任我！哼，命令监视我，好，去你们的！’于是他就下了那道给别尼生伯爵的著名命令。

“‘我负伤了，不能骑马，因此不能指挥军队。您吃了败仗，把您的残部带到普尔士斯克，他们没有掩护，没有木柴，没有粮草，因此必须设法补救。既然您昨天已报告布克斯赫弗登伯爵一下要退到我国边境，那么今天您就执行吧。’

“他写给皇上的信说：‘臣因长期戎马生活得了鞍伤，完全无法骑马，亦无力指挥如此庞大的军队，因此将指挥权移交给资历比我深的将军布克斯赫弗登伯爵，并把全体参谋部和所属一切移交给他，并向他忠告，假如粮食缺乏，就向普鲁士境内撤退，目前粮食只够一天食用，又据奥斯吉尔曼师长和谢德莫列茨基师长报告，他们的部队已断粮，农民的粮亦已吃光。我自己现在于奥斯特罗仑克医院养伤。谨诚惶诚恐呈上此报告，并启奏陛下：假如军队再露营十五天，到开春将无一健康士兵了。

“‘请皇上恩准我这无力完成伟大而光荣的使命、使国家蒙受耻辱的老人解甲归田吧。我将在这医院里鹄候圣裁，免去我这名义上是**司令**、实际上是**书记**的职务。我离开军队不会引起丝毫波动，因为我是个瞎子。俄国像我这样的人何止千万。’

“元帅生皇上的气，结果苦了我们大家，这是理所当然的事！

“这是喜剧的第一幕。以后几幕当然就更有趣。元帅一走，我们面对敌人，仗非打不可了。布克斯赫弗登凭资历出任总司令，但别尼生将军完全不买账，再说他和他的军团面对敌人，很想趁机打一仗。他就动手了。这就是普尔士斯克战役，大家都认为这是一次伟大的胜利，可我并不这样看。您知道，我们文官看待军事胜负有个很坏的习惯。

我们认为，在战斗之后撤退的一方是失败者，因此，我们在普尔土斯克战役中是打了败仗。总而言之，在战斗之后我们撤退了，却派专差到彼得堡报捷。别尼生将军没有把全军指挥权让给布克斯赫弗登将军，希望彼得堡方面给他总司令的职位，以酬谢他取得的胜利。在这新旧交接的过渡时期，我们采取了一系列非常古怪而有趣的行动。我们的目的就不再是回避或者攻击敌军，而是回避凭资历可以当我们长官的布克斯赫弗登将军。我们为这个目的竭尽全力，甚至在遇到无法涉水而过的河流时，我们把桥烧掉以阻挡敌人，但我们的敌人目前不是拿破仑，而是布克斯赫弗登。由于我们采取只保全自己的策略，布克斯赫弗登将军差点儿受优势敌军的攻击，他本人也差点儿被俘。布克斯赫弗登追赶我们，我们就跑。他刚渡河来到我们这一边，我们就又回到原来那一边。我们的敌人布克斯赫弗登终于追上我们，向我们进攻。双方进行解释。两位将军都暴跳如雷，这两个总司令差一点决斗。不过，幸亏在这危急关头来了专差，他把普尔土斯克的捷报带到彼得堡，又从彼得堡给我们带来总司令的任命，这样，第一号敌人布克斯赫弗登终于吃了败仗。现在我们可以考虑对付第二号敌人拿破仑了。但没有想到这时在我们面前又出现了第三号敌人——**正教军队**，他们大声疾呼要粮食，要牛肉，要干粮，要干草，要燕麦，什么都要！结果商店空虚，道路阻塞。正教军队大肆抢劫，残酷的程度连上次战役都望尘莫及。有半数军人成群洗劫，烧尽杀光。居民被洗劫一空，医院人满为患，遍地饥荒成灾。暴徒甚至两次攻击司令部，总司令不得不调动一营士兵把他们赶走。在这样的一次抢劫中，暴徒抢走了我的空箱子和睡袍。皇上想授权各师师长就地枪毙暴徒，但我很担心，这样会使一半军队去枪杀另一半军队。”

安德烈公爵起初只是随便看看，但越看越感兴趣（尽管他知道比利平的话不能全信）。他看到这里，把信揉成一团，扔掉了。他生气倒不是因为信的内容，而是因为他不熟悉的那种生活竟使他这样激动。他闭上眼睛，用手擦擦前额，仿佛要驱散信里所写的事对他的吸引力，并细心谛听育儿室里有没有动静。突然，他仿佛听到门外有一种古怪的声音，他生怕在他看信时婴儿出什么事。他踮着脚尖走到育儿室门口，推开门。

他进去的时候，看见保姆神色慌张地把什么东西藏起来，玛丽雅公爵小姐已不在小床旁边。

“我的朋友！”他仿佛听见背后玛丽雅公爵小姐绝望的低语。就像通常在长久失眠和长久激动后那样，他突然感到一阵无名的恐惧：他想大概是孩子死了。他觉得所见所闻的一切都证实了他的恐惧。

“全完了！”他想。他的额上渗出冷汗。他惘然若失地走到小床旁边，相信小床已经空了，保姆已把死婴藏起来。他撩起帐子，他那双惊惶不安的眼睛好久没找到婴儿。他终于看见了婴儿：脸色红润，伸开手脚，横躺在小床上，头滑在枕头下，在睡梦里咂着嘴唇，均匀地呼吸着。

安德烈公爵看见孩子，高兴得像失而复得一般。他俯下身去，照他妹妹教他的那样，用嘴唇试试孩子是不是还在发烧。柔嫩的前额潮腻腻的，他用手摸摸小脑袋，发现连头发都湿了，孩子出了很多汗。他不仅没有死，反而脱离了危险，正在复原。安德烈公爵想把这娇弱的小东西抱起来紧紧搂在怀里，但他不敢这样做。他站在旁边，打量着他的小脑袋和被子底下的小手与小脚。他听见身旁有窸窣声，接着帐子上出现了一个影子。他没有回顾，仍盯着孩子的脸，一直听着他均匀的呼吸。原来影子是玛丽雅公爵小姐。她悄悄走到小床边，掀起帐子，放在身后。安德烈公爵没有回顾，听出是她，向她伸出一只手。玛丽雅公爵小姐握住他的手。

“他出汗了。”安德烈公爵说。

“我就是来告诉你这事的。”

婴儿在睡梦中轻轻地动了动，微微一笑，前额在枕头上擦擦。

安德烈公爵对妹妹望望。在昏暗的帐子里，玛丽雅公爵小姐明亮的眼睛含着幸福的泪水，显得比平时更明亮。玛丽雅公爵小姐向哥哥伸过头去，吻了吻他，无意中稍稍碰了碰帐子。他们相互做着手势，示意别把他惊醒，在昏暗的帐子下又站了一会儿，仿佛不愿离开这个只有他们三人的小天地。安德烈公爵的头发被纱帐弄乱，他首先离开小床。“是的，现在留给我的只有他了。”他叹了口气说。

10

皮埃尔加入共济会后不久，就亲自拟了一份计划，规定他在自己庄园里应该做些什么，然后动身去基辅省。他的大部分农奴都在那里。

皮埃尔到了基辅，把各个庄园的管家都叫到总账房，向他们说明他的意图和愿望。他对他们说，他要立即采取措施，彻底解放农奴，在这以前不能加重他们的劳役，哺乳期妇女不该出工，农奴应得到补助，惩罚限于训诫而不能使用体罚，每个庄园都应设立医院、孤儿院和学校。有几个管家（其中有半文盲）听了心惊肉跳，以为伯爵少爷对他们经营不力和中饱私囊不满；有几个管家先是感到恐惧，后来觉得皮埃尔的特别发音和闻所未闻的新名词挺好玩；第三种管家觉得能听到少爷讲话很高兴；第四种管家，包括总管在内，最聪明，他们听了讲话，懂得怎样对付东家来达到自己的目的。

总管表示很赞赏皮埃尔的意图，但指出，除了这些改革外，庄园经济情况很糟，必须加以整顿。

皮埃尔伯爵虽拥有大量财富，但自从他继承了遗产，据说每年有五十万卢布收入以来，他总觉得远不如以前从已故伯爵那里每年获得一万卢布宽裕。他模模糊糊地知道如下的预算：所有庄园需缴付监护所[①]捐款约八万卢布；维持莫斯科郊区别墅、莫斯科市内住宅和三位公爵小姐的生活费约需三万卢布；养老金支出约一万五千卢布，资助慈善机关大约也需一万五千卢布；海伦伯爵夫人生活费十五万卢布；支付债务利息约七万卢布；近两年兴建教堂支出每年约一万卢布；其他用途约十万卢布，他不知道是怎样用去的，但每年他都得借债。除此以外，总管年年都有信来，报告火灾、歉收，提出要翻建工厂和作坊。因此，皮埃尔需要做的首先就是处理实际事务，而这恰好是他最不擅长和最不感兴趣的。

---

① 沙皇皇室出面主办的机关，主要从事抚养孤儿、救济残疾人等活动，部分资金由募捐收集。

皮埃尔同总管天天算账。他觉得他的经济情况毫无好转。他觉得，他的活动脱离实际，既抓不住问题，又于事无补。一方面，总管总是把情况说得很坏，对皮埃尔说必须偿还债务，并依靠农奴劳动来从事新的工作，而这一点皮埃尔不能同意；另一方面，皮埃尔要着手解放农奴，而总管则认为需先偿付监护所的欠款，因此不能很快实行这项计划。

总管没有说这事完全办不到，但认为要实行这项计划必须先卖掉科斯特罗马省的树林，卖掉河流下游土地和克里木的庄园。但要办理这些事，照总管说，手续非常麻烦，得取消一些禁令，申请特殊许可，等等，弄得皮埃尔手足无措，只好对他说："好，好，就这么办吧！"

皮埃尔自己办理事务缺乏耐心，因此不喜欢办，但在总管面前不得不装出在办的样子。总管则在伯爵面前装模作样，仿佛那些事对东家极其有利，但给自己带来很多麻烦。

在基辅这个大城市里，皮埃尔遇见了一些熟人；不认识的人也纷纷赶来结交他这位回乡的富豪，本省最大的地主，向他亲切致意。皮埃尔在共济会入会时所承认的主要毛病仍很严重，一直不能克服。皮埃尔又是整天、整周、整月忙忙碌碌，出入晚会、宴会、舞会，这些活动使他像在彼得堡一样无暇反省。他没能开始他所向往的新生活，而是像原来一样浑浑噩噩地混日子，不过换了个环境罢了。

在共济会的三大宗旨中，皮埃尔承认他没能做到每个会员必须模范地过道德生活这一条；而在七项美德之中有两项完全没有做到：品行端正和视死如归。他能够聊以自慰的是，他实行另一项宗旨——改造人类，做到另外两项美德——爱人类和慷慨，特别是慷慨。

一八〇七年春，皮埃尔决定回彼得堡。在归途中，他打算巡视所有的庄园，亲自看看他的命令执行得怎样，并了解上帝托他照顾而他也力求施以恩惠的黎民百姓的处境。

总管认为伯爵少爷的企图几乎都是狂想，对自己不利，对他总管不利，对农奴也不利，但他还是作了让步。他始终认为解放农奴是办不到的，于是只在各个庄园里建造学校、医院和孤儿院；在少爷来到时准备欢迎，不讲究排场（他知道皮埃尔不喜欢那一套），而是带着神像、面包和盐，充满宗教的感恩气氛。他知道这种方式能感动伯爵，欺骗伯爵。

南方的春天，乘上维也纳敞篷马车，又稳又快地在幽静的道路上行进，使皮埃尔感到心旷神怡。他以前没有到过那些庄园，那里的风景一处比一处优美；各地农奴都安居乐业，衷心感激赐给他们的恩典。各地农奴的隆重欢迎虽使皮埃尔有点拘束，但他心里很高兴。有一处，农奴向他献上面包和盐以及圣彼得与圣保罗的像，并要求允许他们用自己的钱在教堂里造一个侧祭坛，供奉他的保护神圣彼得和圣保罗[①]以表示对他的感激。在另一处，几个怀抱婴儿的妇女欢迎他，因为他免了她们的繁重劳役。在第三个庄园，神父在孩子们的簇拥下拿着十字架迎接他，由于他的恩典孩子们受到了教育，信仰了宗教。在各个庄园里，皮埃尔亲眼看到根据统一计划正在建造和已经落成的医院、学校和养老院的大楼。这些机构不久即将开办。在各处，皮埃尔听到管家报告农奴的劳役都比以前减少，还听到一些穿蓝布长袍的农奴代表向他说了些动人的感谢话。

皮埃尔不知道，人们向他献上面包和盐并在那里修建圣彼得和圣保罗侧祭坛的地方，是一个贸易村和圣彼得节集市，早就由村里的富农也就是来见他的代表修建好了，而村里十分之九的农民却一贫如洗。他不知道，根据他的命令**哺乳期妇女**不服劳役，但她们在自己的田地上却因此担负起更繁重的劳动。他不知道，那个手拿十字架迎接他的神父强行向农民收取苛捐杂税，强迫农民含泪送子弟去给他当学生，然后又要花很多钱才能把他们赎回来。他不知道，那些大楼都是按照图样由农民建造的，这样就增加了他们的劳役，而所谓减轻劳役只是嘴上说说罢了。他不知道，管家从账簿上指给他看，遵照他的意旨田租减少了三分之一，而劳役却增加了二分之一。因此，巡视庄园使皮埃尔非常高兴，他又恢复了离开彼得堡时的那种慈善心肠。他给他的道兄（他这样称呼会长）写了一封热情洋溢的信。

“做了那么多善事，那么省力，只花了那么少力气，”皮埃尔想，“这

① 皮埃尔的俄国名字就是彼得。照俄国正教规定，同一日纪念圣彼得和圣保罗，因此他们都是皮埃尔的保护神。

些事我们关心得太少了！”

他因人家对他表示感谢而高兴，但同时又感到害臊。他不禁想，他还能为这些纯朴善良的人做些什么。

总管为人既愚蠢又狡猾，深知这位聪明而天真的伯爵的性格，把他当玩具恣意玩弄。他看到他以前做的手脚在皮埃尔身上起的作用，就更坚决地向他证明，解放农奴是办不到的，更是不必要的，因为农奴们本来就过得十分幸福。

皮埃尔在心底里同意总管的意见，觉得很难想象有比他们更幸福的人，而且一旦解放，天知道他们会怎么样，不过皮埃尔还是勉强认为，他所坚持的意见是正确的。总管嘴上答应尽力执行伯爵的意旨，心里明白伯爵永远不会查问，是否采取措施出卖树林和庄园、偿还监护所的欠款，大概也决不会打听，从而知道造好的房子都空关着，农奴也像别家农奴那样继续服劳役，缴纳捐税，也就是交出他们能交出的一切。

11

皮埃尔兴高采烈地从南方旅行归来，实现了一个夙愿：访问两年未见的老朋友安德烈。

皮埃尔在最后一站上打听到，安德烈公爵不在童山而在远处的新庄园，就去那里找他。

保古察罗伏坐落在平原上，风景并不美，四周都是田野和部分伐过的云杉与白桦夹杂的树林。地主的宅院位于村庄尽头，有大路相通，前面有个池塘，塘里灌满水，塘边还没有长草，周围是一片小树林，树林中间有几棵大松树。

地主的宅院里有打谷场、下房、马厩、澡房、厢房和一座尚未完工的半圆形山墙的大邸宅。房子周围是新种的花草树木。围墙和大门都是新修的，十分坚固。棚子里放着两架消防水龙和一个漆成绿色的大水桶。房子周围的路都很直，桥也很坚固，两边还有栏杆。这里处处给人一种整齐清洁、有条不紊的印象。皮埃尔遇见几个仆人，问他们公爵住在哪里，他们指指池塘旁一座新盖的偏屋。安德烈公爵的老家人安东扶皮埃尔下了车，说公爵在家，然后领他走进清洁的前室。

皮埃尔上次在彼得堡看见安德烈生活过得十分阔绰，现在却住着这样一所整洁朴素的小房子，感到很惊讶。他匆匆走进散发着松木香味的没有粉刷过的小厅，想再往前走，可是安东踮着脚尖跑在前头，敲了敲门。

“什么事？”门里传出来不快的尖嗓子。

“有客人。”安东回答。

“请他等一下。”接着传来移动椅子的声音。皮埃尔快步走到门口，同从里面出来的安德烈撞个满怀。安德烈眉头紧皱，样子老了好多。皮埃尔拥抱安德烈，托起眼镜，吻了吻朋友的脸颊，逼近瞧着他。

“哦，真没想到，见到您太高兴了！”安德烈公爵说。皮埃尔没有吭声，他惊奇地盯着朋友的脸。安德烈公爵身上发生的变化使他吃惊。安德烈公爵的话很亲热，嘴唇和脸上也浮着微笑，但眼神却呆滞无光，虽然他也想使自己的眼神露出欢乐的光芒。使皮埃尔感到惊讶和陌生的不是朋友的消瘦、苍白和老气，而是他那呆滞的眼神和额上的皱纹。

就像一般老友久别重逢那样，他们的谈话好久不能集中在一个话题上；他们三言两语交换对一些事的看法，而这些事是需要细谈的。谈话终于渐渐集中在开头涉及的问题上：过去的生活，未来的计划，皮埃尔的旅行和事业，战争，等等。皮埃尔在安德烈公爵眼睛里察觉的凝滞和消沉的神色，如今更鲜明地表现在他听皮埃尔说话时的微笑里，尤其在皮埃尔兴致勃勃地谈到往事和未来的时候，仿佛安德烈公爵想参加而未能参加皮埃尔所谈的事。皮埃尔发觉，在安德烈公爵面前谈论快乐、理想、对幸福和善的希望是不合适的。他羞于说出自己新接受的共济会思想。这种思想通过他最近一次旅行变得格外强烈和鲜明。他竭力自制，唯恐显得幼稚，但同时又忍不住想赶快让朋友看到，他皮埃尔现在跟在彼得堡时已截然不同，大大变好了。

“我无法告诉您，我在这段时期里有多少体会。我连自己都不认得自己了。”

“是啊，从那时起我们有了很多很多变化。”安德烈公爵说。

“嗯，那么您呢？”皮埃尔问，“您有什么计划？”

“计划？”安德烈公爵带着嘲弄的神情把皮埃尔的问题重说了一遍，“我的计划吗？”他重复说，仿佛听到这个词感到惊奇，“你瞧，我在盖房子，打算明年全部搬到这儿来……”

皮埃尔默默地凝视着安德烈见老的脸。

“不，我是问……”皮埃尔刚要说话，就被安德烈公爵打断了：

“哼，我的事有什么可说的……还是讲讲……讲讲你的旅行，讲讲你在你的庄园里做了些什么吧。”

皮埃尔就讲起他在自己庄园里所做的事来，但竭力回避他的改革活动。安德烈公爵几次提示皮埃尔该说些什么，仿佛他早就知道皮埃尔要说的事，他听着不仅不感兴趣，而且为皮埃尔所讲的事害臊。

皮埃尔同朋友在一起感到局促不安，甚至难受。他不作声了。

“不瞒你说，老朋友，”安德烈公爵说，同客人一起显然也觉得拘束和难受，“我只是临时来这里住住，我只是来看看。今天我就要回妹妹那儿去。我要把你介绍给她。你大概认识她吧。”安德烈公爵说，显然在应付一个如今跟他毫无共同之处的客人，“我们吃过饭去。现在你要不要参观一下我的庄园？”他们走了出去，一直散步到吃饭。他们好像两个泛泛之交，随便谈着政治新闻和共同的熟人。安德烈公爵只有在谈到他的新庄园和建筑时才有点生气和兴致，但当他们站在脚手架上，安德烈公爵向皮埃尔谈到未来房子的布局时，谈到一半突然停住了。“不过这没什么意思，我们吃饭去吧。”

吃饭时，话题转到皮埃尔的婚姻问题上。

“我听到这事大吃一惊。”安德烈公爵说。

皮埃尔脸红了，就像每次人家提到这事时那样。他连忙说：

“我以后会把全部经过讲给您听。但不瞒您说，这一切都结束了，永远结束了。”

“永远吗？”安德烈公爵说，“天下可没有永远的事。”

“那么您知道这事是怎样结束的吗？决斗的事听说了吗？”

“听说了，这样的事你都干了。”

"不过，我要感谢上帝，我没把那人打死。"皮埃尔说。

"那是为什么？"安德烈公爵说，"打死一条恶狗可是件好事啊。"

"不，杀人是不好的，不对的……"

"为什么不对呢？"安德烈公爵重复说，"什么对，什么不对，人是无法判断的。人总是弄不清楚，永远弄不清楚，尤其在是非问题上。"

"凡是对别人有害的事都是错的。"皮埃尔说，高兴地发觉自从他来到这里以后，安德烈公爵第一次兴奋起来，开始想说话，说出他怎么会变成现在这个样子的。

"谁告诉过你，什么事是对别人有害的？"安德烈公爵问。

"有害？有害？"皮埃尔说，"我们全都知道，什么事对自己有害。"

"是的，我们知道，但我不能把对自己有害的事加在别人身上，"安德烈公爵越说越兴奋，显然想把自己的新观点告诉皮埃尔，他用法语说下去，"*我知道人生有两大真正的不幸：悔恨和疾病。没有这两种不幸就是幸福*。为自己生活，避免这两种不幸，这就是我现在的全部人生哲学。"

"那么，爱别人和自我牺牲呢？"皮埃尔说，"不，我不能同意您的看法！活着光是不害人，不悔恨，那是不够的。我以前就是这样生活的，我活着为了自己，结果反而毁了自己的生活。现在我才为别人而生活，至少努力为别人而生活（由于谦逊，皮埃尔纠正了自己的话）；现在我才懂得生活的全部幸福。不，我不同意您的看法，您说这话也未必出于真心。"

安德烈公爵默默地瞧着皮埃尔，脸上带着几分嘲弄的微笑。

"过一会儿你就会看见我的妹妹玛丽雅公爵小姐了。您会同她合得来的。"安德烈公爵说，"也许对你自己来说你是对的，"他沉默了一会儿继续说，"但每个人都在按自己的意愿生活：你以前为自己活着，你说你几乎毁了你的生活，直到你开始为别人生活，你才懂得了幸福。可我的经历正好相反。我以前为荣誉而活（什么是荣誉？荣誉就是爱别人，就是愿意为他们做些什么，愿意得到他们的称赞）。我以前就这样为别人而生活，结果不是几乎而是完全毁了自己的生活。直到我只为自己生活，我心里才觉得平静。"

“怎么能只为自己一人而生活呢？”皮埃尔激动地问，“那么，儿子呢，妹妹呢，父亲呢？”

“哦，他们这些人等于是我，不是别人，”安德烈公爵说，“而别人，也就是你同玛丽雅公爵小姐所说的朋友，他们是各种错误和祸害的主要渊源。所谓**朋友**，就是你要对他们做好事的基辅农奴。”

安德烈公爵用嘲弄和挑逗的目光瞧了瞧皮埃尔。他显然在向皮埃尔挑战。

“您在开玩笑，”皮埃尔越来越兴奋地说，“我想做点好事——虽然做得很少很差，但我想做，而且多少做了一点——这有什么错误和罪过呢？不幸的人们，我们的农奴，同我们一样是人，但他们从小到大直到死，除了知道神像和无意义的祷告之外，对上帝和真理一无所知。要是有人引导他们相信来生、报应、奖赏和归宿，那又有什么罪过呢？要是有人害病濒临死亡而得不到救援——其实在物质上援助他们是轻而易举的——我给他们医生，让他们住院，我收养老人，这又有什么错误和罪过呢？要是农夫、农妇带着孩子白天黑夜不停地干活，我让他们有时间休息，这难道不是切切实实的好事吗？……”皮埃尔急促而口齿不清地说，“我做了这些事，虽然做得不好，做得不多，但多少做了一点。我认为这样做是好的，您不仅不能动摇我的信心，而且我深信您内心并不真正这样想。而主要的是，”皮埃尔继续说，“我知道，确确实实知道，做好事是人生唯一的幸福。”

“哦，要是这样提出问题，那可是另一回事了，”安德烈公爵说，“我盖房子，辟花园，你盖医院。做这些事都可以消磨时光。至于什么事对，什么事好，还是让那些无所不知的人去判断吧，我们可不能判断。你想争论，那就来吧。”他们离开餐桌，坐到代替阳台的门前台阶上。

“好，让我们来争论吧！”安德烈公爵说，“你说到学校，”他弯下一根手指说下去，“教育，等等，你想使他……”他指指一个摘下帽子从他们旁边走过的农夫说，“使他摆脱畜生般的状态，产生精神上的需要。可我认为畜生的幸福是他唯一可以获得的幸福，而你却要剥夺他这种幸福。我羡慕他，你却要使他变成像我这样的人，但又不给他我那样的智慧、感情和财富。再有，你说要减轻他的劳动。可我认为，体力劳动对他就像脑力劳动对我们一样重要，一样是生存的必要条件。这问题你不能不思考。晚上我两三点钟睡觉，但脑子里浮想联翩，我睡不着，在床上翻来覆去，直到天亮还睡不着，因为我在思考，我不能不思考，就像他不能不耕地，不能不割草那样；要不然他就会上酒店或者生病。我不能忍受他那种可怕的体力劳动，干上一星期就会死去。同样，他要是像我这样脱离体力劳动，他就会发胖，也会死去。第三……你还说过什么呀？”

安德烈公爵弯起第三个手指。

“哦，对了。医院，药品。他中风，快要死了，你给他放血，治疗，他成了残废，再挨上十年，拖累大家。让他死去，这要太平得多，省事得多。别的农夫又会生出来，他们这种人多的是。你要是舍不得失去一个劳动力（我是这样看待他的），那又当别论。可你是出于爱而去医治他的。其实他并不需要治疗。何况，说医学能治病，那简直是做梦……医学能杀人，这千真万确！”安德烈公爵愤怒地皱起眉头说，背过身去不看皮埃尔。

安德烈公爵十分清楚地说出他的想法，显然他对这问题已想过多次了。他滔滔不绝地说个不停，好像好久没有说话似的。他的目光越来越有神，可他的结论却越来越悲观。

“哦，这太可怕了，太可怕了！”皮埃尔说，“我只是不明白，一个人有了这样的思想，怎么还能活下去。我也有过这样的心情，那是不久前在莫斯科和旅途之中。当时我灰心丧气，觉得活不下去，我恨一切，首先恨我自己。当时我不吃饭，不洗脸……那您怎么……”

“为什么不洗脸？不洗不卫生。”安德烈公爵说，“相反，应该尽量使自己的生活过得愉快些。我活在世界上，这又不是我的错，因此我要过得好些，不妨碍任何人，过完这一生。”

“那么，您的生活目的是什么呢？有了这样的思想就这么闲坐着。什么也不干吗？”

“生活是不会让人安宁的。我真想什么也不干，可是，一方面承蒙这里的贵族瞧得起我，选我当首席代表。这事好容易才被我推掉了。他们不了解我没有能耐，没有干那种事所必需的好心肠和傻劲儿。再说，我要把这所房子盖好，以便有个地方过上安宁的日子。还有那个民团。”

“您为什么不回军队呢？”

“打过奥斯特里茨那一仗后再回去？”安德烈公爵闷闷不乐地说，“不，多谢你的美意，可我发过誓，再也不进俄国现役部队了，永远不进了。即使拿破仑打到这里斯摩棱斯克，威胁童山，我也不会进俄国军队了。嗯，这话我以前对你说过，”安德烈公爵平静下来，继续说，“再说民团。我父亲是第三军区总司令，我逃避现役的唯一办法就是待在他身边。”

“那么您是在民团里服役啰？”

“是的。”他停了一会儿。

“那您为什么要服役呢？”

“是这样的。我父亲是当代非常杰出的人物。可是他老了，他天性不能算残酷，但太好活动。他惯于大权独揽，这习惯叫人望而生畏。如今皇上又授予他民团总司令的大权。两星期前，我要是晚到两小时，他就会在尤赫诺夫把书记官活活吊死，”安德烈公爵含笑说，“我之所以要服役，是因为除了我谁也无法影响父亲，我多少还能使他少干些以后会感到悔恨的事。”

“哦，原来如此！”

“是的，但不像你所想的那样，”安德烈公爵继续说，“我一点也不怜惜，至今也不怜惜那个偷了民团靴子的该死的书记官；我甚至很高兴看到他被吊死，但我不能不替父亲着想，其实也就是替我自己着想。”

安德烈公爵越说越激动。他竭力向皮埃尔说明，他从来不想对别人做好事，他的眼睛发出狂热的光芒。

“还有，你想解放农奴，”安德烈公爵继续说，“这很好；但这不是为你自己（哦，我想你从来没用鞭子抽过人，也没把人发配到西伯利亚去过吧），更不是为了农奴。要是你揍他们，抽他们，把他们发配到西伯利亚，我想他们不会因此过得更糟。到了西伯利亚，他们还是过他们的畜生般的生活，他们身上的鞭痕会长好，他们又会像原来一样幸福。但那些精神崩溃、内心悔恨，克服悔恨而又随心所欲地处分人因而变得冷酷的地主老爷们，他们倒是需要解脱。喏，我就是可怜他们，我若要解放农奴也是为了他们。你也许没有看到，可我看到了，有些好人因为享有无限权力，就变得越来越暴躁，越来越残酷，他们明明知道这一点，却无法自制，结果就越来越苦恼，越来越苦恼。”

安德烈公爵说这话时十分激动，皮埃尔不由得想到，安德烈这些思想是从他父亲那里继承来的。皮埃尔没有搭理他。

“你瞧，我珍惜的是什么：人类的尊严，良心的平静，心灵的纯洁，而不是他们的脊梁和脑门。他们不论怎样挨打，怎样被剃阴阳头，还是那样的脊梁，那样的脑门。”

“不，一千个不！我永远不能同意您的意见。”皮埃尔说。

12

傍晚，安德烈公爵和皮埃尔乘敞篷马车去童山。安德烈公爵瞧瞧皮埃尔，偶尔说几句话，表示他心情很好。

他指着田野，向皮埃尔讲着他的经济改革。

皮埃尔闷闷不乐，没有作声，只回答一两个字，显然陷入了沉思。

皮埃尔认为安德烈公爵是不幸的，他迷失方向，看不到真理，他皮埃尔应该帮助他，开导他，使他振作起来。但皮埃尔刚考虑他该怎样开头就预感到，安德烈公爵会用一句话、一个理由把他的道理完全驳倒。他怕开口，怕他所心爱的神圣信仰受到嘲弄。

“不，您为什么这样想？”皮埃尔忽然说，垂下头，好像一头要进攻的公牛，“您为什么这样想？您不应该这样想。”

“想？我想什么呀？”安德烈公爵惊讶地问。

“想人生，想人类的使命。您那样可不行。我原来也是这样想的，后来我得救了。您知道是什么救了我吗？是共济会。不，您别笑。共济会不是仪式烦琐的教派，不像我原来想的那样。共济会是人类永恒优点的最好体现。”于是他就向安德烈公爵解释他所了解的共济会。

皮埃尔说，共济会所遵循的是不受国家和教会束缚的基督教义，是平等、友好、博爱的教义。

“只有我们神圣的会才能赋予人生以真正意义，其余一切都是一场梦，”皮埃尔说，“您要明白，我的朋友，除了我们的会之外，一切都充满欺骗和谎言。我同意您的说法，一个像您这样聪明善良的人只求不妨碍别人过完一生，此外就别无他求。但您只要接受我们的基本信仰，加入我们的会，把自己交给我们，让我们来引导您，您就会像我一样觉得自己是那条从天国开端的无形大链条中的一环。”皮埃尔说。

安德烈公爵默默地望着前方，听着皮埃尔说话。有几次他因为马车的辘辘声听不清，就请皮埃尔再说一遍。从安德烈公爵眼神的特殊光芒和他的沉默，皮埃尔看出他的话没有白说，安德烈公爵不会打断他，也不会嘲笑他。

他们来到一条涨水的河边，得摆渡过去。等车马安顿好，他们就上了渡船。

安德烈公爵双臂凭着船栏，默默地望着在夕阳下闪烁的河水。

“那么，您对这事有什么想法？”皮埃尔问，“您为什么不作声？”

“我有什么想法吗？我在听你说。这一切都很好，”安德烈公爵说，“你说：‘加入我们的会，我们会给你指出生活的目的、人类的使命和统治世界的法则。’可我们到底是谁？我们是人。为什么你们什么都知道？为什么只有我一人看不见你们所看到的东西？你们看见地上有善与真的王国，可是我看不见。”

皮埃尔打断了他的话。

“那么您相信来世吗？”他问。

“来世吗？”安德烈公爵反问，但皮埃尔不让他有时间回答，认为他反问就表示否定，何况他知道安德烈公爵原是个无神论者。

“您说您看不见地上有善与真的王国。我原来也看不见；要是把我们的生活看作是一切的终点，那就无法看见这个王国。在**这片土地上**，就是在这片土地上（皮埃尔指指田野），没有真理，只有欺骗和罪恶；但在宇宙里，在整个宇宙里，却有真理。现在我们是大地的孩子，但从永恒的角度看，我们是整个宇宙的孩子。我现在内心不是感觉到，我是这巨大和谐的整体的一部分吗？我不是感觉到，在芸芸众生中我只是一个环节，一个台阶吗？而上帝（也许您喜欢称作最高权力）就在其中显现。既然我看见，清楚地看见那从植物发展到人类的阶梯，那我有什么理由认为那看不见底的阶梯只到植物为止呢？我有什么理由认为，这阶梯到我这里就中断而不再向前伸展，伸向更高级的生物呢？我觉得我不会消灭，就像世界上没有东西会消灭那样。我过去存在，以后也将永远存在。我觉得除了我以外，我的头上有着神明，世界上存在着真理。”

“不错，这是赫尔德[①]的学说，”安德烈公爵说，“但是，亲爱的朋友，这不能使我信服，使我信服的是生与死。使我信服的是，看到我所爱的一个人，一个跟我同命运的人，我在这人面前感到内疚和悔恨（安德烈公爵声音哆嗦了，他转过身去），突然这人吃苦受难，不再存在了……这是为什么呀？不回答是不行的！可我相信这人是存在的……我信服的就是这一点。”安德烈公爵说。

“对啊，对啊！”皮埃尔说，“我说的不就是这一点吗！”

“不，我只是说，使我相信来世的不是理论，而是现实：你同一个人在生活中携手前进，突然那人**不知去向**，消失得无影无踪，你却停留在深渊边上，往那里张望。我就这样张望过……”

“嗯，那又怎么样！您知道**那里**有什么，那里有**谁**吗？那里就是来世。这个谁就是上帝。”

安德烈公爵没有回答。车马早已运到对岸，重新套好。太阳已一半落到地平线下，晚上结的冰已星星点点地出现在渡口的水洼子里，而皮埃尔和安德烈却依旧站在渡船上谈话。这使跟班、车夫和船夫感到纳闷。

“既然有上帝，有来世，也就有真理，有美德；而人类最大的幸福就是追求这些东西。我们要生活，要爱人，要信仰，”皮埃尔说，“我们不仅仅今天生活在这一小块地面上，我们过去、未来都永远生活在这整个宇宙中（他指指天空）。”安德烈公爵双臂搁在渡船栏杆上，听着皮埃尔讲话，眼睛盯着蓝色河水上夕阳的红艳艳反光。皮埃尔说到这里停住了。周围一片寂静。渡船早已靠岸，只有波浪哗哗地拍击着

---

① 赫尔德（1744—1803），德国文艺理论家、哲学家。

船底。安德烈公爵觉得波浪的拍击声像在附和皮埃尔的话："对，这话可以相信。"

安德烈公爵叹了一口气，用天真、温柔而明亮的目光瞧了瞧皮埃尔兴奋得发红，但在他所尊敬的朋友面前感到畏怯的脸。

"是啊，但愿如此！"安德烈公爵说，"现在我们该上岸了。"他说着走下渡船，抬头望望皮埃尔给他指出的天空。自从奥斯特里茨战役以来，他这是第一次看到他躺在战场上看到过的高邈永恒的天空。于是长期沉睡在他心里的美好感情突然苏醒了。当安德烈公爵回到原来的生活环境里时，这种感情消失了，但他知道，尽管这种感情他不会加以发扬，却已在他心里扎了根。同皮埃尔见面是安德烈公爵生活中的新纪元，从那时起他表面上虽然维持老样子，内心却开始了一种崭新的生活。

13

安德烈公爵和皮埃尔到达童山公馆时，天色已经黑了。他们走近大门口，安德烈公爵含笑叫皮埃尔注意后门口的骚动。一个背袋子的佝偻老婆子和一个穿黑衣、留长发的矮小男人，一看见门口来了辆马车，慌忙跑回门里。两个女人随着他们跑出来。四人望望马车，惊惶地从后门台阶回去。

"这是玛丽雅的神亲，"安德烈公爵说，"他们错把我们当作家父了。这是她唯一违抗父亲的一件事：父亲吩咐驱逐这些云游教徒，可她接待他们。"

"什么叫神亲？"皮埃尔问。

安德烈公爵还没有回答，就有仆人出来迎接。安德烈公爵问仆人老公爵在哪里，是不是快回家了。

原来老公爵还在城里，但随时都可能回来。

安德烈公爵把皮埃尔领到自己屋里。在父亲的房子里，这间屋子总是收拾得干干净净，随时准备迎候安德烈公爵的到来。接着安德烈公爵去育儿室。

“我们去看看妹妹，”安德烈公爵回到皮埃尔屋里，说，“我还没见到她。她躲起来了，跟她那些神亲在一起。她这是自作自受，她会发窘的，但你可以看到她那些神亲。这挺有意思，真的。”

“什么叫神亲？”皮埃尔问。

“你马上就会明白的。”

他们一进去，玛丽雅公爵小姐果然很窘，脸上一阵红一阵白。在她舒适的房间里，神龛前点着油灯，沙发上坐着一个身穿修士长袍的长鼻子长头发少年。

旁边扶手椅上坐着一个满脸皱纹的瘦老婆子，她那孩儿般的脸上现出温顺的神气。

“安德烈，你怎么不事先通知我一声？”玛丽雅公爵小姐用略带责备的口气说，站在云游教徒前面，好像母鸡保护小鸡一样。

“见到您很高兴，很高兴。”当皮埃尔吻她手的时候，她对他说。玛丽雅公爵小姐从小就认识皮埃尔。现在，皮埃尔同安德烈的友谊，他同妻子的不幸关系，主要是他那厚道朴实的脸使玛丽雅公爵小姐对他产生了好感。玛丽雅公爵小姐用美丽明亮的眼睛望着他，仿佛在说：“我很喜欢您，但请您不要嘲笑**我的神亲**。”他们相互问候了一番，坐下来。

“哦，原来小伊凡也在这儿。”安德烈公爵含笑看着少年云游教徒说。

“安德烈！”玛丽雅公爵小姐恳求似的说。

“你知道，这是娘们的事。”安德烈对皮埃尔说。

“安德烈，看在上帝的分上！”玛丽雅公爵小姐重复说。

安德烈公爵对云游教徒的嘲弄和玛丽雅公爵小姐对他们的无效庇护，显然是兄妹之间常有的事。

“不过，我的好朋友，”安德烈公爵对妹妹说，“你应当感谢我才是，因为我向皮埃尔说明了你同这个年轻人的亲密关系。”

“真的吗？”皮埃尔又好奇又认真地说（玛丽雅公爵小姐因此特别感激他），从眼镜上方打量着小伊凡的脸。小伊凡知道大家在说他，目光调皮地瞧着大家。

玛丽雅公爵小姐为**她的神亲**发窘是完全多余的。他们一点也不胆怯。老婆子垂下眼睛，斜睨着进来的人，把茶杯倒过来扣在茶杯碟上，又把咬剩的糖块放在杯子旁，镇静地坐在扶手椅上，希望人家再给她倒茶。小伊凡啜着杯里的茶，用一双女人般调皮的眼睛望着走进来的两个青年。

“你到过哪里，到过基辅？”安德烈公爵问老婆子。

“到过，老爷，”老婆子唠唠叨叨地回答，“就在圣诞节我有幸参与了圣礼。现在从科里亚靖来，老爷。那里显现了伟大的神恩……”

“小伊凡是不是跟你一起去的？”

“是我自个儿去的，施主，”小伊凡竭力压低嗓门说，“我在尤赫诺夫才遇见彼拉盖雅。”

彼拉盖雅打断他的话，显然想讲讲她目睹的事。

“老爷，在科里亚靖显现了伟大的神恩。”

“怎么，又发现圣骨了？”安德烈公爵问。

“行了，安德烈，”玛丽雅公爵小姐说，“别讲了，彼拉盖雅。”

“你这是什么意思，小姑姑，为什么不能讲？我喜欢他。他为人厚道，是上帝的宠儿，他这位施主给过我十个卢布，我记得。我在基辅的时候，疯修士基留沙对我说的……他是位真正的神亲，冬夏都光着脚走路。他说，你为什么不到该去的地方，你要到科里亚靖去，那里显现了一尊奇妙的神像，至圣的圣母显现了。我听了这话，就告别主的仆人走了……”

大家不作声，只有那老婆子鼻子吸着气，不慌不忙地说着话。

“我到了那里，老爷，他们就对我说，出现了伟大的神恩，至圣的圣母脸上淌着圣油……”

“嗯，好啦，好啦，以后再讲吧。”玛丽雅公爵小姐涨红了脸说。

“让我问问她。”皮埃尔说，“你亲眼看见的吗？”他问。

“当然，老爷，我亲眼看见的。脸上有光辉，就像天上的光一样。圣母脸上淌着油，淌着油……”

“啊，那是骗人的！”皮埃尔留神地听着女教徒的话，天真地说。

“哦，老爷，你这是什么话！”彼拉盖雅惶恐地说，转身向玛丽雅公爵小姐求援。

“他们这是骗人的。”皮埃尔又说了一遍。

“主耶稣基督！”女教徒画着十字说，“哦，你可别这样说，老爷。有位将军不相信，说：‘教士骗人。’他一说，眼睛就瞎了。他梦见洞窟圣母走来对他说：‘只要你信我，我就治好你的眼睛。’于是他恳求道：‘把我带到她那儿去吧。’我对你说的可是实话，我是亲眼看见的。他们就把他这个瞎子一直带到她面前；他走过去，伏在地上说：‘把我的眼睛治好吧！我愿意把沙皇赐给我的一切都献给你。’我亲眼看见的，老爷，他把一枚星章挂在圣母身上。啊，你瞧，怎么着，他的眼睛又看见了！你这样说是罪过的。上帝会惩罚你的。”她教训皮埃尔说。

“圣母怎么挂勋章啊？”皮埃尔问。

“让圣母当上将军了？”安德烈公爵含笑说。

彼拉盖雅突然脸色发白，双手一拍。

“老爷，老爷，罪过，罪过，你是有儿子的！”她说，脸色突然由苍白变成鲜红。

“老爷，你这算什么话，上帝饶恕你。”她画了个十字，“主哇，饶恕他吧。圣母娘娘，这是怎么回事？……”她转身对玛丽雅公爵小姐说。她站起身，差点儿哭出来，动手收拾袋子。她显然因为有人说这样的话感到害怕和遗憾。她还感到害臊，因为享受了说这种话的人家的布施；同时她又觉得惋惜，因为不得不放弃这家人家的布施。

“唉，你们为什么要这样？”玛丽雅公爵小姐说，“你们到我这儿来干什么？……”

“得啦，彼拉盖雅，我这是开玩笑，”皮埃尔说，“公爵小姐，我确实不想得罪她，我只是这么说说罢了。你别放在心上，我只是开开玩笑。”皮埃尔说，怯生生地微笑着，想掩饰自己的过错。

彼拉盖雅将信将疑地站住，但皮埃尔脸上现出那么真诚的忏悔，安德烈公爵又那么温顺那么认真地时而瞧瞧她，时而瞧瞧皮埃尔，她也就渐渐放心了。

14

云游女教徒放心了。她又加入谈话，讲了半天阿姆斐洛希亚神父的事，说他的生活非常圣洁，他的手散发着香气；最近她到基辅巡拜，认识的神父给了她洞窟钥匙，她就带了干粮，在洞窟里跟主的仆人待了两天。“我向一具圣骨祷告，致敬，又走到另一具圣骨前。我睡上一会儿，又走上去吻主的仆人。哦，圣母娘娘，里面那么宁静，那么幸福，真不想回到人世间来了。”

皮埃尔全神贯注地听着。安德烈公爵走了。玛丽雅公爵小姐把神亲留下来喝茶，自己带皮埃尔到客厅去。

“您真善良。”玛丽雅公爵小姐对皮埃尔说。

“唉，我真不想委屈她，我很了解也很珍重她那种感情。”

玛丽雅公爵小姐默默地望望皮埃尔，温柔地微微一笑。

“不瞒您说，我早就认识您，并且像喜欢兄弟一样喜欢您。”玛丽雅公爵小姐说，“您觉得安德烈怎么样？”她匆匆地说，不让他有时间回答她那亲切的话，“他叫我很不放心。他的身体去年冬天好一些，但春天旧伤复发，医生说他得去治疗。我也很为他的精神生活担忧。他的性格不像我们女人，我们女人心里烦恼哭一场就好了。他把什么都闷在心里。今天他又高兴，又活泼，但这都是您的光临给他带来的：他难得这样高兴。要是您能劝他出国就好了！他需要活动，这种平静单调的生活会把他毁了的。别人没注意到，可我看到了。”

九点多钟，仆人们听见老公爵马车的铃铛声，慌忙跑到大门口。安德烈公爵和皮埃尔也走到台阶上。

“这是谁？”老公爵下车看见皮埃尔，问。

“哦！幸会！你来吻我吧。”他一知道陌生的年轻人是谁就说。

老公爵心情很好，待皮埃尔很亲切。

晚饭前，安德烈公爵回到父亲书房，正遇上老公爵同皮埃尔在热烈争论。皮埃尔认为没有战争的时代一定会到来。老公爵笑着反驳，但并不生气。

“把血管里的血放掉，灌进水去，到那时就不会有战争了。婆娘们的胡言乱语，婆娘们的胡言乱语。”老公爵说，但还是亲切地拍拍皮埃尔的肩膀，走到安德烈公爵坐着的桌旁。安德烈正在翻阅老公爵从城里带来的文件，不愿加入谈话。老公爵走到他面前谈起公事来。

“首席贵族，罗斯托夫伯爵，连半数民团都没有征集到。他来到城里，想请我吃饭，可我给了他一顿好饭……啊，你瞧瞧这个……喂，老弟！”老公爵对儿子说，同时拍拍皮埃尔的肩膀，“你这个朋友挺不错，我喜欢他！他使我打起精神来。有些人话说得漂亮，可我不想听；他尽管胡说八道，却使我老头儿打起精神来。嗯，去吧，去吧，也许吃晚饭我可以陪你们，再同你们争论。你同我那个傻丫头玛丽雅公爵小姐交个朋友吧。”他从门口对皮埃尔大声说。

皮埃尔直到现在来到童山后才体会到安德烈的友谊的魅力。这种魅力与其说表现在他同安德烈公爵的关系上，不如说反映在他同他们一家人的关系上。皮埃尔同严厉古板的老公爵和温顺胆怯的玛丽雅公爵小姐原来虽不相识，却一见如故。他们都喜欢上他了。玛丽雅公爵小姐对待云游教徒的温柔态度使他感动。不仅在她瞧他的时候眼睛闪闪发亮，就连才满周岁的小尼古拉公爵（祖父给他取的名字）也向皮埃尔微笑，并且要他抱。当皮埃尔同老公爵谈话时，米哈伊尔·伊凡内奇和布莉恩小姐都笑眯眯地瞧着他。

老公爵出来同他们一起吃晚饭，显然是来陪皮埃尔的。在皮埃尔来童山做客的两天里，老公爵待他特别亲切，请他以后常来。

皮埃尔走后，全家人聚集在一起评论他，这种情况在一个新客人走后是常有的。大家异口同声说他的好话，这种情况却是难得的。

15

尼古拉假满回团，第一次感到他跟杰尼索夫和全团感情深厚。

他快到团的驻地时，心情就同回到厨司街老家一样。他看见团里敞开军服的第一个骠骑兵，认出红头发的杰明基耶夫，看见枣红马的系马桩。拉夫鲁施卡看见自己的老爷，快乐地大叫“伯爵来了！”头发蓬乱的杰尼索夫从床上跳起来，跑出泥屋来拥抱他，别的军官也纷纷前来迎接。这时候，他的心情就像母亲、父亲和妹妹拥抱他时一样，快乐的泪水哽住了他的喉咙，使他说不出话来。团就同家一样，永远是亲切可爱的啊。

尼古拉向团长报了到，奉命回原来的骑兵连。他值过班，征过粮草，又关心起团里的琐事来。他虽失去了自由，活动局限在一个狭小的圈子里，但觉得定心，有了依靠，并且感到像在家里一样心情舒畅，无忧无虑。这里没有上流社会的混乱，他在那里找不到自己的位置，往往做出错误的选择；这里没有宋尼雅，他用不着考虑该不该向她表明心迹。这里也不用考虑哪里该去，哪里不该去；用什么方式来消磨一天二十四小时。这里没有无数同他不冷不热的人；这里没有他同父亲之间金钱上的糊涂账；没有什么会使他想起同陶洛霍夫赌钱的惨败，在团里一切都是明确而简单的。整个世界分成不相等的两部分：一部分是保罗格勒团，另一部分是其余的世界。而其余的世界同他没有任何关系。在团里，一切都是明确的：谁是中尉，谁是大尉，谁是好人，谁是坏人，主要是谁够得上朋友。随军商贩肯赊账，军饷一年发三次。没有什么需要考虑和选择的，只要不做保罗格勒团视为坏事的事就行。命令下来，只要正确执行，就万事大吉。

尼古拉又恢复了这种明确规定的军队生活，感到愉快和安定，好像一个疲劳的人躺下来休息。这次出征，尼古拉格外喜欢军队的生活，因为在输钱给陶洛霍夫以后（为这件事尽管家里人都安慰他，他却不能原谅自己），他决定洗心革面，好好服役，做一名出色的伙伴和军官。这事在**上流社会**很难办到，但在部队里却有可能做到。

尼古拉自从输钱以后，决定在五年内向父母还清这笔债。每年家里给他寄一万卢布，他决定今后只拿两千，其余八千留下来还父母的债。

俄国军队几进几退，在普尔土斯克和埃劳会战后，集结在巴滕施泰因附近。大家等候皇帝驾临，展开新的战役。

保罗格勒团属于一八〇五年出征的俄军部队，因在国内补充兵员，没有赶上最初几场战役。这个团没有参加普尔土斯克战役，也没有参加埃劳战役，只在战争后期加入作战部队，并被编入普拉托夫师。

普拉托夫师离开主力军独立作战。保罗格勒团部分人马同敌军交过火，擒获一批俘虏，有一次甚至截夺了乌金诺元帅的车马。四月里，保罗格勒团在一个被彻底摧毁的德国荒村驻扎了几星期，一直没有离开。

正好是解冻天气，道路泥泞，春寒料峭，河冰拆裂，交通阻塞。一连几天断了粮秣，士兵断粮是由于辎重车无法到达，他们分散到荒村野地去找土豆，但连土豆也不易找到。

食物吃完了，居民跑光了，留下来的比乞丐都不如，他们身上什么也没有，就连缺乏同情心的士兵也常常不忍拿他们的东西，反而把仅有的口粮送给他们。

保罗格勒团在战斗中只有两人负伤，但因饥饿和疾病倒损失了近一半人。进医院准死无疑，因此，由于食物恶劣而发热浮肿的士兵宁可值勤，在前线拖着腿走路，也不愿进医院。开春以后，士兵们从地里找到一种刚出土的植物，样子有点像芦笋，不知怎的他们叫它“玛莎甜根”（其实味道很苦），并从地里挖出来吃，尽管命令禁止吃这种有毒的植物。春天里，士兵中间流行一种新的病：手、脚和脸浮肿。医生认为原因就是吃了这种草根。不过，尽管发了禁令，杰尼索夫骑兵连的保罗格勒士兵主要还是靠玛莎甜根充饥，因为每人只发半磅干粮已有一个多星期了，而新运到的土豆又都冻坏，抽了芽。

马匹已有一个多星期靠吃屋顶上的干草过活，都瘦得不像样子，身上还披着结块的冬毛。

尽管如此困难，士兵和军官还是照老样子生活；尽管脸色苍白，面孔浮肿，军服破烂，骠骑兵还是照旧列队点名，挖掘野菜，刷马擦枪，拉下屋顶的干草喂马，坐到大锅旁边吃饭，笑谈恶劣的食物和辘辘的饥肠，最后还是饿着肚子从锅旁站起来。士兵们照旧在空闲时点起篝火，光着身子烤火，抽烟，选择抽芽的烂土豆烘烤，讲述波将金[①]和苏沃洛夫的远征，或者讲讲骗子阿廖沙和神父长工米科拉的故事。

军官照旧三三两两住在屋顶敞开的破屋里。年老的军官照旧搜集干

---

① 波将金（1739—1791），俄国元帅。曾参加1768—1774年俄土战争，在1787—1791年俄土战争中任俄军总司令。

草和土豆，搜集可供士兵充饥的东西；年轻的军官照旧打牌（尽管食物短缺，钱却很多）。有的玩投钉戏和撞柱等更幼稚的游戏。他们很少谈战争形势，一方面因为不知道确切消息，另一方面因为模模糊糊地感觉到大势不妙。

尼古拉仍同杰尼索夫住在一起。休假回来后，他们的友谊更深了。杰尼索夫从没谈到过罗斯托夫家的事，但尼古拉感觉到，这位老骠骑兵同娜塔莎恋爱失败反而增进了他们的友谊。杰尼索夫显然竭力保护尼古拉，使他避免危险，战斗结束后看到他平安归来，格外高兴。有一次尼古拉被派到一个荒村去找食物，发现一个波兰老人和他的怀抱婴孩的女儿。他们衣不蔽体，饥肠辘辘，走不动路，又没有交通工具。尼古拉把他们带回住处，让他们在自己屋里住了几星期，直到老人康复。尼古拉有个同事，一谈到女人就眉飞色舞，挖苦尼古拉，说他最狡猾，不把他救出的漂亮波兰女人介绍给大家。尼古拉把这种玩笑看作侮辱，脸涨得通红，对那军官说了许多难听的话，杰尼索夫好不容易才阻止两人的决斗。等那军官走了，杰尼索夫也不知道尼古拉同那波兰女人的关系，责备他脾气暴躁。尼古拉就说：

"随你怎么说我……我可把她看作姐妹，这事太气人了……因为……因为……"

杰尼索夫拍拍尼古拉肩膀，眼睛不看他，像平日心情激动时那样，急急地在屋里走来走去。

"唉，你们罗斯托夫家的人脾气真怪！"杰尼索夫说。尼古拉发现杰尼索夫眼眶里含着泪水。

16

四月里，军队听到皇帝驾临的消息，十分兴奋。尼古拉没能参加皇帝在巴滕施泰因举行的检阅，因为保罗格勒团驻扎在前哨，离巴滕施泰因很远。

保罗格勒团在那里露营。杰尼索夫同尼古拉住在树枝和草泥顶的土窑里，那是士兵们为他们搭建的。土窑按照当时流行的方式搭建：先挖一条宽一米、深一米半、长两米的沟，沟的一头做成台阶，算是进口；沟本身就是房间，那些像连长之类有福气的人还有一块木板搁在沟的另一头算是桌子。沟两边各挖去半米多宽的土，算是床和榻。窑顶较高，中间可以站人；要是凑近桌子，人还可以坐在床上。杰尼索夫过得特别阔气，因为连里士兵都爱戴他，在窑顶正面又给他装了一块板，板上还嵌着一块粘起来的破玻璃。逢到严寒的日子，士兵们还用弯曲的铁皮把篝火里的柴火拿到台阶口（杰尼索夫把那部分土窑叫作会客室）。这样土窑里就非常暖和，到杰尼索夫和尼古拉那里做客的军官们往往只穿一件衬衫。

四月份正轮到尼古拉值勤。他熬了一个通宵，早晨七点多钟回营。他吩咐士兵取火来，换下被淋湿的内衣，作了祷告，喝了热茶，暖了身子，收拾好角落里和桌上的东西。他的脸被风吹得发热。他只穿一件衬衫，仰卧下来，双手垫在脑后，愉快地想着由于这次外出侦察很可能晋升，同时等待着杰尼索夫归来。他很想同杰尼索夫谈谈。

尼古拉突然听见窑后传来杰尼索夫激动的叫嚷，听得出他在发火。尼古拉凑近窗口看他在跟谁发脾气，接着就看见司务长托普青卡。

“我吩咐过你别让他们吃那种根，什么玛莎甜根！”杰尼索夫嚷道，“可我亲眼看见拉扎楚克从田里拖回来这种东西。”

“我吩咐过了，大人，可是他们不听。”司务长回答。

尼古拉又躺到床上，高兴地想：“让他去争吵吧，我已尽了我的本分，现在躺一会儿真舒服啊！”他听到隔墙除了司务长之外，拉夫鲁施卡也在说话。他是杰尼索夫的勤务兵，狡猾而大胆。拉夫鲁施卡说，他出去找食物，看见几车干粮和牛肉。

土窑后面又传来杰尼索夫渐渐远去的叫嚷声：“备马……二排！”

“他们这是准备到哪儿去啊？”尼古拉想。

五分钟后，杰尼索夫走进土窑，没脱靴子就爬到床上，怒气冲冲地点着烟斗，把东西往床上一扔，拿起鞭子，挂上军刀，走出土窑。尼古拉问他到哪儿去，他生气而含糊地回答说有事。

“让上帝和皇帝陛下审判我吧！”杰尼索夫一面走出去，一面说。尼古拉听见土窑后面传来几匹马踩在泥泞地上的声音。尼古拉甚至不想打听杰尼索夫到哪儿去。他在窑角里烤暖身子睡着了，直到傍晚才从土窑里出来。杰尼索夫还没有回来。傍晚天气放晴了。邻近土窑旁有两个军官和一名士官生在玩投钉戏，把萝卜掷在松软的泥地里。尼古拉加入他们的游戏。玩到一半，军官们看见有几辆大车向他们驶来，后面随着十五六个骑瘦马的骠骑兵。这些由骠骑兵押送的大车驶到系马桩旁，一群骠骑兵就把他们围住。

"啊，杰尼索夫一直在发愁呢，"尼古拉说，"瞧，粮食送来了。"

"可不是！"军官们说，"士兵们可高兴了！"

紧跟着那些骠骑兵，杰尼索夫一边同两个陪同的步兵军官谈话，一边骑马跑来。尼古拉迎了上去。

"我警告您，大尉！"一个瘦小的军官说，显然很生气。

"我说过，我不会交出去的。"杰尼索夫回答。

"您得负责，大尉，真是无法无天：拦劫自己人的辎重队！我们的人有两天没东西吃了。"

"可我的人有两个星期没东西吃了！"杰尼索夫回答。

"这是抢劫，您要负责的，老兄！"步兵军官提高嗓门说。

"您为什么找我麻烦？啊？"杰尼索夫忽然大发雷霆，"这事我负责，又不要您负责，您别在这里嚷嚷。趁人家没动手，滚开！"他对那两个军官喝道。

"好哇！"矮小的军官并不示弱，也不走开，大声说，"你们抢劫，那我给你们……"

"快给我滚，趁人家没动手。"杰尼索夫向那军官掉过马头。

"好，好！"那军官以威胁的口吻说，拨转马头，在鞍子上抖动身子跑掉了。

"骑墙狗，十足的骑墙狗！"杰尼索夫在他后面叫道——这是骑兵对骑马步兵最大的侮辱。接着他哈哈大笑，向尼古拉跑去。

"我拦了步兵的辎重，用武力拦的！"杰尼索夫说，"总不能让大家饿死吧！"

这些粮车原是指定给步兵团的，但杰尼索夫从拉夫鲁施卡那里得知这些车辆没有人护送，就带了骠骑兵把它们截下来。这样士兵们就分到大量干粮，他们甚至分了些给别的骑兵连。

第二天，团长把杰尼索夫找去，叉开手指捂着眼睛[①]对他说："这事我是这样看的：我什么也不知道，也不想过问。但我劝你到参谋部去，找军需处把这事解决一下。要是可能，你就写一张收据，说是收到多少粮食；要不然，他们会把账记在步兵团上，这样事情就麻烦了。"

杰尼索夫从团长那里直接到参谋部去，诚心诚意想照团长的话办。傍晚，他回到土窑，他那副模样尼古拉还从没见过。杰尼索夫说不出话，不断地喘气。尼古拉问他出了什么事，他只含糊地骂娘和恐吓。

尼古拉看到杰尼索夫这种模样大惊失色，劝他脱去衣服，喝点水，同时派人去请医生。

"把我当抢劫犯审判，哼！……再给我点水……让他们审判好了，可是我得好好收拾这些坏蛋，绝不会放过他们……我要报告皇上。给我点冰。"杰尼索夫说。

随团军医走来说，必须放血。从杰尼索夫毛茸茸的手臂里放出一盘子黑血。直到那时他才能把所发生的事全讲出来。

"我到了那里，"杰尼索夫讲道，"我问：'喂，你们的长官在哪里？'他们给我指了一下，说：'您等一下。'我说：'我有公事，我是从三十俄里外来的，没工夫等，快去通报。'好，那个贼头出来了，他也想教训我。他说：'这是抢劫！'我说：'拿粮食给弟兄们吃不是抢劫，只有拿粮食填饱自己腰包才是抢劫！'好。他说：'你去写个收据给军需官，你的案子要上报。'我就去找军需官。我一进去，军需官坐在桌子后面……你道是谁？！哼，你真想不到！……叫我们挨饿的是谁？"杰尼索夫嚷道，用放过血的手朝桌上猛捶一拳，捶得桌子差一点倒下，桌上的杯子都跳起来，"原来是吉梁宁！我说：'哼，原来是你要饿死我们？！'我就给了他一下又一下嘴巴，打得可准了……我说：'哼！你这个家伙……'我把他打得死去活来！我心里真痛快，不瞒你说，"杰尼索夫叫道，又喜又怒地露出黑胡子下的白牙齿，"要不是他们把他拉开，我准会要了他的命。"

---

① 表示睁一只眼，闭一只眼。

“你嚷什么呀，安静点！”尼古拉说，“瞧你又流血了，慢着，得重新包扎一下。”

他们给杰尼索夫重新包扎好，让他躺下。第二天早晨醒来，他的心情平静而愉快。

中午，团里一个副官神情严肃而愁闷地走进杰尼索夫和尼古拉合住的土窑，遗憾地给他们看团长给杰尼索夫少校的文件，要调查昨天的事。副官说，这事的后果可能很严重，因为已成立了一个军法委员会，目前对军队抢劫和违纪处理得很严，降级当兵还算是最好的结局。

据受害人报告，杰尼索夫少校在拦截货车后，喝醉了酒，自动去找军需主任，公然叫他贼，动手打他，进行威胁。他被领到外面，他又冲进办公室，殴打两名官员，并把其中一名的胳膊扭得脱臼。

杰尼索夫对尼古拉提出的新问题笑着回答说，当时好像还有一个人，但这一切都是胡说八道，很无聊，他根本不怕审判，要是那些坏蛋胆敢动他，他就回敬他们，叫他们一辈子忘不了。

杰尼索夫毫不在乎地谈到这件事，但尼古拉深知杰尼索夫的为人，看出他内心害怕审判（这一点他不让别人看到），并为这事担忧，因为后果显然不妙。天天都来传票要他出庭。五月一日来了命令，要他把骑兵连移交给副手，并去师部说明在军需处闹事的经过。前一天，普拉托夫带着两个哥萨克团和两个骠骑兵连去侦察敌情。杰尼索夫照例走在散兵线前面炫耀他的勇敢。法国狙击兵的一颗子弹打中他的大腿。要是在别的时候，杰尼索夫轻伤也许不会下火线，但现在他就借此机会不去师部而进了医院。

17

六月间发生弗里德兰战役，但保罗格勒团没有参加。随后宣布停战。尼古拉非常思念他的朋友杰尼索夫。杰尼索夫走后音讯全无。尼古拉担心他的案情和伤势，就利用停战机会请假到医院探望。

医院设在普鲁士一个小镇里。这个小镇曾两次遭俄军和法军蹂躏。时值夏季，田野风光明媚，小镇就显得格外凄凉：房屋和围墙倒塌，街道肮脏，居民褴褛，喝醉酒和患病的士兵到处乱闯。

医院设在一座墙垣破败、窗框和玻璃残缺不全的砖房里。几个扎绷带的士兵，脸色苍白，面孔浮肿，有的坐在院子里晒太阳，有的来回踱步。

尼古拉一进门，就闻到一股腐肉和医院的味道。他在楼梯上遇见一个口衔雪茄的俄国军医。医生后面跟着助医。

“我没法分身，”军医说，“晚上你到玛卡尔·阿历克赛伊维奇那里去，我也要到他那里去。”助医还问了军医什么事。

“哦，你自己做去吧！还不都是一样。”军医看见登上楼梯的尼古拉，说。

“您来干吗，阁下？”军医问，“您来干吗？是不是子弹没要您的命，您就想来弄上伤寒？老兄，这里是传染病房。”

“怎么回事？”尼古拉问。

“伤寒，老兄。不论谁进去都得送命。只有我和马凯耶夫（他指指助医）两人勉强熬过来了。我们这里已死了五六个医生了。新来的人要不了一星期就完蛋，”军医自负地说，“我们请过普鲁士医生，可是盟国的弟兄不喜欢他们。”

尼古拉对他说，他想探望住院的骠骑兵少校杰尼索夫。

“我不知道，我不清楚，老弟。您倒想想，我一个人要管三家医院，四百多个病人！幸亏有几位好心肠的普鲁士太太每月送给我们两斤咖啡和两斤棉线团，要不就完了。”军医笑了，“四百个人哪，老弟，还有新病人源源不断给我送来。有四百个，是吗？”他转身问助医。

助医脸色憔悴。他显然很不耐烦，希望多嘴的军医快点走。

“杰尼索夫少校，”尼古拉又说了一遍，“他是在莫利顿负的伤。”

“好像死了。你说呢，马凯耶夫？”军医若无其事地问助手。

不过，助医并没有证实医生的话。

“他是不是红头发，高个子？”军医问。

尼古拉把杰尼索夫的模样描述了一番。

“有的，有这样一个人，”军医似乎高兴地说，“这个人多半死了，不过让我查一下，我有名单。马凯耶夫，名单在你那里吗？”

“名单在玛卡尔·阿历克赛伊维奇那里。”助医说，“您自己到军官病房去看看，到那里就知道了。”他转身对尼古拉说。

“哦，您最好还是别去，老弟，”军医说，“不然您自己也难免会被留下来的！”但尼古拉告别医生，请助医陪他去。

“说好啦，回头可别怪我。”军医在楼梯下大声说。

尼古拉跟助医来到走廊里。在这黑暗的走廊里，医院的味道那么强烈，尼古拉不得不捂着鼻子停一下，再鼓足勇气走去。右边一扇门开了，一个又瘦又黄的人光着脚，只穿一件衬衣，拄着拐杖，从门里走出来。他身子靠在门框上，眼睛露出光芒，羡慕地瞧着过路人。尼古拉往门里望了一眼，看见病员和伤员躺在地板上，身下铺着干草和军大衣。

“这是什么地方？”尼古拉问。

“这是士兵病房。”助医回答，“有什么办法呢！”他仿佛道歉似的添加说。

“可以进去看看吗？”尼古拉问。

“有什么可看的？”助医说。助医不让他进士兵病房，他就偏要进去看看。尼古拉在走廊里已闻惯的气味，在这里更加浓烈了。这里的臭气有点不同：更加冲鼻，使人感到臭气就是从这里发出来的。

病房呈长方形，阳光从大窗子里透进来，照亮屋里的病员和伤员，只见他们头顶着墙分两排躺着，中间留出一条走道。大多数伤员都已不省人事，对进来的人毫无反应。那些有知觉的都欠起身，或者抬起又瘦又黄的脸，流露出渴望帮助、责备人家和羡慕别人健康的神情，打量着尼古拉。尼古拉走到房间中央，从打开的门里望望隔壁两个房间，看到了同样的情景。他停住脚步，默默地环顾四周。他怎么也没料到会看到这样一幅景象。就在他前面的过道中央，光地板上躺着一个病人，从他剃的童花头上看出是个哥萨克。这个哥萨克伸开粗大的手脚仰卧着。他的脸红得发紫，眼睛翻得只剩眼白，红色的腿上和臂上的血管像绳子一般暴露出来。他用后脑勺撞了撞地板，哑声说着什么，不断重复着一个词。尼古拉用心听，听出他在说：“喝水……水……喝！”尼古拉回头看了一下，看有谁能帮这个病员躺下，并给他喝点水。

“这里谁在照顾病人？”尼古拉问助医。这时从隔壁屋里走来一个值勤的辎重兵，他走到尼古拉面前立正。

“祝大人健康！”辎重兵高声说，眼睛瞪着尼古拉，显然把他当作医院的长官。

“让他躺好，给他点水喝。”尼古拉指指哥萨克兵说。

“是，大人。”辎重兵高高兴兴地说，更加瞪大眼睛，挺直身子，但站在原地不动。

“唉，这里真是毫无办法！”尼古拉垂下眼睛想。他刚要出去，发觉右边有一道尖利的目光盯住他，他回过头去。差不多就在屋角，有个老兵坐在军大衣上，他那枯黄严厉的脸瘦得像骷髅，灰白的大胡子好久没刮，眼睛执拗地盯住尼古拉。老兵旁边的一个人指指尼古拉，对他嘀咕着什么。尼古拉明白，老兵有事求他。他走近去，才看出老兵盘着一条腿，另一条腿从膝盖上方截掉了。在老兵另一边，离他稍远处，一动不动地躺着一个年轻的士兵，他那生着个扁平鼻子的雀斑脸像白蜡一样白，眼睛已经翻白。尼古拉望了望这个兵，脊背上起了一阵寒战。

“这个好像已……”尼古拉对助医说。

“我们已要求过了，大人，”老兵下巴颏哆嗦着说，“早晨就死了。我们也是人哪，又不是狗……”

“我这就去找人，把他搬走，把他搬走。”助医慌忙说，“我们走吗，大人？”

“走吧，走吧！”尼古拉急急地说，垂下眼睛，缩着身子，竭力不出声地从一双双含着责备与羡慕神色的眼睛前面走出房间。

18

助医领着尼古拉穿过走廊，来到军官病房。这个病房一共三间，房门都敞开着。病房里摆着一张张床，负伤的和患病的军官，有的坐在床上，有的躺在床上，有的穿着病员服在屋里来回踱步。尼古拉在这里最先遇见一个断臂的瘦小的人，他头戴睡帽，身穿病员服，口衔烟斗，在第一间病房里踱步。尼古拉打量着他，竭力回想这人在哪儿见到过。

“没想到我们在这种地方又见面了！”瘦小的人说，“我是土申，土申，我在申格拉本让您搭过车，记得吗？您瞧，我也被锯去一截了……”他笑着说，指指衣服的空袖子，“您找杰尼索夫吗？他跟我同一个病房，”土申知道尼古拉要找谁，说，“这里，这里。”土申说着把他带到另一个病房，那里有几个人在哈哈大笑。

“他们怎么还能哈哈大笑，而且在这儿过下去呢？”尼古拉想，一直闻到士兵病房里腐尸的臭气，看到从两边向他射来的羡慕的目光和那个眼睛翻白的年轻士兵的脸。

杰尼索夫还用被子蒙着头睡觉，虽然已近中午十二点了。

“哦，尼古拉！你好！你好！”杰尼索夫叫道，声音同在团里时一样，但尼古拉伤心地发现，除了这种惯常的洒脱和活泼之外，从杰尼索夫的脸部表情和声音腔调里流露出一种过去没有的隐藏的恶劣情绪。

杰尼索夫伤势虽然不重，但负伤以来六个星期还没痊愈。他的脸，也像所有住院的病人那样，显得苍白而浮肿。但使尼古拉吃惊的不是这一点。使他吃惊的是杰尼索夫仿佛不愿见到他，并且对他笑得很不自然。杰尼索夫没有问到团里的情况，也没有打听总的形势。尼古拉谈到这些事，杰尼索夫根本不在听。

尼古拉发现，杰尼索夫听他提到团里的情况，提到医院之外的自由生活，甚至有点不高兴。他仿佛想把以前的生活全部忘记，只关心他同军需官的官司。尼古拉一问到这事，他立刻从枕头下掏出军法委员会的公文和他答复的底稿。他一读文稿，就兴奋起来，特别要尼古拉注意他文稿中给对方的尖刻答辩。病员们发现有个新从外面来的人就把他围住，但一见杰尼索夫读文稿，就渐渐散开了。尼古拉从他们的脸色看出，这故事他们听到过不止一次，已经听厌了。只有邻床的胖枪骑兵坐在床上，皱紧眉头，抽着烟斗，还有断臂的瘦小的土申仍在听，并且不以为然地摇摇头。读到一半，枪骑兵打断了杰尼索夫的话。

“照我看，”枪骑兵对尼古拉说，“应该直接要求皇上开恩。据说现在皇上要颁发很多奖赏，一定会开恩的……”

“要我请求皇上开恩！”杰尼索夫想仍旧理直气壮地说话，但克制不住怒气，“为什么？如果我真的是强盗，我当然会请求开恩，可我是因为揭发强盗而受审的。让他们审判我好了，我谁也不怕；我忠心耿耿报效沙皇报效祖国，我没有偷过东西！他们要把我降级……告诉你，我就这么直率地写信给他们，我就写：‘如果我盗窃公物……’”

“您写得很好，没话说的，”土申说，“但问题不在这里，杰尼索夫，”他同时对尼古拉说，“看来只好服从了，可是杰尼索夫不愿服从。军法检察官对您说过，您的事情不妙。”

“哼，不妙就不妙吧！”杰尼索夫说。

“军法检察官替您写了呈文，”土申继续说，“您得签个字，然后请这位先生带去。这位先生（他指指尼古拉）在参谋部里有熟人。这机会再好也没有了。”

“我说过，低声下气的事我不干！”杰尼索夫打断他的话，继续念他的文稿。

尼古拉不敢劝导杰尼索夫，虽然他凭本能感觉到，土申和其他军官所提的办法是最稳妥的，而他要是能帮助杰尼索夫，他将感到高兴。不过，他知道杰尼索夫的犟脾气和火暴性格。

那份措辞尖刻的文稿杰尼索夫念了一个多小时才念完，尼古拉什么也没说。他心里愁闷，同重新聚集拢来的杰尼索夫的病友一起，消磨了这天剩下的时间：他把他所知道的事都讲给他们听，同时听别人讲。整个晚上，杰尼索夫一直闷闷不乐。

尼古拉直到入夜才走，他问杰尼索夫有没有事要他办。

“嗯，你等一下！”杰尼索夫说，回头望望军官们，从枕头底下掏出文稿，走到放有墨水瓶的窗口，坐下来写。

“看来，胳膊扭不过大腿！”杰尼索夫说着离开窗口，交给尼古拉一个大信封。这是军法检察官替杰尼索夫拟的给皇上的呈文，文中没有提军需处的过错，只请求皇上开恩。

“你替我呈上去，看来……”杰尼索夫没有把话说完，只露出无可奈何的苦笑。

19

尼古拉回到团里，向团长报告了杰尼索夫一案的案情，带着杰尼索夫给皇上的呈文到蒂尔西特去。

六月十三日，法国皇帝和俄国皇帝在蒂尔西特会晤。保里斯要求他所侍候的要人让他参加驻跸蒂尔西特的侍从队。

“我想见见那个大人物。”保里斯说，指的是拿破仑。他至今仍像所有的人那样称拿破仑为波拿巴。

“您是指波拿巴吗？”将军笑眯眯地问。

保里斯探询似的瞧瞧将军，立刻看出上司是在同他开玩笑。

“公爵，我是指拿破仑皇帝。”保里斯回答。将军含笑拍拍他的肩膀。

“你前程远大啊！”将军对保里斯说，并把他带去。

两国皇帝在涅曼河见面那天，保里斯是目睹这一事件的少数人中的一个。他看见饰有花体字母徽章的木筏，拿破仑从对岸法国近卫军旁边走过；看见亚历山大皇帝默默地坐在涅曼河岸上一家酒店里等待拿破仑，脸上露出若有所思的神色；看见两个皇帝各自下了小船，拿破仑先跳上木筏，快步前去迎接亚历山大，向他伸出手去，然后两国皇帝走到营帐里。保里斯自从进入最上层社会以来就养成习惯，留心观察周围所发生的一切，并记录下来。在蒂尔西特两国皇帝会晤的时候，他打听拿破仑随从的姓名，察看他们身上的服装，留神倾听重要人物的每一句话。当两国皇帝走进营帐的时候，他看了看表；而当亚历山大走出营帐的时候，他也没有忘记看表。会晤持续了一小时五十三分钟。当晚他把这事同别的事一起记录下来，认为这些事具有历史意义。由于皇帝只带少数随从，那些对宦途浮沉特别重视的人就认为在两国皇帝会晤时能留在蒂尔西特是一件大事。保里斯处身在蒂尔西特，就觉得他的地位从此完全确定下来了。人家不仅认识他，而且看惯了他。他有两次奉命直接侍候皇上，因此皇上也认识他；所有的近臣都不再把他看作新手，要是不见他在场，反而感到奇怪。

保里斯同另一名副官——波兰的齐林斯基伯爵住在一起。齐林斯基是个在巴黎受教育的波兰人，很有钱，非常喜欢法国人。在蒂尔西特逗留期间，几乎天天都有法国近卫军官和总司令部官员到齐林斯基和保里斯那里吃饭喝茶。

六月二十四日晚上，齐林斯基伯爵设宴招待熟识的法国朋友。赴宴的有几个贵宾：拿破仑的一名副官和几名法国近卫军官，还有一个法国名门望族出身的少年，现任拿破仑的侍童。就在那天晚上，尼古拉身穿便服，趁天黑人家认不出他，走进齐林斯基和保里斯的寓所。

尼古拉和他所属的部队都远没有像总司令部和保里斯那样，对待拿破仑和法军发生了化敌为友的急剧变化。部队对拿破仑和法军还是抱着仇恨、轻蔑和恐惧的复杂感情。前不久，尼古拉同普拉托夫师一名哥萨克军官谈话，尼古拉坚持，要是拿破仑被俘，大家可不会把他看作皇帝，而会把他当作罪犯。前不久，尼古拉在路上遇见一名负伤的法国上校，他又怒气冲冲地坚持说，一个合法的皇帝不可能同罪犯拿破仑讲和。因此，尼古拉在保里斯寓所看到法国军官仍穿着他在侧翼散兵线上看到的那种军服，不能不感到惊讶。他一看见从门里探出头来的法国军官，战争和敌对的情绪顿时涌上心头。尼古拉在门槛上站住，用俄语问保里斯是不是住在这里。保里斯听见前室有个陌生的声音，就出来迎接。他一认出是尼古拉，脸上立即现出不快的神色。

“哦，原来是你，看到你很高兴，很高兴！”保里斯还是含笑说，并向他走去。不过，尼古拉已发觉他最初的神态。

“看来，我来得不是时候，”尼古拉说，“我本不想来，可是我有事。”他冷冷地说。

“不，我奇怪的只是你怎么能离开团……我这就来。”保里斯回答叫他的人。

“我知道，我来得不是时候。”尼古拉又说了一遍。

保里斯脸上不快的神色消失了；显然他已考虑了一下，决定该怎么办，就格外镇定地拉住尼古拉的双手，把他领到隔壁屋里。保里斯镇定地瞧着尼古拉，眼睛上仿佛有一层世故的翳，不让人看透他的真实感情。尼古拉有这样的感觉。

“啊，别说了，你会来得不是时候吗？”保里斯说。保里斯把尼古拉领到摆着晚餐的房间，替他同客人们作了介绍，并向他们说明，尼古拉不是文官，而是骠骑兵军官，又是他的老朋友。“这位是齐林斯基伯爵，这位是某某伯爵，这位是某某大尉。”保里斯列举客人的名字。尼古拉皱着眉头瞧着法国人，勉强点头招呼，一言不发。

齐林斯基显然不欢迎这个陌生的俄国人参加他们的集会，对尼古拉什么话也没说。保里斯似乎没注意新来的人所造成的尴尬局面，仍旧像接待他时那样愉快沉着，眼睛仿佛又上了一层翳，但竭力想使谈话活泼起来。一个法国军官以法国人惯有的彬彬有礼态度问固执不开口的尼古拉，他到蒂尔西特来是不是要见皇上。

“不，我有事要办。”尼古拉简短地回答。

尼古拉一发现保里斯脸上的不满神色，心里就不痛快。他也像一切心情不佳的人那样，觉得人家都用敌意的目光望着他，仿佛他妨碍了大家。他确实妨碍了大家，因为只有他一人没有参加重新展开的谈话。“他坐在这里干吗？”客人们投向他的目光仿佛都在这样问。尼古拉站起来，走到保里斯面前。

“不错，我妨碍了你们，”尼古拉对保里斯低声说，“有件事我要跟你说一下，说完就走。”

“不，不碍事，”保里斯说，“你要是累了，那就到我的房间里去，躺一会儿休息休息。”

“行……”

他们走进保里斯睡觉的小房间。尼古拉没坐下，立刻怒气冲冲地——仿佛保里斯得罪了他——给他讲杰尼索夫的案子，问他肯不肯和能不能通过将军替杰尼索夫向皇上求情，并转递呈文。现在只剩下他们两人，尼古拉第一次感觉到，他瞧着保里斯感到难堪。保里斯架着腿，左手抚弄着右手的细长手指，听着尼古拉讲话，就像将军听下属报告那样，时而往旁边望望，时而透过一层无形的眼翳对直望望尼古拉的眼睛。遇到这种情况，尼古拉觉得尴尬，就垂下眼睛。

“这一类事情我听说过，我知道皇上对这类事是很严厉的。我想最好还是不要惊动皇上。我看，最好还是直接向军长求情……总之，我想……”

“要是你不肯，那就直说吧！”尼古拉几乎嚷起来，没看保里斯的眼睛。

保里斯微微一笑，说：

“正好相反，我一定尽力而为，只是我想……”

这时，门外传来齐林斯基呼唤保里斯的声音。

“嗯，去吧，去吧！”尼古拉说，谢绝了晚餐，独自留在小房间里来回踱步，同时听着隔壁屋里愉快的法语交谈声。

20

尼古拉来到蒂尔西特那天，正好是最不利于替杰尼索夫求情的日子。尼古拉自己不能去找值班将军，因为他身穿便服，而且没有获得上级许可擅自来到蒂尔西特；保里斯呢，即使愿意帮忙，也不能在尼古拉到达的第二天就去办这事。六月二十七日那天，签订了和约的序言。两国皇帝交换勋章：亚历山大接受法国荣誉团勋章，拿破仑接受一级安德烈勋章。当天法国近卫军营设宴招待普烈奥勃拉任斯基营，两国皇帝都将出席宴会。

尼古拉对保里斯很反感，因此，保里斯晚餐后来探望他，他就假装睡着，第二天一早又竭力回避他，独自外出。尼古拉身穿燕尾服，头戴圆礼帽，在市里闲逛，观察法国人和他们的军服，观察街道和两国皇帝的行宫。在广场上，他看见一张张摆好的餐桌，在街上看到悬有俄国国旗和法国国旗的横幅，以及巨大的花体字母A和N[①]。窗户上也有国旗和花体字母。

“保里斯不肯帮我忙，我也不愿求他。这事就这么算了，”尼古拉想，“我们之间的关系全完了，但我不尽力为杰尼索夫奔走，主要是不把呈文送交皇上，我就不离开这里。送交皇上！他就在这里！”尼古拉想，不觉又走近亚历山大的行宫。

行宫前停着几匹马，随从们聚集在一起，显然是准备护送皇上的。

① A表示亚历山大，N表示拿破仑。

“随时都有可能见到他，”尼古拉想，“但愿我能把呈文直接交给他，并向他报告一切……难道他们真会因我穿便服而拘捕我吗？不会的！他一定会明辨是非。他什么都知道，什么都明白。有谁能比他更公正更仁慈呢？就算他们因为我待在这里而拘捕我，那又有什么了不起？”尼古拉想，看见一个军官走进行宫。“不是有人进去吗。唉！全是胡思乱想！我要进去，亲自把呈文交给皇上。这对保里斯没有好处，是他把我逼上这一步的。”突然，尼古拉带着自己也没料到的决心，摸了摸口袋里的信，一直向行宫走去。

“不，这次可不能像奥斯特里茨会战后那样错过机会了。”尼古拉想。他随时都希望见到皇上，一想到这事就热血沸腾。“我会匍匐在他脚下，向他求情。他会把我扶起来，听我的话，还会感谢我。”尼古拉幻想皇帝会对他说：“行善固然幸福，而申冤则是最大的幸福。”尼古拉经过许多好奇地打量着他的人，走上行宫台阶。

台阶上有宽大的楼梯直通楼上，右首有一扇门关着。楼梯下有一道门通到底层。

“您找谁？”有人问他。

“有封信呈交皇上，有个请求。”尼古拉颤声说。

“把状子交给值日官，到这儿来（有人给他指指底下的门）。但他们不会接受的。”

听到这冷淡的语气，尼古拉为自己的行为担忧。一想到随时都可能见到皇上，他有点飘飘然，同时又觉得可怕，他简直想逃走。可是行宫的一名随从看到他，给他打开值班室的门，他只好走进去。

一个三十来岁的矮胖子，身穿崭新的麻纱衬衫、白长裤，脚蹬骑兵长靴，站在房间中央；一个侍仆正在背后替他扣崭新的漂亮绸背带。这副背带不知怎的特别引起尼古拉的注意。这人正同邻室一个人谈话。

“她身材苗条，白嫩可爱。”这人说。他一见尼古拉就停止说话，皱起眉头。

“您有什么事？告御状吗？……”

“什么事啊？”隔壁屋里有人问。

“又是一个告御状的。”系背带的人回答。

"叫他以后来。马上就要出发了。"

"以后来，以后来，明天来，今天太晚了……"

尼古拉转身要走，但系背带的人把他拦住。

"谁派您来的？您是谁？"

"从杰尼索夫少校那儿来。"尼古拉回答。

"您是谁？是军官吗？"

"中尉，尼古拉·罗斯托夫伯爵。"

"好大胆！得逐级上报。您走吧，走吧……"他说着穿上侍仆递给他的军服。

尼古拉又来到门廊里，看见台阶上聚集了许多全副武装的军官和将军，他得从他们面前走过。

尼古拉咒骂自己的鲁莽，一想到随时可能遇见皇上，并当着皇上的面受辱和被捕，不禁心惊胆战。他明白自己行为莽撞，非常悔恨，就垂下眼睛，穿过服饰华丽的随从队伍，走出房子。这时，忽然有个熟悉的声音叫他的名字，同时有一只手把他拦住。

"老弟，您穿着便衣在这里干什么？"一个低沉的声音问他。

原来是位骑兵将军。他当过师长，尼古拉在他手下服务过，在这次战役中特别受到皇帝的宠信。

尼古拉惶恐地为自己辩解，但一看到将军和蔼而风趣的面容，就走到他身旁，激动地讲了全部案情，请将军为杰尼索夫说情。将军听了尼古拉的话，严肃地摇摇头。

"可怜，那位好汉真是可怜；把呈文给我吧……"

尼古拉刚讲完杰尼索夫的案情，把呈文交给他，楼梯上就响起急促的脚步声和马刺的叮当声。将军慌忙撇下他向台阶口走去。御侍们都跑下楼来，向各自的马匹走去。到过奥斯特里茨的马夫埃尼牵来皇帝的坐骑，接着楼梯上就响起轻快的脚步声。尼古拉立刻听出这是谁的脚步声。尼古拉顾不得被认出的危险，同好奇的居民一起走到台阶口。于是在事隔两年之后，他又看见了他所崇敬的御容，那熟识的脸、熟识的目光、熟识的步伐，那庄严和仁慈的化身……于是对皇上的崇拜和热爱之情又在尼古拉心里复活了。皇帝身穿普烈奥勃拉任斯基团军服和白色驼鹿皮裤，脚蹬骑兵高筒靴，佩着尼古拉不认识的星章（这是法国荣誉团勋章），臂下夹着帽子，一面戴手套，一面走上台阶。皇帝站住了，环顾四周，目光照亮了周围一切。皇帝对将军们说了几句话。皇帝也认出了尼古拉原来的师长，对他微微一笑，把他叫到跟前。

全体御侍让开一条路。尼古拉看到这位将军对皇上说了好一阵。

皇帝对他说了几句话，然后向马走近一步。一群侍从和尼古拉周围的人群又向皇帝靠拢。皇帝站在马旁，一手抓住鞍子，向骑兵将军大声说话，显然是想让大家都听见。

“我不能那样做，将军，因为法律比我强。”皇帝说，一只脚插进马镫。将军恭恭敬敬地鞠躬，皇帝上了马沿着大街跑去。尼古拉兴奋得忘乎所以，同人群一起跟在皇帝后面奔跑。

21

皇帝骑马来到广场。广场上，右边是普烈奥勃拉任斯基营，左边是戴熊皮帽的法国近卫军营，两营人面对面站在那里。

皇帝跑近两个营的一翼，两营士兵都向他举枪致敬。这时，另一群骑马的人向另一翼跑去。尼古拉认出，为首的是拿破仑。这不可能是别人。拿破仑头戴一顶小帽，肩上挂着安德烈勋章绶带，身穿蓝军服，露出里面的白背心，骑一匹披深红饰金鞍褥的纯种灰色阿拉伯马，奔驰而来。他驰到亚历山大面前，举起帽子。这时，尼古拉凭他骑兵的眼睛看出，拿破仑在马上坐得不稳，姿势也不好看。两个营同时喊着：“乌拉！”和“*皇帝万岁！*”拿破仑对亚历山大说了一句什么。两位皇帝都跳下马，挽起手来。拿破仑脸上现出令人不快的做作微笑。亚历山大亲切地对他说着什么。

尼古拉不管隔开人群的法国宪兵的嘚嘚马蹄声，始终目不转睛地盯着亚历山大皇帝和拿破仑的一举一动。使他意外吃惊的是，亚历山大平等对待拿破仑，而拿破仑也毫不拘束，仿佛同俄国皇帝接近是十分自然的事，他已惯于平等地对待他。

亚历山大和拿破仑带着一大群随从走近普烈奥勃拉任斯基营右翼，

径直向站在那里的人群走去。人群突然那么接近两国皇帝，尼古拉站在人群前排感到特别害怕，唯恐被皇帝认出来。

“陛下，请您允许我把荣誉团勋章授给贵军最勇敢的士兵。”有人声音尖锐、一字一顿地说。

这话是身材矮小的拿破仑仰视着亚历山大的眼睛说的。亚历山大留神听着他的话，点点头愉快地微微一笑。

“授给那个在这次战争中表现得最勇敢的人。”拿破仑补充说，每个音节都说得很清楚。他泰然自若地望着面前举枪致敬、眼睛却看着自己皇帝的一排排俄国兵。他的这种神态使尼古拉感到愤慨。

“陛下，请允许我问问上校的意见。”亚历山大说，然后向营长科兹洛夫斯基公爵快步走了几步。拿破仑乘机脱下白净小手上的手套，把它撕破扔在地上。一个副官慌忙从后面跑过来，捡起手套。

“给谁啊？”亚历山大皇帝用俄语低声问科兹洛夫斯基。

“您命令吧，陛下。”

皇帝不满意地皱起眉头，环顾了一下，说：

“可我们得答复他呀。”

科兹洛夫斯基断然扫了一下士兵的行列，连尼古拉也没有漏掉。

“不会是我吧？”尼古拉想。

“拉扎列夫！”上校皱起眉头发出命令，第一排的排头兵雄赳赳地走到前面。

“往哪儿走？站住！”几个声音对拉扎列夫低声说，拉扎列夫不知该上哪儿去。他站住了，惶恐地斜睨着上校。他像一般被叫到队伍前的士兵那样，脸颊哆嗦了一下。

拿破仑略一回头，往后伸出他那肥胖的小手，仿佛要拿什么东西。拿破仑的随从立刻猜到他要什么，着忙起来，相互低语，传递着一件东西。尼古拉昨天在保里斯处看到过的侍童跑到前面，恭恭敬敬地凑近那只伸出的手，一秒钟也不让它等待，立刻把一个系着红绶带的勋章放在这只手里。拿破仑看也不看，就用两个手指夹住勋章，走到拉扎列夫跟前。拉扎列夫却一个劲儿地盯住自己的皇帝。拿破仑回顾了一下亚历山大皇帝，表示他现在这样做只是为了他的盟友，那只拿勋章的白净小手触到了士兵拉扎列夫的纽扣。拿破仑似乎知道，只要他拿破仑的手碰到这个兵的胸膛，这个兵就会幸福，得奖，并且地位高于任何人。拿破仑只把十字勋章往拉扎列夫的胸口一按，就放下手，转身对亚历山大说话，仿佛他知道勋章会粘在拉扎列夫的胸口。勋章果然粘住了，因为几双殷勤的俄国和法国的手立刻接过勋章，把它挂在拉扎列夫的军服上。拉扎列夫阴郁地瞧了瞧生有一双白手、对他做着什么事的矮小的人，仍旧一动不动地举枪敬礼，又对直望了望亚历山大的眼睛，仿佛在问皇帝：现在他应该继续站着还是走开，或者做别的事？但他没有接到命令，只得这样一直站着不动。

两位皇帝骑上马走了。普烈奥勃拉任斯基营的队列解散了，同法国近卫军混坐在为他们预备的餐桌旁。

拉扎列夫坐在荣誉席上；俄国军官和法国军官拥抱他，同他握手，向他祝贺。军官和民众成群地走过来，只是为了看看拉扎列夫。餐桌周围的广场上充满俄语和法语的说话声和哄笑声。有两个军官脸涨得通红，喜气洋洋地从他旁边走过。

“老兄，酒席真不错，都是银餐具，”一个军官说，“看见拉扎列夫了吗？”

“看见了。”

“据说，明天普烈奥勃拉任斯基营要还请他们。”

“啊，拉扎列夫真走运！终身年金有一千两百法郎呢。”

“瞧，弟兄们，这样的帽子！”一个普烈奥勃拉任斯基营士兵一边戴着毛茸茸的法国帽，一边叫道。

“真不错，太美了！”

“你听到口令了吗？”近卫军军官问另一个军官说，“前天是拿破仑，法兰西，勇敢；昨天是亚历山大，俄罗斯，伟大。今天我们皇上发口令，明天拿破仑发口令。明天我们皇上要授予法国最勇敢的近卫军圣乔治勋章。非送不可！礼尚往来嘛。”

保里斯和他的朋友齐林斯基也来观看普烈奥勃拉任斯基营的宴会。保里斯回家，发现尼古拉站在房子拐角的地方。

“尼古拉！你好！我没见到你。”保里斯说，看见尼古拉脸色闷闷不乐，忍不住问他出了什么事。

“没有什么，没有什么。”尼古拉回答。

“你来吗？”

“来的。”

尼古拉在屋角站了好一阵，远远地望着宴会上的人们。他苦苦思索，却怎么也理不出一个头绪来。他心里起了强烈的疑问。他忽而想起了杰尼索夫，想起他那变形的模样和听天由命的神态，想起住满断胳膊断腿的伤员、到处是垃圾和病人的医院。他清楚地感到，他现在也闻到医院里的尸臭，他环顾了一下，想弄明白臭气是从哪里来的。他忽而想起踌躇满志的拿破仑和他那只白净的小手。如今拿破仑当上皇帝了，亚历山大皇帝也喜欢他，尊敬他。那么，那些丢胳膊缺腿的人和牺牲的人又是为了什么呢？他忽而想起了荣获勋章的拉扎列夫和受罪而又得不到宽恕的杰尼索夫。他发现自己有这样古怪的想法，不禁感到害怕。

普烈奥勃拉任斯基营宴会的香味和他的饥饿把他从沉思中唤醒，他觉得动身以前得先吃点东西。他走到早晨看见的那家饭店。他在饭店里遇到好多人，好多像他一样穿便服的军官，因此他好容易才吃到饭。跟他同一师的两个军官同他坐在一起。他们自然而然地谈到了和约。这两个军官也像大部分军人那样，对弗里德兰战役后缔结的和约不满。大家说，若能再坚持一下，拿破仑就会完蛋，因为他们已经弹尽粮绝了。尼古拉默默地吃着东西，拼命喝酒。他一人喝了两瓶酒。他内心的矛盾一直没有解决，使他十分苦恼。他怕陷入这些思绪中不能自拔。有一个军官说，看见法国人心里就不痛快。尼古拉听了这话勃然大怒，莫名其妙地叫嚷起来，使军官们大吃一惊。

“你们怎么能说三道四！”他突然涨红了脸，嚷道，“你们怎么能批评皇上的行为？我们有什么权利批评？！皇上的目的和行为我们是无法了解的！”

“我又没有说皇上什么话！”一位军官辩解说，他认为尼古拉一定醉了，否则就无法理解他发火的原因。

但尼古拉没有听他的。

“我们又不是外交官，我们只不过是士兵，”尼古拉继续说，“要是命令我们去死，我们就去死。要是我们受惩罚，那就是说罪有应得，我们可无权批评皇上。皇上承认拿破仑是皇帝，跟他订立同盟，就是说应该如此。要是我们对什么事都说三道四，那就没有什么神圣的东西了。这样我们就会说，上帝不存在，什么也不存在了。”尼古拉拍拍桌子，大声叫嚷，听的人都觉得莫名其妙，但那是符合他的思路的。

“我们的事就是尽责任，就是动刀不动脑子！”尼古拉叫道。

“还有喝酒。”一个军官不愿同他争论，说。

“对，还有喝酒！”尼古拉附和说，“喂，再来一瓶！”他又叫了一声。

第　三　部

1

一八〇八年，亚历山大皇帝去埃尔富特再次会晤拿破仑皇帝。关于这次隆重会晤的盛况，彼得堡上流社会谈得很多。

一八〇九年，世界两巨头（人们这样称呼拿破仑和亚历山大）的关系变得十分亲密，以致拿破仑今年向奥地利一宣战，俄军立刻越过国境，配合原来的敌人拿破仑去攻打原来的盟友奥国皇帝。此外，在最上层的圈子里正在谈论，拿破仑可能同亚历山大的一位姐妹联姻。除了外交问题，俄国社会特别关注的是当时正在进行的全面的内政改革。

不过，一般人所关心的只是健康、疾病、劳动、休息、思想、学术、诗歌、音乐、爱情、友谊、仇恨和欲望。他们依旧过着这样的生活，即既不关心政治上对拿破仑亲近还是敌对，也不留意任何改革。

安德烈公爵在乡下蛰居了两年。皮埃尔在自己庄园里不断兴办事业，一项又一项，但都毫无结果。而这些事业，安德烈公爵却轻而易举地一一实现了，而且没向人张扬。

安德烈公爵具有皮埃尔所缺乏的毅力。他凭着这种毅力，毫不费劲地推动了事业的发展。

在他的一个庄园里，有三百名农奴转成自由农民（这是俄国解放农奴的一个先例）；在其他几个庄园，代役租代替了劳役制。在保古察罗伏，他出钱请了一个经过训练的产婆给产妇接生，又出钱请了一位神父教农奴和家奴的子弟读书识字。

安德烈公爵有一半时间陪父亲和幼小的儿子在童山度过，另一半时间则花在“保古察罗伏修道院”里——父亲这样称呼他的村子。尽管安德烈公爵向皮埃尔表示，他对外界的事不感兴趣，其实却密切关注着时局。他经常收到许多图书，而且，从彼得堡政治生活中心来看望他和他父亲的人对国内外时事的了解都远不如他这个蛰居乡间的人。他自己对这一点也感到惊奇。

除了经营庄园和阅读各种书籍，安德烈公爵近来正在分析我军两次战役失利的原因，并草拟修改我军军事条令的意见。

一八〇九年春，安德烈公爵去视察梁赞庄园。这个庄园将归他儿子继承，而他是儿子的法定监护人。

他坐在敞篷马车上，被春天的阳光晒得暖洋洋，放眼欣赏着田野上的嫩草、桦树的新叶和飘浮在蓝天中的朵朵初春的白云。他什么也不想，只是快乐地茫然眺望着两旁的自然美景。

他们经过去年同皮埃尔谈话的那个渡口。马车经过肮脏的乡村、打谷场、田野、积着残雪的桥堍、泥土被冲掉的上坡路、一道道留茬地和一丛丛嫩绿灌木，然后进入中间有道路穿过的桦树林。树林里没有风，简直有点热了。桦树周身长出光泽的嫩叶，一动不动；新生的小草和紫色的野花顶开去年的落叶，从地里钻出来。桦树中间杂生着一棵棵小杉树，常绿的针叶使人想起了不愉快的严冬。马一进树林就打响鼻，周身冒汗。

跟班彼得对车夫说了句什么，车夫点头表示同意。不过，彼得显然还不满足于车夫的同意，又从驭座上转身对老爷说话。

"老爷，多么爽快啊！"彼得恭敬地笑着说。

"什么？"

"爽快，老爷。"

"他在说什么呀？"安德烈公爵想。"大概是在说春天吧。"他向两边望望，想，"是啊，树木都发青了……真快！桦树啦，稠李啦，赤杨啦，都发青了……但栎树还没有看到。哦，那边有一棵栎树。"

路边屹立着一棵栎树。这棵栎树大概比林子里的桦树老十倍，树干粗十倍，树身高一倍。这是一棵巨大的栎树，粗可合抱，长有折断已久的老枝，盖着疤痕累累的树皮。它像一个苍老、愤怒和高傲的怪物，伸出不对称的难看手臂和手指，兀立在笑脸迎人的桦树中间。只有它不受春意的蛊惑，不欢迎春天，不想见阳光。

“春天哪，爱情啦，幸福啦！”老栎树仿佛在这样说，“这种年复一年的无聊骗局，难道你们还不腻味吗？老是这样的骗局，这样的骗局！既没有春天，也没有太阳，也没有幸福。你们瞧，那些受挤的杉树老是这样死气沉沉。再瞧瞧，我伸出残缺不全的手指，背上一根，腰间一根，到处乱伸。我生下来就一直这样站着。我不相信你们的希望，也不相信你们的骗局。”

安德烈公爵穿过树林，几次回顾这棵老栎树，仿佛希望从它身上看到什么。栎树下长出了野花和青草，可它始终木然屹立在它们中间，阴沉、丑陋而顽固。

“是的，这棵栎树是对的，永远是对的，”安德烈公爵想，“让年轻人去受骗上当吧，我们可懂得生活了，我们的生活已经完了！”

这棵栎树在安德烈心中勾起一连串消极、悲怆而又愉快的思想。在整个旅途中，他仿佛重新思考了自己的一生，并又得出安于现状的消极结论，觉得他没有必要再开创什么，只要不作恶，不忧虑，摆脱欲望，享尽天年就行了。

2

安德烈公爵为梁赞庄园托管事要去见县首席贵族。现任县首席贵族是罗斯托夫伯爵。五月中旬，安德烈公爵去访问他。

已是暮春时节。树林已披上绿装；路上尘土飞扬，天气很热，经过水塘时真想下去洗个澡。

安德烈公爵闷闷不乐，一心考虑着他该向首席贵族问些什么。这时，马车驶进奥特拉德诺罗斯托夫家花园的林荫路。他听见右边树丛里有姑娘们快乐的叫声，接着看见一群姑娘从他的马车前面跑过。跑在最前面的是一个黑头发、黑眼睛的姑娘。她长得很苗条，苗条得出奇，身穿一件黄色印花布连衣裙，头上扎着一块白头巾，头巾下露出一绺绺梳理过的头发。这姑娘向马车跑来，嘴里叫着什么，但一认出是个陌生人，就眼睛也不抬，笑着跑回去了。

安德烈公爵不知怎的突然感到不痛快。天气那么美好，太阳那么灿烂，周围一片欢乐，可是这个苗条好看的姑娘却不知道，也不愿知道有他这样一个人存在，而只满足于自己愚蠢而又快乐的生活。“她为什么这样快乐？她在想些什么？她不会想到军事条令，也不会考虑梁赞代役制问题。那么她在想些什么呢？她为什么这样快乐？”安德烈公爵不禁好奇地问着自己。

一八〇九年，罗斯托夫伯爵在奥特拉德诺庄园里过着同以前一样的生活，也就是说，用狩猎、看戏、宴会和音乐来款待全省的贵族。他欢迎安德烈公爵，就像欢迎一切新来的客人那样，并且硬要留他过夜。

罗斯托夫伯爵家里因命名日将临而住满了客人。老一辈男女主人和一批贵宾殷勤地招待安德烈公爵。在这无聊的日子，安德烈几次窥察小辈中莫名其妙地欢笑的娜塔莎，不断问自己：“她在想些什么？她为什么这样快乐？”

晚上，安德烈公爵只身留在陌生地方，久久不能入睡。他看书，然后熄掉蜡烛，接着又把它点着。屋子里关上百叶窗，很热。他埋怨那个傻老头（他这样称罗斯托夫伯爵），因为他借口必要的文件还没有从城里送来，硬留他过夜。他也怨自己留了下来。

安德烈公爵爬起来，走到窗前开窗。他一打开百叶窗，月光仿佛早就守候在窗外，一下子倾泻进来。他打开窗户。夜清凉、宁静而明亮。窗外是一排梢头剪过的树，一侧黑魆魆，另一侧则银光闪闪。树下长着潮湿、多汁而茂密的灌木，有些枝叶是银色的。在黑乎乎的树木后面有一个露珠闪亮的屋顶，右边是一棵枝叶扶疏、树干发白的大树，树的上方，在清澈无星的春天的天空中挂着一轮近乎团圆的月亮。安德烈公爵双臂支着窗台，眼睛凝望着天空。

安德烈公爵的房间在当中一层。楼上房间里也住着人，房间里的人也没有睡觉。他听见楼上有女人的说话声。

“再唱一次吧！”楼上传来一个女人的声音，安德烈公爵立刻听出是谁的声音。

“那你到底什么时候睡啊？”另一个声音说。

“我不要睡，我睡不着，叫我有什么办法！那么，最后一次……”

两个女声唱了一段歌曲的结尾。

“哦，多美啊！好，现在该睡觉了，结束了。”

“你睡吧，我可睡不着！”第一个女人的声音在窗口回答。她的身子显然已从窗口探出来，因为听得见她衣服的窸窣声，连她的呼吸声都能听见。万籁俱寂，一切都凝然不动，就像月亮、月光和阴影那样。安德烈公爵一动不动，唯恐让人发觉他无意中听到她们的谈话和歌唱。

“宋尼雅！宋尼雅！”又听见第一个女人的声音，“哦，怎么能睡觉呢！你瞧，多美啊！真是太美啦！你醒醒吧，宋尼雅！”她似乎是含着泪说的，“这样美好的夜晚还从来没有过，从来没有过。”

宋尼雅勉强回答了一声。

“啊，你瞧瞧，多好的月亮！……哦，多美啊！你过来。好姐姐，你过来。喂，你看见了吗？就这样蹲下来，抱住你的膝盖，使劲抱住，紧紧地抱住，这样，你就会飞上天去了。就是这样！”

“小心别跌出去！”

安德烈公爵听见两人的挣扎声和宋尼雅不高兴的声音：

“已经过一点了。”

“哼，你在这里只会碍我的事。好，你走吧，走吧。”

一切又归于沉寂，但安德烈公爵知道她还坐在那里。他时而听见她轻微活动的声音，时而听见叹息声。

“啊，我的天！我的天！这是怎么回事！”她忽然惊叫道，“睡就睡吧！”她说着关上了窗户。

“她根本不在意有我这样一个人！”安德烈公爵倾听她说话时想，不知怎的又希望她提到他，又怕她提到他，“又是她！她像天公故意这样安排！”安德烈公爵想。他的心灵里突然涌起一股同他整个生活不相称的杂乱的青春的思想和希望，他觉得自己的心情说不清，很快就入睡了。

3

第二天早晨，安德烈公爵不等太太小姐们出来，只同老伯爵一人告别，就回家了。

安德烈公爵回家已是六月初。他又来到那座桦树林，那里有一棵使他惊异难忘的疤痕累累的老栎树。马车的铃铛声在树林里响得比一个月前更凝重；树林变得更茂密多阴；散布在树林里的小枞树没有破坏总体的美，协调地吐出毛茸茸的嫩绿针叶。

天气从早到晚一直很热，一场雷雨正在酝酿，但空中只有一小块乌云往路上的尘土和嫩叶上撒下零星的雨点。树林左边被阴影遮住，显得很暗；树林右边湿漉漉的，在阳光下闪闪发亮，被风吹得轻轻摆动。万物欣欣向荣，夜莺的鸣啭此起彼落，时近时远。

“对了，就在这里，在这座树林里，有一棵栎树我觉得挺有意思，可它在哪里呀？”安德烈公爵望着道路左边的一棵树想，没有认出他看到的就是他在寻找的那棵栎树。老栎树完全变了样，展开苍绿多汁的华盖，在夕阳下轻轻摇曳。如今生着节瘤的手指，身上的疤痕，老年的悲哀和疑虑，一切都不见了。从粗糙的百年老树皮里，没有长出枝条，却长出许多鲜嫩的新叶，使人无法相信这样的老树又会披满绿叶。“对了，就是这棵栎树。”安德烈公爵想，心里突然涌起一股难以名状的春天的喜悦和万象更新的感觉。他一生中所有难忘的时刻顿时浮上脑海。又是奥斯特里茨战场上高邈的天空，又是妻子死后哀怨的脸色，又是渡船上的皮埃尔，又是陶醉在夜色中的姑娘，又是美好的夜晚，又是一轮明月，这一切都突然出现在他眼前。

“对，生命不能在三十一岁上结束，”安德烈公爵突然斩钉截铁地说，“我心里有什么感觉，只有我自己知道是不够的，应该让人人都知道：应该让皮埃尔知道，让那个想飞上天去的姑娘知道，要让人人都了解我，我活着不能只为我自己，也不能让大家都像那个姑娘似的不关心我的存在，我的生命要在大家身上反映出来，要使大家都同我一起生活！”

安德烈公爵旅行归来，决定秋天去彼得堡，并且为这个决定想出种种理由。他有一系列充足理由说明他必须去彼得堡，甚至必须去从军。他现在简直不明白，他怎么会一度怀疑，人应该积极地生活，正像一个月前他不明白，他怎么会想到要离开乡村。他明白，要是他不把生活经验用于实际工作中，不积极参与生活，那么，他的经验就毫无用处。根据原来站不住脚的理论，他在生活上得到教训后，相信他还能有益于人，还能获得幸福和爱情，那是自欺欺人。现在理智告诉他的是一种截然不同的理论。经过这次旅行，安德烈公爵对乡间生活开始感到无聊，对原来的家务不再感兴趣。他常常独自坐在书房里，站起来走到镜子前，久久端详着自己的脸。然后他转过身来，望着丽莎的遗像。丽莎梳着希腊式发髻，从金边镜框里亲切而快乐地瞧着他。她不再向丈夫诉说那些可怕的话，她只是快乐而好奇地瞧着他。安德烈公爵反背双手，在屋子里好久地来回踱步，忽而皱眉，忽而微笑，思索着那些难以用语言表达的像犯罪一般的秘密念头。那些念头关系到皮埃尔、荣誉、窗口的姑娘、老栎树、女性的美和爱情，并且改变了他的整个生活。在这种时候，要是有谁走进他的屋子，他就会变得特别严厉、淡漠、生硬，冷静得叫人受不了。

“*亲爱的朋友*，”玛丽雅公爵小姐有时走进来说，“今天小尼古拉不能出去散步，天气太冷了。”

“要是暖和的话，”在这种时候，安德烈公爵会特别冷冰冰地对妹妹说，“他只要穿一件衬衫就可以出去了，正因为天冷，才要穿上暖和的衣服，衣服就是为了御寒而发明的。天冷应该多穿衣服，可不能把需要新鲜空气的孩子关在屋里。”他逻辑严谨地说，仿佛因自己不合情理的内心骚动而惩罚别人。在这种时候，玛丽雅公爵小姐就会想，脑力劳动使男人都变得生硬乏味了。

4

一八〇九年八月，安德烈公爵来到彼得堡。这正是年轻的斯佩兰斯基[①]的荣誉达到顶峰，他正在起劲地搞改革活动的时候。就在这年八月，皇帝从马车上跌下来，伤了腿，在彼得高夫待了三个星期，每天只接见斯佩兰斯基一人。当时，斯佩兰斯基正协助皇上拟订两项轰动社会的法令：废除宫内官阶和通过考试录用八等文官和五等文官，同时制订全部国家宪法，以改变现存的从枢密院直到乡政府的俄国司法、行政和财政制度。亚历山大皇帝登位时所抱的自由主义幻想，现在在查多利日斯基、诺伏西尔采夫、柯楚别依和斯特罗冈诺夫等人辅佐下终于实现了。亚历山大戏称他们是社会拯救委员会。

现在，斯佩兰斯基在内政上，阿拉克切耶夫在军事上取代了所有的人。安德烈公爵到彼得堡不久就以宫廷高级侍从身份出入宫廷，参加朝觐。皇上见到他两次，却没有赐给他一句话。安德烈公爵过去一向认为皇帝不喜欢他，不喜欢他的相貌和为人。看到皇上投向他的冷淡疏远的目光，安德烈公爵加强了这种想法。朝臣们向安德烈公爵解释，皇上对他疏远，是因为他从一八〇五年起就没有再服役。

“我也知道，人人都有自己的爱憎，”安德烈公爵想，“因此我那有关军事条令的意见根本不用呈交皇上，不过事实是最有说服力的。”他向父亲的朋友，上了年纪的元帅提到他的意见书。老元帅约了时间，亲切地接见他，并答应呈报皇上。几天以后，安德烈公爵接到通知，要他去见陆军大臣阿拉克切耶夫伯爵。

那天早晨九点钟，安德烈公爵如约来到阿拉克切耶夫伯爵的接待室。

安德烈公爵不认识阿拉克切耶夫，也从未见过他，不过，根据有关这人的传闻，安德烈公爵对他不抱敬意。

“他是陆军大臣，是皇帝的亲信，他个人的品德不关谁的事；既然他奉命审阅我的意见书，也就只有他有权处理这事。”在阿拉克切耶夫伯爵的接待室里，安德烈公爵同许多重要和不重要的人物坐在一起等候接见时想。

① 斯佩兰斯基（1772—1839），俄国伯爵，1808年起成为亚历山大一世的亲信，制定自由主义改革计划，1810年倡议建立国务会议；1812年被流放。

安德烈公爵在服役期间多半担任副官，他到过许多要人的接待室，熟悉这种接待室里形形色色的景象。在阿拉克切耶夫伯爵的接待室里可是另一番景象。等待接见的小人物脸上现出羞怯和恭顺的神色；大官们脸上有点窘态，但带有放肆、自嘲和嘲弄接见他们的人的表情。有人若有所思地来回踱步，有人低声谈笑。安德烈公爵听见有人叫阿拉克切耶夫的绰号“权力爷”，有人说“老头子可要让你知道厉害了”，他指的也是阿拉克切耶夫伯爵。一位重要的将军显然等得不耐烦了，不断把腿叠起又放下，自我嘲弄地微笑着。

但门一打开，人人脸上顿时现出同一表情：恐惧。安德烈公爵请值日官再替自己通报一下，可是值日官轻蔑地对他瞧瞧说，到时候会叫他的。副官把几个人领进大臣办公室，又把几个人送出来。有个军官被带到那道可怕的门里，他那副卑躬屈节和惊恐万状的模样使安德烈公爵吃惊。这个军官被接见的时间很长。突然从门里传出怒吼声，接着军官脸色发白，嘴唇发抖，从屋里出来。他双手抱住头，走出接待室。

随后安德烈公爵被领到门口。值日官低声对他说：“往右走，靠窗口。”

安德烈公爵走进一间朴素整洁的办公室，看见桌旁坐着一个四十来岁的人，腰身很长，长长的头上头发剪得很短，脸上皱纹很深，眉头紧蹙，生有一双呆滞的绿褐色眼睛和一个下垂的红鼻子。阿拉克切耶夫向他回过头来，但并没看他。

“您有什么要求？”阿拉克切耶夫问。

“我没有什么……要求，大人。”安德烈公爵低声说。阿拉克切耶夫的眼睛向他转过来。

“请坐，”阿拉克切耶夫说，“安德烈公爵。”

“我没有什么要求，听说皇帝陛下把我的意见书批交大人了……”

“不错，老弟，您的意见书我看过了，”阿拉克切耶夫打断他的话，但只有头一句话说得比较亲切，接着又不看他的脸，语气也越来越轻蔑和不耐烦，“您提出新的军事条令，是吗？条令很多，老的条令也没有人执行。如今大家都在订条令，订条令可比执行条令省力。”

“我奉陛下圣旨来向大人请示，您打算怎样处理这份意见书？”安德烈公爵恭恭敬敬地说。

“我已经批阅了您的意见书，并转给委员会了。我不赞成。”阿拉克切耶夫说着站起来，从写字台里取出一张纸，“您看！”他把纸递给安德烈公爵。

纸上用铅笔横写着一句话，没有大写字母，没有标点符号，拼法也有错误：

由于模仿法国军法立论不足且无须放弃陆军条令

“意见书交给哪个委员会了？”安德烈公爵问。

“交给军事条令委员会了，我已推荐阁下担任该会委员，但没有薪俸。”

安德烈公爵微微一笑。

“我并不指望。”

“没有薪俸，担任委员。”阿拉克切耶夫重复说，“幸会了。喂！叫一声！还有谁？”他一边向安德烈公爵点头，一边叫道。

5

安德烈公爵一边等候军事条令委员的委任状，一边走访旧相识，特别是可能对他有用的有权人物。他现在待在彼得堡，心情有点像战争前夜。当时好奇心使他烦恼，他一心想跨进那决定千百万人命运的最上层。现在，从老年人的愤懑、局外人的好奇、局内人的审慎、大家的忙碌与焦虑，从他天天听到许多新委员会成立的消息，他知道一八〇九年的彼得堡正在进行一场大规模的内战，它的总司令是一位他不认识但他认为有天才的神秘人物——斯佩兰斯基。那场他只有模糊认识的改革运动和主要发起人斯佩兰斯基引起他极大的关注，以致军事条令问题在他头脑里很快退居次要地位。

安德烈公爵处境非常有利，他受到彼得堡上流社会各界的欢迎。改革派热烈欢迎他，拉拢他，第一，因为他以聪明和博学著称，第二，因为他解放农奴而获得自由主义者的名声。对改革不满的老一辈只把他看作保尔康斯基公爵的儿子，希望在反对改革方面得到他的支持。上流社会的妇女热烈欢迎他，因为他是一个有钱有势的鳏夫，还是个一度谣传本人阵亡和妻子惨死的传奇性人物。此外，原来认识他的人一致认为，五年来他大有进步，变得更加成熟，不像原来那样做作、傲慢和喜欢嘲弄别人，而是随着年龄的增加显得稳重沉着。大家谈论他，对他发生兴趣，希望见到他。

在拜访阿拉克切耶夫伯爵后的第二天傍晚，安德烈公爵在柯楚别依伯爵家做客。他给柯楚别依伯爵讲述会见"权力爷"的经过（柯楚别依这样称呼阿拉克切耶夫，带有嘲讽的口气，就像安德烈公爵在陆军大臣办公室里听到的那样）。

"老弟，"柯楚别依说，"就是办这事您也少不了斯佩兰斯基。他什么事都管。我会对他说的。他答应晚上来……"

"军事条令关斯佩兰斯基什么事？"安德烈公爵问。

柯楚别依微微一笑，摇摇头，仿佛对安德烈的天真感到惊讶。

"前两天我同他谈到过您，"柯楚别依继续说，"谈到您解放农奴的事……"

"哦，公爵，解放农奴的就是您吗？"一个叶卡捷琳娜时代的遗老轻蔑地瞧了瞧安德烈，问。

"小庄园没有什么收益。"安德烈回答，竭力冲淡自己的行为，免得徒然使老头儿生气。

"您害怕落后。"老头儿望着柯楚别依说。

"我有一件事不明白，"老头儿继续说，"要是把农奴都解放了，谁来耕地呢？立法容易，管理难哪。就像现在这样，我问您，伯爵，要是人人都得经过考试，谁来担任各部门的长官呢？"

"我想，就是那些考试及格的人。"柯楚别依架起腿，环顾四周回答。

"譬如说，我那里有个叫普略尼契尼科夫的，人很出色，像金子一样可贵，可他已有六十多了，难道他也要考试吗？……"

"是的，这有点困难，因为教育还不普及，不过……"柯楚别依伯爵没有说完就站起来。他挽住安德烈公爵的手臂，走去迎接一个进来的高个子男人。那人四十岁光景，秃头，头发淡黄，前额宽大，长长的脸白得出奇。来客身穿藏青色燕尾服，脖子上挂着十字勋章，左胸上佩着一枚金星勋章。他就是斯佩兰斯基。安德烈公爵立刻认出了他，不禁感到一阵心悸，正如在生活的重要时刻常常发生的那样。这是出于尊敬、嫉妒，还是期待，他不知道。斯佩兰斯基的样子与众不同，他一下子就能被认出来。安德烈公爵在他所生活的上层社会里从未见过一个人，行动如此迟钝笨拙而态度却这样沉着自信，也没见过一个人，湿润的眼睛半开半闭而目光却如此坚定而温和，也没见过那样莫测高深而又刚强坚毅的笑容；他也没听见过这样尖细、匀调而柔和的声音，尤其没见过如此白嫩的脸和手，这双手宽阔而又异常肥胖和柔软。这样白嫩的脸，安德烈公爵只在长期住医院的士兵身上见过。他就是斯佩兰斯基，俄国国务大臣，皇帝的耳目，皇帝去埃尔富特的随从，他在那里不止一次同拿破仑见面和交谈。

斯佩兰斯基不像一般人来到大庭广众中那样眼光在人们的脸上转来转去，说话也不慌不忙。他说话声音很低，相信人家都会留神听他，而眼睛只看着同他交谈的人。

安德烈公爵特别注意斯佩兰斯基的一言一语和一举一动。他也像一般人，特别是严于品评别人的人那样，遇到陌生人，尤其是遇到斯佩兰斯基那样的名人，总希望看到对方具有完善的品德。

斯佩兰斯基向柯楚别依表示歉意，他不能来得更早些，因为在皇宫里耽搁了。他不说被皇帝耽搁了。安德烈公爵注意到了这种矫揉造作的谦逊。当柯楚别依把安德烈公爵介绍给他时，斯佩兰斯基照例含笑把目光转向安德烈公爵，默默地瞧着他。

“认识您很高兴，我也久仰大名了。”斯佩兰斯基说。

柯楚别依扼要讲了阿拉克切耶夫接见安德烈的情况。斯佩兰斯基更明显地笑了笑。

“军事条令委员会主席马格尼茨基先生是我的好朋友，”斯佩兰斯基说，每个字咬音都很清楚，“您要是愿意，我可以介绍您去见他。”他顿了顿。“我希望您能看到，他这人富有同情心，愿意支持一切合理的事。”

在斯佩兰斯基周围聚集了一圈人。那个说到自己的下属普略尼契尼科夫的老头儿，也向斯佩兰斯基提出一个问题。

安德烈公爵没有加入谈话，只观察着斯佩兰斯基的一举一动。他想，这人不久前还是个默默无闻的神学院学生，如今他那双白白胖胖的手却掌握着俄国的命运。斯佩兰斯基回答老头儿问话时的异常轻蔑冷漠的神态使安德烈吃惊。他仿佛从高不可攀的地方纡尊降贵对老头儿说话。有几句话老头儿说时嗓门过高，斯佩兰斯基对他微微一笑说，他不能妄评皇上想做的事的利弊。

斯佩兰斯基在人群中谈一阵，站起来，走到安德烈公爵跟前，把他带到房间另一端。显然，他认为需要同安德烈谈谈。

"那位老先生拉我参加他们的热烈谈话，弄得我没法同您说话。"斯佩兰斯基略带轻蔑的微笑说，这笑容似乎表示，他同安德烈公爵都懂得，他刚才与之交谈的那些人都是无足轻重的。这使安德烈公爵感到很得意，"我已久仰大名，第一，由于您处理您家农奴的事，您开了个很好的先例，希望今后有更多的人仿效您；第二，因为朝臣品级新法规引起不少议论，可您和另外几位，身为宫廷侍从并不因此感到委屈。"

"是的，"安德烈公爵说，"家父不愿我利用特权，我服役也是从低级职务开始的。"

"令尊是位老前辈，他显然站得比我们高，我们中间就是有人指摘这种为恢复公道所采取的做法。"

"不过，我认为这种指摘也不无道理。"安德烈公爵说，竭力抗衡他已感觉到的斯佩兰斯基的威力。他不愿事事附和他，而要保持不同的意见。安德烈公爵平时说话轻松自如，但此刻同斯佩兰斯基说话却感到费力。他过分注意观察这个名人的为人了。

"也许是出于个人野心。"斯佩兰斯基低声插嘴说。

"多少也是为了国家。"安德烈公爵说。

"那么，您的意思是什么？……"斯佩兰斯基慢慢地垂下眼睛问。

"我是孟德斯鸠的信徒，"安德烈公爵说，"我赞成他的思想：君主政体的基础是荣誉，我认为这是无可争议的。贵族的某些特权，我认为是维持这种感情的手段。”

笑容从斯佩兰斯基白嫩的脸上消失了，他的面貌变得好看得多。大概他对安德烈公爵的思想发生了兴趣。

“要是您从这个观点看问题。”斯佩兰斯基开口说。他讲法语显然有点吃力，讲得比俄语慢，但语气十分镇定。他说，荣誉不能用有损公益的特权来维持，荣誉是防止可耻行为的消极手段，也是鼓励人争取赞扬和奖赏的动力。

他的结论简明扼要。

“维持这种荣誉的制度是一种竞赛的动力，类似拿破仑大帝的荣誉团，对公务不但无害，而且有益，但这不是一种阶级特权或朝廷特权。”

“这问题我不想争论，但不能否认朝廷特权也是为了同样的目的，”安德烈公爵说，“每个朝廷都认为应该享有合乎身份的特权。”

“可您不愿利用特权，公爵，”斯佩兰斯基说，用笑容表示他要客客气气地结束使对方难堪的争论，“您要是能在星期三光临舍间，那我可以先同马格尼茨基谈一谈，再把您也许会感兴趣的事告诉您。此外，我也很高兴再跟您作一次长谈。”斯佩兰斯基闭上眼睛，按照法国礼节鞠了一躬，竭力不让人察觉，悄悄离开客厅。

6

在逗留彼得堡初期，安德烈公爵觉得他在离群索居中所形成的想法，完全被这个城市里的各种琐事所淹没。

晚上回家，他在笔记本里记下四五处必要的访问和约定的会见。生活的机器，紧凑的日程，耗费了他大部分精力。他什么也没做，甚至什么也没想，也没有工夫想，而只是说话，顺利地说出他在乡间思考的事。

他有时也觉得不满意，因为在同一天里在不同的场合重复着同样的话。不过，他成天忙忙碌碌，甚至无暇想到其实他什么事也没有做。

斯佩兰斯基星期三在家里单独接见安德烈，推心置腹地同他谈了好半天。也像第一次在柯楚别依家那样，斯佩兰斯基给安德烈公爵留下深刻的印象。

安德烈公爵认为大多数人都无足轻重，不屑一顾。他很想找到一个心目中的理想人物，因此一旦遇到斯佩兰斯基，就认为斯佩兰斯基正是这种智慧和道德的化身。如果斯佩兰斯基跟安德烈出身同一阶级，教养也跟安德烈一样，那么，安德烈很快就会在他身上发现庸俗软弱的一面，不像个英雄。可是现在，斯佩兰斯基超人的逻辑思维能力却使他肃然起敬，因为安德烈还不太了解他。此外，也许是因为赏识安德烈公爵的才能，也许是因为觉得需要争取他，斯佩兰斯基在安德烈公爵面前竭力卖弄他那公正而冷静的思维能力，并且微妙地奉承安德烈公爵。这种奉承夹杂着一种自负，暗示只有他们两人深知**众人的**愚蠢和自己思想的明智与深刻。

他们星期三晚上长谈时，斯佩兰斯基一再说："**我们**看问题总是摆脱不了根深蒂固的习惯……"或者含笑说："但**我们**要让狼吃饱肚子，也要使羊平安无事……"或者说："这一层**他们**无法理解……"而他的神情仿佛总是在说："我们都明白，**他们**是什么人，我们是什么人。"

这次同斯佩兰斯基的长谈进一步加深了安德烈公爵初见斯佩兰斯基时的感情。他觉得斯佩兰斯基是个头脑冷静、逻辑严谨、智力发达的人，他凭充沛的精力和顽强的意志获得权力，并用这种权力来造福俄国。在安德烈公爵的眼里，斯佩兰斯基就是他希望做的那种人：能理智地解释各种生活现象，承认理性的重要，凡事都能用理性来衡量。斯佩兰斯基的表达简单明了，安德烈公爵不由得事事都同意他。要是安德烈公爵提出反驳和争论，那只是为了表示他有独立的见解，不完全同意斯佩兰斯基的看法。一切都很正确，一切都很合理，只有一样东西使安德烈公爵感到困惑，那就是斯佩兰斯基洞察一切而又不让人窥探自己灵魂的冰冷目光，以及他那双白嫩的手。安德烈公爵不由自主地瞧着他那双手，就像一般人瞧着握有大权的人的手那样。他那洞察一切的目光和白嫩的手不知怎的使安德烈公爵感到不快。还使安德烈公爵感到不快的是，斯佩兰斯基过分蔑视人，同时总是不择手段地证明自己意见的正确。除了比喻，他还运用各种论证方法，而安德烈公爵觉得他从一种方法转到另一种方法时做得过分大胆。他忽而站在实干家的立场上斥责空想家，忽而站在讽刺家的立场上嘲笑反对派，忽而严格地讲究逻辑，忽而上升到玄学的范畴（最后这种方法他用得特别多）。他把问题提到玄学的高度，给空间、时间和思想下定义，由此得出反证，再回到原来争论的问题上。

总的来说，斯佩兰斯基使安德烈公爵吃惊的思想特点在于他毫不动摇地坚信理性的力量和正确。显然，斯佩兰斯基从来没有产生过安德烈公爵常有的那种想法，就是不能把所想的一切都毫无保留地表达出来；他也从来不产生这样的怀疑："我所想和所相信的一切是不是很荒唐？"而斯佩兰斯基的这种思想特点最使安德烈公爵折服。

在他们认识初期，安德烈公爵十分钦佩他，就像他一度钦佩拿破仑那样。斯佩兰斯基是神父的儿子，庸夫俗子可能因此瞧不起他（有许多人就是这样的），但安德烈公爵却因此格外珍惜他对斯佩兰斯基的感情，而且这种感情不知不觉越来越深。

在安德烈公爵第一次来访的晚上，他们谈到立法委员会，斯佩兰斯基就带着讽刺口吻对安德烈公爵说，立法委员会存在已有一百五十年，花掉了几百万卢布，结果一事无成，罗森坎姆普夫只在比较法的条文上贴上一些标签。

"这就是国家花去几百万卢布的收获！"斯佩兰斯基说，"我们想把新的司法权交给枢密院，可是我们没有法律。因此，公爵，像您这样的人现在不为政府做事是一种罪过。"

安德烈公爵说，做这种事必须学过法律，而他没有学过。

"其实谁也没有学过，您有什么办法呢？这是一个魔圈①，必须把它冲破。"

一星期后，安德烈公爵进了军事条令委员会，而且出乎他的意料，当上了条令编纂委员会的处长。遵照斯佩兰斯基的要求，他负责编纂民法第一部分，并参考《拿破仑法典》和《查士丁尼法典》起草有关

① 原文是拉丁语。

人权条文。

7

大约两年前，一八〇八年，皮埃尔巡视庄园后到彼得堡，不由自主地成了彼得堡共济会的首领。他主办会友聚餐会，主持丧仪，征收新会员，联合各地分会，找寻会章真本。他自费修建会所，尽力补足捐款（多数会员在这方面是吝啬的，不肯按时交款）。共济会在彼得堡所建的贫民院几乎是他一人单独维持的。

但他的生活同以前一样，还是吃喝玩乐，放荡不羁。他喜欢美食，尽管觉得这是堕落可耻的，却无法放弃他所参加的单身汉俱乐部的娱乐。

不过，在这种乌烟瘴气的寻欢作乐中度过一年后，皮埃尔开始觉得，尽管他想站稳共济会的立场，这个立场却在他脚下滑走。同时他觉得，他在共济会的立场上陷得越深，他同它的联系就越是密切。他加入共济会时，觉得自己好像一只脚踩到平滑的沼泽地上。他踩上一只脚，身子立刻往下沉。为了证实所踩的地面是坚实的，他把另一只脚也踩上去，结果就陷得更深，最后不得不在齐膝深的沼泽里行走。

巴兹杰耶夫不在彼得堡（他最近摆脱彼得堡分会事务，在莫斯科深居简出）。分会会员都是皮埃尔的熟人。皮埃尔很难只把他们看作共济会会友，而忘记他们就是他在生活中认识的某某公爵或者某某伊凡·华西里耶维奇，这些人多半是浅薄平庸之辈。他透过共济会的会裙和会徽，看到他们在生活中所追求的还是军服和勋章。他收集捐款，计算着捐款簿上十多个会友捐助的二三十卢布（多半是欠账，而且其中一半人像他一样富有），常常想到共济会入会宣誓时，人人都答应把自己的财产全部献给别人，他心里不禁产生了疑虑，尽管他竭力想摆脱这种疑虑。

皮埃尔把他所认识的会友分成四类。第一类是不积极参加会务活动和世俗事务的人，他们只探索教会的神秘学问，研究上帝三位一体的称号，或者研究硫黄、水银和盐等物质三元素，或者解释所罗门神庙方块和其他图案的含义。这一类会友多半上了年纪，皮埃尔认为巴兹杰耶夫也属于这一类，他尊敬他们，但他同他们旨趣不合，他对共济会的神秘教义不感兴趣。

皮埃尔认为他自己和类似他的人属于第二类。他们探索，彷徨，在共济会中没有找到一条便捷而明确的道路，但一心想找到它。

皮埃尔认为多数会友属第三类。他们在共济会里除了表面形式和仪式外什么也看不到，他们只知严格遵守表面形式而不注意它的内涵和意义。维拉尔斯基以至总会会长都属这一类人。

最后，归入第四类的也有许多会友，特别是新近入会的会友。据皮埃尔观察，他们没有任何信仰，没有任何愿望，他们入会只是为了结交年轻富裕、有权有势的人，而这样的人在会里为数很多。

皮埃尔对他的活动开始感到不满。共济会，至少他在这里看到的共济会，他有时觉得徒具形式。他对共济会本身并不怀疑，但疑心俄国共济会已误入歧途，背离它的宗旨。因此，皮埃尔为了研究共济会的高深教义在年底出国。

一八〇九年夏天，皮埃尔回到彼得堡。俄国共济会会员通过同国外会友通信，知道皮埃尔在国外得到许多高级会友的信任，领悟了不少教义。他在会里的地位提高了，还带回来许多对俄国共济会有益的东西。彼得堡的共济会会员都来看望他，巴结他，都认为他有什么事隐瞒着，正在准备什么行动。

共济会分会定期举行二级大会，皮埃尔将向大会传达最高领导对彼得堡分会会友们的指示。在例行仪式结束后，皮埃尔站起来发言。

“亲爱的弟兄们，”皮埃尔红着脸，手里拿着写好的讲稿，结结巴巴地说，“单是悄悄地遵守我们的教义是不够的，必须有所行动……有所行动。我们在打盹，可我们需要行动，”皮埃尔拿起讲稿来念道，“为了传布纯粹的真理，取得美德的胜利，我们必须扫除人们的偏见，宣传合乎时代精神的准则，负责教育青年，紧密联系社会贤达，大胆而慎重地克服迷信、愚昧和怀疑，把那些忠于我们并具有共同目的的有权有势的人团结起来。

“为此目的，必须使美德压倒罪恶，使正直的人今世也能因他们的德行而获得永久的奖赏。但现在的种种政治制度却妨碍我们达到目的。在这种情况下应该怎么办呢？实行革命，推翻一切，用暴力驱除暴力吗？……不，我们绝不赞成这样做。任何暴力改革都必须反对，因为人们若仍像现在这样是不能驱除罪恶的，因为智慧不需要暴力。

“共济会整个计划的基础应该是，培养坚强、具有美德和共同信心的人。这信心就是随时随地努力克服罪恶和愚蠢，保护才能和美德，从尘世中挽救有价值的人，吸收他们参加我们的会。到那时本会才能轻而易举地束缚住庇护混乱的人们的手脚，使他们在不知不觉中就范。总之，我们要建立一个具有普遍权威的管理体制，它的权力将遍及全世界，但并不损害公民的义务。除了这种管理体制外，其他管理机构可以照常工作，只要不妨碍本会使善战胜恶的伟大目标就行。这个目标也就是基督教本身的宗旨。它教人要聪明善良，并为了自己的利益遵循最优秀最贤明人士的榜样和教诲。

“当万物沉浸在黑暗中的时候，单是宣教就行，因为真理以新形式出现，它就具有特殊的力量，但现在我们需要更有力的手段。人是受感情支配的，现在就需要在道德中找到感情的魅力。情欲无法消灭，应该把它引向高尚的目标，因此必须使人的情欲在道德范围里得到满足。本会将提供必要手段来达到这一目标。

“等到我们的会友在每个国家里有一定数目，每个人再培养两个人，他们又能紧密团结起来，到那时本会就什么都能做到，就可以为人类福利做许多事。”

这篇演说不仅给了会友强烈的印象，而且引起了骚动。多数会友从中听出光明会①的危险意图，用极其冷淡的态度来对待皮埃尔的演说，这使他吃惊。会长反驳皮埃尔。皮埃尔就越发起劲地发挥他的思想。争论这样激烈的会好久没有开过了。会友分成两派：一派谴责皮埃尔，说他有光明会观点，另一派则支持他。在这次集会上，皮埃尔第一次惊讶地发现人的思想千差万别，任何真理在两个人看来都不一样。就连那些似乎支持他的人也是按照自己的理解歪曲他的意见。皮埃尔不能容忍这

① 1776 年德国亚当·威绍普特创立的半政治半宗教组织，主张自然神论和共和政体的秘密社团。

种歪曲，因为他坚决要求把他的思想完整地传达给别人，使别人能正确理解他。

集会结束时，会长不怀好意地讽刺皮埃尔太偏激，还说他争论不是出于敬重美德，而是好斗成性。皮埃尔没有回答他，只简单地问接受不接受他的建议，会长等人对他说不接受，他就不等仪式结束，离开会场回家了。

8

皮埃尔非常害怕的忧郁症又发作了。他在会里发表演说后，一连三天在家里躺在沙发上，不接见任何人，也不去任何地方。

这时，他接到妻子来信，要求同他见面，说她很思念他，愿意把她的一生都奉献给他。

妻子在信末通知他，不久将从国外回到彼得堡。

紧跟着这封信，皮埃尔最瞧不起的一个共济会会友闯到他家里，谈到皮埃尔的婚姻关系，以会友资格告诫他对妻子这样苛刻是不对的，说他不肯宽恕悔过的人，是违反共济会基本准则的。

就在这时候，他的岳母华西里公爵夫人派人来找他，要他到她那里去谈一件极重要的事，哪怕只去几分钟也行。皮埃尔看出，有人正在背后策划，硬要把他同妻子捏在一起。当时他心情郁闷，甚至觉得这也没有什么不好。他什么都不在乎，觉得生活中没有什么大不了的事，由于心情忧郁，他既不珍惜自己的自由，也不坚持非惩罚妻子不可。

“没有人对，也没有人错，所以她也没有错。”皮埃尔想。要是他没有立刻表示同意跟妻子重归于好，那只是因为他心情忧郁，无法采取任何行动。要是妻子现在到他这里来，他也不会把她撵走。同他所关心的事比起来，跟妻子住在一起或分居有什么区别呢？

皮埃尔既没给妻子答复，也没给岳母回信，那天入夜时，动身去莫斯科见巴兹杰耶夫。皮埃尔在日记里写了下面的话。

莫斯科，十一月十七日。

刚从恩人那里回来，赶快记下全部体会。巴兹杰耶夫生活贫困，患痛苦的膀胱病已有两年多。从来没听到过他的呻吟或怨言。他从早晨到深夜，除了吃最简单的饭食外，一直在做学问。他亲切地接待我，要我坐在他的床上。我向他做了东方和耶路撒冷骑士的暗号，他用同样的手势回答我，并温和地含笑问我，我在普鲁士和苏格兰分会听到了些什么，有什么收获。我尽量把我所知道的一切告诉他，也向他讲了我向彼得堡分会提的建议，讲了他们对我的恶劣态度，以及我同会友们的决裂。巴兹杰耶夫默默地考虑了好久，然后告诉我他对这些事的看法，使我顿时看清以往的全部经历和未来的全部道路。使我吃惊的是，他问我是否记得本会的三项宗旨：第一，保守和领悟教义；第二，净化和完善自己，以接受教义；第三，通过自我净化来完善人类。这三项宗旨中哪一项是主要的？当然是自我完善和净化。我们只有始终抓住这项宗旨，才能不受环境的影响。同时，这项宗旨要求我们尽最大努力。然而，我们由于骄傲而迷失方向，忽略这项宗旨，妄图领悟由于我们自身不洁而不配接受的教义，或者自身卑鄙龌龊，道德败坏，却妄图完善人类。光明会不是一种纯粹的学说，因为他们热衷于社会活动，并且骄傲自大。巴兹杰耶夫就为此批评我的演说和我的全部活动。我衷心接受他的意见。谈到我的家庭问题，他说："我对您说过，真共济会的主要责任在于自我完善。我们常常以为摆脱生活中的困难，就能更快地达到这一目的；其实相反，先生，只有在尘世的骚乱中我们才能达到以下三项宗旨：第一，自知，因为人只有通过比较才能认识自己；第二，自我完善，只有经过奋斗才能自我完善；第三，达到主要的德行——视死如归。生活的变化无常最能显示它的空虚，增强我们天生对死亡或重生的爱。"这些话格外精辟，因为巴兹杰耶夫尽管肉体上很痛苦，但从不厌倦生活，同时又爱死亡，尽管他内心纯洁高尚，对死亡也没有充分准备。然后恩人又向我解释创世大四方形的意义，并指出三和七的数字是万物的基础。他劝我不要同彼得堡会友断绝来往，在会里只承担次要职务，竭力使会友们克服骄傲，使他们走上自知和自我完善的正确道路。此外，他劝我首先要注意修身，为此目的他给了我这本日记，我将把我的行为都记在里面。

彼得堡，十一月二十三日。

我又和妻子生活在一起了。岳母哭着来见我，说海伦在这里，求我听她说说，她说海伦是无辜的，我遗弃她使她很痛苦，还说了许多别的话。我知道，我一旦看见她，就无法拒绝她的要求。我感到为难，不知道找谁帮助，同谁商量。要是恩人在这里，他准会告诉我该怎么办。我回到自己房里，重读巴兹杰耶夫的信，想起同他的谈话，由此得出结论，我不该拒绝人家的要求，而应该向一切人伸出援助之手，尤其是向一个同我关系密切的人，我应该背十字架。我既然出于美德而宽恕她，那就让我在精神上同她结合吧。我这样决定了，就写信告诉巴兹杰耶夫。我对妻子说，我求她忘记过去的事，我若有什么对不起她的地方，请她宽恕，而她并没有什么需要我宽恕的。我对她说了这话，感到轻松。别让她知道，我重新看见她有多么痛苦。我在大住宅楼上房间里住下来，体验到新生的快乐。

9

最上层社会在宫廷和大舞会中聚集时照例分成几个圈子，它们各有各的特点。其中最大的是法国派，也就是鲁勉采夫伯爵和科兰古大使[①]的拿破仑联盟。海伦和丈夫来到彼得堡后，她就在这个圈子里占有显著的地位。她家里常常聚集着法国使馆人员和许多这派中以学识和礼貌著称的人物。

在轰动一时的三国皇帝会晤时，海伦正好在埃尔富特。她在那里结识了拿破仑派的显要人物，出足了风头。拿破仑本人在剧院里看见她，问她是谁，对她的美貌大为赞赏。她是个美丽华贵的女人，风头很健，这并没使皮埃尔感到奇怪，因为两年来她变得越发妩媚动人了。使他感

① 科兰古（1772—1827），法国将军和外交家，1807 年曾任驻俄大使。

到惊奇的是，两年来她已获得了“聪明而美丽的迷娘”的称号。赫赫有名的德利涅亲王[1]写给她八页长信。比利平把他的俏皮话留在海伦伯爵夫人面前，说在海伦伯爵夫人的客厅里受接待，就等于拿到了聪明才智的毕业证书。年轻人在参加海伦的晚会前拼命看书，好在她家客厅里卖弄学问。使馆秘书，甚至公使，都向她吐露外交秘密。海伦确实具有一种特殊的力量。皮埃尔知道她很愚蠢，有时带着疑虑和不安的心情参加她的晚会和宴会，听大家谈论政治、诗歌和哲学。在这种晚会上，他的心情好像魔术师，时刻担心他的骗术被人家拆穿。但也许因为主持这种交际活动就是需要愚蠢，也许因为受骗的人在受骗中感到快乐，骗术并没有被拆穿，而海伦作为美丽而聪明的迷娘的名声绝不动摇，她即使说出最庸俗愚蠢的话，大家也会赞美她的每一句话，并在其中寻求连她自己都没想到的深奥意义。

皮埃尔正是这个风头十足的交际花所需要的丈夫。他是个精神恍惚的怪人，具有绅士风度的老爷，他不妨碍任何人，不仅不破坏客厅的高雅格调，而且以自己的平庸笨拙反衬出妻子的文雅大方。两年来，皮埃尔只关心精神生活，轻视其他活动，对妻子圈子里的一切都抱冷漠、超然和宽厚的态度。他这样做并非装腔作势，因此博得众人的敬重。他走进妻子的客厅，好像走进剧院，他认识所有的人，高兴看见任何人，但对谁都很冷淡。有时他参加感兴趣的谈话，完全不顾有没有使馆人员在场，喃喃地说着同当时气氛完全不协调的意见。不过，彼得堡最出色女人的怪丈夫这个名声早已传开，因此谁也不把他的行为当作一回事。

海伦从埃尔富特回来后，在每天光临的年轻人中间，官运亨通的保里斯成了皮埃尔家的常客，海伦称保里斯为“我的侍童”，并且像对待孩子一般对待他。海伦看到保里斯也像看到别人一样微笑，但皮埃尔有时看到她的微笑感到不舒服。保里斯对皮埃尔显得特别严肃和恭敬。他这种彬彬有礼的态度也使皮埃尔不安。三年前，皮埃尔因妻子使他蒙受耻辱而感到十分痛苦，现在他摆脱了这种情绪，因为第一他不是妻子的

---

① 德利涅亲王（1735—1814），比利时政治家和作家。叶卡捷琳娜时代曾在俄国服务。

真正丈夫，第二他不容许自己猜疑。

“不，如今她成了女学究，再不会像以前那样疯疯癫癫了。”皮埃尔自言自语，“女学究从不谈情说爱。”他不知从哪里听来这句话，并且深信不疑。但说来奇怪，只要保里斯待在妻子的客厅里（他几乎总在那里），皮埃尔生理上就会受到影响：他仿佛被捆住手脚，无法自由行动。

“我怎么会这样讨厌他？”皮埃尔想，“以前我还挺喜欢他呢。”

从世俗的眼光看来，皮埃尔是个大阔佬，是个著名贵夫人的有点盲目可笑的丈夫，是个无所事事也无害于人的聪明的怪人，是个可爱的好小子。皮埃尔自己呢，这个时期内心一直开展着复杂而痛苦的活动。这种活动对他有许多启发，也使他精神上产生不少疑虑和快乐。

10

皮埃尔继续写日记。下面就是他这个时期里写的日记：

十一月二十四日。

八时起床，读《圣经》，然后去办公（皮埃尔听从恩人的劝告参加一个委员会的工作），回家午餐，独自吃饭。伯爵夫人那里聚集了许多我不喜欢的客人。我饮食节制，饭后替会友们抄写教义。晚上到伯爵夫人那里，讲了某某人的可笑逸事，引得他们大笑，这时我才想到不该讲这事。

上床睡觉时心情快乐而平静。至高无上的主哇，帮助我走你的路：第一，心平气和，不发怒；第二，清心寡欲；第三，摆脱尘世琐事，但不放弃：（一）政府公职，（二）家庭责任，（三）朋友交往和（四）经济事务。

十一月二十七日。

起得很晚。醒后在床上躺了好久，懒得起来。上帝啊，帮助我振作起来，让我走你的路吧。读《圣经》，但没有心得。会友乌鲁索夫来，谈到尘世的事。他讲到新的圣旨。我刚要提出批评，但想到了行动准则和恩人的话。他说：一个真正的共济会会员，在国家需要他担任公职时，应该是个勤恳的公务员；在他没有被聘用时，应该是个冷静的旁观者。祸从口出，我的舌头是我的敌人。会友Г. B君和O君来访，初步商量吸收一名新会员的事。他们要我任导师。我觉得自己软弱，不配。然后谈到对神庙七柱和七级的解释，解释七学、七德、七恶和圣灵的七惠。会友O君擅长雄辩。晚上举行入会仪式。会所装饰一新，十分壮观。吸收的新会员是保里斯。我介绍他入会，并当了他的导师。我同他一起待在黑暗的神庙里，一直感到一种奇怪的激动。我对他怀着憎恨，但无法克服。因此我更愿意把他从罪恶中拯救出来，带他走上真理之路，但我克服不了对他的嫌恶。我想，他入会的动机只是想接近我们会里的人，并博得大家的好感。他几次问我N和S是不是我们的会友（这问题我不能回答他）。据我观察，他不可能真正尊重我们的会，他太忙，他只满足于世俗的生活，不愿完善自己的心灵。除此以外，我没有理由怀疑他，但我觉得他这人缺乏诚意。当我同他面对面站在黑暗的庙堂里时，我觉得他总在轻蔑地嘲笑我的话，我真想把抵住他光胸膛的长剑直刺进去。我不善于辞令，不能把我的猜疑告诉会友和会长。伟大的造物主，帮助我脱离谎言的迷宫，走上真理之路吧。

这以后的日记里有三页空白，空白之后又写了下面的话：

单独同会友B作了长时间有益的谈话，他劝我同会友A保持友好关系。他的话对我很有启发，虽然我不够资格。亚当纳伊是创世主的名字。爱洛伊姆是万物主宰的名字。第三个名字是说不出的，他的意思是**万有**。同会友B谈话，使我在行善的路上增添了力量、精神和信心。在他面前没有疑虑。我懂得了可怜的社会科学同我们包罗万象的教义之间的差别。人类的科学把一切都分割开来理解，把一切扼杀了来剖析。在共济会的神圣教义里，万有都是统一的，万有是在总体和生活中被认识的。硫黄、水银和盐是物质的三元素，三位一体。硫黄具有油和火的性质；硫黄同盐结合，由于盐的可燃性引起一种吸力，因此吸引水银，硫黄抓住水银，一经结合就产生各种物体。水银是一种流动的飞散的神圣元素，也就是基督、圣灵和它。

十二月三日。

醒得很晚，读《圣经》，但没有心得。后到大厅散步，想反省，却想起四年前发生的一件事。决斗后，陶洛霍夫先生同我在莫斯科相遇。他对我说，他祝我心旷神怡，尽管妻子不在身边。我当时没有理他。如今想起这次见面的详情细节，我在心里对他说了最恶毒的话，作了最刻薄的回答。直到发觉自己火冒三丈，才冷静下来，排除这个想法，但为此忏悔得不够。后保里斯来，讲了各种怪事。他一来，我就感到不痛快，说了些不客气的话。他反唇相讥。我火了，对他说了许多不快甚至粗暴的话。他不作声，等我冷静下来已为时太晚。上帝啊，我很不善于和他共处！原因是我的自尊心太强，我自以为比他高尚，结果比他还要坏得多，他并不计较我的粗暴，我却相反，非常瞧不起他。上帝啊，但愿我能在他面前更多地看清自己的卑劣，并使我的所作所为有益于他。饭后睡了一觉，梦中左耳听见有个声音对我说："你的日子到了。"

我梦见在黑暗中行走，突然被群狗包围，但我毫不畏惧；突然一只不大的狗咬住我的左腿不放。我用双手掐它。我刚把它扯开，一只比它大的狗咬住我的胸口。我让开这只狗，第三只更大的狗又来咬我。我把它举起来，但举得越高，它就变得越大越沉。突然会友A走来，挽住我的手臂，把我领到一座大楼前。要进楼得走过一条狭长的木板。我踩上木板，木板弯了，翻了。我开始爬墙，我的双手好容易才攀着墙。我费了很大的劲才爬上去，我的腿悬在墙的一边，身子挂在另一边。我回头一看，看见会友A站在墙上。他指给我看一条林荫路和一个花园，花园里有一座漂亮的大楼。我醒了。

主哇，伟大的造物主哇！帮助我摆脱群狗——我的情欲，尤其是集中所有情欲于一身的最后那条狗，帮助我进入我在梦中见到的那座道德的圣殿吧。

十二月七日。

梦见巴兹杰耶夫坐在我家里，我很高兴见到他，也很愿意款待他。我不断同旁人闲聊，突然想到他不会喜欢我这样做。我想靠拢他，拥抱他。但我一靠拢他，就看见他的脸变了，变得年轻了。他悄悄地、悄悄地对我讲着教义，声音轻得我听不见。后来我们一起走出屋子。这时发生了一件怪事。我们在地上坐着或者躺着。他对我说着什么。我仿佛想让他了解我的感情。我没听他说话，想象着自己的精神世界和上帝赐给我的恩惠。我热泪盈眶，他注意到了，我很高兴。但他恼怒地瞧了我一眼，跳起来，把话说到一半停住了。我害怕了，问他是不是在说我；但他什么也没回答，露出亲切的样子，接着我们仿佛来到我的卧室，那里放着一张双人床。他躺在床的一边，我仿佛想抚爱他，也躺下来。他仿佛问我："老实告诉我，您的主要嗜好是什么？您自己知道吗？我认为您已经知道了。"这问题使我发窘，我回答说，我的主要嗜好是懒散。他不相信地摇摇头。我越发窘了，回答说，我虽遵从他的劝告跟妻子住在一起，但并没有尽丈夫的义务。他对这话表示不赞成，说不应该使妻子失去温存，要我明白这是我的义务。我回答说我羞于这样做。突然一切都消失了。我醒来了，记起《圣经》里的话："**生命就是人的光。光照在黑暗里，黑暗却不接受光。**"[①]巴兹杰耶夫的脸显得年轻，容光焕发。今天收到恩人的信，信里写到夫妻的义务。

十二月九日。

我做了一个梦，醒来心跳不已。我仿佛在莫斯科家里，在大起

---

① 见《新约全书·约翰福音》第一章第四十五节。

居室，巴兹杰耶夫从客厅走来。我仿佛知道他已重生，跑过去迎接他。我仿佛吻了他，吻了他的双手，他却对我说："你没发现我的脸变了？"我对他瞧瞧，继续把他抱在怀里。我仿佛看见他的脸变年轻了，但他头上没有头发，模样完全变了。我对他说："即使偶然遇见您，我也会认出您来的。"但我同时想："我说的是真话吗？"我忽然看见他像死人一样躺在那里；后来他渐渐恢复知觉，跟我一起走进大书房，手里拿着一本用绘图纸订成的大书。我说："这是我写的。"他点点头。我打开书。书里每一页都有好看的图画。我仿佛知道，这些画表现的是心灵同心灵之间的恋爱故事。我在书页上仿佛看见一个美丽的少女，穿着透明的衣服，有着透明的身子，飞向云端。我仿佛知道，这少女不是别的，而是表现《雅歌》的图画。我看着图画，仿佛觉得我不该看，可我又丢不下这些图画。主哇，救救我吧！上帝啊，如果你要抛弃我，那就照你的旨意办吧。如果这是我自己造成的，你就教教我该怎么办吧。如果你完全抛弃我，我就会在淫乱中灭亡。

11

罗斯托夫一家在乡下住了两年，他们的经济情况并没有好转。

尼古拉虽抱定宗旨，继续在偏僻的团里服务，节衣缩食，减少支出，但奥特拉德诺的生活方式依旧，特别是米嘉不善于理财，弄得债务年年增加。显然，老伯爵认为做官是唯一的出路，于是就去彼得堡谋事，同时，像他说的那样，让姑娘们最后享受一次快乐。

在罗斯托夫家搬到彼得堡后不久，别尔格向薇拉求婚，并且被接受了。

罗斯托夫家在莫斯科虽属于上层（他们自己并不知道这一点，也不考虑他们属于什么阶层），但在彼得堡，他们交游广阔，却没有固定的圈子。在彼得堡，他们是外省人，就连那些在莫斯科受过他们款待的人也瞧不起他们。

罗斯托夫家在彼得堡也像在莫斯科一样好客，他们家的晚宴上总是宾客云集：奥特拉德诺的邻居、无钱的老地主和女儿们、宫中女官彼隆斯卡雅、皮埃尔、在彼得堡做事的县邮政局局长的儿子。在彼得堡，很快变成罗斯托夫家常客的男人有：保里斯、皮埃尔（老伯爵在街上遇见他，把他硬拉到家里）和别尔格。别尔格整天待在罗斯托夫家，像一般年轻的求婚人那样，对伯爵家的大小姐大献殷勤。

别尔格让大家看他那条在奥斯特里茨战役中负伤的右臂，左手拿着完全不需要的长剑，这都不是没有缘故的。他起劲地反复向大家讲这次战役，使大家相信他的行为是英勇高尚的，又讲到他还因奥斯特里茨之战得过两枚奖章。

在芬兰战争[①]中别尔格也立了功。当时他曾捡起打死总司令身旁副官的炮弹弹片，送到长官那里。他也像讲奥斯特里茨战役那样，滔滔不绝地讲着这事，使大家相信他做得对，而且他又因芬兰战役得过两枚勋章。一八〇九年，他作为近卫军大尉，又得过勋章，在彼得堡弄到了一个肥缺。

有些自由主义者听到别尔格的功绩发笑，但也不能不承认他是一个勇敢而勤奋的军官，得到长官器重，是一个前程远大、地位牢固的正派青年。

四年前，别尔格在剧院里遇到一位德裔同事，指给他看薇拉，并用德语对他说："*她将做我的妻子。*"从那时起他就决定要娶她。眼下在彼得堡，他考虑到罗斯托夫家的地位和自己的地位，认定时间已到，就正式提出求婚。

别尔格的求婚被接受，起初有点勉强，这对他来说是不体面的。乍一看有点怪，一个门第低微的利夫兰[②]贵族的儿子居然向罗斯托夫伯爵小姐求婚；不过，别尔格虽然有点自私，但性格直爽，罗斯托夫家不由得认为这是一件好事，何况别尔格也自信这是一件好事，甚至是一件大好事。再说，罗斯托夫家家道中落，这一点求婚的人不会不知道，而主要原因则是薇拉已有二十四岁，她在各种交际场合露面，尽管长得漂亮，也很懂事，可是至今没有人上门求婚。这样，别尔格的

---

① 指 1808 年俄国与瑞典争夺芬兰的战争。

② 十七至二十世纪初拉脱维亚北部地区和爱沙尼亚南部地区的正式名称。

求婚就被接受了。

"您知道，"别尔格对一个同事说，他把这个同事称为朋友，因为他知道人人都有朋友，"您知道，这一切我都考虑过了，要不是我反复考虑过了，觉得不结婚不行，我真不愿结婚呢。但现在情况不同，我爸爸和妈妈生活有了保障，我替他们安排了奥斯采区的地租收入，我们俩可以靠我的薪俸在彼得堡生活。再加上她的陪嫁，我又会精打细算，我们的日子可以过得很好。我结婚不是为了钱，为了钱而结婚我认为是不高尚的，不过妻子应该有妻子的钱，丈夫应该有丈夫的钱。我有官职，她有社会关系和一点钱。在我们这个时代这是很有用的，你说是不是？主要是她是个值得尊敬的漂亮姑娘，并且爱我……"

别尔格脸红了，微微一笑。

"我爱她，因为她脾气好，又很懂事。她的妹妹，虽是一母所生，可完全不同，脾气不好，也没有那么聪明……就是这样，您知道吗？……脾气不好……但我的未婚妻……以后您请过来……"别尔格继续说，他想说吃饭，但立刻改口说："喝茶！"他卷起舌头，吐出一个小小的烟圈，表示他对幸福的憧憬。

在别尔格提出求婚，做父母的犹豫了一番以后，家里就出现了在这种时候常有的欢乐气氛，但这种欢乐不是发自内心，而是表面一套。家里人对这件婚事显然感到勉强和内疚。他们内疚的是，过去不太爱薇拉，如今又急于要把她嫁出去。最窘困的要算老伯爵。他大概不会承认，发窘是由于经济拮据。他肯定不知道他还有多少财产，欠了多少债，能给薇拉多少陪嫁。女儿出生的时候，他划给每个女儿三百农奴作陪嫁；但现在一座庄园已出卖，另一座庄园已抵押出去，而且过期这么久，非出卖不可，因此拿庄园作陪嫁已不可能。现款他也没有。

别尔格订婚已有一个多月了，离婚期只剩一个星期，可是伯爵还没有解决陪嫁的问题，也没有同妻子谈过这事。伯爵忽而想把梁赞庄园给薇拉，忽而想出售一片树林，忽而想用期票借钱。结婚前几天，别尔格一早走进伯爵的书房，脸上挂着愉快的微笑，恭恭敬敬地要求未来的岳父告诉他，薇拉伯爵小姐将得到什么陪嫁。伯爵听到这早就料到的问题很窘，竟脱口而出，把首先想到的说了出来。

"你关心这事，我很高兴，你会满意的，我很高兴……"

伯爵拍拍别尔格的肩膀站起来，不想再谈下去。但别尔格愉快地含笑解释说，要是他不能确切知道给薇拉什么陪嫁，不能预先拿到哪怕部分陪嫁，他就不得不解约了。

"因为，伯爵，您想想，我要是没有相当财产来养活妻子，现在就贸然结婚，那就太说不过去了……"

谈话结果，伯爵想显示他的大方，避免新的要求，说他可以开一张八万卢布的期票。别尔格温和地微微一笑，吻了吻伯爵的肩膀，说他很感激，但他要是拿不到三万现款，就无法安排新的生活。

"至少两万，伯爵，"别尔格补充说，"那么期票只要六万就行了。"

"是，是，好的，"伯爵赶快说，"不过，你别见怪，好朋友，我就给你两万现款，此外，我仍给你一张八万的期票。就是这样，过来吻吻我！"

12

娜塔莎十六岁了。已到了一八〇九年，也就是四年前娜塔莎同保里斯接吻后掐指计算的重逢日子。从那时起，她就没有见过保里斯。在宋尼雅和母亲面前，当她们谈到保里斯的时候，娜塔莎若无其事，仿佛那是很久以前的往事，是童年时代的事，早已被忘记，不值得一提。但在内心深处她感到苦恼，拿不准她对保里斯的许诺只是儿戏，还是一项有约束力的义务。

自从一八〇五年保里斯离开莫斯科参军以来，他就没有见过罗斯托夫家的人。他到过莫斯科几次，也曾经过奥特拉德诺一带，但从没去过罗斯托夫家。

娜塔莎有时想，他大概不愿见她。而长辈谈到他时的感慨语气，证实了娜塔莎的猜测。

"现在时势都不把老朋友放在心上了。"伯爵夫人谈到保里斯时这样说。

近来难得去罗斯托夫家的德鲁别茨基公爵夫人显得特别神气，每次谈到儿子的长处和光辉的前程，总是眉飞色舞，带着自豪的神气。罗斯托夫一家搬到彼得堡后，保里斯就登门拜访。

保里斯去访问他们，心情很激动。对娜塔莎的回忆在保里斯是最富有诗意的。但他决心让娜塔莎和她的父母感觉到，他跟娜塔莎的童年关系对她没有约束，对他也没有约束。由于他同海伦伯爵夫人的亲密关系，他在上流社会的地位很引人注目；由于他受到一位要人的信任和庇护，他在官场的地位也很优越。他打算在彼得堡娶一个最有钱的姑娘，而这是很容易办到的。保里斯走进罗斯托夫家客厅，娜塔莎正在自己屋里。娜塔莎一知道保里斯来访，脸就涨得通红，露出十分高兴的笑容，简直是跑着进了客厅。

保里斯记得四年前娜塔莎穿着短短的连衣裙，鬈发下露出一双乌黑发亮的眼睛，发出毫无顾忌的天真笑声。如今进来的可是个完全不同的娜塔莎，保里斯感到困惑，脸上现出兴奋惊讶的神情。保里斯这种神情使娜塔莎高兴。

“怎么，还记得你这个淘气的老朋友吗？”伯爵夫人说。保里斯吻了吻娜塔莎的手，说她的变化使他吃惊。

“您长得好漂亮！”

“那还用说！”娜塔莎闪闪发亮的眼睛这样回答。

“那么爸爸老了吗？”娜塔莎问。她坐着，没有加入保里斯同她母亲的谈话，默默地仔细打量着童年时代的恋人。保里斯感觉到她这执拗而亲切的目光的分量，偶尔也望望她。

保里斯的军服、马刺、领带和发式都是最时髦和最讲究的。这一点娜塔莎立刻就注意到了。保里斯稍稍侧着身子坐在伯爵夫人旁边的扶手椅上，右手拉拉左手上清洁无瑕的软皮手套，姿势优美地抿着嘴讲着彼得堡上流社会的赏心乐事，略带嘲讽地谈到莫斯科的往事和熟人。他提到上层贵族，谈到他参加过的公使的舞会，谈到NN和SS的邀请，娜塔莎觉得他这样说不是无意的。

娜塔莎一直默默地坐着，皱着眉头打量他。她的目光越来越使保里斯不安、发窘。保里斯越来越频繁地回顾娜塔莎，说话时断时续。他坐了不到十分钟，起身告辞。娜塔莎那双好奇的、挑逗的、略带嘲弄的眼睛一直盯着他。在他第一次访问后，保里斯对自己说，他觉得娜塔莎依旧那么使他迷恋，但他不该沉湎于这种感情，因为同她这个几乎没有陪嫁的姑娘结婚，就会毁了他的前程，但恢复原来的关系而不同她结婚，那是不高尚的。保里斯决心避免同娜塔莎见面，但尽管作了这样的决定，过了几天他又去访问，从此频频去罗斯托夫家，并整天待在那里。保里斯觉得他应该同娜塔莎谈一次心，对她说明应该忘记过去的事，不论怎样……她都不可能做他的妻子，因为他没有财产，她家里决不会让她嫁给他的。但他始终没有正式提出，觉得很难开口。他越来越难以自拔。照母亲和宋尼雅的看法，娜塔莎仍旧爱着保里斯。她为他唱他心爱的歌，给他看她的纪念册，要他在里面题字，但没向他提起往事，只让他觉得现在多么美好。保里斯每天恍恍惚惚地离开娜塔莎，没有说出想说的话，自己也不知道在做些什么，他为什么来，结局将会怎样。保里斯不再去海伦家，每天收到海伦责备的信，但还是整天待在罗斯托夫家。

13

一天晚上，老伯爵夫人头戴细布睡帽，身穿短袄，没有戴假发，从睡帽下露出一绺鬈发，呼哧呼哧地喘着气，跪在地毯上做晚祷。这时房门咯吱一声，娜塔莎赤脚穿着软底鞋，身上穿着短袄，头扎卷发纸，跑了进来。伯爵夫人回头一看，皱起眉头。她刚要做完祷告。“难道这张床将成为我的尸床吗？”她做祈祷的情绪被破坏了。娜塔莎生气蓬勃，脸色通红，看见母亲在祷告，连忙收住脚步蹲下来，不由得伸了伸舌头，责怪自己。娜塔莎看到母亲继续祈祷，踮着脚尖跑到床前，迅速地用一只小脚蹭着另一只小脚脱去软鞋，跳上伯爵夫人所害怕的那张床。这张床很高，铺有羽绒褥子，上面叠放着五个枕头，一个比一个小。娜塔莎跳上床，陷到羽绒褥子里，滚到墙边，钻到被子底下，膝盖弯到下巴颏，踢着脚，几乎不出声地笑着，忽而拿被子蒙住头，忽而望望母亲。伯爵夫人做完祈祷，板着脸走到床前，看见娜塔莎蒙着头，就慈祥地微微一笑。

“喂，喂，喂！”母亲叫道。

“妈妈，跟你谈一件事好吗？”娜塔莎说，“嗯，让我亲亲你的脖子，只亲一下。”娜塔莎抱住母亲的脖子，在她的下巴颏上吻了吻。娜塔莎对待母亲表面上似乎很粗野，其实动作很轻巧。她搂住母亲，总是使母亲既不感到疼痛，也不觉得不舒服。

“谈吧，今天要谈什么呀？”母亲问，身子靠在枕头上，等娜塔莎踢动两腿，在她身上滚过两次，在旁边躺下来，同她合盖一条被子，伸出双手，脸上现出严肃的神色。

每天晚上，趁伯爵还没从俱乐部回家，娜塔莎来到父母亲屋里是母女俩的一大乐事。

“今天谈什么呀？我可要告诉你……”

娜塔莎用手捂住母亲的嘴。

“谈谈保里斯……我知道，”娜塔莎一本正经地说，“我就是为这事来的。您别说，我知道，不，您说吧！”娜塔莎放下手，“您说，妈妈。他这人可爱吗？”

“娜塔莎，你十六岁了，我在你这个年纪已经出嫁。你说保里斯可爱。他很可爱，我像爱儿子一样爱他，可你要怎么样呢？……你在想什么呀？你弄得他神魂颠倒，这我看得出来……”

伯爵夫人说着瞧了瞧女儿。娜塔莎躺在床上，一动不动地望着红木床角上雕刻的狮身人面像，因此伯爵夫人只看到女儿的侧面。女儿脸上异常严肃凝神的表情使伯爵夫人吃惊。

娜塔莎听着，思索着。

“嗯，那又怎么样？”娜塔莎说。

“你把他弄得神魂颠倒，为了什么呢？你要他怎么样？你也知道，你不可能嫁给他。”

“为什么？”娜塔莎没有改变姿势，问。

“因为他年轻，因为他穷，因为他是我们的亲戚……因为你并不爱他。”

“您怎么知道？”

“我知道。这样不好，我的宝贝。”

“但如果我要……”娜塔莎说。

“别说傻话了。”伯爵夫人说。

“但如果我要……”

“娜塔莎，我是对你说正经的……”

娜塔莎不让母亲说完，拉过她的大手吻着手背，然后吻手心，然后又翻过来吻第一个指关节，然后吻指关节之间的地方，接着又吻指关节，口中念念有词：“一月，二月，三月，四月，五月。”

“说呀，妈妈，您怎么不作声啦？说呀！”娜塔莎说，回头看着母亲。母亲温柔地瞧着女儿，在这样的凝视中似乎把要说的话都忘记了。

“这不行，宝贝。不是人人都能理解你们童年的关系的，看见你同他这样接近，会使其他来我家的青年对你产生不好的印象，而主要的是徒然使他痛苦。他也许已找到了合适的有钱对象，可现在他有点疯疯癫癫。”

“疯疯癫癫吗？”娜塔莎反问。

“我可以给你说说我自己的事。我有一个表哥……”

“我知道，基里拉·马特维伊奇，他不已是个老头子了吗？”

“他并非从来就是个老头子。那么好吧，娜塔莎，我要同保里斯谈一次。他不用老是来我们家……”

“如果他高兴，为什么不让他来呢？”

“因为我知道这不会有什么好结果的。”

“您怎么知道？不，妈妈，您别对他说。您不能对他说。那太不像话了！”娜塔莎说话的语气，好像人家要夺走她的财物，“好吧，我不出嫁了，让他来好了，既然他高兴，我也高兴。”娜塔莎含笑瞧着母亲。

“不结婚，就是**这样**。”娜塔莎又说了一遍。

“你这是什么意思，我的宝贝？”

“就是**这样**。嗯，我绝对不出嫁，但就是……**这样**。”

“这样，这样。”伯爵夫人重复说，突然抖动全身发出老年人的和善笑声。

“行了，别笑了！”娜塔莎叫道，“床都被您笑得摇起来了。您简直像我一样爱笑……别笑了……”娜塔莎抓住伯爵夫人的双手，吻了她小指的关节——六月，接着又在另一只手上吻着七月、八月，“妈妈，他很爱我吗？您看怎么样？人家也这样爱过您吗？他非常可爱，非常非常可爱！但不完全合我的口味：他很单调，像座钟一样……您不明白吗？……单调，灰色，浅色……”

“你在胡说什么呀？”伯爵夫人说。

娜塔莎继续说：

“难道您不明白吗？尼古拉就懂……皮埃尔——他就是蓝色的，深蓝带红的，他又是四方形的。”①

“你也同他调情吗？”伯爵夫人笑着说。

“不，他是共济会会员，我知道。他很正派，深蓝带红，怎么给您解释呢……”

“伯爵夫人哪，”门外传来伯爵的声音，“你睡了吗？”娜塔莎赤脚跳下床，手里拿着鞋，跑回自己屋里。

娜塔莎好久不能入睡。她老是想到，谁也不理解她所理解的一切和她内心的一切。

“宋尼雅呢？”娜塔莎瞧着那只蜷缩着身子睡觉的大尾巴小猫，想，“不，她懂什么呢！她挺规矩。她爱上尼古拉，别的就什么也不想知道了。就连妈妈也不了解。真奇怪，我多么聪明……她多么可爱，”娜塔莎继续用第三人称自言自语，想象着有一个聪明的、非常聪明非常好的男人这样说到她……“她具备一切优点，一切优点，”这个男人继续说，“非常聪明，可爱，而且漂亮，非常漂亮，活泼，游泳、骑马都很出色，还有那副嗓子！可以说，嗓子美极了！”娜塔莎哼了一句她心爱的凯鲁比尼②歌剧，扑到床上，想到她立刻就会睡着，高兴得笑起来。她叫杜尼雅莎灭掉蜡烛，但没等杜尼雅莎走出房间，她已进入另一个更幸福的梦境，那里的一切都像现实一样轻松美好，而且比现实更美，因为那是另一个世界。

第二天，伯爵夫人把保里斯找来，同他谈了一番话。从那天起他就

---

① 娜塔莎迷信通神学说，认为一个人的气质同一定的颜色和形状有关。

② 凯鲁比尼（1760—1842），意大利作曲家，主要创作歌剧。

不再来罗斯托夫家了。

14

一八〇九年十二月三十一日，新年前夜，叶卡捷琳娜时代的一位大官在家里举行迎新舞会。外交使团和皇帝都将光临舞会。

在英吉利滨河街上，这位大官的著名公馆无数彩灯大放光明。在灯火辉煌、铺着红地毯的大门口站着警察和宪兵，还有警察局局长和几十名警官。马车走了一批，又来一批，车上站着穿红号衣的跟班和戴花翎帽的跟班。从马车里下来穿军服、佩勋章和戴绶带的男人；一些身穿绸缎衣裙和银鼠皮大衣的夫人小姐小心翼翼地踏着砰然放下的踏板，急促而无声地从红地毯上走过。

每当门口来了一辆马车，人群里就发出窃窃私语，大家摘下帽子。

"是皇上吗？……不，是大臣……亲王……公使……难道你没看见花翎吗？……"人群里有人说，其中一个穿得比别人讲究，似乎认识所有的人，能列举达官贵人的名字。

客人已到了三分之一，可是要参加舞会的罗斯托夫一家人还在忙着打扮呢。

罗斯托夫家为了参加这次舞会讨论过许多次，作了不少准备，也有过许多忧虑，唯恐接不到邀请，衣服来不及做好，不能把一切安排妥当。

同罗斯托夫一起参加舞会的有彼隆斯卡雅。她是伯爵夫人的朋友和亲戚，一个又黄又瘦的前朝女官。住在外省的罗斯托夫一家在彼得堡参加上流社会活动，常得到她的指导。

罗斯托夫家应当在晚上十点钟去道里达花园接这位女官。这时离十点只差五分，可是小姐们还没有打扮好。

娜塔莎生平第一次参加这样盛大的舞会。那天，她早晨八时起床，整天都处于恶性兴奋和忙碌中。从早晨起，她就全力以赴，要她们——她、妈妈和宋尼雅——尽量穿戴得漂亮些。宋尼雅和伯爵夫人都完全信赖她。伯爵夫人应穿紫红丝绒连衣裙，她娜塔莎和宋尼雅要着粉红绸套裙，外加白纱连衣裙，腰带上佩玫瑰花，头发要梳成希腊式。

主要的梳妆活动都已完毕：腿、臂和脖子、耳朵都按照舞会要求精心洗过，喷上香水，搽了香粉；双脚穿上透花长袜和有花结的白缎舞鞋；头发差不多梳好了。宋尼雅即将穿好衣服，伯爵夫人也打扮得差不多；但为大家打扮的娜塔莎自己却落在后面。娜塔莎瘦削的肩膀上还披着梳妆衫，坐在镜子前。宋尼雅已穿好衣服，站在房间中央，拿大头针吱的一声别住最后一条缎带，把小小的手指都顶痛了。

"不对，不对，宋尼雅！"娜塔莎回过头去说，双手抓住头发，弄得正在替她梳头的使女都来不及放手，"花结不是这样打的，过来。"宋尼雅蹲下来，娜塔莎替她重新打上花结。

"对不起，小姐，这样可不行。"握着娜塔莎头发的使女说。

"哦，天哪，等一下！这就对了，宋尼雅。"

"你们快好了吗？"传来伯爵夫人的声音，"已经十点钟了。"

"马上就好，马上就好。那么您好了吗，妈妈？"

"只剩下别上帽子了。"

"让我来别，"娜塔莎叫道，"你们不会别！"

"已经十点钟了。"

原来决定十点半到舞会，可是娜塔莎还没有穿好衣服，还要到道里达花园去。

娜塔莎梳好头，穿着露出舞鞋的短裙，披着母亲的梳妆衫，跑到宋尼雅跟前，把她端详了一番，又跑回母亲跟前。娜塔莎把母亲的头转来转去，把帽子别好，匆匆地吻了吻她的白发，又跑到正在把裙子缝短的使女那里。

耽搁的原因是娜塔莎的裙子。她的裙子太长，两个使女正替她把裙子缝短，她们匆匆把线咬断。第三个使女嘴里咬着大头针，从伯爵夫人那里跑到宋尼雅跟前；第四个使女手里高托着轻纱衣服。

"玛弗露莎，快一点，好姑娘！"

"把顶针给我，小姐。"

"快好了吗？"伯爵一边走进来，一边问，"喏，这是香水。彼隆斯卡雅一定等急了。"

"好了，小姐。"使女用两个手指提起缝短的轻纱连衣裙，吹掉和抖掉上面的线头。她的姿势表示手里衣服的轻盈和洁净。

娜塔莎开始穿衣服。

“马上就好，马上就好，别进来，爸爸！”娜塔莎对开门进来的父亲大声说，纱裙还蒙着她的脸。宋尼雅把门关上。过了一分钟，才放伯爵进来。伯爵身着藏青色礼服，脚穿长筒袜和软底鞋，身上喷了香水，头上搽过发油。

“爸爸，你真漂亮，太美了！”娜塔莎说，站在房间中央，抚平纱裙的皱褶。

“对不起，小姐，等一下。”使女跪在地上说，拉着衣服的下摆，用舌头把大头针从嘴的这一边顶到那一边。

“你瞧着办吧，”宋尼雅打量着娜塔莎的衣服，失望地叫道，“你瞧着办吧，还是长了！”

娜塔莎退后几步，照着穿衣镜。裙子是长了些。

“真的，小姐，一点也不长。”玛弗露莎跟着小姐在地板上爬来爬去，说。

“嗯，要是太长了，那就把它缝高，一会儿就好。”做事果断的杜尼雅莎说，拿下胸口的针，又跪在地板上缝起来。

这时，伯爵夫人身穿丝绒衣服，头戴高帽，不好意思地悄悄走进来。

“哦！我的美人！”伯爵叫道，“你比谁都漂亮！……”他想搂她，但她红着脸躲开，唯恐衣服被弄皱。

“妈妈，帽子再偏一点，”娜塔莎说，“我来替您重新别过。”说着冲过去，弄得替她缝衣服的使女来不及松手，把一块轻纱扯了下来。

“天哪！这是怎么搞的？可不是我的错呀……”

“不要紧，我来收拾，看不出来的。”杜尼雅莎说。

“美人儿，我的皇后！”保姆从门外走进来说，“还有我的宋尼雅，哦，都是美人儿！……”

十点一刻大家终于坐上马车走了。但还得先去道里达花园。

彼隆斯卡雅已经收拾好了。尽管她又老又丑，但也像罗斯托夫家人那样作了精心梳妆。虽然不像她们那样忙乱（这种事她已习以为常），但同样把她那又老又丑的身体洗干净，搽上粉，喷上香水，同样洗了耳朵。而当她穿上有花体字母的黄色连衣裙走到客厅时，上了年纪的女仆也像罗斯托夫家的女仆那样，对夫人的装束赞不绝口。彼隆斯卡雅对罗斯托夫一家人的打扮称赞了一番。

罗斯托夫一家人则夸奖彼隆斯卡雅打扮漂亮，格调高雅，小心翼翼地保护好她们的发式和衣服，十一点钟坐上马车去赴舞会。

15

这天早晨娜塔莎一分钟也没有空，一次也没想到将会遇到什么事。

在户外潮湿寒冷的空气里，在拥挤、昏暗和颠簸的马车上，她第一次生动地想象着那灯火辉煌的舞厅：音乐、鲜花、跳舞、皇帝和彼得堡的漂亮青年。她将要看到的一切都是那么美妙，同马车里的寒冷、拥挤和昏暗又那么不协调，她简直不相信会看到那样的景象。直到她经过铺红地毯的入口，走进前厅，脱下皮大衣，同宋尼雅并肩走在母亲前面，从鲜花中间登上灯光明亮的楼梯，她才相信她来到了什么地方。直到这时她才想到在舞会上她该有怎样的仪态，就竭力表现出她认为姑娘在舞会上应有的端庄风度。幸好她觉得眼花缭乱，什么也看不清楚，脉搏每分钟跳一百次，血往心脏直涌。她紧张得几乎要晕过去，但竭力镇定下来，往前走去，不现出可笑的样子。这副模样对她倒是挺合适。前前后后都是客人，都同样穿着舞服，同样低声交谈着。楼梯两旁的镜子映出太太小姐们的倩影，她们穿着雪白、天蓝和粉红的衣裳，裸露的胳膊和脖子上戴着钻石和珍珠首饰。

娜塔莎照照镜子，分不清自己和别人。人群汇合成一个光艳照人的行列。在进入第一个大厅时，匀调的说话声、脚步声和问候声几乎把娜塔莎的耳朵震聋；灯光和反光使她越发眼花缭乱。男女主人在门口已站了半小时光景，向进来的客人说着同样的一句话：“欢迎，欢迎光临！”他们以同样的方式接待了罗斯托夫一家和彼隆斯卡雅。

两个姑娘都穿着雪白的连衣裙，黑头发上都戴着玫瑰花，都行着屈膝礼，但女主人的目光不觉在瘦小的娜塔莎身上停留得更久。女主人看看她，本来微笑着的脸又对她单独笑了笑。也许是女主人看见她，想起了自己一去不复返的少女的黄金时代和第一次参加舞会的情景。男主人也目送着娜塔莎，问伯爵哪一个是他的女儿。

“真迷人！”他吻吻自己的手指尖，说。

大厅里满是客人，大家都挤在门口，恭候皇上驾临。伯爵夫人站在人群的前排。娜塔莎听到和感觉到有好多人问起她，并且望着她。她明白那些注意她的人都很喜欢她。这情景使她心里稍稍平静了一点。

“有些人跟我们一样，有些人还不如我们。”娜塔莎想。

彼隆斯卡雅向伯爵夫人一一指点在场的头面人物。

“瞧，这是荷兰公使，看见吗，白头发的。”彼隆斯卡雅说，指指一个鬈发如银的小老头。他的身边围着一群女人，他说了句什么话使她们咯咯发笑。

“哦，你瞧，彼得堡的女皇，皮埃尔伯爵夫人。”彼隆斯卡雅指指走进来的海伦说。

“真漂亮！不比纳雷施金娜[①]差；瞧，老老少少都盯住她不放。又漂亮，又聪明。据说，亲王……被她迷得神魂颠倒。至于那两个，虽然不漂亮，却有更多的人围着她们转。”

彼隆斯卡雅指指一个穿过大厅的太太和她那个长得很丑的女儿。

“这是一位百万富翁的女儿，”彼隆斯卡雅说，“那些都是追求她的人。”

“这是皮埃尔伯爵夫人的哥哥阿纳托里，”彼隆斯卡雅说，指指一个英俊的近卫骑兵军官，他正昂首阔步从她们旁边走过，眼睛没看女人，而望着她们头上的什么地方，“真漂亮！您说是吗？据说要给他娶这个有钱的姑娘。你们的表亲保里斯也在拼命巴结她。据说她有几百万陪嫁……不错，那是法国公使。”伯爵夫人问科兰古是什么人，彼隆斯卡雅这样回答。“您瞧，简直像个皇帝。法国人毕竟可爱，真可爱。社交场里没有比法国人更可爱的了。哦，她来了！可不是，我们的纳雷施金娜还是比谁都美！她穿得多么朴素。真迷人！”

“那个胖子，戴眼镜的，世界闻名的共济会会员，”彼隆斯卡雅指指

---

① 俄国宫廷中著名美人，亚历山大一世的情妇。

皮埃尔说，“同妻子站在一起，十足像个小丑！”

皮埃尔摆动肥胖的身子，挤开人群，和蔼可亲地向左右两边随便点着头，仿佛穿过市场里的人群一样。他走过人群，显然在找寻什么人。

娜塔莎高兴地望着被彼隆斯卡雅称为小丑的皮埃尔熟识的脸，知道他在人群里找她们，特别是找她。皮埃尔曾答应她来参加舞会，并给她介绍舞伴。

不过，皮埃尔还没走到她们身边，就在窗口一个个儿不高、穿白军服、皮肤浅黑的美男子面前站住。这男子正跟一个佩勋章和戴绶带的高个子谈话。娜塔莎立刻认出那个儿不高、穿白军服的青年就是安德烈。她觉得安德烈比以前年轻、快乐、漂亮多了。

“瞧，这里还有一位熟人，安德烈，妈妈，您看见吗？”娜塔莎指着安德烈公爵说，“您记得吗，他在奥特拉德诺我们家宿过一个晚上。”

“哦，你们也认识他吗？”彼隆斯卡雅说，“我可不喜欢他。现在大家都把他捧上天。他简直是得意忘形了！像他爹一样。同斯佩兰斯基也交结上了，一起在制订什么计划。瞧他怎样对待妇女！人家在跟他说话，他却转过身去，”彼隆斯卡雅指指安德烈说，“他要是像对待那些太太那样对待我，我非把他痛骂一顿不可。”

16

突然周围骚动起来，人群叽叽喳喳，拥上去又退回来。奏起了音乐，皇帝从列队的人群中走进来。主人夫妇跟在皇帝后面。皇帝走得很快，向左右两边点头致意，仿佛想尽快摆脱这最初的欢迎仪式。乐队演奏因歌词颂扬皇上而著名的波兰舞曲。歌词的开头是：“亚历山大，伊丽莎白，我们齐心赞颂。”皇帝走进客厅，人群向门口涌去；有几个人神情紧张，匆匆来回奔走。人群看见皇帝来到客厅，并同女主人谈话，又从门口退去。一个年轻人神色慌张地向妇女们奔来，要求她们让开。有几个妇女显然忘记上流社会的礼节，向前挤去，把衣服也挤坏了。男子们走到妇女面前，组成波兰舞的对子。

大家都让开。皇帝含笑挽着女主人的手臂，不合节拍地从客厅里走出来。他们后面是男主人和纳雷施金娜，再后面是公使们、大臣们、将军们。彼隆斯卡雅不停地报着他们的名字。大多数妇女都有舞伴，准备跳波兰舞。娜塔莎发觉，她跟母亲和宋尼雅被挤到墙边，也没有人邀请她们跳波兰舞。娜塔莎垂下两条细细的手臂站在那里，她那稍稍隆起的胸部均匀地起伏着。她抑制住呼吸，恐惧的明亮眼睛望着前方，准备迎接巨大的欢乐和巨大的悲哀。皇帝也罢，彼隆斯卡雅列举的大人物也罢，娜塔莎都不感兴趣。她头脑里只想着一件事："难道没有一个人来邀请我？难道我不能参加第一轮跳舞？难道这些男人都没有注意到我？现在他们好像都没有看见我；即使看见了，那副神气也仿佛在说：'啊，那不是我所要的舞伴，不用看她！'不，这样可不行！"娜塔莎想，"他们应该知道，我多么想跳舞，我跳得多么出色，他们同我跳舞将会多么快乐。"

波兰舞曲演奏了好久。音乐好像勾起了娜塔莎伤心的回忆。她真想哭。彼隆斯卡雅离开了她们。伯爵在大厅的另一端；伯爵夫人、宋尼雅和她在这陌生的人群里，就像在树林里一样，谁也没注意她们，谁也不需要她们。安德烈公爵带着一位太太从她们旁边走过，显然没有认出她们。美男子阿纳托里含笑同身边一位太太说话，对娜塔莎望了一眼，就像望墙壁一般。保里斯两次从她们身边走过，每次都转过脸去。别尔格夫妇没有跳舞，走到她们面前。

自家人在舞会上谈话，娜塔莎觉得丢脸，仿佛一家人除了舞会就没有别的地方好去交谈了。薇拉对娜塔莎谈起自己的绿色连衣裙，娜塔莎既没有听她，也没有看她。

皇帝终于在他最后一个舞伴（他同三个妇女跳过舞）旁边站住，音乐也停止了。一个副官焦虑地跑到罗斯托夫家人跟前，请她们再让开一点，虽然她们已靠墙站着。乐队奏起清楚、细腻、节奏动人的华尔兹。皇帝微笑着向大厅里扫视了一下。过了一分钟，还没有人起舞。主持舞会的副官走到皮埃尔伯爵夫人面前，请她跳舞。海伦含笑伸出手搭在副官肩上，但眼睛并没有看他。副官是个跳舞老手，紧搂着舞伴，从容不迫而步子均匀地绕着圈子跳滑步，跳到大厅边上就抓住她的左手，把她的身子转过来。由于音乐节奏越来越快，只听得副官迅速而灵活的脚步均匀地碰响马刺。同时每到第三拍旋转的时候，他舞伴的丝绒连衣裙就飘起来，闪闪发亮。娜塔莎瞧着他们简直想哭，因为没有人请她跳第一轮华尔兹。

安德烈公爵身穿骑兵上校的白军服，脚上穿着长筒袜和软底鞋，高高兴兴地站在圆圈前排，离罗斯托夫家人不远。费尔果夫男爵正同他谈着明天即将举行的第一次国务会议。安德烈公爵接近斯佩兰斯基，又参加了法规委员会的工作，能提供明天会议的可靠消息，而目前正传播着有关这次会议的种种流言。不过，安德烈公爵并没有听费尔果夫说话，他时而望望皇帝，时而望望准备跳舞而还没有出场的男人。

安德烈公爵望望在皇帝面前畏怯的男人和渴望被邀请的女人。

皮埃尔走到安德烈公爵跟前，抓住他的手臂。

“您一向喜欢跳舞。我所保护的娜塔莎小姐在这里，您请她跳吧。”皮埃尔说。

“在哪里？”安德烈问，“对不起，”他对男爵说，“这事我们以后再谈吧，舞会上应该跳舞。”安德烈照皮埃尔指点的方向走去。娜塔莎那张沮丧的脸映入他的眼帘。安德烈公爵认出了她，猜到她的心情，明白她这是初次出来交际，又想起那个月夜她跟宋尼雅在窗口的谈话，就笑盈盈地走到她面前。

“让我来向您介绍我的女儿。”伯爵夫人红着脸说。

“我很荣幸已经认识伯爵小姐了，如果伯爵小姐还记得我的话。”安德烈公爵说，彬彬有礼地鞠着躬，正好和彼隆斯卡雅说他傲慢无礼的话相反。安德烈公爵还没说邀请，就伸手去搂她的腰。他请她跳华尔兹。娜塔莎那张善于变化的沮丧的脸顿时容光焕发，现出幸福、感激和天真的微笑。

“我早就在等着你了。”这个惊喜交集的小姑娘仿佛用含泪的笑容这么说，同时把一只手放在安德烈公爵的肩上。他们是进场的第二对。安德烈公爵在那个时候是个跳舞好手。娜塔莎跳得也很出色。她那双小脚穿着缎子舞鞋，轻盈灵巧地跳着，脸上则闪耀着幸福的光彩。她那裸露的脖子和手臂很瘦小，同海伦的肩膀相比要难看得多。她肩膀瘦削，胸部尚未充分发育，双臂很细；而海伦的身子则仿佛被几百双眼睛爱抚得光滑闪亮，可娜塔莎还是初次袒胸露臂，看上去还是个小女孩，要不是人家说服她非这样穿戴不可，她会非常害臊的。

安德烈公爵喜欢跳舞，许多人找他谈政治和理论，他想尽快摆脱这种谈话，同时尽快离开那些在皇帝面前战战兢兢的人，就去跳舞。他选中娜塔莎，因为皮埃尔让他去找她，因为她是他所看到的最可爱的女人。不过，他一搂住她那苗条灵活的细腰，她离他那么近地摆动着身子，那么近地对他嫣然一笑，她的魅力顿时把他迷住了。当他喘过气，放掉她站住，望着对对舞伴时，他觉得自己充满活力，年轻多了。

17

在安德烈公爵之后，保里斯走到娜塔莎跟前请她跳舞。接着那个主持舞会、擅长跳舞的副官走过来，还有几个青年也走过来。娜塔莎把多余的舞伴介绍给宋尼雅，自己满脸绯红，兴高采烈地跳了一个晚上。她根本没注意，也没看到舞会上那些引人注意的事。她没注意到，皇帝同法国公使谈了很久，又对一位太太特别恩宠，也没注意某某亲王做了什么，说了什么，海伦怎样出足风头，受到某某的青睐；她甚至没有看到皇帝。后来舞会的气氛变得更加热烈，她这才发觉皇帝已经走了。晚餐前，安德烈公爵又跟娜塔莎跳愉快的科季里昂舞。他提起他们在奥特拉德诺林荫路上的初次会面，她在月夜睡不着觉，他无意中听见了她的话。娜塔莎脸红起来，竭力替自己辩白，仿佛安德烈公爵无意中听到她表达感情是不体面的。

安德烈公爵也像一般老于社交的人那样，喜欢同没有染上社交习气的女人交谈。娜塔莎乐天、胆怯，样样觉得新奇，法语讲得不正确，她正好是这样的女性。安德烈公爵待她特别温柔，同她说话格外谨慎。他坐在她旁边，同她谈些无关紧要的事，欣赏着她那眼睛和笑容里的快乐光芒。她的笑容同所谈的事无关，而是她内心喜悦的反映。当有人来邀请娜塔莎，她含笑站起来在大厅里跳舞时，安德烈公爵特别欣赏她那羞答答的娇态。娜塔莎跳完第一轮科季里昂舞，气喘吁吁地回到自己的位子上。这时又有一个男子来请她跳舞。她累了，还在喘气，很想推辞，但立刻又快乐地把手搭到舞伴肩上，并对安德烈公爵回眸一笑。

“我真想休息一下，同您坐一会儿，我累了；但您看到，人家来邀请我，我很高兴，很幸福，我爱大家。这一层我们两个都了解。”娜塔莎的笑容还表示了许多别的意思。当舞伴放下她时，她迅速地穿过场子，去请两位女士跳下一节舞。

“她要是先去找她的表姐，再去找别的女士，她将成为我的妻子。”安德烈公爵望着她，自己也没有想到，就这样自言自语。娜塔莎是先走到表姐跟前。

“人有时会产生多么荒唐的念头！”安德烈公爵想，“不过可以肯定，这个姑娘那么可爱，那么出色，她只要在这里跳上一个月舞，就一定会嫁人……这里难得有这样的好姑娘。”当娜塔莎理理腰带上的玫瑰花，在他旁边坐下时，他想。

在科季里昂舞快结束时，老伯爵身穿藏青色礼服，走到跳舞的人群里。他邀请安德烈公爵到他们家去玩，又问女儿是不是快乐。娜塔莎没有回答，只嗔怪似的微微一笑，仿佛说：“这种话怎么可以问呢？”

“我从来没有这样开心过！”娜塔莎说。安德烈公爵看见，她那瘦小的手臂迅速地举起来要拥抱父亲，但立刻又放下。娜塔莎确实有生以来没有这样高兴过。她达到了幸福的顶峰。在这样的时刻，一个人只知道善良和美好，不相信人间有邪恶、不幸和悲哀。

在这个舞会上，皮埃尔第一次因妻子在上流社会的地位而感到屈辱。他闷闷不乐，神不守舍。他的额上横刻着一条很深的皱纹。他戴着眼镜，站在窗口发呆，一个人也没有看见。

娜塔莎去吃饭，从皮埃尔身边走过。

皮埃尔恼怒的神色使她吃惊。娜塔莎在他面前站住。她想安慰他，把自己过剩的幸福分给他。

“真开心，伯爵！”娜塔莎说，“是不是？”

皮埃尔漫不经心地微微一笑，显然不明白她对他说的话。

"是的，我很高兴。"皮埃尔说。

"他们怎么会有不称心的事呢，"娜塔莎想，"特别是像皮埃尔这样的好人？"在娜塔莎的眼里，舞会上的人个个都同样善良、可爱、出色、相亲相爱，谁也不可能欺负谁，所以个个都应该高兴。

18

第二天，安德烈公爵想起昨天的舞会，但没有想多久："是的，舞会很精彩。还有……是的，娜塔莎很可爱。她身上散发着一种清新的气息，跟那些彼得堡女人不同。"关于昨天的舞会他就想到这一些。他喝过茶，坐下来工作。

但由于过分疲劳或者睡眠不足，工作效果不佳。安德烈公爵什么事也做不成，就像平时那样对自己很不满。他听到有人来访，感到高兴。

来客是毕茨基。这人参加了各种委员会，出入彼得堡各种交际场所，热烈拥护新思想和斯佩兰斯基，在彼得堡热心传播消息，像选择时髦服装一样追求时髦思潮，因此也就成了各种思潮的热心支持者。他一摘下帽子，就忧心忡忡地奔进安德烈公爵的房间，立刻说起话来。他刚获悉今晨由皇帝主持的国务会议的详情，就兴奋地谈起这件事。皇帝的演说非常精彩。只有立宪君主才能发表这样的演说。"皇帝坦率地说，国务会议和参政院都是国家**机构**；他说，政府行使职权不应独断独行，而应根据**坚定的原则**办事。皇帝说，财政应该改革，收支应该公开。"毕茨基说时强调其中某几个字，意味深长地睁大眼睛。

"是啊，今天的会议是一个新纪元，历史上最伟大的新纪元。"毕茨基结束说。

安德烈公爵原来迫不及待地等待国务会议的召开，认为这次会关系重大。如今听了开会的情况，他觉得这会不仅没使他感动，而且毫无意义。他听着毕茨基的热情介绍，暗自好笑。他心里只是想："皇帝高兴在国务会议上说些什么，这跟我和毕茨基有什么相干？难道这一切能使我的生活更幸福、更完美吗？”

这个简单的想法顿时破坏了安德烈公爵对改革的兴趣。这天晚上他要到斯佩兰斯基家参加“朋友们”（这是主人的说法）的聚餐。在这个他所崇拜的人家里吃饭，原来对他很有吸引力，尤其因为他还没见过斯佩兰斯基的家庭生活，可如今他却不想去了。

不过到了约定的时间，安德烈公爵还是走进斯佩兰斯基在道里达花园的私邸。在异常清洁（像修道院一样清洁）的镶木地板餐厅里，稍稍迟到的安德烈公爵发现斯佩兰斯基的朋友们五点钟都已到齐了。除了斯佩兰斯基的小女儿（像父亲一样长脸）和她的家庭女教师，没有一个女人。客人有席尔维、马格尼茨基和斯托雷平。安德烈公爵在前厅就听见高声说话和大声哄笑——笑声像舞台上演戏一样。有人清楚地发出哈哈哈的笑声，听上去有点像斯佩兰斯基。安德烈公爵从没听见斯佩兰斯基笑过，因此这位政府要人尖细响亮的笑声使他惊讶。

安德烈公爵走进餐厅。所有的人都站在两窗之间一张放冷菜的小桌旁。斯佩兰斯基身穿灰色礼服，佩着勋章，仍旧穿戴着在著名的国务会议上穿戴的白背心和白领带，满面春风地站在桌旁。客人们都围着他。马格尼茨基正在给斯佩兰斯基讲一件趣闻，斯佩兰斯基没有听完就笑了。安德烈公爵进去时，马格尼茨基的话又被笑声所淹没。斯托雷平一面低沉地笑着，一面吃着干酪面包。席尔维低声嘿嘿笑着。斯佩兰斯基则发出尖细响亮的笑声。

斯佩兰斯基笑个不停，向安德烈公爵伸出又白又嫩的手。

“您来，我很高兴，公爵！”斯佩兰斯基说，“等一会儿……”他对马格尼茨基说，打断他的话，“今天我们讲定了，高高兴兴吃顿饭，不谈公事。”他又转身对着马格尼茨基，又笑起来。

安德烈公爵又惊奇又失望地听着笑声，望着发笑的斯佩兰斯基。他觉得这不是斯佩兰斯基，而是另一个人。以前斯佩兰斯基显得那么神秘迷人，现在却突然变得平淡无奇。

吃饭时谈话没有一刻停止，形形色色的笑话讲个没完。马格尼茨基还没有讲完，另一个人就争着要讲更可笑的事。大部分笑话都涉及官场或者某个官员。这些官场中的人物看来实在无聊，因此对他们只能采取善意嘲笑的态度。斯佩兰斯基讲到，今天早晨国务会议上有人问一位耳聋的大官有什么意见，他说他就是这个意见。席尔维讲了审查一个案子的经过，其中有关人员的荒唐简直惊人。斯托雷平结结巴巴地加入谈话，起劲地谈到旧制度下的舞弊情况，似乎要使谈话变得严肃些。马格尼茨基取笑斯托雷平的激动。席尔维插了一个笑话，谈话又变得轻松愉快了。

斯佩兰斯基显然喜欢在公余休息一下，跟朋友一起松快松快。客人们知道他的愿望，就竭力使他开心，同时自己也开心开心。但安德烈公爵觉得这种闲谈很无聊，很乏味。斯佩兰斯基的尖嗓子使他受不了，他那不停的做作的笑声使他反感。安德烈公爵没有笑，但又怕使大家扫兴。其实谁也没注意他的情绪，大家似乎都很高兴。

安德烈公爵几次想加入谈话，但他的话每次都像软木塞那样从水里浮起来。他实在无法跟他们一起说笑。

他们说的话没有什么不好或者不得体，反而都很俏皮，也可能很好笑，但他们不仅说不出真正有趣的话，而且可能根本不知道。

饭后，斯佩兰斯基的女儿和家庭教师站起来。斯佩兰斯基用他白净的手抚摩抚摩女儿，又吻了吻她。安德烈公爵觉得他这个动作也很不自然。

男子照英国规矩留下来喝葡萄酒。谈到拿破仑在西班牙的行动时，大家都表示赞同，只有安德烈公爵反对他们的意见。斯佩兰斯基微微一笑，显然想改变不愉快的话题，他讲了一个与此完全无关的趣闻。大家沉默了一会儿。

斯佩兰斯基在桌旁坐了一会儿，塞上没喝完酒的酒瓶，说："如今好酒不胫而走。"接着他把酒瓶交给仆人，站起身来。大家都站起来，热烈地交谈着，向客厅走去。斯佩兰斯基收到信使送来的两封信。他拿着信到书房里去。他一走，大家就不那么活跃了，客人开始平静地低声交谈。

"好，现在朗诵！"斯佩兰斯基从书房里走出来说，"他有惊人的才能！"斯佩兰斯基对安德烈公爵说。马格尼茨基立刻站起来摆好姿势，用法语朗诵他描写彼得堡几位名人的诙谐诗，几次被掌声打断。安德烈公爵等朗诵结束，走到斯佩兰斯基面前向他告辞。

“您这么早到哪里去？”斯佩兰斯基问。

“我答应去参加一个晚会……”

他们没再说什么。安德烈公爵就近看着这双镜子般不让看透的眼睛，自己觉得好笑，他怎么能对斯佩兰斯基和同他有关的活动抱什么希望呢，他又怎么能重视斯佩兰斯基所干的事呢？安德烈公爵离开斯佩兰斯基家后，他的耳朵里还好久地响着那种没有生气的笑声。

安德烈公爵回到家里，想到自己四个月来在彼得堡的生活，一件件事都历历在目。他回想自己的奔走、求告，以及他拟订的军事条令的遭遇。这个条令已被接受审阅，但没有得到任何批示，因为另一个很糟糕的条令已送呈皇上；他想起军事条令委员会（别尔格也是这个委员会的成员）的会议；他想走，在这些会议上大家不厌其烦地讨论会议的形式和程序，却故意回避问题的实质。他想起他拟订条令的工作，他多么认真地把《罗马法典》和《法国法典》译成俄语，想到这些不禁感到惭愧。然后他生动地想到了保古察罗伕、自己在乡下的事务、他的梁赞之行。他想起他的农奴和德龙村长，他愿意给他们人身自由。现在他觉得奇怪，他怎么能把那么多时间花在这种毫无意义的事情上。

19

第二天，安德烈公爵去几家他还没有拜访过的人家，其中包括最近在舞会上恢复旧交的罗斯托夫家。除了礼节性访问外，安德烈公爵还想在罗斯托夫家见见那个给他留下愉快印象的与众不同的活泼姑娘。

娜塔莎是第一批出来迎接他的人。她穿一件家常穿的蓝色连衣裙，安德烈公爵觉得她比穿舞服还要好看。娜塔莎和一家人像接待老朋友那样接待安德烈公爵，随便而亲切。安德烈公爵以前严厉评判过他们一家，现在才发觉他们都是纯朴善良的好人。老伯爵的殷勤好客和诚恳厚道在彼得堡尤其感人，安德烈公爵推辞不过，只好留下来吃饭。“是的，他们都是些善良可爱的人，”安德烈公爵想，“他们一点不懂得娜塔莎身上的可贵之处，但在他们家里这个迷人的姑娘就显得格外生气蓬勃，富有诗意！”

安德烈公爵觉得，娜塔莎身上有一个他完全陌生的世界，那里充满他没有领略过的快乐。这个世界，在奥特拉德诺的林荫路上和月夜的窗口就使他着迷了。如今这个世界已不再使他迷惑，也不再使他觉得陌生，因为他已进入这个世界，并在其中找到了新的快乐。

饭后，娜塔莎应安德烈公爵的要求，走到钢琴前唱歌。安德烈公爵站在窗前，一面同太太小姐们谈话，一面听娜塔莎唱歌。听到一半，安德烈公爵停下话头，突然觉得喉咙哽塞，眼泪涌了上来，这可是从来不曾有过的。他望望正在唱歌的娜塔莎，心里产生了一种新鲜的幸福感。他感到幸福，同时又感到悲伤。他实在没有理由哭，但他想哭。哭什么？哭过去的爱情？哭小公爵夫人？哭他的悲观绝望？……哭未来的希望？又是，又不是。主要是哭他心里突然体验到的尖锐矛盾：一边是无比高尚伟大的理想，一边是浅薄的肉体的迷恋，他就是这样，她也是这样。在她唱歌的时候，这种矛盾使他又痛苦又快乐。

娜塔莎一唱完，就走到他面前，问他是不是喜欢她的歌喉。她问了这句话以后觉得难为情，因为她明白不应该这样问。他瞧着她微微一笑，说他喜欢她唱歌，就像喜欢她做别的事一样。

安德烈公爵很晚才离开罗斯托夫家。他照平时的习惯就寝，但很快发现他不能入睡。他一会儿点着蜡烛，坐在床上，一会儿起来，一会儿又躺下，但一点也不因失眠而苦恼。他心情舒畅极了，好像一个人从窒闷的屋子来到空气清新的户外。他根本没有想到他已爱上了娜塔莎；他没有想她，但她的影子老是出现在他的脑海里，因此他觉得眼前展现了一片新的生活。“既然生活，充满种种欢乐的生活，展现在我的面前，我为什么还要害怕，为什么还要在闭塞的小圈子里忙忙碌碌？”他自言自语，好久以来第一次考虑未来的幸福生活。他暗自决定，他得关心儿子的教育，请个家庭教师，把儿子交托给他；然后退役，到英国、瑞士和意大利去看看。“趁我还年富力强，我要享受自由，”他自言自语，“皮埃尔说得对，人要幸福，必须相信能获得幸福。现在我相信他的话是对的。‘任凭死人埋葬他们的死人’，[①]我们活着一天，就要生活，而且要生活得幸福。”

20

一天早晨，别尔格上校身穿崭新的军服，头发搽油，鬓角梳得像亚历山大皇帝一样，来看皮埃尔。皮埃尔交游广阔，认识莫斯科和彼得堡的各种人，也认识别尔格。

“我刚才去见过尊夫人，不幸她没有答应我的要求，我希望在伯爵您这里能走运一点。”别尔格微笑着说。

“上校，有何见教？我可以为您效劳。”

“伯爵，现在我的新居已布置好了，”别尔格说，显然相信这消息不会使人不高兴，“因此想为我和我妻子的朋友举行一次小小的晚会。”他笑得更欢了，“我想邀请伯爵夫人和您光临舍间喝茶……吃饭。”

只有海伦伯爵夫人认为同别尔格之流来往有失身份，才会无情地拒绝这样的邀请。别尔格坦率地说明，为什么他希望在家里举行一次美好的小型集会，为什么他将感到高兴，为什么他舍不得把钱花在赌钱等坏事上，但同好朋友相聚却舍得花钱。他说得那么恳切，使皮埃尔无法推辞，只好答应。

“伯爵，恕我斗胆请求，希望不要迟到；希望能在八点差十分光临。我们要凑个牌局，我们的将军也将光临。他待我很好。我们一起吃顿饭，伯爵。务必请您赏脸。”

皮埃尔那天打破迟到的习惯。到达别尔格家不是八点差十分，而是八点差一刻。

别尔格做好一切准备工作，恭候客人光临。

在陈设着半身塑像、油画和新家具的清洁明亮的书房里，别尔格同妻子坐在一起。别尔格身穿直领新制服，坐在妻子旁边，向她解释为什么要结交地位比自己高的人，因为只有这种结交才有乐趣。

---

① 见《新约全书·马太福音》第八章第二十二节。

“你可以仿效他们，可以向他们请教。你看我就是从最低级逐步提升的（别尔格计算他的经历不是用年份，而是用官位）。我那些同事还一事无成，可我快补上团长的缺了，我有幸做你的丈夫（他站起来吻吻薇拉的手，顺便拉平地毯上一个卷起的角）。我靠什么获得这一切？主要是会选择朋友。当然，还得品行端正，做事认真……”

别尔格怀着胜过妇道人家的优越感微微一笑，他认为他那可爱的妻子毕竟是个妇道人家，不可能懂得男人的长处，不知道什么叫男子汉大丈夫[1]，就不再说什么。薇拉也怀着她的优越感微微一笑，认为自己超过丈夫，丈夫虽然和蔼可亲，但毕竟也像一切男人那样对生活的理解是错误的。别尔格拿自己的妻子来衡量，认为女人都是软弱和愚蠢的。薇拉从自己的丈夫推论，认为男人都自以为聪明，其实什么也不懂，而且自命不凡，自私自利。

别尔格站起来，小心翼翼地拥抱一下妻子，以免弄皱他花大钱买来的花边披肩，对准她的嘴唇吻了吻。

“只有一件事得注意，我们千万不能早生孩子。”别尔格循着自己的思路说。

“是的，”薇拉回答，“我一点不希望早生孩子。我们活着就是应当为社会。”

“尤苏波夫公爵夫人的一条同这一条一模一样。”别尔格指指披肩，幸福而和蔼地微笑着说。

这时仆人进来通报，皮埃尔伯爵到。夫妻俩得意地交换了个眼色，各人都把他的到来看作莫大的光荣。

“这就是善于结交名流的结果，”别尔格想，“这就是善于处世的结果！”

“我招待客人的时候，你别来打搅我，”薇拉说，“因为我知道怎样招待每个客人，跟什么人说什么话。”

别尔格也微微一笑。

“不行，男人有时只能谈谈男人的事。”别尔格说。

---

① 原文是德语。

皮埃尔在崭新的客厅里受到接待。在这个客厅里，要坐个人就得破坏对称、洁净和秩序，因此，别尔格为了贵宾只得打破扶手椅和沙发的对称位置，但他还有点犹豫不决，只好让客人自己选择座位。这种心理是不难理解的。皮埃尔自己拉开一张椅子来坐，破坏了对称。别尔格和薇拉的晚会就这样开始。他们互相打岔，争先恐后地招待这位贵客。

薇拉暗自决定，同皮埃尔应该谈有关法国使馆的事，话就这样开了头。别尔格则认为应该谈男人的事，就打断妻子的话，谈到对奥战争问题，接着又从一般的谈话转到他对有人要他参加远征奥国的想法，并说明他为什么没有接受这种建议。谈话虽然很不连贯，薇拉也因男人插话而生气，夫妇俩还是感到很满意，尽管只有一位客人，**晚会**还是开得很好，而且同一切晚会一样，又有谈话，又有茶点，又点蜡烛。

过了一会儿，别尔格的老同事保里斯来了。保里斯对待别尔格和薇拉带点纡尊降贵的傲慢态度。保里斯之后来了一位贵夫人和一位上校，然后是那位将军，然后是罗斯托夫一家。至此，这次晚会就同别的晚会毫无二致了。别尔格和薇拉看到客厅里的光景，听到不连贯的谈话声、衣服的窸窣声和点头招呼声，忍不住露出快乐的笑容。一切都同人家一样，特别是老将军，称赞了一番房子，拍拍别尔格的肩膀，俨然以长辈身份安排牌桌的座位。将军坐在罗斯托夫伯爵旁边，把他看作仅次于自己的贵宾。老年人同老年人坐在一起，青年人同青年人坐在一起，女主人坐在茶桌旁，茶桌上的银篮子里放着饼干，也像潘宁家的晚会那样。总之，一切都同别人家的晚会一样。

21

皮埃尔是位贵宾，应该跟罗斯托夫伯爵、将军和上校一起打牌。皮埃尔坐下来打牌，正巧面对着娜塔莎。娜塔莎在那天舞会后的变化使皮埃尔大为吃惊。娜塔莎默不作声。她不但没有那天舞会上漂亮，而且，要不是她的神态那么温和恬静，就简直是很难看了。

“她怎么了？”皮埃尔瞧了娜塔莎一眼，想。娜塔莎同姐姐一起坐在茶桌前，正懒洋洋地回答着身旁保里斯的什么话，眼睛也没望着他。皮埃尔出了一副“同花”，吃掉五张牌，使搭档感到很满意。他在收吃掉的牌时，听见寒暄声和脚步声，又瞧了娜塔莎一眼。

“她这是怎么了？”皮埃尔越发惊讶地问着自己。

安德烈公爵深情地站在她面前，对她说着什么。她仰起头望着他，脸涨得通红，竭力控制急促的呼吸。于是原来熄灭的内心的火焰又在她身上放射出光芒。她的整个模样变了。她又从一个难看的姑娘变得像舞会上一样漂亮。

安德烈公爵走到皮埃尔面前。皮埃尔也看到了朋友重新焕发出青春的面容。

打牌的时候皮埃尔几次更换座位，时而背对娜塔莎，时而面向娜塔莎，在打六圈牌的过程中，他一直注视着她和安德烈公爵。

“他们之间的关系有了重大变化。”皮埃尔想，一种又高兴又苦涩的心情使他坐立不安，他甚至忘记了打牌。

打完六圈牌，将军站起来，说不能这样打下去了。皮埃尔就此脱身。娜塔莎在一旁跟宋尼雅和保里斯说话。薇拉带着微妙的笑容同安德烈公爵说话。皮埃尔走到朋友跟前，问他们是不是在说秘密话，接着就在他们旁边坐下。薇拉发现安德烈公爵对娜塔莎殷勤备至，就认为在晚会上，在真正的晚会上，应该巧妙地暗示感情。她等安德烈公爵独自一人的时候，就同他谈感情问题，并谈到她的妹妹。她觉得，对安德烈公爵这样聪明的客人必须使点外交手腕。

皮埃尔走到他们跟前，他发现薇拉正谈得津津有味，而安德烈公爵却有点发窘。这在他是很少有的。

“您认为怎么样？”薇拉调皮地微笑着说，“公爵，您这人很有眼力，一眼就能把人看透。您觉得娜塔莎怎么样？在爱情上能始终如一吗？也能像其他女人（薇拉指她自己）那样，一旦爱上一个人，就永远对他忠贞不渝吗？我认为这才是真正的爱情。您认为怎么样，公爵？”

“我对令妹了解得还太少，”安德烈公爵回答时带着嘲笑，想以此来掩饰自己的窘态，“还不能回答这样微妙的问题。再有，我发现，女人越不招人喜欢，对爱情越忠贞不渝。”安德烈公爵补充说，瞧了瞧走过来的皮埃尔。

"不错，公爵，这话有道理。现在这个时代，"薇拉继续说（她提到现在这个时代，因为凡是智力不发达的人总喜欢提到时代，认为他们懂得并且重视时代的特点，而且人的本性是随时代而改变的），"在现在这个时代，做姑娘的太自由了，被追求的乐趣往往压倒她真正的感情。应该承认，娜塔莎在这方面是很容易冲动的。"薇拉又提到娜塔莎，使安德烈公爵又不愉快地皱起眉头。他想站起来，但薇拉带着更微妙的笑容继续说下去。

"我想没有谁比她有更多的人追求了，"薇拉说，"但她至今没有真正喜欢过什么人。不瞒您说，伯爵，"薇拉对皮埃尔说，"就连我们亲爱的保里斯表哥也在内……他呀，我们自己说说，可掉进温柔乡里啰……"她说，用了一句当时流行的对爱情的说法。

安德烈公爵皱起眉头，不作声。

"您跟保里斯不是朋友吗？"薇拉问他说。

"是的，我认识他……"

"他有没有同您谈起过他小时候对娜塔莎的爱情？"

"他们小时候有过爱情吗？"安德烈公爵突然涨红了脸问。

"是的。您知道，表兄妹之间最容易产生爱情。表亲是一种危险的关系。对不对？"

"哦，那是毫无疑问的！"安德烈公爵说，突然不自然地活跃起来，同皮埃尔开玩笑说，他得当心莫斯科两位五十岁的表姐，说到一半站起来，挽着皮埃尔的手臂，把他拉走了。

"怎么啦？"皮埃尔惊奇地看着朋友异样的兴奋和他站起来时投向娜塔莎的目光，问。

"我要……我要同你谈谈，"安德烈公爵说，"你知道我们的女式手套（他指的是共济会新会员送给心爱女人的手套）。我……算了，我以后再跟你谈……"安德烈公爵眼睛里露出异样的光芒，慌慌张张地走到娜塔莎跟前，坐在她旁边。皮埃尔看到，安德烈公爵在问她什么，她涨红了脸回答。

这时别尔格走到皮埃尔跟前，硬要他参加将军和上校关于西班牙问题的争论。

别尔格很得意，很高兴，脸上一直挂着快乐的笑容。晚会开得很成功，同他所看到的晚会完全相同。一切都相同：太太小姐们的悄声细语、打牌、打牌时将军的大嗓门、茶炊、饼干，但还缺少他在别人晚会上常看到而他很想模仿的一项节目，那就是男人们大声争论什么有趣的重大问题。将军刚开始这样谈话，别尔格就连忙把皮埃尔拉过去。

22

第二天，安德烈公爵应罗斯托夫伯爵的邀请到他们家午餐，在他们家消磨了一整天。

家里人人知道安德烈公爵是为谁而来的，这一点他也不加掩饰，整天同娜塔莎待在一起。不仅娜塔莎惊喜交集地感到即将发生一件重大的事情，全家人都有这样的预感，忐忑不安地等着它发生。当安德烈公爵同娜塔莎谈话时，伯爵夫人目光忧虑而严肃地望着他；而当安德烈公爵回头看她时，她就怯生生地假装谈些无关紧要的事。宋尼雅既怕离开娜塔莎，又怕同他们在一起妨碍他们。当娜塔莎单独同安德烈在一起时，她会因恐惧的期待而脸色发白。安德烈公爵的畏葸使她惊讶。娜塔莎觉得他要对她说些什么，却下不了决心。

傍晚，等安德烈公爵走了，伯爵夫人走到娜塔莎跟前，悄悄地说：

“怎么样？”

“妈妈！看在上帝的分上，现在什么也别问。我没法跟您说。”娜塔莎说。

虽然如此，这天晚上，娜塔莎又兴奋，又恐惧，瞪着一双眼睛在母亲床上躺了好久。她忽而对母亲说，他怎样称赞她；忽而说，他说他要出国去；忽而说，他问他们今年去哪里过夏；忽而说，他向她问起保里斯。

“这样的事，这样的事……我从来没有遇到过！”娜塔莎说，“可是我跟他在一起时感到害怕，跟他一起时总是感到害怕，这是什么道理？这一切都是真的吗？妈妈，您睡着了吗？”

“没有，心肝，我也感到害怕呢！”母亲回答，“你去睡吧！”

“我反正睡不着。睡觉多无聊！妈妈，好妈妈，这样的事我从来没有遇到过！”娜塔莎说，对自己产生的感情又惊讶又害怕，“这样的事想得到吗！……”

娜塔莎觉得，她在奥特拉德诺初次看见安德烈公爵时就爱上他了。她当时看中的人（她坚决这样相信）现在又同她相会了，而且他对她也不是没有意思。这种意外的奇异的幸福使她害怕。她想："他居然会趁我们在彼得堡的时候赶来。我们居然会在那次舞会上相遇。这都是命。显然，这都是命里注定的。当时我看到他，就觉得不一样。"

“他还对你说了些什么？他给你题了什么诗？你念念……”母亲忧心忡忡地说，问到安德烈公爵在娜塔莎纪念册里留下的诗。

“妈妈，当填房是不是丢人？”

“别说了，娜塔莎。祷告上帝吧！婚姻是上天注定的。”

“妈妈，好妈妈，我多么爱您，多么高兴啊！”娜塔莎流着快乐而激动的眼泪，一边叫着，一边拥抱母亲。

就在这时候，安德烈公爵坐在皮埃尔旁边，讲着他对娜塔莎的爱情和娶她的决心。

这天晚上，海伦伯爵夫人家里举行了一次盛大的晚会，参加的有法国公使，有亲王，还有许多显赫的男女宾客。亲王不久前成了伯爵夫人家的常客。皮埃尔在楼下厅堂里来回踱步，他那神不守舍、闷闷不乐的神色使客人们都感到惊讶。

皮埃尔从舞会那天起觉得自己将患忧郁症，拼命设法防止发病。在亲王同他妻子接近后，皮埃尔突然被任命为宫廷高级侍从。从那时起，他在社交场中就感到心情沉重，没脸见人，常常产生万事皆空的想法。同时，他发现受他监护的娜塔莎和安德烈公爵之间的感情，并拿自己的处境同他们的处境相比，情绪越发低沉了。他竭力避免想到自己的妻子、娜塔莎和安德烈公爵。他又觉得，同永恒比起来一切都微不足道。他又产生了疑问："何必呢？"于是他就迫使自己日夜为共济会工作，以驱逐心里的恶魔。皮埃尔将近十二点钟从伯爵夫人屋里出来，来到楼上烟雾弥漫的矮房间里，身穿破旧的睡袍，坐在桌旁抄写苏格兰共济会的真本。这时有人走进他的房间。原来是安德烈公爵。

“哦，原来是您！”皮埃尔露出不高兴的神色，心不在焉地说，“您看，我在工作。”他说，指指记录簿，就像遭到不幸的人为了逃避生活苦恼而工作那样。

安德烈公爵容光焕发，喜气洋洋地站在皮埃尔面前，没注意对方忧郁的神色，自得其乐地对他微微一笑。

“哦，老朋友，”安德烈公爵说，“我昨天就想对你说了，今天特地来找你。我从来没有尝过这种味道，我在恋爱啦，老朋友。”

皮埃尔突然长叹一声，沉重的身子跌落在安德烈旁边的沙发上。

“爱上了娜塔莎，是不是？”皮埃尔问。

“对，对，还能爱上谁呢？我连自己也不敢相信，可是这种感情控制了我。昨天我苦恼极了，难受极了，但我不愿拿世界上任何东西来换取这种苦恼。以前我没有好好生活过，现在才有了真正的生活，但我不能没有她。不过，她会爱我吗？……我比她大得多……你怎么不说话？……”

“我？我？我对您说什么了？”皮埃尔突然说，站起来在屋里来回踱步。“我一向认为……这姑娘是个宝贝，是个……是个少有的好姑娘……亲爱的朋友，我求您，不要三心二意，不要举棋不定，同她结婚吧，结婚，结婚……我相信天下没有比您更幸福的人了。”

“那么她怎么样？”

“她爱您。”

“别瞎说……”安德烈公爵说，含笑望着皮埃尔的眼睛。

“她爱您，我知道！”皮埃尔怒气冲冲地嚷道。

“不，你听我说，”安德烈公爵抓住皮埃尔的手臂说，“你知道我现在的心情吗？我真想把心里话对谁说说。”

“好，好，说吧，我很乐意听！”皮埃尔说，他的脸色真的变了，皱纹消失了。他高兴地听着安德烈公爵的话。安德烈公爵似乎真的变了个样。他的愁闷、他对人生万念俱灰的情绪到哪里去了？皮埃尔是他唯一能倾诉衷肠的人，他就把心里话都对他说出来。一会儿，他大胆而爽快地制订着未来生活的长期计划，说他可不能因为父亲的怪癖而牺牲自己的幸福，他一定要使父亲同意这件婚事并且爱娜塔莎，即使父亲不同意，他也要这样做；一会儿，他为自己有这种古怪、陌生而强烈的感情而觉得惊讶。

“以前要是有谁对我说我会这样心醉神迷，我是不会相信的，”安德烈公爵说，“这种感情和从前的完全不一样。整个世界对我来说是分为两半的：一半有她在，那里就有幸福、希望和光明；另一半没有她，那里只有苦闷和黑暗……”

“苦闷和黑暗，”皮埃尔说，“是的，是的，这我能理解。”

“我不能不爱光明，这不是我的过错。我现在很幸福。你能理解我吗？我知道你也为我高兴。”

“是的，是的！”皮埃尔承认道，目光温柔而忧郁地瞧着朋友。他把安德烈公爵的命运想象得越光明，就把自己的命运看得越暗淡。

23

结婚必须征得父亲同意，因此安德烈公爵第二天就到父亲那里去。

老头子听了儿子的禀告，外表平静，心里气愤。他弄不懂，既然他的人生已快结束，怎么还有人想来改变他的生活，给他的生活增加新的内容。“只要让我过完余生，以后你们要怎样就怎样好了。”老头子自言自语。不过，这次同儿子谈话，他还是运用在紧要关头惯用的外交手腕。他心平气和地分析了整个问题：

第一，论门第、财富和声望，这门婚事并不理想。第二，安德烈公爵已不是小青年，身体虚弱（老头子特别强调这一点），而她却很年轻。第三，有一个儿子，把他交给一个小姑娘抚养很可怜。第四，父亲最后嘲弄地望着儿子说：“我请求你把婚期推迟一年，你到国外去把身体养好，如你所希望的那样替尼古拉公爵找一位德国教师，以后要是爱情、情欲、固执——随便你说什么都行——无法克服，那就结婚吧。这是我的结论，注意，结论……”老公爵说这话的语气表示，什么也不能改变他的决定。

安德烈公爵明白，老头子希望他的感情或他未婚妻的感情经受不住一年时间的考验，或者老公爵自己会在这一年里死去。于是安德烈公爵决定遵从父亲的意志：先订婚，一年后举行婚礼。

安德烈公爵最后一晚去罗斯托夫家后，过了三星期回到彼得堡。

娜塔莎那次同母亲谈话后的第二天，整天都等着安德烈，可是安德烈没有来。第二天、第三天还是没有来，皮埃尔也没有来。娜塔莎不知道安德烈公爵去父亲那儿，因此弄不懂他为什么没有来。

就这样过了三星期。娜塔莎哪儿也不愿去，没精打采，像影子一般从这个房间荡到那个房间，晚上偷偷关起门哭泣，也没去母亲屋里。她老是涨红脸发脾气。她以为人人都知道她的失望心情，都在笑她，可怜她。她本来已经很苦恼，而自尊心又增加了她的痛苦。

有一天，她来到伯爵夫人那里，想对她说些什么，却突然哭起来。她好像一个不知为什么受罚的孩子，委屈得直流泪。

伯爵夫人安慰娜塔莎，娜塔莎先是留心听着母亲的话，接着突然打断她说：

"别说了，妈妈，我不想，我也不愿想！他来来又不来了，不来了……"

娜塔莎声音发抖，差一点哭出来，但强作镇定，继续说下去：

"我根本不想嫁人，而且我怕他。我现在完全平静了，完全平静了……"

在这次谈话后第二天，娜塔莎穿上那件她特别爱穿的旧衣裳，一早就恢复她舞会以后放弃的生活方式。她喝过茶，走到她特别喜爱的共鸣很好的大厅里，开始练习唱歌。练习完第一课，她站在大厅中央，重唱她特别喜爱的一个乐句。歌声荡漾，充满整个空荡荡的大厅，又渐渐消失。她高兴地谛听，觉得音调意外优美。她心情豁然开朗。"这事有什么值得多想的？现在这样不是也很好吗？"娜塔莎对自己说，在大厅里来回踱步，不是像平常那样在镶木地板上走路，而是每一步都先脚跟后脚尖着地（她穿着一双心爱的新鞋），并且像欣赏自己歌喉那样快乐地欣赏着均匀的脚跟落地声和脚尖擦地声。她走过镜子，照了一照。"哦，这就是我！"她一看见自己的影子，脸上的表情仿佛这么说，"嗯，很好看，我谁也不需要。”

男仆想来收拾大厅，但娜塔莎不让他进来，闩上门，继续踱步。这天早晨，她又恢复了原来的心情：自我欣赏，自我陶醉。“娜塔莎这姑娘真可爱！”她像一个男的第三者那样评论自己，“她年轻，好看，嗓子甜，不妨碍任何人，大家也别去打扰她。”但即使人家不打扰她，她也无法平静。这一点她立刻感觉到了。

前厅的门开了，有人问：“在家吗？”还听得见脚步声。娜塔莎照着镜子，但看不见自己。她听见前厅里有声音。当她看清自己的时候，她的脸色煞白。原来是**他**。尽管隔着门声音很轻，她还是断定是他。

娜塔莎脸色苍白，惊惶地跑进客厅。

“妈妈，安德烈来了！”她说，“妈妈，这太可怕了，这真叫人受不了！我真受不了！我不要……受罪！叫我怎么办？……”

伯爵夫人还没有回答她，安德烈公爵已经神态严肃而紧张地走进客厅。他一看见娜塔莎，立刻容光焕发。他吻了吻伯爵夫人的手，又吻了吻娜塔莎的手，在旁边沙发上坐下……

“您好久没光临了……”伯爵夫人开口说，但安德烈公爵打断她的话，匆匆回答了她的问题，显然想赶快说出他要说的话。

“这一阵子我没有到你们这儿来，是因为到我父亲那里去了：我同他谈了一件很重要的事。我昨晚才回来。”安德烈公爵瞧了一眼娜塔莎，说，“我要跟您谈一谈，伯爵夫人。”他停了停，添加说。

伯爵夫人深深地叹了口气，垂下眼睛。

“您说，我听着。”她说。

娜塔莎知道她应该回避，但她无法这样做：有什么东西把她的喉咙哽住了。她顾不得礼貌，睁大一双眼睛望着安德烈公爵。

“现在吗？马上就说！……不，这不可能！”娜塔莎想。

安德烈公爵又瞧了她一眼。这目光使她相信，她没有弄错。是的，她的命运马上就要决定了。

“你出去一下，娜塔莎，我会叫你的。”伯爵夫人低声说。

娜塔莎用惶恐和恳求的眼神望了望安德烈公爵，望了望母亲，走了出去。

"伯爵夫人，我是来向您女儿求婚的。"安德烈公爵说。

伯爵夫人的脸唰地红了，但她什么也没有说。

"您来求婚……"伯爵夫人庄重地说。安德烈公爵默默地瞧着她的眼睛。"您来求婚……"她有点发窘，"我们很高兴……我接受您的求婚，我很高兴。我的丈夫也……我希望……但这事要由她本人决定……"

"只要你们答应了，我会对她说的……你们答应吗？"安德烈公爵说。

"答应。"伯爵夫人说，伸出一只手给他，而当他俯身吻她的手的时候，她带着又陌生又亲切的矛盾心情把嘴唇贴在他的额上。她愿意像爱儿子那样爱他，但又觉得他是个外人，而且对她来说是个可怕的人。

"我相信我丈夫也会同意的，"伯爵夫人说，"可是令尊……"

"我已把我的计划告诉了家父，他答应了，但得遵守一个条件，就是一年之内不能举行婚礼。这一点我也想告诉您。"安德烈公爵说。

"不错，娜塔莎还很年轻，但一年太久了！"

"这是没有办法的。"安德烈公爵叹一口气说。

"我去把她给您叫来。"伯爵夫人说着从屋里走出去。

"主哇，可怜我们吧！"她一面找寻女儿，一面反复说。宋尼雅说，娜塔莎在卧室里。娜塔莎坐在床上，脸色苍白，眼睛发干，望着圣像，迅速地画着十字，嘴里念念有词。她一看见母亲就跳起来，向她扑去。

"怎么样？妈妈？……怎么样？"

"去吧，到他那里去！他向你求婚了，"伯爵夫人说，娜塔莎觉得母亲的语气很冷淡……"去吧……去吧！"母亲在女儿后面用悲伤而责怪的语气说，长叹了一声。

娜塔莎不记得她怎样走进客厅。她走进去，看见他，就站住了。"难道这个外人现在变成我的**一切**了？"她问自己，又马上回答，"是的，一切，对我来说现在他比世界上什么都宝贵。"安德烈公爵垂下眼睛，走到她面前。

"自从我第一次看到您，我就爱上您了。我能对这事抱希望吗？"

他对她瞧了一眼，她脸上严肃而热情的神色使他吃惊。她的脸色表示：“何必问呢？何必怀疑不可能不知道的事？既然言语表达不了你的感情，那又何必说呢？”

她走近他，站住。他拉起她的手，吻了吻。

“您爱我吗？”

“是的，是的！”娜塔莎仿佛懊丧地说，深深地叹了一口气，又叹了一口气，呼吸急促，哭出声来。

“怎么？您这是怎么啦？”

“哦，我太幸福了！”她回答，含着眼泪微微一笑，凑近他，想了一秒钟，仿佛自问可不可以，然后吻了吻他。

安德烈公爵拉住她的一只手，瞧着她的眼睛，在自己心里找不到原来那种对她的爱。他心里突然起了变化：原来对她那富有诗意而神秘的爱情没有了，却产生了对她女性幼稚的弱点的怜悯、面对着她的忠贞和信任的恐惧及一种同她生死与共的又沉重又快乐的责任感。他现在的感情虽不像以前那样明朗和充满诗意，却更加严肃和强烈。

“妈有没有对您说过一年之内不能举行婚礼？”安德烈公爵仍凝视着她的眼睛问。

“难道真是我，我这个被大家唤作小姑娘的人，”娜塔莎想，“难道我今后就要成为这个陌生、聪明、可爱，甚至受我父亲尊敬的人的妻子吗？难道这是真的吗？难道从今以后我真的不能把生活当儿戏了吗？现在我已经长大了，就得对自己的一言一行负责吗？哦，他问我什么啦？”

“没有。”她回答，但没有听懂他所问的话。

“原谅我，”安德烈公爵说，“您那么年轻，可我在生活上已饱经沧桑了。我替您担心。您还不了解您自己。”

娜塔莎聚精会神地听着，竭力想听懂他的话，可是没听懂。

“我要再过一年才能得到幸福，这对我来说当然很痛苦，”安德烈公爵继续说，“但在这段时间里您可以再考虑考虑。我请您一年之后再给我幸福，但您还是自由的，我们的订婚对外不公开。要是您觉得您不爱我，或者爱上了……”安德烈公爵强作欢笑说。

"您说这话干什么？"娜塔莎打断他说，"您要知道，自从您第一次来到奥特拉德诺那天起，我就爱上您了。"娜塔莎说，充分相信她说的是实话。

"再过一年您会更了解自己的……"

"整整一年！"娜塔莎忽然说，直到现在才了解婚期要推迟一年，"为什么要一年？为什么要一年？……"安德烈公爵向她解释延期的原因，可是娜塔莎不听他的话。

"非这样不可吗？"她问。安德烈公爵什么也没有回答，但他的脸色表示，这个决定不能改变。

"这太可怕了！不行，这太可怕了，这太可怕了！"娜塔莎突然说，又哭起来，"再等一年我会等死的。这不行，这太可怕了。"她瞧了瞧未婚夫的脸，瞧见了同情和困惑的神色。

"不，不，我什么都办得到！"她突然止住眼泪说，"我太幸福了！"

父亲和母亲走进屋里，为这对未来的夫妇祝福。

从那天起，安德烈公爵就以娜塔莎未婚夫的身份经常出入罗斯托夫家。

24

安德烈同娜塔莎没有举行订婚礼，对外也没有宣布。这一点是安德烈公爵坚持的。他说，结婚推迟的原因在于他，他应该承担全部责任。他说，他将永远信守诺言，但他不愿约束娜塔莎，情愿让她享受充分的自由。如果半年以后她觉得不爱他了，她有权解约。当然，做父母的也好，娜塔莎也好，都不愿听这种话，但他还是坚持这一条。安德烈公爵天天上罗斯托夫家，但不以娜塔莎的未婚夫自居，对她说话用您，只吻吻她的手。自从求婚那天起，安德烈公爵同娜塔莎建立了与以前不同的单纯而亲密的关系。他们仿佛刚刚才认识。他们都喜欢回忆，当他们还**毫无关系**时，彼此怎样看待对方；现在两人都觉得自己完全不同了：那时候大家客客气气，现在可真诚自然了。起初罗斯托夫一家人对待安德烈公爵有点拘束；他仿佛是从另一个世界来的人，娜塔莎费了不少功夫才使家里人看惯他，并且自豪地说，他这人只是表面上特别，其实跟大家一样，她不怕他，谁也不用怕他。几天以后，家里人对他习惯了，不再感到拘束，他在场也照样做自己的事，而他也加入他们家的活动。他跟伯爵谈庄园经营，跟伯爵夫人和娜塔莎谈服装，跟宋尼雅谈纪念册和刺绣。有时罗斯托夫家人自己（或者当着安德烈公爵的面）谈到一系列预兆，无不感到奇怪，例如安德烈公爵来到奥特拉德诺，他们一家来到彼得堡，娜塔莎同安德烈公爵的相似之处（这一点安德烈公爵第一次来访时保姆就发觉了），一八〇五年的安德烈同尼古拉之间的冲突，以及家里人发现的其他许多征兆。

在罗斯托夫家里，当未婚夫妇在场的时候，总会出现一片富有诗意的宁静和沉默。大家坐在一起常常默默无言。有时，其他人走了，未婚夫妇留下来，但两人依旧相对无言。他们难得谈到未来的生活。这事安德烈公爵怕谈，也不好意思谈。娜塔莎经常猜到安德烈的心思，分享他的感情，对这个问题也是如此。有一次，娜塔莎问起他儿子的事。安德烈公爵脸红了（近来他常常脸红，娜塔莎却特别喜欢他这副模样），说他的儿子将来不跟他们一起住。

"为什么？"娜塔莎惊讶地问。

"我不能把他从他爷爷那里带走，再说……"

"我会十分喜欢他的呀！"娜塔莎立刻猜到他的心思，说，"但我知道您怕听闲话，怕人家责怪我们。"

老伯爵有时走到安德烈公爵面前，吻他，征求他对彼嘉受教育和尼古拉供职的意见。老伯爵夫人看着他们，老是叹气。宋尼雅总是怕她妨碍他们，竭力找借口让他俩单独在一起，其实他们并不希望这样。当安德烈公爵说话的时候（他很会说话），娜塔莎总是很得意地听着。当她说话的时候，她又害怕又高兴地注意到，他怎样聚精会神地审视着她。她疑惑不解地问自己："他在我身上找寻什么？他的目光在搜索什么？要是他在我身上找不到他需要的东西，那又会怎么样？"有时她处于她所特有的欣喜若狂的状态，她就特别爱听和爱看安德烈公爵怎样发笑。安德烈公爵难得笑，但笑起来总是笑个痛快。每次这样笑过后，娜塔莎就觉得自己同他更亲近了。要不是娜塔莎想到别离的时刻越来越近，心里感到害怕，她会觉得十分幸福的。

安德烈公爵在离开彼得堡前夜把皮埃尔带了来。自从那次舞会后皮埃尔还没到过罗斯托夫家。皮埃尔显得心神不宁，手足无措。他同母亲说话。娜塔莎跟宋尼雅坐在棋桌旁，邀请安德烈公爵过去和她们下棋。安德烈公爵走到她们面前。

“您是不是早就认识皮埃尔了？”安德烈公爵问，“您喜欢他吗？”

“喜欢，他是个好人，但很可笑。”

娜塔莎谈到皮埃尔照例总是讲他魂不守舍的趣事，有些趣事其实是想当然的。

“不瞒您说，我把我们的秘密告诉他了，”安德烈公爵说，“我从小就认识他，他有一颗金子般的心。我请求您，娜塔莎。”他忽然严肃地说，“我要走了。天知道会发生什么事。您也许不再爱……哦，我知道，我不该说这样的话。我只想说一点，不论您遇到什么事，万一我不在……”

“会遇到什么事？……”

“不论有什么苦恼，”安德烈公爵继续说，“我请求您，莎菲小姐，不论遇到什么事，就找他一人商量，请他帮助。他这人魂不守舍，十分可笑，但有一颗金子般的心。”

做父母的也好，宋尼雅也好，安德烈公爵本人也好，都无法预料，同未婚夫别离对娜塔莎会产生什么后果。那天，娜塔莎脸色泛红，神情激动，眼睛发干，在家里走来走去，做些琐事，好像不知道有什么事在等待她。当安德烈公爵向她告别，最后一次吻她手的时候，她也没有哭。

“您别走！”娜塔莎说，她的声音促使他考虑，是不是真的该留下来，而且好久以后还记得这声音。他走后她也没有哭，她一连几天坐在自己屋里，没有哭，但对什么事都不感兴趣，只不过有时叹息说：“唉，他为什么要走！”

不过，安德烈公爵走了两星期以后，她又出乎周围人们的意料，精神上的病态消失了，她又恢复了从前的样子，只是精神面貌起了变化，就像孩子久病以后面貌发生变化一样。

25

在儿子走后一年里，保尔康斯基公爵的身体和脾气都坏多了。他变得越来越暴躁，而他的无名火多半都出在玛丽雅公爵小姐身上。他仿佛专挑她的痛处，残酷地在精神上折磨她。玛丽雅公爵小姐有两大癖好，也就是两大乐趣：一是她的侄儿尼古拉，一是宗教信仰。这两者恰恰成了老公爵喜欢攻击和嘲笑的目标。不论谈什么，他总要扯到老处女的迷信或者对孩子的溺爱上。“你要把他（尼古拉）培养成你那样的老姑娘，那不行，安德烈公爵需要的是儿子，可不是姑娘。”老公爵说。或者，当着玛丽雅公爵小姐的面问布莉恩小姐，她是不是喜欢我们的神父和圣像，并且开玩笑……

老公爵不断挖苦玛丽雅公爵小姐，但女儿却不以为意地原谅他。难道父亲会跟她过不去？既然父亲爱她，难道会待她不公正？再说，什么叫公正？公爵小姐从没考虑过“公正”这个崇高的词儿。人间所有复杂的信条，在她看来都可以归纳成简单明白的一条：爱和自我牺牲。这个信条是他——怀着爱心为了人类而受难的上帝——教给我们的。别人公正不公正，这对她有什么相干？她自己必须受苦受难，必须爱人，而她就这样做了。

冬天，安德烈公爵来到童山，又快乐，又温和，又亲切，玛丽雅公爵小姐好久没有看到他这样高兴了。玛丽雅公爵小姐感觉到一定有什么喜事，但他对她却绝口不提他的恋爱。临行前，安德烈公爵同父亲作了一次长谈。玛丽雅公爵小姐发现，他动身前父子两人彼此都很不满意。

安德烈公爵走后不久，玛丽雅公爵小姐写信给她彼得堡的朋友裘丽。玛丽雅公爵小姐也像所有爱幻想的姑娘那样，幻想裘丽能同她哥哥结婚。最近，裘丽则因为她的哥哥在土耳其阵亡而服丧在家。

悲伤看来是我们共同的命运，亲爱的多情的朋友裘丽！

你们的损失是那么惨痛，我只能认为这是上帝的特殊恩惠，他爱您和您那位高尚的母亲，因此想考验你们。唉，我的朋友，宗教，唯有宗教，才能安慰我们，而且还能把我们从绝望中拯救出来。唯有宗教才能向我们解释人类没有它的帮助就无法理解的事：为什么要把善良、高尚、在生活中能找到幸福、既不害人又能为别人带来幸福的人召回上帝那里去，而把那些邪恶、无用、有害或者对人对己都是一种负担的人留在世界上。我第一次看到的一个人的死，也就是我永远不会忘记的我亲爱的嫂嫂的死，给我留下了这样的印象。您问命运，为什么您那位杰出的哥哥非死不可？同样，我也要问，为什么我们的天使丽莎要离开人间？她非但没有做过任何害人的事，而且心里除了善良就没有别的念头。这究竟是怎么一回事，我的朋友？从那时起，五个年头过去了。我以我贫乏的智力开始懂得，她为什么要死，她这种死只是造物主无穷恩典的一种表现，造物主的行为我们虽然多半不能理解，但都表现出他对所造物的无限仁爱。我常常想，也许是因为她像天使一般纯洁，她无力担负做母亲的全部责任。她作为一个年轻的妻子是完美无缺的，但作为母亲就不能做到这样。如今她不仅给我们，特别是给安德烈公爵，留下最纯洁的哀悼和回忆，她还会在天国获得一个崇高的位置，那是我不敢奢望的。不过，不说对她本人，她那可怕的早逝对我和哥哥都发生了最良好的影响，虽然这是一件很令人悲伤的事。在我们刚失去她的时候，我不可能有这样的想法，当时我对这种想法会十分反感，但现在这一切都豁然明朗了。我写这些给您，我的朋友，只是为了要您相信《福音书》的真理（那是我生活的准则）：若是上帝不许，连一根头发也不会从我们头上掉下。[①]而上帝的旨意完全是出于对我们的无限慈爱，因此，我们所遭遇的一切都是为了我们的幸福。您问，我们今年是不是去莫斯科过冬？虽然很想看见您，但我想我们不会也不愿去莫斯科。您也许会觉得奇怪，我们不愿去的原因在于拿破仑。事实是，家父的身体明显衰弱了，他听不得不同

① 见《新约全书·马太福音》第十章第二十九、三十节。

的意见，脾气暴躁。而脾气暴躁，不瞒您说，是由于政治问题。他不能容忍这样的情况：拿破仑同欧洲各国君主平起平坐，尤其是同伟大的叶卡捷琳娜女皇的孙子平起平坐！您也知道，我对政治一向漠不关心，但从家父的话和他同米哈伊尔·伊凡内奇的谈话中知道世界大势，特别是拿破仑获得的声望。全世界似乎只有童山不承认拿破仑是伟人，更不承认他是法国皇帝。拿破仑做皇帝，这事家父不能容忍。我觉得，家父主要是因为政治观点不同，并且对谁都会毫无顾忌地直率说出自己的意见，从而同人发生冲突，因此不提去莫斯科的事。他在治疗方面取得的成效，将因不可避免地争论拿破仑问题而丧失。不过，对这事很快就会做出决定。我们家里的生活除了哥哥安德烈不在，一切如旧。我曾写信告诉您，他近来有了很大的变化。自从丧偶以来，他的精神直到今年才得以恢复。他又变得像我小时候所知道的那样：善良，亲切，具有一颗无与伦比的金子般的心。我发觉，他明白他的生活并没有结束。但精神虽然有所好转，身体却衰弱多了。他比以前更瘦、更神经质了。我为他担心。医生早就叫他出国疗养，如今他走了，我感到欣慰。我希望这次易地疗养能使他恢复健康。您来信说，在彼得堡大家都说他是一个最聪明、最能干和最有教养的青年人。这一点我从未怀疑过——请原谅我这种做家属的自尊心。他对这里的每个人，从农奴到贵族，所做的好事是数不胜数的。他来到彼得堡，只接受他应得的声誉。我不懂，谣言怎么会从彼得堡传到莫斯科，例如您来信写到哥哥同娜塔莎订婚的事，这种流言更是无稽之谈。我不认为哥哥会再结婚，尤其是同娜塔莎结婚。理由是，第一，我知道，尽管他难得提到亡妻，但悼亡的哀痛深埋在他的心里，使他无法考虑续弦和给我们的小天使找个后母的事。第二，因为就我所知，那个姑娘绝不是安德烈公爵喜欢的那种女人。我不认为安德烈公爵会选择她做妻子。坦白说，我也不希望他这样。我写得太啰唆了，信纸已写满两张，就此停笔。再见，我亲爱的朋友，愿神圣而万能的上帝保佑您。我亲爱的朋友布莉恩小姐吻您。

玛　丽

26

仲夏，玛丽雅公爵小姐突然接到安德烈公爵从瑞士寄来的信，他给她一个意外的消息。安德烈公爵宣布他同娜塔莎订了婚。全信洋溢着对未婚妻的热爱和对妹妹的情谊与信任。他写道，他从没这样恋爱过，直到现在他才懂得了生活，认识了生活。他请妹妹原谅，上次回童山没向她提到这个决定，虽然同父亲谈过此事。他之所以没说，是因为怕玛丽雅公爵小姐会要求父亲同意此事，这样一来不仅达不到目的，反而会惹父亲生气，父亲就会对她发火。况且——他在信中说——当时这事还没像现在这样最后决定。“当时父亲对我规定一年的期限，现在已过去六个月——一半时间，而我的决心比原来更坚定了。要不是医生留我在这里温泉治疗，我早就回国了，但现在我的归期还得再推迟三个月。你了解我，也了解我同父亲的关系。我对他没有任何要求。我一向自立，今后也永远自立，既然他同我们相处的日子可能不会很久，因此，若违反他的意志，惹他生气，那就会毁了我的一半幸福。我现在也写一封信给他，请你挑个合适的时间把信交给他，同时告诉我他对这事的看法，他能不能同意把婚期缩短三个月。”

经过长久的犹豫、疑虑和祈祷，玛丽雅公爵小姐才把信交给父亲，第二天，老公爵平心静气地对她说：

“写信给你哥哥，叫他等我死了再说……不会久了，他很快就可以自由了……”

公爵小姐想表示不同意见，但父亲不让她说话，嗓门越来越大。

“结婚吧，结婚吧，宝贝……挑了门好亲家！……人聪明吗？有钱吗？小尼古拉要有个好后娘了。你写信告诉他，就是明天结婚也行。小尼古拉将有个后娘，那我要同布莉恩结婚了！……哈，哈，哈，他没有后娘也不行啊！只有一点，我家里再不需要婆娘了；让他结婚吧，自己单独过去吧。你是不是也想搬到他那里去住？”他问玛丽雅公爵小姐，“上帝保佑！去尝尝挨冻的滋味，去尝尝……挨冻的滋味！……”

这次发火以后，公爵再没谈到这件事。不过，父亲对儿子没有出息的怒气却在对女儿的态度上表现出来。除了他原来的嘲笑话题外，如今又增加了新的话题：关于小尼古拉的后娘和他对布莉恩小姐的爱情。

"为什么我不能同她结婚呢？"老公爵对女儿说，"她会成为一位出色的公爵夫人的！"

近来，玛丽雅公爵小姐惊讶地发现，父亲同法国女人真的越来越接近了。玛丽雅公爵小姐写信给安德烈公爵，父亲怎样看待他的信，同时安慰哥哥，父亲会回心转意的。

小尼古拉和他的教育，安德烈和宗教，这些都是玛丽雅公爵小姐的安慰和欢乐。但除此以外，既然人人都有自己的希望，玛丽雅公爵小姐内心深处也有她隐秘的梦想和希望，而这也就是她生活中的主要安慰。给予她从中得到宽慰的梦想和希望的是神亲——背着公爵来访的苦行修士和云游教徒。玛丽雅公爵小姐活得越久，她的生活经验越丰富，对生活观察得越深刻，她就越觉得在茫茫尘世追求享乐和幸福的人目光短浅。他们操劳，受苦，奋斗，互相伤害，想获得那种空虚、罪恶和不可能获得的幸福。"安德烈公爵爱妻子，妻子死了，这还不够，他要拿自己的幸福同另一个女人结合起来。父亲不赞成，因为指望安德烈找个更富裕更有名望的配偶。他们奋斗，受苦，糟蹋自己的灵魂，自己永生的灵魂，为了获得一刹那的幸福。这一点不仅我们自己知道，上帝的儿子基督来到世上也告诉我们，人生只是过眼云烟，只是一场考验，可是我们却抓住它不放，想从中找到幸福。这道理怎么没有人懂？"玛丽雅公爵小姐想，"除了这些背着袋子受人轻视的神亲外，就没有别的人了。他们从后门来到我家，怕被公爵看见，倒不是要逃避他的侮辱，而是为了免得他造孽。他们抛弃家庭、故乡和尘世的幸福，不留恋任何事物，身穿麻布衣服，隐姓埋名，云游四方，不伤害任何人，一视同仁地为大家祈祷，既为驱逐他们的人祈祷，也为庇护他们的人祈祷：没有比这更崇高的真理，也没有比这更高尚的生活了！"

有一个叫费多霞的云游教徒，五十岁年纪，是个矮小、文静的麻脸女人，她戴着铁链赤脚云游了三十多年。玛丽雅公爵小姐特别喜欢她。有一天，在只点着一盏神灯的黑暗屋子里，费多霞讲着自己的身世。

玛丽雅公爵小姐突然断定，只有费多霞找到了正确的人生道路，她决定自己也出去云游。费多霞就寝后，玛丽雅公爵小姐考虑了好久，最后决定去云游，不管人家多么难以理解。她把她的打算只告诉她的忏悔神父阿金斐，神父赞成她的计划。玛丽雅公爵小姐借口送礼物给云游教徒，准备了云游的全部行装：麻衣、树皮鞋、粗布衣和黑头巾。玛丽雅公爵小姐常常走到放行装的抽斗柜前，犹疑不定是不是到了实行计划的时候。

在听云游教徒们讲故事的时候，她常常被她们千篇一律而含义深刻的朴素语言所感动，以致几次都想抛弃一切，离家出走。她想象自己同费多霞一起，穿着粗布衣服，拿着棍子，背着袋子，在尘土飞扬的道路上从一地云游到一地，没有嫉妒，没有尘世的爱，没有欲望，从一些信徒到另一些信徒那里，最后云游到没有忧愁和悲伤，只有永久快乐和幸福的地方。

“我到一处就做祷告；我还没有习惯，还没有爱上这地方又要走了。我要走到两腿发软，倒下来死去，最后到达没有忧愁和悲伤、永远安息的地方！……”玛丽雅公爵小姐想。

但后来看见父亲和小尼古拉，她的决心动摇了。她偷偷地流泪，觉得自己是个罪人：爱父亲和爱侄子超过爱上帝。

第 四 部

1

《圣经》故事说，闲逸是人类始祖堕落前享福的标准。堕落后，人身上仍有好逸恶劳的习性，人类一直受到诅咒，那倒不是因为我们要汗流满面地去获得食物，而是因为根据我们的道德准则，我们不能游手好闲而心安理得。我们内心有个声音说：好逸恶劳就是犯罪。如果人游手好闲而又觉得自己有益和尽责，那他就获得了一种原始的幸福。一大批人享受着由职务规定而无可非议的闲逸，那就是军队。这种闲逸现在是、今后也将是担任军职的主要吸引力。

尼古拉在一八〇七年后继续在保罗格勒团服役，并接替杰尼索夫担任骑兵连长，他就充分享受着这种幸福。

尼古拉变成一个举止粗野而心地善良的小伙子。莫斯科的朋友会觉得他不够文雅，但他受到同僚、下属和上级的尊敬，自己对这样的生活也心满意足。今年，一八〇九年，他经常收到母亲来信诉苦，说家境每况愈下，现在他该回家来照顾年老的双亲了。

尼古拉读着这些信，心里害怕，唯恐他们要把他从远离生活琐事的安乐乡里拉出来。他觉得早晚要回到生活的旋涡里，整顿家业，同管家算账、吵架，对付阴谋，处理关系，应酬交际，确定同宋尼雅的爱情关系和实行对她的许诺。这些事都非常复杂，很难处理。他回信给母亲总是冷冰冰的一套“亲爱的妈妈”，结尾是“您的孝顺的儿子”，却不提他什么时候回家。一八一〇年他接到家信，知道娜塔莎已跟安德烈订婚，婚礼将在一年后举行，因为老公爵不同意他们更早结婚。这封信使尼古拉感到伤心和气愤。第一，他舍不得失去娜塔莎，因为在家里他最喜欢娜塔莎；第二，他以骠骑兵的脾气感到遗憾，因为当时他不在场，要不然他会向安德烈表示，同他结亲根本不是什么高攀，他要是真的爱娜塔莎，那就无须征得生性乖僻的父亲的同意。尼古拉迟疑了一下，要不要请假在娜塔莎婚前去看看她，但想到不久就要举行军事演习，又想到宋尼雅的问题和家里的混乱，他又把归期推迟了。但当年春天，他收到母亲背着伯爵写的一封信，决定回家一次。母亲在信里说，如果尼古拉不回家，不来管理家产，全部庄园都将被拍卖，大家只好去要饭了。伯爵太软弱，太厚道，太信任管家，经常受骗，因此景况越来越糟。“看在上帝的分上，我求求你，要是你不愿使我和全家遭殃，就立刻回来。”伯爵夫人写道。

这封信感动了尼古拉。他凭常情考虑，觉得**应该**回家。

现在非回去不可，即使不退伍，也得请假。为什么非回去不可，他不知道；他午饭后小睡了一会儿，吩咐把他那匹好久未骑的刁悍的灰马“战神”备好鞍。等到回来，灰马汗水淋漓，他对拉夫鲁施卡（杰尼索夫留给他的勤务兵）和傍晚回来的同僚说，他要请假回家。尽管他很难想象他走以前司令部会因上次演习而提升他任骑兵大尉或授予安娜勋章（这事他特别关心），尽管他也很难想象他走以前不把三匹黑鬃黄马卖给波兰的高鲁霍夫斯基伯爵（他已跟他讲过价钱，答应以两千卢布卖给他），还有，他也很难想象没有他参加的骠骑兵为波兰普莎兹杰茨卡小姐举行的舞会能获得成功（那舞会是存心同枪骑兵为波兰保尔若卓夫斯卡小姐举行的舞会一较高下），尽管如此，他知道他必须离开这快乐美好的天地，到那混乱多事的地方去。一星期后，他请准了假。他的骠骑兵同僚，不限于本团的，还有旅里的，每人出十五卢布份金为尼古拉饯行。请来两个乐队奏乐，两个合唱团唱歌。尼古拉同巴索夫少校跳了俄罗斯顿足舞。酒意十足的军官们把尼古拉又是摇，又是抱，又是抛。三连的士兵又拿他摇了一次，嘴里喊着“乌拉”，大家这才把尼古拉放上雪橇，一直把他送到第一个驿站。

在旅途的前半程，就是从克列缅楚格到基辅，尼古拉想的照例还是连里的事；但走了一半路程后，他就忘记了那三匹黑鬃黄马、司务长和保尔若卓夫斯卡小姐，不安地自问，到了奥特拉德诺，他将碰上怎样的局面。他离家越近就越想家，仿佛人的情绪也服从引力和距离成反比的定律。到了最后一站，离奥特拉德诺已不远，他给了车夫三卢布酒钱，便像孩子一般，上气不接下气地跑上家门前的台阶。

在重逢的狂欢之后，尼古拉发觉实际情况和他的估计有出入（早知一切如旧，何必急着赶回来！）因而有点失望，不久他又适应了熟识的家庭环境。父母还是原来的样子，只是老了一点。他们有些烦躁和不睦，那是以前所没有的。尼古拉很快知道，这都是由于家境不好。宋尼雅快满二十岁了。她没有长得更美，更迷人，但就这样也够可爱了。尼古拉回来以后，她全身洋溢着幸福和爱情。这个姑娘忠贞不渝的爱情使尼古拉高兴。彼嘉和娜塔莎尤其使尼古拉惊讶。彼嘉已有十三岁，长得高大，漂亮，聪明和调皮，他的嗓音变了。尼古拉瞧着娜塔莎，好一阵感到惊讶，忍不住笑了。

"完全变了！"尼古拉说。

"怎么，变丑了？"

"正好相反，神气十足。要做公爵夫人了。"尼古拉低声对她说。

"对，对，对！"娜塔莎快乐地回答。

娜塔莎对他说了她跟安德烈公爵的恋爱经过，他怎样来到奥特拉德诺，还给尼古拉看他最近的来信。

"那么，你高兴吗？"娜塔莎问，"我现在很平静，很幸福。"

"我很高兴，"尼古拉回答，"他是个很出色的人物。那么，你很爱他吗？"

"怎么对你说呢？"娜塔莎回答，"我以前爱过保里斯，爱过教师，爱过杰尼索夫，可这一次完全不一样。我主意已定，心情平静。我知道没有比他更好的人了。现在我觉得心里很平静，很踏实。同以前完全不一样……"

尼古拉向娜塔莎表示，他不赞成把婚期推迟一年，但娜塔莎猛烈地驳斥哥哥，说非这样不可，违反他父亲的意志嫁过去是不好的，她自己也愿意推迟。

"你一点也不懂，一点也不懂。"娜塔莎说。尼古拉不作声，同意了她的想法。

哥哥瞧着她，常常感到奇怪。她一点不像离开未婚夫的热恋中的姑娘。她完全像原来那样宁静、大方、乐天。这使尼古拉感到惊讶，甚至使他对娜塔莎同安德烈订婚这件事感到怀疑。他不相信娜塔莎的终身大事已成定局，尤其因为他没看到她同安德烈公爵在一起时的情景。他总感到这门亲事有点问题。

“为什么要推迟？为什么没举行订婚礼？”尼古拉想。有一次他跟母亲谈到妹妹，使他感到惊奇和满足的是，母亲内心深处对这门婚事有时也有点怀疑。

“这是他写来的，”她说，怀着做母亲的对女儿未来婚姻幸福的妒意，给儿子看安德烈公爵的信，“他说，最早十二月份回来。究竟是什么事把他耽搁了？多半是病！身体很弱。你可别告诉娜塔莎。你别以为她很高兴，现在正是她做姑娘的最后日子。我知道，每次接到他的来信时她的情绪怎么样。不过，上帝保佑，一切都会圆满解决的，”母亲每次都这样结束，“他是个出色的男子。”

2

尼古拉刚回家的时候心情沉重，闷闷不乐。使他烦恼的是，他必须处理棘手的经济问题，而母亲就是为此把他叫回来的。为了尽快卸下这副重担，他回家后第三天，就怒气冲冲，也不回答娜塔莎问他到哪里去的问题，皱着眉头去厢房找管家米嘉，向他要**全部账目**。米嘉惊惶地走来。但什么叫**全部账目**，尼古拉比米嘉知道得更少。他同米嘉谈话和算账没有持续多久。村长、农民代表和乡绅都在厢房前室里等他，又害怕又高兴地听着伯爵少爷先是嗓门越来越大的吆喝和叫嚷，然后是接连不断的咒骂和恐吓。

“强盗！忘恩负义的畜生！……我要宰了你这狗崽子……我可不像爸爸那样……你偷……混蛋！”

然后这些人同样又高兴又害怕地看见伯爵少爷满面通红，眼睛充血，抓住米嘉的领子，一面灵活地用脚踢，用膝盖撞他的屁股，一面大声叫嚷：“滚！再别在这里露面，恶棍！”

米嘉一口气冲下六级台阶，冲进花坛（这个花坛是奥特拉德诺犯罪的人的著名避难所。米嘉从城里喝醉酒回来，常常躲到这个花坛里，而奥特拉德诺的村民为了躲避米嘉，也知道这个藏身处）。

米嘉的妻子和小姨子们惊惶失色地从屋里探出头来。屋里有一把干净的茶炊正在沸腾，还有一张铺着绗好的棉被的高床。

伯爵少爷气喘吁吁，不理她们，迈着坚决的步子走回正屋。

伯爵夫人立刻从使女嘴里知道厢房里发生的事，一方面感到放心，认为今后家境一定会好转，一方面又觉得不安，唯恐儿子被这样的重担压垮。她几次踮着脚尖走到儿子房门口。听他一袋接一袋地吸烟。

第二天，老伯爵把儿子叫到一边，小心翼翼地微笑着对他说：

"你听我说，宝贝，你可不用发火！米嘉全告诉我了。"

"我知道了，"尼古拉想，"在这个鬼地方什么事也弄不明白。"

"你生气了，因为他没有把七百卢布入账。其实他转到下一页了，你没有往下看。"

"爸爸，他是个坏蛋，小偷，这我知道。再说，这事已经过去了。要是您不乐意，那我就什么也不和他谈了。"

"不，宝贝。"伯爵感到惭愧。他觉得没有管好妻子的庄园，对不起孩子们，但不知道该怎样补救。"是这样，我请你来管管家里的事。我老了，我……"

"不，爸爸，要是我使您不高兴，那就请您原谅。管理产业我不如您。"

"哼，什么农民呀，钱财呀，移入下页呀，统统去他妈的！"尼古拉想，"怎样下注，这我早就知道，但什么移入下页我可一窍不通。"他自言自语，从此以后就不再过问家事。只有一次，伯爵夫人把儿子叫到面前，说她有一张德鲁别茨基公爵夫人开的两千卢布期票，问尼古拉该怎样处理。

"原来是这么回事，"尼古拉回答，"您是对我说过这事让我决定。我不喜欢德鲁别茨基公爵夫人，也不喜欢保里斯，但他们待我们不错，又很穷。那就这么办吧！"尼古拉说着把期票撕得粉碎。他这个行为使老伯爵夫人高兴得直流泪。从此以后，尼古拉伯爵少爷不再过问任何家事，只热衷于一件他感到新鲜的玩意——带着猎犬打猎，而老伯爵的打猎配备可是很有气派的。

3

已是初寒时节，早晨的寒气冻结了渗透秋雨的地面。在被牲口踩倒的黄褐色秋播作物、浅黄色春播作物的茬子和一道道红色荞麦的衬托下，冬小麦一片翠绿，显得格外诱人。高地和树林，在八月底还是黑色冬麦地和留茬地中间的绿洲，如今已成了翠绿冬麦地里金黄和鲜红的岛屿。灰野兔的毛已换了一半，小狐狸已出窝，狼崽长得比狗还大。这是最好的打猎季节。热衷打猎的年轻猎人尼古拉的狗不仅已掉了膘，而且跑得爪子受伤，因此猎人们商量后决定让狗休息三天，到九月十六日出发，从杜勃拉伏开始，因为那里有一个未受惊动的狼窝。

九月十四日的天气是这样的：

猎人们整天都待在家里。天气寒冷刺骨，但傍晚阴云密布，开始解冻。九月十五日早晨，尼古拉少爷穿着睡袍往窗外望了一眼，发现那是再好不过的打猎天气：天空仿佛融化了似的向地面下沉，也没有风。空中只有烟尘和蒙蒙细雾在悄悄下降。花园秃枝上悬挂着晶莹的水珠，滴在刚刚凋落的树叶上。菜园里的土地像罂粟一样乌黑发亮，在不远处就同潮湿的雾气融成一片。尼古拉走到泥泞的台阶上，这儿弥漫着枯叶味和狗臊气。黑斑、宽臀的灵猩[①]米尔卡生着一双突出的乌黑大眼睛，一看见主人，站起来，又伸开后腿，像兔子一样伏下来，然后一跃而起，去舔主人的鼻子和胡子。另一条灵猩从花园小径上看见主人，就拱起背冲到台阶上，然后翘起尾巴，在主人腿上磨蹭着。

“哦——呵！”这时传来一声深沉的低音和尖锐混合着次中音的猎人特有的呐喊。接着，专门管狗的猎人丹尼洛从转角处走来。他满脸皱纹，花白的头发照乌克兰人的样子剪成童花头，手里绕着一条长鞭子，脸上现出只有猎人才有的剽悍不羁和蔑视一切的神气。他在东

① 当时打猎用的狗有两种：一种是灵猩，嗅觉特别灵敏，但跑得并不很快，专门找寻猎物；另一种是狼狗，嗅觉不如灵猩灵敏，但跑得极快，善于追捕猎物。

家面前摘下契尔克斯帽，轻蔑地对东家瞧了瞧。他这种傲慢的态度并没使东家生气：尼古拉知道这个目空一切的丹尼洛毕竟是他的家奴和猎手。

“丹尼洛！”尼古拉说，怯生生地感觉到，看到这样好的打猎天气、这样好的狗和猎人，他立刻就产生了一种不可克制的打猎欲望，好像一个热恋中的人见到情人，立刻就把原先的打算忘记得一干二净。

“您有什么吩咐，老爷？”丹尼洛以喝狗喝得嘶哑的像大辅祭般低沉的声音问，两只乌黑发亮的眼睛同时从眉毛底下望着默不作声的东家。“怎么，您等不及了？”这双眼睛仿佛在这样说。

“好天气，是吗？打一围，跑一下，好吗？”尼古拉搔搔米尔卡的耳朵，说。

丹尼洛没有回答，眨眨眼。

“天蒙蒙亮我就派乌瓦尔卡去探听动静了，”丹尼洛停了停，又用低音说，“他说，母狼已带着小狼搬到奥特拉德诺禁伐林里，它们在那里嚎叫呢。”奥特拉德诺禁伐林离家两俄里，是个不大的容易围猎的地方。

“我们一定得去，是不是？”尼古拉说，“你把乌瓦尔卡带到我这里来。”

“遵命，老爷！”

“那就先别喂狗了。”

“是，老爷。”

五分钟后，丹尼洛和乌瓦尔卡来到尼古拉的大书房里。尽管丹尼洛个儿不高，他站在屋子里，还是像一匹马或者一头熊站在住屋的家具中间。丹尼洛自己也感觉到这一点，他照例总是站在门口，说话尽量压低嗓门，身体一动不动，免得破坏老爷们的安宁，并且赶快把所有的话说完，好早点脱身，到广阔的野外去。

尼古拉问完话，懂得丹尼洛的意思是狗都不错（其实丹尼洛自己也想去打猎），就吩咐备马。但丹尼洛刚要走，娜塔莎就快步走进来。她还没有梳洗，没有换好衣服，身上只披着保姆的大披巾。彼嘉同她一起跑进来。

"你去打猎吗？"娜塔莎说，"我知道你要去的！宋尼雅说你们不去。今天天气这么好，我知道不会不去。"

"去的，"尼古拉不乐意地回答，因为今天他想好好打一次狼，不愿带娜塔莎和彼嘉同去，"要去的，但我们只打狼，你不会感兴趣的。"

"你知道，我最爱打狼了，"娜塔莎说，"你吩咐备马，自己想去，可是什么也不告诉我们，太不像话。"

"俄国人天不怕地不怕，我们要去！"彼嘉叫道。

"你可不能去，妈妈说过，你不能去。"尼古拉对娜塔莎说。

"不，我要去，一定要去！"娜塔莎断然说，"丹尼洛，叫他们给我们备马，让米哈依洛把我的狗带去。"她对猎人说。

丹尼洛觉得他待在屋里不合适，挺别扭，而且同小姐打交道更难堪。他垂下眼睛，连忙走出去，仿佛这不干他的事，生怕无意中得罪小姐。

4

老伯爵拥有一支配备完善的打猎队，如今他已把这队人马交给儿子管理。这天，九月十五日，他兴致特别好，要亲自参加打猎。

一小时后，整个猎队聚集在大门口台阶前。尼古拉神情冷峻，表示此刻顾不到琐事，从娜塔莎和彼嘉身边走过，而娜塔莎和彼嘉正要告诉他什么事。尼古拉检查了猎队各部分，派一小群猎狗和猎人去打前站，自己骑上枣红顿河马，对他那群狗打了个呼哨，经过打谷场来到野外，向奥特拉德诺禁伐林驰去。老伯爵那匹白鬃白尾的枣红骟马维夫梁卡由伯爵的马夫牵着，老伯爵自己先乘轻便马车到野兽必经的地方守候。

狼狗共有五十四条，由六个猎犬手带领。管灵缇的，除了主人外，共有八个，他们带领四十多条灵缇，再加上老爷自己带的狗，出猎的共有一百三十条狗，还有二十名骑马的猎人。猎队浩浩荡荡向田野进发。

每条狗都认识自己的主人，知道自己的名字。每个猎人都明确自己的任务、地点和行动。他们一出庄园围墙就不再说话，不再作声，不快不慢地沿着道路和田野向奥特拉德诺禁伐林驰去。

马在田野上奔驰好像走在厚地毯上，只有在穿过道路踩到水洼时才发出哗啦哗啦的声音。雾蒙蒙的天空还在悄悄地向地面下沉；空中宁静，温暖，没有一点风。偶尔响起猎人的口哨声、马的喷鼻声、鞭子的呼啸声或者掉队的狗的尖叫声。

他们跑了一俄里光景，看见五个骑马的人带着狗从雾里迎面走来。领头的是个精神矍铄、仪表堂堂、留花白大胡子的老人。

"您好，大叔！"当老人走到面前时，尼古拉招呼道。

"干得漂亮！……我早就知道了，"大叔（他是住在罗斯托夫家附近的一个不富裕的远亲）说，"我早就知道，你在家坐不住了，你也去，很好。干得漂亮！（这是大叔爱说的口头禅。）快去占领树林，我的格利奇克说，伊拉金家正在科尔尼基扎队，他们会从你鼻子底下把一窝小狼抢走的。干得漂亮！"

"我正要去那里。我们合在一起怎么样？"尼古拉问，"合在一起……"

他们把狼狗合在一起。大叔同尼古拉并肩骑马前进。娜塔莎裹着大披巾，露出活泼的脸蛋和闪亮的眼睛，骑马跟住他们。彼嘉、猎人米哈伊拉和保姆派来照顾她的驯马师，都在后面护送她。彼嘉不知为什么事发笑，不住地鞭打着马，拉着缰绳。娜塔莎老练地骑在阿拉伯黑马上，毫不费劲地勒住马。

大叔不以为然地回头望望彼嘉和娜塔莎。他不喜欢把儿戏同打猎大事混为一谈。

"您好，大叔，我们也来了。"彼嘉嚷道。

"您好，您好，当心别踩着狗。"大叔严厉地说。

"尼古拉，特鲁尼拉可真是条好狗！它认得我呢！"娜塔莎说到她的爱狗。

"首先，特鲁尼拉不是狗，而是一条猎犬。"尼古拉想，严厉地白了妹妹一眼，竭力让她明白此刻他们之间得保持一定距离。娜塔莎领会他的意思。

"大叔，您别以为我们会妨碍什么人，"娜塔莎说，"我们待在一旁，不会乱动的。”

“这很好，伯爵小姐，”大叔说，“当心别从马上摔下来，因为你没有地方好扶。干得漂亮！”

离奥特拉德诺禁伐林只有一百码，猎犬手已到达那里了。尼古拉同大叔商量好从哪里放狗，让娜塔莎待在一个绝对不会有野兽出没的地方，然后从谷地绕到围猎场。

“喂，好侄儿，你要拦住那头老狼，”大叔说，“当心别让它溜掉。”

“行！”尼古拉回答，“卡拉伊，来！”他喊道，用这喊声来回答大叔的话。卡拉伊是一条难看的长毛老公狗，以单独猎获一头老狼而出名。大家各就各位。

老伯爵知道儿子的打猎劲头，连忙赶来，唯恐晚到。他脸色红润，双颊抖动，兴高采烈，不等猎犬手到来，就亲自赶着两匹黑马，驰过冬麦地，来到给他指定的狩猎地。他拉了拉皮外套，挂上猎刀和号角，然后跨上像他一样毛发灰白的、光滑肥壮、安静温和的维夫梁卡。马车被打发回去了。罗斯托夫伯爵对打猎虽然并不太热衷，但熟悉打猎的规矩。他骑马走进指定的矮树丛边，理好缰绳，在马鞍上坐稳，觉得一切都准备停当，便向四周环顾了一下，微微一笑。

伯爵旁边站着他的跟班契克马尔。契克马尔是个老骑手，但身子已不很灵活。他牵着三条凶猛的但像主人和马一样肥胖的猎狼狗。两条灵敏的老狗卧在地上，没有上皮带。在百步开外的空地上站着伯爵的马夫米吉卡。他是一个勇敢的骑手和热心的猎人。伯爵按照古老的习惯，打猎前喝了一银杯加香料的白兰地，吃了些点心，又喝了半瓶他喜爱的波尔多红葡萄酒。

罗斯托夫伯爵喝了酒，又骑过马，红光满面；他的眼睛有点潮润，格外明亮。他裹紧皮外套坐在马鞍上，模样活像个将被带出去散步的孩子。

契克马尔身材瘦削，双颊凹陷。他把事情都安排妥帖，望望东家。他同东家相处三十年，两人很合得来。他看出东家此刻情绪很好，正要同他愉快地聊聊。这时又有一个人小心翼翼地从树林里出来（他显然受过训练），站在伯爵后面。这是一个白胡子老头儿，身穿女式长衣，头戴高帽。他是小丑[1]娜斯塔霞。

“喂，娜斯塔霞！”伯爵挤挤眼，低声说，“你要是把野兽吓跑，丹尼洛可饶不了你。”

“我也……嘴上有毛。”娜斯塔霞说。

“嘘——嘘！”伯爵发出嘘声，转身对契克马尔说话。

“你看见娜塔莎伯爵小姐了吗？”他问契克马尔，“她在哪里？”

“她同彼嘉少爷一起在沙罗夫草地附近，”契克马尔笑着回答，“别看她是位小姐，打猎可有劲了。”

“契克马尔，你看她骑马感到惊奇……是吗？”伯爵说，“简直比得上男子汉呢！”

“怎么不叫人惊奇？那么大胆，那么灵活！”

“那么尼古拉少爷在哪里？在梁多夫高地，是吗？”伯爵低声问。

“是的，老爷。他知道该在哪里守候。他骑马的本领可高明啦，我同丹尼洛常感到惊奇。”契克马尔说，知道怎样讨好东家。

“他骑马的本领不错，是吗？那么，他骑在马上的姿势怎么样？”

“简直跟画出来的一样！前不久他从扎瓦尔津草地里赶出一头狐狸。他越过一个又一个障碍，真是骏马值千金，骑手无价宝啊！是的，这样的好小子哪儿找去！”

“哪儿找去……”伯爵重复说，显然还没听够契克马尔的奉承话，“哪儿找去！”他说着，翻起外套下摆，掏出鼻烟壶。

“前不久他从教堂里出来，身上挂满勋章，米哈伊尔·西多雷奇就……”契克马尔的话还没说完，就听见寂静的野地里传来两三条猎犬追逐野兽的吠声，以及其他猎犬的响应声。他低下头留神倾听，默默地对主人打了个警告的手势。“发现狼窝……”契克马尔轻轻地说，“往梁多夫高地一直跑去了。”

伯爵忘记收去脸上的笑容，望着前面的林间小径，手里拿着鼻烟壶，但没有闻。在狗吠声以后，传来丹尼洛追狼的低沉号角声。一大群狼狗同前面三条狗会合，发出特别的吠声，表示它们正在追逐狼。猎犬手不

① 俄国贵族地主家常养有小丑，他们多穿女人服装，用女人名字。

再唤狗，发出嘘溜溜的声音，而在所有的声音中丹尼洛忽而低沉忽而尖厉的声音听来格外清晰。丹尼洛的声音似乎响彻树林，还远远地越过树林，传到田野上。

伯爵和他的马夫默默地听了几秒钟，确信狼狗已分成两群：一群狗多，叫得特别起劲，往远处跑去；另一群沿着树林跑，经过伯爵身边，那里不断响起丹尼洛的嘘溜溜声。这两群狗一会儿合拢，一会儿分开，但都跑远了。契克马尔松了一口气，弯下腰去整理一条被小狗弄乱的长皮带。伯爵也松了一口气，看见手里的鼻烟壶，打开来，取了一撮烟。

“回来！”契克马尔对冲出树林的一条公狗喝道。伯爵吓了一跳，把手里的鼻烟壶都丢掉了。娜斯塔霞连忙下马把它捡起来。

伯爵和契克马尔望着他。突然，追逐的声音一下子逼近——这种情况是常有的——仿佛狂吠的群犬和嘘溜溜打口哨的丹尼洛就在面前。

伯爵回顾一下，看见右边的米吉卡睁大眼睛望着他，并举起帽子向他指指前面的另一方。

“当心！”米吉卡大声叫道，从他的语气里听出他早就要说这话了。他放出狗，往伯爵这边驰来。

伯爵和契克马尔骑马跑出树林，看见他们左边有一头狼。这狼稍稍摆动身子，悄悄地窜到他们刚才停留的树林边缘。暴怒的狼狗尖声嚎叫，冲出狗群，从马脚旁直扑那头狼。

狼停下来，对着群犬，像喉头发炎似的笨拙地转过前额宽大的脑袋，然后稍稍摆动身子，跳了两跳，摇摇尾巴没入树林里。就在这时，从对面树林里慌张地窜出来一条、两条、三条狼狗，发出哭一般的吠声。于是整群狗就经过田野，向狼消失的地方冲去。在狼狗后面，榛树丛分开来，出现了丹尼洛那匹出汗变黑的栗色马。丹尼洛缩拢身子伏在它的长长的马背上，没有戴帽子，白发蓬乱，脸色红润，满面流汗。

“嘘溜溜溜，嘘溜溜溜！……”丹尼洛叫道。他一看见伯爵，眼睛里闪出凶光。

“哼！……”他举起长鞭子指着伯爵叫道。

“把狼放走了！……好一个猎人！”丹尼洛仿佛不屑于同惊慌失措的伯爵多费口舌，对伯爵憋着一肚子气，鞭打两侧冒汗的栗色骟马，随着狼狗飞跑。伯爵好像一个受处分的小学生，站在那里东张西望，竭力用笑脸博取契克马尔对他处境的同情。但契克马尔已不在那里，他正绕过树林追狼去了。猎人们从两边堵截，但那狼已进入灌木丛，再没有一个猎人能截住它。

5

尼古拉这时留在自己的位置上等狼。从群狗时近时远的追逐声，从他所熟悉的那些狗的吠叫声，从猎犬手时近时远的高声呼喊，他知道树林里所发生的一切。他知道树林里有小狼和老狼；他知道狼狗分成两群，它们在什么地方追狼，哪里出了什么岔子。他时刻等待着狼跑到他这边来。他作了种种估计，狼将从哪里跑来，他该怎样追捕它。希望和失望在他心里交替出现。他几次祷告上帝，要狼跑到他这里来；他祷告时热烈而羞愧，就像一些因小事而激动的人做祷告那样。“啊，求你成全我吧，这在你是毫不费力的！”尼古拉对上帝说，“我知道你是伟大的，为了这样的小事求你真是罪过，但千万求你教那头老狼到我这儿来，让卡拉伊当着守在那里的大叔的面狠命咬住老狼的喉咙吧！”尼古拉紧张不安地望着那在白杨树丛上耸起两棵枝叶稀疏的栎树的树林边缘，望着边沿被水冲塌的峡谷，望着露在右边灌木丛上的大叔的帽子，在这半小时里望了上千次。

“是的，我不会有这样的好运的，”尼古拉想，“虽然这没什么了不起！但我不会有这样的好运！打牌也好，打仗也好，我总是不走运。”奥斯特里茨战役和陶洛霍夫都鲜明地在他头脑里交替掠过，“只要这辈子能猎到一头老狼，我就心满意足了！”尼古拉一面想，一面睁大眼睛左顾右盼，又侧着耳朵倾听狼狗追捕的轻微声音。他又往右边望了望，看见有个东西穿过空旷的田野向他跑来。“不，这不可能！”尼古拉想，深深地喘了一口气，就像一个人实现了多年的夙愿。最大的好运出现了，但又是那么简单，没有热烈的喧闹，没有夺目的光辉，没有盛大的庆典。尼古拉不相信自己的眼睛，怀疑持续了一秒钟以上。狼一直往前跑，费力地跳过路上的坎坷。这是一头老狼，背脊灰白，大肚子呈粉红色。老狼不慌不忙地跑着，满以为没有人看见它。尼古拉屏住呼吸，回头望望群犬。群犬或站或卧，没有看见那头狼，不了解眼前的情况。老狗卡拉伊回过头来，龇着黄牙咬着自己的后腿，怒气冲冲地捉着狗蚤。

“嘘溜溜溜！”尼古拉噘起嘴唇低声叫道。群犬抖动铁链，竖起耳朵，跳起来。卡拉伊搔完痒也站起来，竖起耳朵，轻轻地摇动狗毛纠成一团的尾巴。

“放还是不放？”尼古拉看见狼离开树林向他跑过来，自言自语。狼的嘴脸突然变了，它看见从没见过的盯住它的人类的眼睛，浑身打了个哆嗦，稍稍向尼古拉转过头来，站住。“后退还是前进？哦，豁出去了，前进！……”狼仿佛在自言自语，接着就不再左右顾盼，迈着轻松自如而又果断坚决的步子向前走去。

“嘘溜溜！……”尼古拉声音异样地叫道。他那匹骏马箭也似的冲下山去，跳过几道水洼去截拦那狼。那几条狼狗跑得更快，跑到尼古拉的马前面去。尼古拉听不见自己的喊声，没感觉到自己在飞驰，没有看见群犬，也没有看见他脚下的地方。他只紧盯着那头狼。狼加快速度，顺着山谷奔跑。离那头狼最近的是花斑宽臀的狼狗米尔卡，它越来越接近那头野兽。越来越近，越来越近……眼看就要赶上狼。狼斜眼望了望米尔卡，但米尔卡不像平时那样进攻，而突然竖起尾巴，伸直前腿抵住地面。

“嘘溜溜溜！”尼古拉叫着。

红毛狼狗刘比姆从米尔卡后面窜出来向狼猛扑，咬住狼的后腿，但立刻又恐惧地跳到一旁。狼身子一蹲，龇了龇牙，又站起来向前跑去。一大群狼狗离它只有一码，不即不离地跟着它跑。

“不好，被它跑掉了！不，这不行！”尼古拉想，同时继续哑着嗓子叫嚷。

“卡拉伊！嘘溜溜！……”尼古拉一面叫，一面用眼睛找寻着老公狗——他唯一的希望。卡拉伊拼着全身力气，伸长身子，盯着那狼，好容易跑到一边去拦截那狼。但狼跑得快，狗跑得慢，卡拉伊显然估计错了。尼古拉看到前面树林离它已经不远，狼到了那里准会跑掉。但这当儿他看见有一群狗和一个猎人迎面跑来。还有希望。尼古拉不认识的一条红褐色瘦长小公狗飞也似的冲到狼前面，几乎把它撞倒。但那狼意外迅速地跳起来，龇牙咧嘴，向小公狗扑去。小公狗浑身是血，一侧被咬伤，尖声惨叫着，一头撞在地上。

"卡拉伊！老朋友！……"尼古拉哭了。

老公狗后腿上的毛卷成一团团，它利用狼受阻的机会拦住狼的去路，离狼只有五步路。狼仿佛发觉危险，瞟了瞟卡拉伊，更加夹紧尾巴，飞快地逃跑。但这当儿，尼古拉只看见卡拉伊又采取行动了：它猛地扑到狼身上，同狼一起滚到前面的水沟里。

尼古拉看见几条狗在水沟里同狼搏斗，狼在狗下面露出灰毛，伸长后腿，贴紧耳朵，嘴脸恐惧，不断喘气（卡拉伊咬住它的喉咙）。尼古拉看到这情景，觉得这是他有生以来最幸福的时刻。他抓住鞍桥，准备下马打狼，突然看见那狼从群狗中伸出头来，两只前脚已搭着水沟的边缘。狼咬了咬牙（卡拉伊已松开了它），后腿一蹬跳出水沟，又夹紧尾巴，摆脱群狗，向前逃跑。卡拉伊耸起毛，多半是负伤了，好容易才爬出水沟。

"天哪！这是怎么搞的？……"尼古拉失望地叫道。

大叔的一个猎人从另一边去拦截狼，他的几条狗又把那野兽拦住。狼又被包围了。

尼古拉和他的马夫、大叔和他的猎人把狼团团围住，嘘着，叫着。狼一蹲下来，他们就准备下马；狼一抖动身子向树林逃窜，大家就又前进。

追捕刚开始，丹尼洛听见嘘声就冲出树林。他看见卡拉伊咬住狼，就勒住马，以为事情就此结束。但丹尼洛看见猎人们并没有下马，狼抖了抖身子又继续逃跑，他就策动枣红马，不直接去追狼，却像卡拉伊那样去拦截那野兽。亏得走这个方向，当大叔的群犬第二次把狼拦住时，丹尼洛恰好赶到狼跟前。

丹尼洛默默地骑马跑来，左手拿着出鞘的短刀，用鞭子像打谷一样打着枣红马的两肋。

在枣红马没有气喘吁吁地从身旁跑过以前，尼古拉没看到，也没听见丹尼洛，也没听见丹尼洛的下马声，没看见丹尼洛已趴在群犬中间的狼背上，竭力想揪住狼的耳朵。这下子，猎人也好，狗也好，狼也好，显然都明白，事情结束了。狼恐惧地贴紧耳朵，挣扎着想站起来，但群狗把它团团围住。丹尼洛抬起身子，向前跨了一步，把全身重量压在狼身上，同时抓住狼的耳朵。尼古拉刚要动手刺狼，丹尼洛却低声说："别刺，我们把它的嘴捆住。"他改变姿势，一只脚踩住狼的脖子。他们把一根棍子横塞在狼嘴里，用皮带像上勒子一样把它绑住，再捆住它的四脚。丹尼洛把狼从这边到那边来回滚了两滚。

猎人们面露快乐而疲劳的神色把这头活的老狼驮在马背上。那马浑身哆嗦，打着响鼻，后面跟着的群狗向狼狂吠，就这样把狼运到了大家集合的地方。狼狗捕获了两只小狼，灵猩捕获了三只。猎人们带着猎物聚拢来，各自讲着打猎的经过。大家都围拢来看老狼，但见那狼垂下脑门宽阔的头，嘴里塞着棍子，一双玻璃球似的大眼睛瞪着包围它的狗群和人群。有人碰碰它，它就挣动被捆的腿，凶恶而茫然地望着大家。

罗斯托夫伯爵也骑马走过来，碰碰那狼。

"哦，好大的一头狼！"他说，"真大，是吗？"他问站在旁边的丹尼洛。

"很大，老爷。"丹尼洛慌忙摘下帽子回答。

伯爵想起被他放走的狼和刚才同丹尼洛的冲突。

"不过，老弟，你脾气很大。"伯爵说，丹尼洛什么话也没说，只是神态羞愧，像孩子般驯顺而愉快地笑了一笑。

6

老伯爵先回家。娜塔莎和彼嘉留下来打猎，答应随后就回去。时间还早，打猎继续进行。中午时分，他们把猎狗放到小树茂盛的深谷里。尼古拉站在一片禾茬地里，从这儿可以望见他家所有的猎人。

尼古拉前面是一片冬麦田，他家一个猎人站在榛树丛后面的洼地里。狼狗一放出去，尼古拉就听见伏尔顿熟悉的吠声；别的狗都响应它，追逐声时起时落。一会儿，树林里传来追捕狐狸的声音，全群狗合在一起，离开尼古拉，沿沟岔冲向冬麦田。

尼古拉看见戴红帽子的猎犬手沿着山谷边奔驰，甚至看见狗群，他时刻指望狐狸会从冬麦田那里出现。

站在洼地里的猎人开始行动，放出群狗。尼古拉看见一头模样古怪的矮脚红毛狐狸，拖着一条大尾巴，从冬麦田里匆匆跑过。群犬追上去，眼看接近了，狐狸在群犬中间兜来兜去，越兜越快，不断摇着毛茸茸的大尾巴。突然一条白狗冲上去，接着是一条黑狗，于是发生了一场混战。群犬微微抖动身子，头聚在一处，屁股向外分开，围成一个星形。两个猎人向群犬驰来：一个头戴红帽；另一个身穿绿袍，是个陌生人。

"这是怎么回事啊？"尼古拉想，"这个猎人是从哪里来的？他又不是大叔的人。"

猎人们夺过狐狸，没有把它绑在鞍子上，站了好一阵。他们旁边停着几匹带嚼子、背高鞍的马，狗都躺在地上休息。猎人们摆着手，在处理那只狐狸。从那里传来号角声，那是约定的打架的信号。

"伊拉金的猎人同我们的人干起来了。"尼古拉的马夫说。

尼古拉派马夫去把娜塔莎和彼嘉叫来，自己一步步骑马来到猎犬手收集狼狗的地方。有几个猎人骑马往打架的地方跑去。

尼古拉下了马，同跑来的娜塔莎和彼嘉站在狼狗旁边，看事情怎样了结。一个打架的猎人鞍上驮着狐狸，从林边驰来，走到少东家面前。他老远就摘下帽子，竭力想彬彬有礼地说话，但他脸色苍白，气喘吁吁，满脸怒容。他的一只眼睛青肿，但他自己大概还不知道。

"你们那儿怎么了？"尼古拉问。

"岂有此理，从我们的狗嘴里抢狐狸！是我那条灰母狗逮着的。去评评理看！他要抢狐狸！我就拿狐狸给了他一下子。你要吗？就在鞍子上挂着。你要尝尝这个吗？"猎人指指短刀说，仿佛他还在跟对方吵嘴。

尼古拉不理那猎人，叫娜塔莎和彼嘉等等他，自己往冤家伊拉金的猎队所在地驰去。

胜利的猎人骑马跑到猎人们中间，被同情他而又好奇心重的人们团团围住。他讲起了他的功绩。

事情是这样的：伊拉金同罗斯托夫家发生纠纷，正在打官司，现在他又在一向属于罗斯托夫家的地方打猎，故意叫他的猎人闯入那地方，纵容他们夺取别人家的狗逮住的猎物。

尼古拉从来没见过伊拉金，但他这人容易感情用事，听说这地主很不讲理，就十分气愤，把他看作最凶恶的仇人。此刻尼古拉怒气冲冲地要跑到他面前，手里紧握鞭子，准备对冤家不惜采取最断然的危险手段。

尼古拉刚绕过树林一角，就看见一个戴海龙皮帽的胖地主骑着一匹黑马向他跑来，后面跟着两名马夫。

尼古拉发现伊拉金不仅不是敌人，反而是个相貌堂堂、彬彬有礼的地主。他特别愿意同尼古拉伯爵结交。伊拉金跑到尼古拉面前，掀了掀皮帽，说他对刚才的事深感遗憾，他一定要处分那从别人猎狗嘴里夺取猎物的猎人。他要求同伯爵交朋友，并邀请伯爵到他那里去打猎。

娜塔莎唯恐哥哥做出什么出格的事来，焦急地跟在他后面。她一看见两个冤家友好地相互鞠躬，就驰到他们跟前。伊拉金一看见娜塔莎，就把海龙皮帽举得更高，愉快地笑着说，他久闻伯爵小姐相貌出众又爱打猎，活像狄安娜①。

伊拉金为了补偿他的猎人的过错，恳切请求尼古拉到一俄里外他的山麓打猎，他说那里有大量兔子。尼古拉同意了，于是打猎人马增加了一倍，向前行进。

到伊拉金的山地必须穿过田野。猎人们排好队，老爷们走在一起。大叔、尼古拉、伊拉金都偷偷窥察对方的狗，竭力不让人发觉，同时不安地在这群狗中找寻可以同自己的狗匹敌的对手。

伊拉金的狗群中有一条红斑纯种小母狗，身子瘦长，肌肉强健，

---

① 希腊神话里的月神和狩猎女神。

嘴脸狭长，黑眼睛突出。这条狗长相很美，使尼古拉赞叹不已。他听说过伊拉金的狗跑得快，现在发现这条好看的小母狗正是他的米尔卡的敌手。

伊拉金一本正经地谈到今年的收成，谈到一半，尼古拉指指这条红斑小母狗。

“您这条母狗真不错！”尼古拉漫不经心地说，“跑得快吗？”

“这条母狗吗？是的，是条好狗，会捉野兽。”伊拉金平心静气地讲着那条去年用三户家奴换来的红斑狗叶尔莎。“那么，伯爵，你们家的收成也不怎么样，是吗？”他继续刚才的谈话。伊拉金想到礼尚往来，对年轻伯爵的恭维应该还礼，就看了看背部特宽的米尔卡，说：

“您那条黑斑狼狗长得漂亮，真不错！”

“是啊，还可以，跑得快，”尼古拉嘴里回答，心里却想，“要是现在田野里有一只大兔子，你就会知道它的厉害了！”接着他转身对马夫说，谁要是能找到一只兔子，我就赏他一个卢布。

“我不明白，”伊拉金继续说，“有些猎人妒忌人家打的野兽，妒忌人家的狗。拿我自己来说，伯爵，我喜欢骑马走走，就像现在这样同好朋友一起……真是再愉快也没有了（他又对娜塔莎掀了掀海龙皮帽）；至于打到多少野兽，我可不在乎！”

“可不是。”

“我也不会因为别人的狗逮到野兽可我的狗没有逮到而不高兴，我只要欣赏欣赏追捕的场面就够了，您说呢，伯爵？然后我再来判断……”

“去……逮住它！”这时传出一个猎犬手的吆喝声。他站在禾茬地里的土堆上，举起鞭子，又拖长声音叫了一次：“去……逮住它！”（这呼声和举鞭表示他已看到前面有一只兔子。）

“大概已找到一只了，”伊拉金漫不经心地说，“那么我们去追吧，伯爵！”

“对，得去……一起去好吗？”尼古拉回答，打量着叶尔莎和大叔那条红毛狗鲁加伊，觉得这两条狗是他的狗的对手，但还没有比赛过。“它们会不会把我的米尔卡打得一败涂地？”尼古拉想，同大叔和伊拉金并肩去追兔子。

“兔子大吗？”伊拉金问发现兔子的猎人，不无激动地回头对叶尔莎吹着口哨……

“您怎么样，米哈伊尔大叔？”伊拉金转身招呼大叔。大叔皱着眉头骑在马上。

“我有什么办法！你们的狗——干得漂亮！——价值千金。你们可以拿你们的狗比赛一下，让我瞧瞧！”

“鲁加伊！喂，喂！”大叔叫道，“好鲁加伊！”大叔添加说。他这种亲热的唤声表示他很喜欢这只红毛狗，对它抱着很大的希望。娜塔莎看到这两个老人和哥哥心里的激动，她自己也激动起来。

那个猎人举起鞭子站在土堆上，地主老爷们缓缓向他走去。群犬在地平线上走着，离开了兔子。猎人们，不是老爷们，也走开了。大家都不慌不忙地走着。

“它往哪儿跑了？”尼古拉向发现兔子的猎人走了一百步光景，问道。但没等猎人回答，那兔子发觉大难临头，藏身不住，就窜出来，一群上了套的狼狗吠着追下山去；没有上套的灵猩，也跟着狼狗去追逐兔子。管狼狗的猎人大叫：“站住！”要狼狗停下；管灵猩的人吆喝：“去……逮住它！”大家都在田野上奔驰。镇定自若的伊拉金、尼古拉、娜塔莎和大叔都飞驰着，自己也不知道到哪儿去，眼睛里只盯着狗和兔子，唯恐漏掉一刹那追捕的景象。那只兔子很大，跑得很快。兔子跳起来，没有立刻跑，却竖起耳朵，听着四面八方的喊声和蹄声。它不慌不忙地跳了十来下，让狗追上来，然后选择方向，感觉到大难临头，竖起耳朵，拔脚飞跑。兔子伏在禾茬地上，前面是一片泥泞的冬麦地。发现兔子的猎人的两条狗离得最近，最先看见兔子，追了上去；但跑不多远，伊拉金那条红斑叶尔莎就飞快地赶过那两条狗，离兔子只有一条狗的距离，就向兔子尾巴猛扑过去，满以为准能把兔子逮住，像陀螺似的打了个滚。兔子拱起背，更加没命地逃跑。这时，宽臀的黑斑米尔卡从后面冲过来，迅速地追上了兔子。

“米尔卡，好样的！”响起尼古拉得意扬扬的叫声。米尔卡眼看就要追上兔子，但它扑了个空。兔子蹲下来。漂亮的叶尔莎又追上来，快要扑到兔子的尾巴，但仿佛在估量距离，这一次不要扑空，一定要抓住兔子的后腿。

“叶尔莎！好姑娘！”伊拉金发出异乎寻常的哭一般的叫声。叶尔莎不理主人的恳求。就在叶尔莎眼看着要逮住兔子的一刹那，兔子跳跃了一下，就往冬麦地和禾茬地交界的小路上跑去。叶尔莎和米尔卡像一对并驾齐驱的拉车马，一起追赶兔子。兔子在小路上跑得很轻快，两条狗不容易逼近它。

“鲁加伊！好鲁加伊！干得漂亮！”这时响起了另一个人的声音。大叔那条红毛驼背的公狗鲁加伊拉长身子，追上前面两条狗，超过它们，奋不顾身地直扑那只兔子，把它从阡陌上撞下冬麦地，在泥泞的冬麦地上更猛地扑了一次，四脚直陷到膝盖，只见它背上沾满泥，同兔子一同在地上打滚。一群狗把它们团团围住。不多一会儿，人都聚集到狗群周围。只有大叔一人得意扬扬地跳下马，割下兔爪子。他抖动兔子，放掉血，眼睛骨碌碌地环顾着，手足无措，不知道该同谁说话，该说些什么。“干得漂亮……这才是一条狗……把千金好狗都打败了——干得漂亮！”大叔自言自语，喘着气，恶狠狠地环顾着，仿佛在骂什么人，仿佛个个都是他的对头，个个都得罪了他，直到现在方才申了冤，“哼，你们那些千金好狗——干得漂亮！”

“鲁加伊，给你兔爪子，”大叔说着，把割下的沾泥兔爪子扔给它。“只有你配享用，干得漂亮！”

“可把它累坏了，它单独赶了三趟。”尼古拉说，也不听人家说话，也不管是不是有人在听他。

“但怎么能这样拦劫呢？”伊拉金的马夫说。

“它只要一失脚，哪条看门狗都能逮住它。”这时伊拉金也激动地说，他跑得脸上通红，上气不接下气。就在这同一时刻，娜塔莎屏住呼吸，快乐和兴奋得尖声直叫，叫得大家耳朵里嗡嗡响。她这声尖叫表达了别的猎人大声说话所表达的情绪。这声尖叫非常古怪，要是换在别的时候，她自己也会感到害臊，别人也会感到惊讶的。大叔亲自把兔子系在鞍子皮带上，又干净利落地把它搭在马背上，仿佛表示他不屑同谁说话，跨上栗色马跑了。其余的人个个垂头丧气，满肚子委屈，上马起程，过了好一会儿才装出若无其事的样子。他们又久久望着红毛鲁加伊，鲁加伊一身是泥，拱起背，铁链子叮当作响，现出胜利者泰然自若的神气，紧跟着大叔的马小跑。

“是啊，平时我同大家一样，可是一旦追起野兽来，哼，你可得留点神！”尼古拉觉得这狗的神气仿佛在这样说。

过了好一会儿，大叔骑马跑到尼古拉跟前，同他说话。在这事以后大叔居然还跟他说话，尼古拉觉得挺有面子。

7

傍晚，伊拉金告别了尼古拉。尼古拉发现离家很远，就接受大叔的邀请，让猎队留在米海洛夫卡村大叔家过夜。

“你们要是到我家去，干得漂亮，”大叔说，“那就再好也没有了；再说天气潮湿，先去歇一会儿，然后让伯爵小姐坐马车回去。”大叔的建议被接受了，派了一名猎人到奥特拉德诺去要马车；尼古拉、娜塔莎和彼嘉就到大叔家去。

大大小小五个男仆跑到前门台阶上来迎接少爷。几十个女仆，老老少少，从后面台阶上探头探脑张望猎人们。娜塔莎——一个女人，一位贵族小姐——骑马来到，引起大叔的家奴们极大的惊奇，许多人肆无忌惮地走到她面前，盯住她的眼睛，当面对她品头论足，仿佛她不是个人，而是样怪物，根本听不懂他们对她的品评。

“阿林卡，你看，她侧着身子骑在马上，她骑在马上，裙子飘来飘去……你看，她那只小号角！”

“老天爷，她还有刀呢！……”

“瞧，她准是个鞑靼女人！”

“你怎么不会栽下来啊？”一个最大胆的女仆直率地问娜塔莎。

大叔在草木茂盛的小木屋前下了马，环顾了一下家人们，威严地喝令闲人走开，去准备接待打猎的客人。

仆人都散开了。大叔扶娜塔莎下马，搀着她走上摇摇晃晃的木板台阶。房子没有粉刷过，墙用圆木叠成，不太干净，看得出主人并不太要求整洁，但也不是杂乱无章。过道屋里散发出新鲜苹果的香味，墙上挂着狼皮和狐狸皮。

大叔请客人穿过前室，走进摆着一张折叠桌子和几把红椅子的小厅，然后进入摆着一张桦木圆桌和沙发的客厅，然后走进起居室，那里有一张破沙发，铺着旧地毯，挂着苏沃洛夫画像、主人父母的画像和主人自己穿军服的画像。起居室里闻得到浓烈的烟草味和狗腥气。

大叔请客人们在起居室里随便落座，自己走了出去。鲁加伊背上的泥还没擦去，走进起居室，躺到沙发上，用舌头和牙齿清理自己的身子。起居室通走廊，走廊里摆着一座帘子破裂的旧屏风。屏风后面有女人的笑声和低语声。娜塔莎、尼古拉和彼嘉脱了外套，坐到沙发上。彼嘉把头靠在臂肘上，立刻睡着了；娜塔莎和尼古拉坐着不作声。他们的脸发热，肚子很饿，可情绪很好。他们相互对视了一下（既然打猎已结束，到了屋子里，尼古拉觉得无须在妹妹面前摆男子汉的威风），娜塔莎向哥哥眨了眨眼，兄妹两人都忍不住哈哈大笑，虽然还没想出发笑的原因。

过了一会儿，大叔身穿背后打褶的立领短褂和蓝裤，脚蹬小皮靴，走进来。娜塔莎在奥特拉德诺看见大叔这身打扮感到很奇怪很可笑，现在却觉得挺合适，一点也不比穿大礼服和燕尾服差。大叔也很高兴；他一点也不因兄妹俩的发笑而生气（他根本没想到他们是在笑他的生活方式），而且也跟他们一起无缘无故地笑起来。

“哦，年纪这样轻的伯爵小姐……干得漂亮……我还从来没见过！”他说，把一支长杆烟管递给尼古拉，自己熟练地用三个手指夹住一根截短的烟管。

“骑了整整一天马，像男人一样，满不在乎！”

大叔进来后不久门又开了，从声音判断，是个赤脚女孩开的。随后进来一个四十岁上下的胖女人。她脸色红润，姿色不错，双层下巴，嘴唇丰满鲜红，双手端着一个大托盘。她的眼神和一举一动都显得殷勤好客和彬彬有礼，脸上带着甜甜的笑容，恭恭敬敬地向客人鞠躬。尽管这位女管家胖得挺胸凸肚，头高高昂起，走起路来却很轻快。她走到餐桌前，放下托盘，用她那双又白又胖的手把酒瓶、小菜和点心一样样摆在桌上。她做完这些事，走开去，笑眯眯站在门口。“我就是这里的管家！

现在你该了解大叔了吧？”她的神态仿佛这样对尼古拉说。怎么会不了解呢？不仅尼古拉了解，就连娜塔莎也了解，为什么当管家阿尼西雅进来的时候，大叔皱起眉头，略略噘起嘴唇，露出心满意足的微笑。托盘端来的东西有草药酒、果子酒、腌蘑菇、乳清黑麦饼、蜂房蜜、蜜酒、苹果、生核桃、炒核桃和蜜核桃。然后阿尼西雅送来蜜饯和糖渍果子、火腿和刚刚油炸好的子鸡。

这一切都是阿尼西雅精心收集和制作的。一切都散发着香气，具有阿尼西雅的特殊风味。一切都显得新鲜、清洁、白净，洋溢着愉快的微笑。

“您尝尝这个，伯爵小姐。”阿尼西雅说，给娜塔莎递这递那。娜塔莎吃着每一样东西，觉得这样的乳清饼，这样的果酱，这样的蜜核桃，这样的炸子鸡，她这辈子从没吃过，也没见过。阿尼西雅出去了。尼古拉同大叔喝着樱桃酒，谈着过去和今后的猎事，谈着鲁加伊和伊拉金的猎狗。娜塔莎睁着亮晶晶的眼睛，挺直身子坐在沙发上听他们谈话。她几次想弄醒彼嘉，叫他吃点东西，但彼嘉嘴里喃喃作声，没有醒来。娜塔莎在这新鲜的环境里感到十分快活，唯恐马车太早来接她回家。在谈话偶尔中断时，大叔也像一般初次在家里接待客人的人那样，对客人们的无声问题回答说：

“是啊，我们就是这样过完一生……人一死，就一了百了，何必作孽呢！”

大叔说这话时神态庄重，简直可以说很美。尼古拉不由得想起父亲和邻居讲过大叔的种种好话。大叔是个全区闻名的品德高尚、大公无私的怪人。人家请他调解家庭纠纷，担任遗嘱执行人，信任地告诉他种种秘密，选他担任法官和其他官职，但他总是坚决拒绝公职，春秋两季骑着他那匹栗色骟马在野外奔驰，冬天坐在家里，夏天则在他那草木茂盛的花园里歇息。

“大叔，您为什么不去做官？”

“做过，后来不干了。我不行，干得漂亮——干那一行我一窍不通。那是你们干的事，我的脑筋不行。至于打猎嘛，那可是另一回事了，干得漂亮！喂，把门打开！”大叔叫道，“干吗关上门！”门在走廊底，通向狩猎室，也就是猎人的住房。这时响起一双光脚板匆匆走路的啪哒声，接着一只看不见的手打开狩猎室的门。走廊里传来巴拉来卡[①]的声音，听得出是一个老手在弹。娜塔莎早就听到琴声，此刻她走到走廊里，想听得清楚些。

“这是我的车夫米吉卡在弹琴……我给他买了一把很好的巴拉来卡，我喜欢听。”大叔说。大叔规定，他每次打猎回来，米吉卡都要在狩猎室里弹巴拉来卡。大叔爱听这种音乐。

“好听！真的，很好听！”尼古拉略带轻蔑的口气说，仿佛不好意思承认他很喜欢这音乐。

“什么好听？”娜塔莎发觉哥哥说话的语气，责备地说，“不是好听，简直是妙极了！”她觉得大叔的蘑菇、蜂蜜和果子酒是天下最好吃的东西，现在她又觉得这歌声是人间最美妙的音乐。

“再来一个，请再来一个！”巴拉来卡琴声一停，娜塔莎就对着门叫道。米吉卡调了调琴弦，弹起芭勒娘舞曲，时而弹出一连串滑音，时而突然刹住。大叔侧着头，略带笑容，坐着听。那旋律重复了百把次。琴手调了几次弦，旋律不断响起，听众怎么也听不厌，总想一遍一遍地听下去。阿尼西雅走进来，把她那胖大的身子靠在门框上。

“您请听，伯爵小姐。”阿尼西雅含笑对娜塔莎说，她笑起来极像大叔。“他是我们这里的好琴手。”阿尼西雅说。

“喂，这一段弹得不对，”大叔突然做了个有力的手势说，“这里是一连串颤音——干得漂亮——一连串颤音。”

“您也会弹吗？”娜塔莎问。大叔没有回答，只微微一笑。

“阿尼西雅，你瞧瞧，吉他的弦好吗？好久没碰了，干得漂亮，丢了。”

阿尼西雅立刻迈着轻快的步子去执行主人的吩咐，把吉他拿来。

大叔对谁也没看一眼，吹去琴上的灰尘，用瘦骨嶙峋的手指敲了敲琴面，调了调琴弦，在扶手椅上坐好。他拉开左肘，握住琴颈稍高的地方，摆出表演的姿势，向阿尼西雅挤挤眼，不弹芭勒娘舞曲，而弹出一

① 俄国式三弦琴。

个清脆响亮的和音，接着就用极慢的节奏镇定而果断地弹起名曲《大街上》来。这支曲子的旋律，伴着阿尼西雅全身焕发出来的庄重的欢乐，在尼古拉和娜塔莎心坎里荡漾开来。阿尼西雅脸都红了，用头巾遮着脸，笑着走出去。大叔继续干净利落、热烈有力地弹着琴，同时多情地望着阿尼西雅刚才站着的地方。从他单边的灰白胡子下露出一丝笑意，特别当曲子弹得越来越急促，越来越热烈，有时戛然中止的时候，他笑得更欢了。

"太妙啦，太妙啦，大叔！再来一个，再来一个！"大叔一弹完，娜塔莎就叫起来。她跳起来，搂住大叔，吻了吻他。"尼古拉，尼古拉！"她一边喊，一边回头望望哥哥，仿佛在问："这究竟是怎么一回事？"

尼古拉也很喜欢听大叔弹琴。大叔把这支曲子又弹了一遍。阿尼西雅笑盈盈的脸又出现在门口，她后面还有几个人的脸。

喂，姑娘，别着急，
打冰凉的泉水一起去！

大叔弹到这里，手指灵活地压住琴弦，让曲子戛然中止，耸了耸肩膀。

"啊，啊，好人儿，大叔！"娜塔莎恳求道，仿佛她的生命全在于此。大叔站起来，仿佛他身上有两个人：一个一本正经地笑着那个快乐的人，而那个快乐的人则天真而认真地准备起舞。

"喂，侄女！"大叔右手中止和音，然后向娜塔莎挥了挥。

娜塔莎拉下身上的披巾。跑到大叔面前，双手叉腰，耸耸肩站住。

这位由法籍家庭女教师培养出来的伯爵小姐，是在何时何地吸收了法国披巾舞所缺乏的俄国风味和俄国气派的？而这正是大叔期待于娜塔莎的那种学不来教不会的俄罗斯风味和气派。娜塔莎刚一站稳，就得意扬扬，自命不凡，调皮而快乐地微微一笑。这时尼古拉和所有在场的人最初担心她跳得不好的忧虑顿时消失殆尽，大家都兴致勃勃地欣赏着她。

娜塔莎跳舞的动作非常准确，丝毫不差，逗得阿尼西雅边递给她一条跳舞用的手巾，边笑得流出眼泪。她一直望着这位苗条、文雅、穿着绸缎丝绒衣裳、颇有教养的伯爵小姐，觉得她完全成了另一个人，钦佩她竟能领会她阿尼西雅、她的父母和姑妈，以及凡是俄国人身上所具有的俄罗斯风味。

“哦，伯爵小姐，干得漂亮！”大叔跳完舞，快乐地笑着说，“哦，我的好侄女！一定得给你找个好丈夫，干得漂亮！”

“已经找到了。”尼古拉笑着说。

“噢？”大叔用疑问的眼光瞧着娜塔莎，惊奇地说。娜塔莎得意扬扬地含笑点点头。

“还是个好样的！”娜塔莎说。但她刚说了这话，心里就又浮起一串新的思想和情绪。“尼古拉说：‘已经找到了。’他的笑容是什么意思？他对这件事高兴还是不高兴？他似乎认为我的安德烈不赞成我们这样做，安德烈不会理解我们的欢乐。不，他什么都能理解。眼下他在哪里？”娜塔莎想，她的脸顿时变得严肃了。但这只持续了一秒钟。“别想，别去想他。”娜塔莎自言自语，笑眯眯地又坐到大叔旁边，要求他再弹一支曲子。

大叔又弹了一支歌曲和一支华尔兹舞曲，然后停了停，清了清喉咙，唱起他心爱的猎歌来：

黄昏落新雪，
洁白惹人爱……

大叔唱歌像老百姓一样，天真地认为一支歌的意义全在于词，有了词就有曲，离开词的曲是没有的，曲子只是为了表达音节。因此，大叔的曲子就像鸟儿唱歌一样，非常自然动听。娜塔莎听大叔唱歌听得入迷。她决定不再学竖琴，而只弹吉他。她向大叔要了吉他，立刻就摸到这支歌的和弦。

九点多钟，一辆敞篷马车、一辆轻便马车和三个骑马的仆人来接娜塔莎和彼嘉。来人说，伯爵和伯爵夫人不知他们在哪里，非常焦急。

彼嘉睡得像死人一样被抬到敞篷马车里，娜塔莎和尼古拉坐上轻便马车。大叔把娜塔莎裹得严严实实，格外亲切地同她话别。他徒步送他们到桥边。桥上难以通行，得涉过浅滩绕过去，他就吩咐猎人们打着马灯领路。

“再见了，亲爱的侄女！”大叔叫道，声音已不是娜塔莎原来熟识的声音，而是唱“黄昏落新雪”的声音。

他们经过的村庄亮起点点灯火，散发出好闻的烟味。

“大叔这人真有意思！”当他们来到大路上时，娜塔莎说。

“可不是！”尼古拉说，“你不冷吗？”

“不，我很好，很好。我真高兴！”娜塔莎简直有点困惑地说。他们沉默了很久。

夜又黑又潮。马匹看不见，只听得它们在泥地里啪哒啪哒地跑着。

这颗天真善感的心，如饥似渴地捕捉和吸收着生活中的各种印象，此刻有什么感受呢？她心里装得下这么多印象吗？不过她很幸福。快到家的时候，她突然哼起来：“黄昏落新雪。”她一路上捕捉着的旋律终于捕捉到了。

“捕捉到了？”尼古拉问。

“尼古拉，你在想什么？”娜塔莎问。他们喜欢这样相互询问。

“我吗？”尼古拉回想着说，“告诉你，我刚才想，鲁加伊那条红毛狗很像大叔，如果它是人的话，它准会把大叔留在身边，即使不是为了他的骑马本领，也会因他的好脾气把他留下。大叔这人真好！你说是吗？那么你在想什么？”

“我吗？等一下，等一下。对了，我起初想，我们是在乘马车回家，其实天这么黑，谁知道我们在往哪儿跑，也许我们会突然发现我们不是跑到奥特拉德诺，而是到了一个仙境。后来我想……不，就是这些了。”

“我知道你准是在想**他**。”尼古拉笑着说，娜塔莎从声音上听出他在笑。

“没有！”娜塔莎回答，其实她真的在想安德烈公爵，想他一定会喜欢大叔的，“我还在想，一路上都在想：阿尼西雅做得真好，真漂亮……”娜塔莎说。接着尼古拉听见她那清脆的无缘无故的幸福笑声。

“说实在的，”娜塔莎突然说，“我知道，我再也不会像现在这样幸福这样平静了。”

“尽是想入非非，胡说八道！”尼古拉说，心里却在想：“我的娜塔莎真是可爱！我再没有像她这样好的朋友了，今后也不会有。她为什么要出嫁？我真希望一直同她一起坐车游玩呢！”

“啊，尼古拉这人真可爱！”娜塔莎想。

“哦，客厅里还亮着灯呢！”娜塔莎说，指着黑暗潮湿、像天鹅绒一般的夜色中家里灯火通明的窗子。

8

罗斯托夫伯爵辞去了首席贵族的职务，因为担任这个职务开销太大。不过他的境况仍没有改善。娜塔莎和尼古拉常常听到父母亲偷偷商量，打算卖掉罗斯托夫家豪华的祖宅和莫斯科郊外的庄园。不担任首席贵族就不需要招待那么多客人，奥特拉德诺的生活比以前清静些，但这座巨大的住宅和厢房还是住满亲友，每天还有二十多人吃饭。这些人都长期住在罗斯托夫家，几乎同家人一样；有些是非住在伯爵家不可的人，例如乐师迪姆莱夫妇、舞蹈师约盖尔一家、长住在家里的老小姐别洛娃，还有其他许多人，像彼嘉的几位教师，女儿们原来的女教师，以及那些觉得住在伯爵家比住在自己家里舒服合算的人。门口虽不像原来那样车水马龙，但生活方式依然如故，要不然伯爵和伯爵夫人就无法想象怎样过日子。尼古拉保留着扩大了的打猎队伍，依旧养着五十匹马和十五名车夫；逢到命名日依旧互赠厚礼，举行盛大宴会，邀请全县头面人物参加；伯爵依旧大方地打惠斯特和波斯顿，把纸牌摊开，让人家都能看到，每天让邻居赢去几百卢布，而邻居也就把同罗斯托夫伯爵打牌看作是最好的财源。

在家庭经济方面，伯爵好像一头落在网里的野兽，他竭力逃避这样的现实：他落在网里，越陷越深，觉得既无法撕破缠住他的网，也不能耐心地解开网口。伯爵夫人十分慈爱，她感觉到，她的孩子将受穷，但不是伯爵的过错，伯爵看到自己和孩子破产也很痛苦（虽然竭力掩饰），但他无可奈何，因此伯爵夫人不得不设法摆脱困境。她出于妇道人家的想法，认为唯一的办法是让尼古拉娶个富家的姑娘。她觉得这是最后的希望：如果尼古拉拒绝母亲给他找的对象，他们的家境就永远无法改善。这个对象就是裘丽，裘丽的父母品德高尚，罗斯托夫家在裘丽小时候就认识她。如今由于裘丽的最小一个兄弟去世，她就成了有钱的待嫁姑娘。

罗斯托夫伯爵夫人直接写信到莫斯科给裘丽的母亲卡拉金娜，替儿子向她女儿求婚，并得到了满意的答复。卡拉金娜回答说她本人是同意的，但这事得由她女儿做主。卡拉金娜邀请尼古拉去莫斯科。

伯爵夫人几次含泪对儿子说，她的两个女儿都已有了主，她现在唯一的心愿是看到儿子成亲。她说，了却这桩心事，她就死也瞑目了。接着又说，她已看中一个出色的姑娘，问儿子对这事有什么想法。

后来几次谈话，她又竭力称赞裘丽，并劝尼古拉休假到莫斯科去玩玩。尼古拉猜到母亲的用意，有一次要母亲说出真相。母亲对他说，现在改善家境的全部希望就寄托在他同裘丽的婚事上。

"那么，要是我爱上一个没有财产的姑娘，难道您，妈妈，就要我为了财产而牺牲爱情和名誉吗？"尼古拉问母亲，不懂得他这问题多么伤母亲的心，却一心只想表现自己的清高。

"不，你不了解我，"母亲说，不知怎样替自己辩护，"尼古拉，你不了解我。我希望你幸福。"她添加说，觉得自己说的不是实话，心慌意乱。她哭起来。

"妈妈，您不要哭，您只要告诉我您希望这样做就行了。您要知道，为了让您放心，我愿意献出一切，愿意献出自己的一生！"尼古拉说，"我可以为您牺牲一切，甚至牺牲自己的爱情。"

但伯爵夫人不愿这样提问题：她不愿叫儿子做出牺牲，宁愿为儿子牺牲自己。

"不，你不了解我，我们不谈了。"伯爵夫人擦擦眼泪说。

"是的，也许我真的爱上了一个穷姑娘，"尼古拉自言自语，"我真的要为财产而牺牲爱情和名誉吗？我真弄不懂，妈妈怎能对我说出这样的话来。因为宋尼雅穷，我就不能爱她，不能报答她的一片痴情吗？我跟她一起一定比跟木偶般的裘丽一起幸福。我不能勉强改变我的感情。既然我爱宋尼雅，那么，我的感情就重于一切，高于一切。”

尼古拉没有去莫斯科，伯爵夫人也没再同他谈结婚问题。她伤心地、有时愤怒地看到，儿子同没有陪嫁的宋尼雅越来越亲近，越来越亲近。伯爵夫人常常发牢骚，找宋尼雅的碴儿，常常无缘无故地训斥她，生硬地对她说：“您哪，我的宝贝！”但伯爵夫人因此又感到内疚。最使心地善良的伯爵夫人生气的是，这个可怜的黑眼睛甥女是那么温柔善良，对她的恩人是那么衷心感激，对尼古拉又爱得那么真挚，富有自我牺牲精神，简直对她无可指摘。

尼古拉在家里度完假期。安德烈公爵寄来第四封信，是从罗马发出的。他在信里写道，要不是他的伤口在温暖的气候中突然裂开，他被迫把归期推延到明年年初，他早就在归国途中了。娜塔莎依旧那么钟情于她的未婚夫，在爱情上依旧感到心安理得，依旧觉得生活中充满欢乐；但在未婚夫走后第四个月末尾，她开始感到愁闷，但又无法摆脱。她可怜自己，白白虚度年华，而这正是她最能爱人和被人爱的大好年华。

罗斯托夫家里弥漫着一片愁云。

9

圣诞节到了。除了盛大的午前祈祷，除了邻居和家奴庄重而乏味的祝贺，除了人人身上的新衣服，就没有什么特别的节日活动了，但在零下二十度宁静无风的严寒日子，白天阳光耀眼，夜里繁星满天，大家却觉得这个不寻常的节日需要庆祝一下。

节日第三天下午，一家人分散在各自的房间里。这是最无聊的时刻。尼古拉上午拜访了几家邻居，此刻在起居室里睡着了，老伯爵在书房里休息。在客厅里，宋尼雅坐在圆桌旁描绣花的图样，伯爵夫人在摆牌阵，小丑娜斯塔霞哭丧着脸同两个老婆子坐在窗边。娜塔莎进来走到宋尼雅跟前，看看她在做什么，然后走到母亲面前，一言不发地站住了。

“你怎么像游魂似的到处游荡啊？”母亲对她说，“你要什么呀？”

“我要**他**……现在就要**他**。”娜塔莎说，眼睛发亮，脸上没有笑容。伯爵夫人抬起头来，留神地瞧瞧女儿。

“别看我，妈妈，别看我，我要哭了。”

“坐下，陪我坐一会儿。”伯爵夫人说。

“妈妈，我要**他**。我凭什么要这样受苦啊，妈妈？……”娜塔莎说不下去，眼泪夺眶而出，为了不让人家看见她的眼泪，她连忙转过身去，走出客厅。她走到起居室，站了一会儿，想了想，又走进女仆室。在女仆室里，一个老女仆正在数落一个冒着寒冷从家奴屋里急急跑回来的小使女。

“玩得也够了，”老女仆说，“干什么都得有个时候。”

“让她去吧，康德拉基耶夫娜，”娜塔莎说，“去吧，玛弗露莎，去吧。”

娜塔莎放走玛弗露莎，穿过大厅来到前厅。一个老侍仆和两个年轻侍仆正在那儿打牌。他们看见小姐进来，就放下牌站起来。“我该叫他们做些什么呢？”娜塔莎想。

“对了，尼基塔，请你去一下……”娜塔莎嘴里这样说，心里却想：“叫我派他到哪儿去呢？”接着说：“对了，你到下房去捉一只公鸡来；还有你，米沙，去拿点燕麦[①]。”

“只要一点儿燕麦吗？”米沙高高兴兴地问。

“快去，快去！”老仆人催他说。

“费多尔，你去给我拿支粉笔来。”

娜塔莎经过餐室，吩咐仆人烧茶炊，虽然这不是喝茶的时候。

管餐室的福卡是全家脾气最坏的人，娜塔莎喜欢在他身上试试自己的权力。福卡不信娜塔莎的话，就走上去问个究竟。

“啊呀，我的好小姐啊！”福卡做作地对娜塔莎皱着眉头说。

家里没有人像娜塔莎这样会支使人，会派给仆人这么多活。她看见

① 按当时风俗，圣诞节让公鸡啄食燕麦可以预卜吉凶。

仆人不支使就不甘心。她仿佛要看看，仆人中是不是有人生她的气或者对她不满，其实仆人最愿意听从娜塔莎的吩咐。“我该怎么办？我去哪儿好？”娜塔莎一面慢吞吞地沿着走廊走去，一面想。

“娜斯塔霞，我会生个什么呢？”娜塔莎问身穿女式短袄迎面走来的小丑。

“你会生跳蚤、蜻蜓、蝈蝈。”小丑回答。

“天哪，天哪，老是那一套！唉，叫我去哪儿？我该怎么办？”娜塔莎橐橐地踩响楼梯走上楼，去到住在顶层的约盖尔家。约盖尔屋里坐着两位女教师，桌上放着几盘葡萄干、核桃和杏仁。两位女教师正在谈论住在哪里省钱：莫斯科还是敖德萨。娜塔莎坐下来听她们谈话，神情严肃，若有所思，听了一会儿又站起来。

“马达加斯加岛。”娜塔莎说，“马——达——加——斯——加。”她清楚地一字一顿说。肖斯小姐问她说什么，她没有回答，就走出屋去。

她的弟弟彼嘉也在楼上，正同一个专门伺候他的仆人做晚上放的焰火。

“彼嘉！小彼嘉！”娜塔莎叫道，“背我下楼。”彼嘉跑到她面前，把背转过来。她趴在他背上，双手搂住他的脖子。彼嘉就一纵一纵地把娜塔莎背下去。“不，不要了……马达加斯加岛。”娜塔莎说着从他背上下来，自己走下楼去。

娜塔莎仿佛在巡视她的王国，试试她的权力，相信大家都很听她的话，但她还是感到无聊。她走进大厅，拿起吉他，坐到柜子后面黑暗的角落里，拨动低音弦，弹出她同安德烈公爵一起在彼得堡听歌剧时记住的一个乐句。在别人听来，她在吉他上弹出来的曲子没有什么意思，但这曲子却勾起她一系列的回忆。她坐在柜子后面，眼睛盯着从餐室门缝里漏进来的一道阳光，听着自己的琴声，沉浸在回忆中。

宋尼雅手里拿着一个杯子，穿过大厅，走进餐室。娜塔莎瞧了瞧她，瞧了瞧餐室门上的那条缝，她隐约记得有一次门缝里也有阳光漏进来，那时宋尼雅也曾拿着杯子走过。“不错，完全一模一样。”娜塔莎想。

“宋尼雅，这是什么曲子？”娜塔莎拨着粗弦，叫道。

“哦，你在这儿！”宋尼雅吓了一跳说，走过去听，“我不知道。是不是《暴风雨》？”宋尼雅怯生生地说，唯恐说错。

“噢，有一次她也是这样吓了一跳，胆怯地笑了笑，”娜塔莎想，“也是这样……她好像缺少点什么。”

“不，这是《挑水人》[①]中的合唱曲，听见吗？”娜塔莎唱了这个合唱曲，好让宋尼雅明白。

“你这是上哪儿去？”娜塔莎问。

“去换一杯水。花样马上就要描好了。”

“你总是忙忙碌碌，可我做不到。”娜塔莎说，“尼古拉在哪里？”

“大概在睡觉。”

“宋尼雅，你去把他叫醒，”娜塔莎说，“就说我叫他来唱歌。”娜塔莎又坐了一会儿，想着那往事意味着什么。她解答不了这问题，但一点也不感到惋惜，又回想着当时的情景：她跟他在一起，他含情脉脉地瞧着她。

“唉，但愿他快点回来。我真怕他再也不回来了！主要是我一天比一天老了，问题就在这里！我再也不会像现在这样。说不定他今天就会回来，马上就回来。说不定他昨天就来了，可我忘记了。”娜塔莎站起来，放下吉他，走进客厅。家里人，男教师，女教师和客人，都已坐在桌旁喝茶。仆人站在桌子周围，安德烈公爵不在，生活还是老样子。

“哦，她来了，”罗斯托夫伯爵一看见娜塔莎进来，说，“来吧，坐到我这儿来。”但娜塔莎站在母亲旁边，环顾四周，仿佛在找什么。

“妈妈！”娜塔莎说，“把**他**给我，给我，妈妈，快点儿！”她又忍不住要失声痛哭。

娜塔莎坐到桌旁，听着长辈和尼古拉的谈话——尼古拉也来喝茶了。“天哪，天哪，又是那几张脸，又是那样的谈话，又是爸爸对着茶杯吹气！”娜塔莎想，惶恐地感到她讨厌家里的人，因为他们总是那个样子。

喝完茶，尼古拉、宋尼雅和娜塔莎走到起居室，坐到他们喜爱的位

---

① 凯鲁比尼的歌剧，作于1804年。

置上，他们总爱到那里谈心。

10

“你有没有感到过，”娜塔莎同哥哥一起坐在起居室里，对哥哥说，“你有没有感到过，好景不长，前途茫茫？不是无聊，而是凄凉，你有没有这样的心情？”

“那还用说！”尼古拉说，“有时我看到一切都很好，人人快活，可我对什么都感到腻烦，人人都该死。有一次团里开游艺会，那里奏着乐，我没有参加……我忽然觉得无聊……”

“是啊，这我知道，我知道！”娜塔莎接口说，“我小时候也有过这样的事。你记得吗，有一次我为了李子的事受罚，你们都在跳舞，可我坐在教室里哭。我哭得那么伤心，一辈子都不会忘记。我很伤心，我为大家难过，为自己难过，为所有的人难过。主要是我没有错，你记得吗？”

“我记得，”尼古拉说，“我记得，后来我去看你，我想安慰你，可是，不瞒你说，我感到不好意思。我们都非常可笑。当时我有一个木偶，我想送给你。你记得吗？”

“你还记得吗？”娜塔莎若有所思地含笑说，“好久好久以前，我们都还很小，叔叔叫我们到书房里去，那还是在老房子，天黑了。我们来到书房，忽然发现那里站着……”

“一个黑人，”尼古拉快乐地笑着接口说，“怎么不记得？直到现在我还没有弄清楚，这是一个真的黑人，还是我们在梦里见到，还是听人家讲的。”

“他的脸灰不溜秋，牙齿雪白，记得吗，站在那里瞧着我们……”

“您记得吗，宋尼雅？”尼古拉问宋尼雅。

“是的，是的，我也记得一点。”宋尼雅怯生生地回答。

“我问过爸爸妈妈有没有黑人，”娜塔莎说，“他们说根本没有什么黑人。你还说你记得！”

“当然记得，直到现在我还记得他的牙齿。”

"真奇怪，好像做梦一样。我喜欢这样。"

"那你记得吗，我们在大厅里滚鸡蛋玩，忽然来了两个老婆子，在地毯上打滚。有没有这回事？你记得吗？多有意思……"

"是的。你可记得爸爸穿着蓝外套站在台阶上开枪？"他们笑眯眯、乐呵呵地回忆着一件件往事，那不是老年人不胜感慨的回忆，而是青年人富有诗意的回忆，回忆那梦与现实交织在一起的往事。他们低声笑着，感到说不出的高兴。

宋尼雅照例不插话，尽管他们回忆的都是共同的事。

宋尼雅对往事不像他们记得那么多，她的回忆也不像他们那样富有诗意。她只是竭力学他们的样，分享他们的快乐。

只有当他们回忆到宋尼雅初来的情景时，宋尼雅才插嘴。宋尼雅讲到她当时很怕尼古拉，因为他穿着一件有带子的上衣，保姆对她说，他们要把她也用带子缝起来。

"我记得，他们对我说你是在大白菜底下出生的，"娜塔莎说，"我记得，我当时不敢不信，但知道这是胡说，我感到很不舒服。"

正在谈话时，起居室后门开了，一个使女探进头来。

"小姐，公鸡捉来了。"使女低声说。

"不要了，波丽雅，叫他们拿走吧。"娜塔莎说。

他们在起居室谈话的时候，迪姆莱进来，走到放在屋角的竖琴旁。他取下琴套，竖琴发出一阵叮当声。

"迪姆莱先生，请您弹一首我喜欢的费尔德[①]的夜曲吧！"伯爵夫人的声音从客厅里传来。

迪姆莱弹了一个和音，对娜塔莎、尼古拉和宋尼雅说：

"你们这些年轻人真安静！"

"嗯，我们在谈哲学呢！"娜塔莎说。她回顾了一下，接着谈下去。现在他们在谈做梦。

迪姆莱开始弹琴。娜塔莎踮着脚尖悄悄走到桌旁，把蜡烛拿出去，又悄悄回到原位来。屋子里很暗，特别是他们坐着的沙发上，只有满月

---

① 约翰·费尔德（1782—1837），作曲家，生于爱尔兰都柏林；1804年起定居俄国。

的银辉透过大玻璃窗泻在地板上。

“说实在的，我在想，”娜塔莎低声说，挨近尼古拉和宋尼雅；这时迪姆莱已弹完一曲，但仍坐在那里，轻轻拨弄琴弦，显然决不定是住手呢，还是再弹点别的；“我们这样回忆，回忆，一直回忆下去，会不会把我出生前的事都回忆出来？”

“这是轮回转生，”宋尼雅说，她一向很用功，学过的东西都记得，“埃及人相信，我们的灵魂原来附在畜生身上，将来还要回到畜生身上去。”

“不，我不相信我们是畜生投胎的，”娜塔莎依旧低声说，尽管音乐已停止，“我敢肯定我们原来在什么地方做过天使，也来过这里，因此什么都记得……”

“我可以参加吗？”迪姆莱说，悄悄走过来坐在他们旁边。

“如果我们原来是天使，那怎么会下凡来？”尼古拉说，“不，这不可能！”

“不是下凡，谁对你说下凡？……我怎么知道我原来是什么，”娜塔莎蛮有把握地反驳，“灵魂是不朽的……因此，既然我是永生的，那我以前就生活过，今后也将永远活下去。”

“话是这么说，但我们很难想象永恒。”迪姆莱说，他带着温顺而轻蔑的微笑走到年轻人跟前，但也像他们那样严肃地低声说话。

“永恒有什么难以想象的？”娜塔莎说，“今天存在，明天存在，永远存在，昨天有过，前天有过……”

“娜塔莎！现在轮到你了。你给我唱支歌。”传来伯爵夫人的声音，“你们怎么像阴谋家那样坐在那里说悄悄话？”

“妈妈！我一点不想唱。”娜塔莎说着站起来。

他们，就连上了年纪的迪姆莱在内，个个不愿中断谈话，离开起居室。娜塔莎站起来，尼古拉在钢琴前坐下。娜塔莎照例站到大厅中央，选了个共鸣最好的位置，唱起她母亲心爱的歌来。

她虽说不想唱，但她好久以来、以后又有好久都没有像这天晚上唱得那么好。罗斯托夫伯爵在书房里同米嘉谈话，一听见娜塔莎唱歌，就像一个贪玩的小学生，急于想上完课，胡乱吩咐管家几句，就默不作声了。米嘉默默地听着，脸上挂着笑容，站在伯爵面前。尼古拉目不转睛地望着妹妹，跟她同步呼吸着。宋尼雅一边听一边想，她同娜塔莎之间存在多大的差别啊，她要是能有几分她表妹那样的魅力就好了。老伯爵夫人坐在那里，脸上露出又幸福又感伤的微笑，眼里含着泪水，不时摇摇头。她想到娜塔莎，想到自己的青春，想到在娜塔莎和安德烈公爵临近的婚事中潜存着一种不自然的可怕因素。

迪姆莱坐到伯爵夫人跟前，闭目静听。

"啊，伯爵夫人，"迪姆莱终于说，"这是欧洲水平的才华，她没有什么可学的了，唱得那么委婉、温柔、有力……"

"唉，我真为她担心，真为她担心！"伯爵夫人说，忘记在跟谁说话。她那颗母亲的心告诉她，娜塔莎身上有什么东西太多，她将因此而遭到不幸。娜塔莎还没唱完，十四岁的彼嘉就兴奋地跑来报告，化装队来了。

娜塔莎顿时停下歌唱。

"傻瓜！"娜塔莎对弟弟吆喝道，跑到椅子前跌坐下来，放声大哭，哭了好久都止不住，"没什么，妈妈，真的，没什么，是彼嘉把我吓了一跳。"娜塔莎说着，竭力想扮出笑容，但泪水流个不停，把她的喉咙都哽住了。

家奴们化装成狗熊、土耳其人、饭店老板、贵夫人，有的可怕，有的可笑，他们把寒气和喜气一起带进屋里。他们起初都怯生生地挤在前厅，然后互相躲在背后，涌进大厅。开头有点畏畏缩缩，后来越来越快活、越和谐地一齐唱歌、跳舞，合唱，做圣诞游戏。伯爵夫人认出了几个人，笑了一会儿，走到客厅里。罗斯托夫伯爵笑容满面地坐在大厅里，称赞着玩耍的人，年轻人不知溜到哪儿去了。

半小时后，大厅里，在其他化装的人们中间又出现了一个穿箍骨裙的老夫人，这是尼古拉扮的。土耳其女人是彼嘉扮的。小丑是迪姆莱扮的。骠骑兵是娜塔莎扮的。画了粗眉浓须的契尔克斯人是宋尼雅扮的。

他们获得了没有化装过的人们的惊讶、辨认和赞美后，觉得他们既已化装得那么漂亮，应该到别处去让人瞧瞧。

尼古拉要带大家坐他的三驾雪橇沿着大路兜风，就提议带十名化装家奴到大叔家去。

“不行，你们何必去打扰老头子！”伯爵夫人说，“他那里连个转身的地方都没有。要去还是去梅留科夫家。”

梅留科夫夫人是个寡妇，有好几个子女，还有男女家庭教师。她家离罗斯托夫家只有四俄里路。

“嘿，好主意，亲爱的，”老伯爵兴致勃勃地附和说，“我要马上化装一下，跟你们一起去。我要去逗逗帕歇塔。”

但伯爵夫人不让伯爵去，因为这几天他老闹腿疼。

最后决定罗斯托夫伯爵不去，如果肖斯小姐去的话，小姐们可以跟她一起去梅留科夫家。宋尼雅一向胆怯怕羞，这次却比谁都坚决要求肖斯小姐陪他们去。

宋尼雅打扮得最出色。她画的眉毛和胡子对她都特别合适。大家都说她很漂亮。她的心情也异常兴奋。她内心仿佛听到一个声音：她的命运今天就要决定，否则就将永远失去机会。她穿着男人的服装，好像换了个人。肖斯小姐答应陪他们去。半小时后，四辆三驾雪橇大小铃铛发出响声，滑木在冰冻的雪地上叫啸着来到台阶前。

娜塔莎第一个表现出圣诞节的欢乐气氛。这种欢乐气氛从一个人传到另一个人身上，越来越强烈。大家来到寒风凛冽的户外，交谈着，呼喊着，笑着，叫着，分坐到雪橇上，这时的欢乐达到了顶点。

两辆三驾雪橇是普通雪橇，第三辆雪橇是老伯爵专用的，由奥尔洛夫养马场的一匹大走马驾辕，第四辆是尼古拉专用的，驾辕的是一匹长毛矮个黑马。尼古拉身穿老太婆服装，外套骠骑兵束腰外套，手握缰绳站在雪橇中间。

夜色明亮，看得见月光照在马饰和马眼上的反光。马惊惶地环顾着在昏暗的廊檐下喧闹的乘客。

娜塔莎、宋尼雅、肖斯小姐和两个使女坐尼古拉的雪橇。乘老伯爵雪橇的有迪姆莱夫妇和彼嘉，化装的家奴分乘其余两辆雪橇。

“扎哈尔，你领头！”尼古拉对父亲的车夫嚷道，准备在路上超过他。

老伯爵的三驾雪橇上坐着迪姆莱夫妇和部分化装的人，领先出发。

雪橇滑木仿佛在雪地上冻住，吱嘎吱嘎地作响，铃铛也发出低沉的声音。两匹拉边套的马紧贴着辕木，马蹄一步一陷，把白糖般坚实发亮的雪翻起来。

尼古拉随着第一辆雪橇出发，其余两辆雪橇也发出吱吱咯咯的响声，跟在后面。他们先是在狭窄的小路上小跑。他们经过花园，光秃秃的树枝影子常常横截道路，遮住明亮的月光，但一出围墙，那沐浴在月光下的雪原就发出蓝幽幽的反光，像钻石一般闪闪发亮，展开在他们面前。领头的雪橇遇到坑洼颠簸了一下，后面的雪橇也跟着颠簸了一下。四辆雪橇拉开距离，一辆接一辆奔驰，打破了冻结的寂静。

“兔子的脚印，好多好多脚印！”娜塔莎的声音在冻结的空气里响着。

“好亮，*尼古拉！*”宋尼雅的声音说。尼古拉回头望望宋尼雅，弯下身子，更近地察看她的脸。一张须眉乌黑、娇嫩可爱的脸，围着貂皮衣领，忽近忽远地出现在月光下。

“宋尼雅还是那个样子。”尼古拉想。他更近地仔细看了看她，微微一笑。

“您怎么啦，*尼古拉*？”

“没什么。”尼古拉说，又向马匹转过身去。

马走上被滑木轧平、在月光下蹄印累累的大路，自动绷紧缰绳，加快速度。左边那匹边马低下头，跳跳蹦蹦地拉紧挽索。辕马晃动身子，竖起耳朵，仿佛在问：“开始呢？还是再等等？”扎哈尔的三匹黑马拉着雪橇在前面走得很远，远远地传来重浊的铃铛声，但雪橇在白色的雪地上还是清晰可见。从他的雪橇上传来化过装的人们的叫声、笑声和说话声。

“加油！宝贝！”尼古拉叫道，一手拉拉缰绳，一手挥动鞭子。只有从迎面吹来的越来越大的风，从边马越拉越紧的挽索和加速的步子上可以察觉，雪橇跑得很快。尼古拉回头看了一下。另外几辆雪橇上的车夫叫着，喊着，挥动鞭子，催促辕马，也都跟了上来。辕马在轭下顽强地晃动身子，不仅没有减速，而且准备在必要时再加一把劲。

尼古拉追上第一辆雪橇。他们下了山，驶到沿河穿过草地的大路。

“我们到什么地方啦？”尼古拉想，“该是科索伊草地吧。不，不是，这是个陌生的地方，我从未来过。这不是科索伊草地，不是焦姆金山，天知道这是什么地方！这是一个新奇的地方。哼，不去管它是什么地方啦！”尼古拉喝了喝马，想超过第一辆雪橇。

扎哈尔勒住马，转过他那眉毛上都积满霜的脸。

尼古拉纵马快跑。扎哈尔伸出两手，吧嗒一下嘴巴，也纵马快跑。

“喂，少爷，当心！”扎哈尔说。两辆雪橇并排跑得更快，马奔腾得更有劲。尼古拉赶到前头去了，扎哈尔依旧伸出双臂，举起一只拉缰绳的手。

“不对，少爷！”扎哈尔对尼古拉叫道。尼古拉赶动三匹马，越过了扎哈尔。马蹄把干燥的雪粉扬到乘客脸上，铃铛发出急促的响声，奔腾的马蹄和被越过的雪橇的影子交织在一起。四面八方传来滑木的啸声和女人的尖叫声。

尼古拉又勒住马，向四周环顾了一下。周围依旧是那片月色溶溶、银光闪闪的神奇原野。

“扎哈尔叫我向左转，可是为什么要向左？”尼古拉想，“难道我们是去梅留科夫家吗？难道这就是梅留科夫的庄园吗？天知道我们到哪里去，天知道我们会怎么样，可现在这里很新奇很有趣。”尼古拉回头看了看雪橇。

“你瞧，他的胡子和睫毛都白了。”一个画着细细的胡子和眉毛、化装得奇怪好看的乘客说。

“这个人大概是娜塔莎，”尼古拉想，“而这一个是肖斯小姐；也许不对，至于那个留胡子的契尔克斯人我认不出来，可是我爱她。”

“你们不冷吗？”尼古拉问。他们没有回答，但都笑了。迪姆莱从后面的雪橇上好像喊了一句可笑的话，但听不清他喊什么。

“对，对！”有人笑着回答。

不过，这是一座神奇的树林，林中有交错的阴影和钻石般的闪光，有一排排大理石台阶，有仙境的银色屋顶，还有野兽的尖叫。“如果这真是梅留科夫庄园，那就更奇怪了。我们不知道往哪儿跑，结果却来到了梅留科夫家。”尼古拉想。

果然是梅留科夫庄园。男女仆人都手持蜡烛，喜气洋洋地跑到台阶上。

“这是些什么人？”有人在台阶上问。

“伯爵家的化装队，从马匹上看得出来。”有几个人回答。

11

梅留科夫夫人是个身体肥胖、精力充沛的女人。她戴着眼镜，穿着宽大的睡袍，坐在客厅里。她的几个女儿围在她身旁，她竭力不让她们感到无聊。她们悄悄滴着蜡烛油，然后看它形成的样子。这时，前厅里传出来客的脚步声和说话声。

骠骑兵、太太小姐、巫婆、小丑和狗熊在前厅清了清嗓子，擦去脸上的霜花，走进大厅。大厅里正在忙着点蜡烛。扮小丑的迪姆莱和扮贵夫人的尼古拉带头跳舞。化过装的人在吵吵嚷嚷的孩子们的包围下，蒙着脸，用假嗓子说话，纷纷向女主人鞠躬，排列在屋子里。

“哦，真是认不出来了！原来是娜塔莎！你们瞧，她像谁啊！不错，她像一个人。迪姆莱先生打扮得太好了！我简直认不出来。瞧他舞跳得多好！哦，老天爷，这里还有个契尔克斯人；真的，宋尼雅扮得真像。这又是谁啊？哦，真有意思！喂，尼基塔，凡尼亚，把桌子搬开。我们刚才还感到很冷清呢！”

“哈——哈——哈！……骠骑兵，骠骑兵！活像个男孩子！看那两条腿！……我看了就忍不住要笑……”有几个人这样说。

娜塔莎是梅留科夫家小一辈的好朋友，她跟他们一起溜进后房，又从那里向仆人要软木塞、各种长袍和男人的衣服。这些东西都由姑娘们伸出光手臂，通过半开的门从仆人手里接过去。十分钟后，梅留科夫家全体年轻人都参加了化装队。

梅留科夫夫人吩咐打扫客房，款待来宾和他们的仆人。她没有摘下眼镜，忍住笑，在化装的人们中间走来走去，就近打量他们的脸，却一个也认不出来。她不仅认不出罗斯托夫家的人和迪姆莱，就连自己的女儿也认不出来，也认不出她们身上她丈夫的睡袍和军装。

"这是谁家的人哪？"梅留科夫夫人打量着装扮成喀山鞑靼人的女儿，问家庭女教师，"好像是罗斯托夫家的人。喂，骠骑兵先生，您在哪个团服役？"她问娜塔莎。"给土耳其人吃点水果软糕，"她对餐厅侍仆说，"他们的规矩并不禁止吃水果软糕。"

梅留科夫夫人有时瞧着跳舞的人们古怪可笑的舞步——他们自以为化过装就决不会被人认出，因此毫不害臊——用手绢捂着脸，她那肥胖的身子由于克制不住老年人和善的笑而不断哆嗦。

"这是我的小萨沙，我的小萨沙！"她说。

跳过俄罗斯舞和轮舞后，梅留科夫夫人叫全体仆人和主人拉成一个大圆圈，叫人拿来一个指环、一条绳子和一个卢布，大家一起做游戏。

一小时后，大家的衣服都弄皱了。画出来的胡子眉毛在出汗的兴奋的脸上化开了。梅留科夫夫人开始认出化过装的人，赞叹他们的服装，说小姐们穿着特别合适，并且感谢大家使她这样开心。客人们被请进客厅用晚饭，仆人们在大厅里受到款待。

"哦，在浴室里占卜，那太可怕了！"住在梅留科夫家的一个老姑娘在吃饭时说。

"为什么呀？"梅留科夫的长女问。

"您还是别去，得有勇气……"

"我去！"宋尼雅说。

"您讲讲，那位小姐遇到什么了？"梅留科夫的二女儿说。

"是这样的，有一位小姐，"老姑娘说，"带了一只公鸡，两副餐具，照规矩坐下。她坐了一会儿，忽然听见……铃铛响，来了一辆雪橇；再一听，有人来了。进来的完全像个人的模样，军官打扮，一进来就坐在餐桌旁，同她一起吃饭。"

"啊！啊！……"娜塔莎吓得睁大眼睛叫起来。

"那么，他有没有说话？"

"对了，他完全是个人，一切正常，他就对她说好话，同她本来应该谈到鸡叫；可是她害怕了；她一害怕，就用双手捂住脸。他就抱住她。幸亏这时有几个使女跑进来……"

"啊，为什么要吓唬她们！"梅留科夫夫人说。

"妈妈，您自己不是也占过卜吗……"一个女儿说。

"那么，在仓库里怎么占卜呢？"宋尼雅问。

"现在就可以到仓库里去试试，你就会听到声音。要是听到敲锤子，打门，这是凶兆；要是听到装粮食，这是吉兆；可有时候……"

"妈妈，您讲讲，您在仓库里遇见什么了？"

梅留科夫夫人微微一笑。

"遇见什么，我已经忘了……"她说，"你们谁也不愿意去吗？"

"不，我愿意去，梅留科夫夫人，您让我去吧，我去！"宋尼雅说。

"嗯，你要是不怕，那就去吧。"

"肖斯小姐，我可以去吗？"宋尼雅问。

不论他们是玩指环，玩绳子，或者玩卢布，或者像现在这样谈话，尼古拉都寸步不离地跟住宋尼雅，并且对她刮目相看。尼古拉觉得，凭着这软木胡子，他今晚才第一次认识她。今天晚上，宋尼雅确实又快乐，又活跃，又漂亮，那是尼古拉从未见过的。

"瞧她多么漂亮，我真傻！"尼古拉想，瞧着她那闪闪发亮的眼睛和那双颊上有两个酒窝的快乐笑脸。这样的笑脸他以前从未见过。

"我什么也不怕，"宋尼雅说，"现在就可以去吗？"她站起来。他们告诉宋尼雅仓库在哪里，她应该怎样默默地站在那里听，然后把皮外套递给她。她把皮外套披在头上，瞧了尼古拉一眼。

"这姑娘多可爱！"尼古拉想，"我以前在想些什么呀！"

宋尼雅穿过走廊向仓库走去。尼古拉说他觉得热，连忙走到门前台阶上。屋里人多确实很热。

户外依旧是一片凝滞的严寒，依旧是那个月亮，只是更亮了。月光映在雪地上十分耀眼，雪地上反射出点点银光，使人不想仰望天空，而真正的星星反而暗淡无光。天上黑暗而寂寞，地上却充满欢乐。

"我真傻，真傻！我这是在等什么呀？"尼古拉想着，跑下台阶，绕过屋角，沿着通后门的小径走去。他知道宋尼雅要经过那里。半路上有一堆高高的木柴，上面积着雪，投下了阴影；在柴堆后面和旁边，有几棵老菩提树的秃枝在雪地上和小径上投下纵横交错的阴影。小径通到仓库。仓库的圆木墙和积雪的屋顶好像用宝石雕成，在月光下闪闪发亮。花园里有一棵树发出咯咯的冻裂声，接着又是万籁俱寂。胸膛里呼吸的似乎不是空气，而是一种永恒的青春和欢乐。

女仆室的台阶上响起了脚步声，在积雪的最后一级台阶上声音格外清脆。一个老女仆的声音说：

"一直走，沿着这条路一直走，小姐，千万别回头！"

"我不怕！"这是宋尼雅的声音。于是宋尼雅那双穿薄皮鞋的脚发出飒飒的响声，沿着小径向尼古拉走来。

宋尼雅裹着皮外套走着。她看见尼古拉时，离他只有两步。她觉得他也不是她原来认识而且有点畏惧的尼古拉。尼古拉穿着女人衣裳，头发蓬乱，露出宋尼雅从未见过的幸福微笑。宋尼雅飞快地跑到他面前。

"完全换了个样，但确实就是她。"尼古拉瞧着她那被月光照亮的脸，想。他把手伸进蒙住她头的皮外套里，搂住她，搂得紧紧的，吻了吻胡子上发出软木焦味的嘴唇。宋尼雅在他嘴唇正中吻了吻，伸出两只小手托住他的双颊。

"宋尼雅！……""尼古拉！……"他们只相互呼唤了一下。他们一起跑到仓库，回来时又各走原来的门廊。

12

从梅留科夫夫人那里回家时，一向善于观察的娜塔莎把座位作了一番调整，请肖斯小姐跟她和迪姆莱坐一辆雪橇，让宋尼雅跟尼古拉和使女们坐另一辆雪橇。

尼古拉归家途中不再争先恐后，而是缓缓地驾驶着雪橇。在迷人的月光下，他不断凝视着宋尼雅。他在这变幻不定的月光中，通过描画的须眉辨认原来的宋尼雅和现在的宋尼雅，并决定从此同她永不分离。他仔细端详，认出了和原来一样又不一样的宋尼雅，回味那混合着软木焦味的吻。他深深吸了一大口凛冽的寒气，望望后退的地面和月光明亮的天空，觉得自己又置身仙境之中。

"宋尼雅，你好吗？"尼古拉不时问。

“好！”宋尼雅回答，“你呢？”

途中尼古拉让车夫驾马，自己跑到娜塔莎的雪橇里，站在跨杠上。

“娜塔莎，”尼古拉用法语低声对她说，“不瞒你说，宋尼雅的事我已下了决心。”

“你对她说了？”娜塔莎突然神采飞扬地问。

“哦，娜塔莎，你描了胡子眉毛，看起来真怪！你高兴吗？”

“我真高兴，真高兴！我生过你的气。你原来待她不好，但这话我没对你说过。她这人心地真好，尼古拉，我真高兴！我这人有时叫人讨厌，但宋尼雅不快活，我一个人幸福，也说不过去，”娜塔莎继续说，“现在我太高兴了，好，你快到她那里去吧。”

“不，等一下，哦，你打扮得真滑稽！”尼古拉说，一直盯住妹妹，在妹妹身上也发现一种非常温柔迷人的新东西，“娜塔莎，真是不可思议。是吗？”

“是的，”娜塔莎回答，“你做得很对。”

“如果我以前看到她像现在这样，”尼古拉想，“我早就会问她该怎么办，不论她吩咐什么，我一定照办，这样情况就会好多了。”

“这么说，你很高兴，我做对啦？”

“啊，这太好了！前不久我同妈妈为这事争论过。妈妈说，她在笼络你，怎么能这样说呢！我同妈妈几乎吵起来。我绝不允许人家说她坏话，把她想得很坏，因为她身上只有优点，没有缺点。”

“真有这样好吗？”尼古拉说，再次察看妹妹脸上的表情，看她说的是不是实话。他跳下雪橇，皮靴咯吱咯吱发响，跑回自己的雪橇。依旧是那个留胡子的契尔克斯人，戴着貂皮帽坐在那里，脸上挂着幸福的微笑，一双亮晶晶的眼睛望着前方。这个契尔克斯人就是宋尼雅，而这个宋尼雅很可能成为他幸福的爱妻。

小姐们到家后，告诉母亲他们在梅留科夫夫人家怎样消磨夜晚，然后回到各自的房间。她们脱了衣服，但没有擦去假胡子，坐了好一阵，谈着各自的幸福。她们谈到她们将来婚后的生活，她们的丈夫将多么体贴，她们将多么幸福。在娜塔莎的桌上，杜尼雅莎傍晚就放了两面镜子。

“只是这一切什么时候才能实现哪？我担心永远不会……要是能实现就好了！”娜塔莎说着，走到镜子前面。

“坐下，娜塔莎，也许你能看见他。”宋尼雅说。娜塔莎点亮蜡烛坐下来。

“我看见一个留小胡子的人。”娜塔莎照见自己的脸说。

“不要笑，小姐。”杜尼雅莎说。

娜塔莎借着宋尼雅和使女的帮助摆正镜子，脸上现出像煞有介事的神气，不再说话。她坐了好久，看着两面镜子中的一排蜡烛，期待（根据她听到的说法）她会在模糊不清的烛光中看见一口棺材，看见**他**安德烈公爵。但不论她怎样有意要把一个小斑点当作一个人或者一口棺材，她还是什么也没看见。她频频眨眼，离开了镜子。

“为什么别人能看见，我却什么也看不见？”娜塔莎说，“嗯，宋尼雅，你坐下；现在你一定要看看，替我看看……今晚我心里很害怕！”

宋尼雅坐到镜子前，摆好姿势，开始观看。

“啊，宋尼雅小姐一定能看见，”杜尼雅莎低声说，“可您老笑。”

宋尼雅听见这话，还听见娜塔莎低声说：

“我知道她能看见，她去年就看见过。”

一连三分钟大家都不作声。“她一定能……”娜塔莎悄悄说，但没有说完……宋尼雅突然推开镜子，用手捂住眼睛。

“啊呀，娜塔莎！”宋尼雅说。

“看见了？看见了？看见什么了？”娜塔莎嚷道。

“我不是说过了？”杜尼雅莎扶着镜子说。

宋尼雅其实什么也没看见。她眨眨眼，正要站起来，就听见娜塔莎说：“她一定能……”宋尼雅既不想欺骗杜尼雅莎，也不想欺骗娜塔莎，但坐着很难受。她自己也不知道，当她用手捂住眼睛的时候，竟会叫出声来。

“你看见他了？”娜塔莎拉住宋尼雅的手问。

“是的。等一下……我……看见他了。”宋尼雅不由自主地说，还不知道娜塔莎说的**他**指谁，是指尼古拉呢，还是指安德烈。

“我干吗不说看见了？既然别人都看见了！谁能知道我是真看见还

是没看见？”宋尼雅头脑里闪过这样的念头。

“是的，我看见他了。”宋尼雅说。

“他怎么样？怎么样？站着还是躺着？”

“哦，我看见了……起初什么也没看见，后来忽然看见他躺在那儿。”

“安德烈躺在那儿？他病了？”娜塔莎惊惧的目光盯住朋友问。

“不，正好相反，正好相反，脸上喜气洋洋。他向我转过脸来。”宋尼雅说这话的时候，仿佛真的看见了他。

“后来呢，宋尼雅？”

“后来我看不清，一种又蓝又红的东西……”

“宋尼雅！他什么时候回来？我什么时候才能看见他！天哪！我真为他担心，也为我自己担心，我觉得一切都很可怕……”娜塔莎说。她躺在床上，在蜡烛熄灭后仍睁着一双眼睛，一动不动地躺了好久，望着从结冰的窗子里透进来的冷冷的月光。

13

圣诞节过后不久，尼古拉向母亲宣布他爱宋尼雅，并且决心同她结婚。伯爵夫人早就注意到宋尼雅同尼古拉的关系，预料到他会开口，这会儿默默地听完儿子的话，然后对他说，他同谁结婚都可以，但她也好，他父亲也好，是决不会为这样的婚姻祝福的。尼古拉第一次感到母亲对他不满意，尽管她很疼他，也不会迁就他。她态度冷淡，眼睛不看儿子，派人去请丈夫来。伯爵来了，伯爵夫人本想当着尼古拉的面简单而冷淡地把这事告诉他，但她克制不住，生气得哭起来，就走出屋去。老伯爵有气无力地规劝尼古拉，要他放弃这种打算。尼古拉回答说，他不能违背诺言。父亲叹了一口气，显然有点心慌意乱，就没再说下去，走去找伯爵夫人了。每次同儿子发生冲突，伯爵总因家业衰败觉得对不起儿子，因此他不能因儿子不愿娶有钱的姑娘，选中没有陪嫁的宋尼雅而生他的气。遇到这种情况，他总是不胜感慨地想，要不是家道中落，对尼古拉来说没有比宋尼雅更好的妻子了；而家道中落的责任全在他和管家米嘉身上，而且他挥霍成性，无法改变习惯。

父母不再同儿子谈这事；但几天后，伯爵夫人把宋尼雅叫到跟前，并且以出乎她自己和宋尼雅意料的尖刻语言责备甥女引诱她儿子和忘恩负义。宋尼雅垂下眼睛，默默地听着伯爵夫人的挖苦，不明白要她怎么样。宋尼雅为了报答恩人，准备牺牲一切。自我牺牲是她崇奉的思想，但这一次她不知道该为谁牺牲，牺牲什么。她不能不爱伯爵夫人和罗斯托夫全家，但她也不能不爱尼古拉，并且知道她爱他也是他的幸福。宋尼雅很伤心，一句话也没有回答。尼古拉觉得再也无法忍受这样的局面，就去向母亲表明态度。他一会儿要求母亲原谅他和宋尼雅，同意让他们结婚，一会儿又威胁母亲说，要是宋尼雅再受到折磨，他就立刻同她秘密结婚。

伯爵夫人以儿子从没见过的冷淡态度回答他说，他已经成年，安德烈公爵不经父亲同意就要结婚，他也可以这样做，但她永远不会承认这个**阴谋家**是她的儿媳妇。

尼古拉听到**阴谋家**三个字就按捺不住，提高嗓门对母亲说，他从没想到她会逼他出卖自己的感情，如果是这样的话，他最后一次声明……但他还没有说出那句关系重大的话——母亲从他的脸色上看出，她所害怕的这句话可能永远留给他们母子一个痛苦的回忆。他没来得及说出这句话，因为在门外偷听的娜塔莎这时脸色苍白而严肃地闯了进来。

“尼古拉，你胡说，闭嘴，闭嘴！我对你说，闭嘴！……”娜塔莎大声叫嚷，想压倒他的声音。

“妈妈，好妈妈，这完全不是因为……我的好妈妈，可怜的妈妈！”娜塔莎对母亲说。母亲觉得他们已到了决裂的边缘，恐怖地望着儿子，但出于固执和好胜不肯让步。

“尼古拉，我回头对你说，你先出去……您听我说，好妈妈！”娜塔莎对母亲说。

娜塔莎的话毫无意义，但取得了预期的效果。

伯爵夫人把脸埋在女儿胸前，伤心地抽泣着；尼古拉站起来，抱着头走出屋去。

娜塔莎调解的结果是，母亲答应不再让宋尼雅受委屈，尼古拉则答应不背着父母做任何事。

尼古拉打定主意把团里的事安排好，就退伍回来同宋尼雅结婚。他因同父母不睦，心情闷闷不乐，但仍在同宋尼雅热恋中。一月初，他回团里去了。

尼古拉一走，罗斯托夫家里显得越发凄凉。伯爵夫人因心绪不佳而病了。

宋尼雅同尼古拉别离，感到伤心，而伯爵夫人的敌对态度更使她难过。伯爵因家庭经济拮据，非采取断然措施不可，心里更是烦恼。他只得出卖莫斯科的住宅和莫斯科郊区的庄园，因此需要去莫斯科一趟。但由于伯爵夫人健康欠佳，不得不一再推迟行期。

娜塔莎同未婚夫分别，开头不觉得什么，甚至还感到轻松愉快，现在却变得越来越烦躁，越来越痛苦。她想到这样的大好时光本可以同他共叙儿女之情，如今却白白浪费掉，心里感到格外难受。安德烈的来信常常使她生气。她日夜思念他，他却过着充实的生活，不断看到有趣的新地方和新人物。想到这一点，她感到委屈。他的信写得越有趣，她越生气。她写信给他，不但没有感到宽慰，反而觉得这是一种乏味的无可奈何的义务。她不善于写信，因为她无法在信里表达她惯于用声音、微笑和眼神来表达的感情的千分之一。她写给他的信千篇一律，枯燥乏味，她自己也觉得没有意思，而伯爵夫人还得在信稿上替她改正拼写的错误。

伯爵夫人的健康仍不见好转，而莫斯科的行期已不能再拖。要替娜塔莎准备嫁妆，要出卖房子，再说，要在莫斯科等待安德烈公爵，因为老保尔康斯基公爵今冬就住在莫斯科，而娜塔莎则坚信安德烈已回到莫斯科了。

一月底，伯爵把伯爵夫人留在乡下，自己带着宋尼雅和娜塔莎到莫斯科去了。

第五部

1

安德烈公爵同娜塔莎订婚后，皮埃尔突然觉得他不能再像以前那样生活了。尽管他坚信恩师向他启示的真理，尽管他开头曾热衷于修身养性，在安德烈公爵同娜塔莎订婚和巴兹杰耶夫去世（这两个消息皮埃尔几乎是同时听到的）后，原来那种生活对他的魅力顿时消失了。生活对他只剩下一个空架子：他的住宅，他那正受一位要人宠爱的风头十足的妻子，他同整个彼得堡上流社会的交往，以及一套徒具形式的乏味公务。皮埃尔突然感到这种生活异常无聊。他不再记日记，躲避共济会会友，重新出入俱乐部，又纵酒狂饮，又同单身汉朋友来往。他过着如此荒唐的生活，以致海伦伯爵夫人认为非对他进行严厉批评不可。皮埃尔觉得她的批评不无道理，为了不影响妻子的名声，他动身去莫斯科。

到了莫斯科，皮埃尔一走进他的巨大住宅，就看见那几个愈益憔悴的伯爵小姐和大批仆人。驱车进城时，他看见神像金光闪闪、烛光辉煌灿烂的伊维尔教堂，看见克里姆林宫前广场上洁白无瑕的新雪、马车夫和西夫采夫·符拉日克[①]的棚户，看见那些一无所求安度余年的老头儿，看见老太婆、莫斯科的贵夫人、莫斯科的舞会和英国俱乐部，他就觉得回到了家里，回到了平静的栖身之地。他在莫斯科感到安静温暖、舒服肮脏，就像穿上一件旧睡袍。

莫斯科上流社会，不论男女老少，都虚席以待，像欢迎久盼的贵宾

① 莫斯科的贫民窟。

那样欢迎皮埃尔。在莫斯科上流社会看来，皮埃尔是个极其善良可爱、聪明乐天而又大方的怪人，是个疏懒而热情的老式俄国贵族。他的钱袋总是空的，因为他对谁都慷慨解囊。

捧场演出、劣等绘画、雕塑、慈善团体、吉卜赛人、学校、募捐聚餐、纵酒狂饮、共济会、教会、书籍，不论什么事，不论什么人，都不会遭到他的拒绝。要不是有两个向他借过很多钱的朋友监护他，他早就把财产散光了。在俱乐部里，从来没有一次宴会和晚会少得了他。只要两瓶马尔果酒落肚，往沙发老位子上一躺，他就被团团围住，许多人同他谈话，争论，嬉笑。不论哪里有争吵，只要他和蔼地一笑，说一句得体的笑话，就会太平无事。如果没有他参加，共济会的聚餐就枯燥乏味，兴趣索然。

在单身汉晚餐结束后，他露出和蔼可亲的微笑，答应快乐的伙伴们的要求，同他们一起去什么地方。于是年轻人就发出一片兴高采烈的欢呼声。在舞会上，要是少了一个舞伴，他就参加跳舞。年轻的太太小姐喜欢他，因为他不追求哪一个，对谁都客客气气，特别是晚餐以后。“他挺可爱，但他没有性别。”他们都这样说他。

莫斯科有几百个安度着余生的退休高级宫廷侍从，皮埃尔就是其中的一个。

七年前，当他刚从国外回来时，要是有谁向他说，他无须探索，无须思考，他的道路早已确定，不论怎样挣扎都无法改变处境，他会大吃一惊的。他无法相信这样的话。他不是一心一意想在俄罗斯实行共和，有时也想做拿破仑，做哲学家，做策略家和征服拿破仑的人吗？他不是认为能够并热烈希望改造堕落的人类，同时使自己修身养性成为完人吗？他不是创办了学校和医院，解放过农奴吗？

可是现实又怎样呢？他是一个戴绿帽子的有钱的丈夫，退休的宫廷高级侍从，喜欢吃吃喝喝。他敞开衣服小骂政府，他是莫斯科英国俱乐部的成员，是莫斯科上流社会招人喜欢的红人。他成了七年前他非常蔑视的退休的莫斯科高级宫廷侍从，想到这一点他好久不能甘心。

有时他安慰自己说，这种生活是暂时的，但另一种思想立刻又使他吃惊：多少人进入这种生活和这个俱乐部时齿发俱全，而退出时已齿发全落了。

得意的时候，皮埃尔觉得他跟他以前所蔑视的庸俗愚蠢、自得其乐的退休宫廷侍从完全不同，他对自己说："我到现在还不自满，我始终想为人类做点事。"失意的时候，他想："也许我的同事们都像我一样奋斗过，在生活上探索过新路，并且像我一样被环境、社会、本性、人类无法抗拒的自然力逼到现在这样的境地。"他在莫斯科住了一些时候后，不再蔑视而是敬爱、同情跟自己命运相同的同事们，就像他同情自己那样。

皮埃尔不再像以前那样有失望、忧郁和厌世的时刻；原先剧烈发作过的病被驱入内心，一刻也没离开过他。"为了什么？何必呢？世界究竟是怎么回事？"他每天好几次困惑地问自己，不由自主地思索人生的意义。不过他凭经验知道这些问题是得不到解答的，就连忙加以摆脱，看起书来，或者赶到俱乐部，或者到阿波隆那里去闲聊社会新闻。

"海伦除了自己的身体，从来对什么都漠不关心。她是天下最愚蠢的女人，"皮埃尔想，"大家却把她看作绝顶聪明和优雅，拜倒在她的脚下。拿破仑在他还是一位伟人时，大家都蔑视他，但在他成为可怜的小丑后，弗朗茨皇帝竟把女儿送给他做外室。西班牙人通过天主教僧侣感谢上帝让他们在六月十四日打败法国人，而法国人也通过天主教僧侣感谢上帝让他们在六月十四日打败西班牙人。我的共济会会友滴血宣誓，愿为别人牺牲一切，却不肯出一个卢布救济穷人。他们钩心斗角，挑动阿斯特列亚派反对灵粮派[①]，并竭力争取一张真正的苏格兰地毯[②]和一份共济会真经——这种真经的意义连写的人都不懂，而且谁也不需要。我们都宣扬恕罪和爱人的基督教义，并为此在莫斯科建造了许许多多教堂，可是昨天就用鞭刑处死了一名逃兵，而就是那个宣扬恕罪和爱人教义的神父让那个士兵临刑前吻了十字架。"皮埃尔这样想。这种到处泛滥的虚伪，尽管他已司空见惯，但每次还是像什么新鲜事那样使他感到震惊。"我了解那种虚伪和混乱，但我怎能把我所

① 阿斯特列亚派和灵粮派是彼得堡的两个共济会支会。

② 每个共济会支会都有一张带象征符号的毯子。

了解的一切告诉大家呢？我试着这样做，发现他们内心也像我一样明白，只是竭力装作没有看见罢了。看来只能这样！可是我该怎么办？”皮埃尔想。他具有许多人，特别是俄罗斯人所具有的可悲能力；看到并相信善和真是存在的，但同时对生活中的邪恶和虚伪又看得太清楚，因此无法认真地参与生活。在他看来，任何活动都和邪恶与欺骗联系在一起。不论他要做个怎样的人，不论他从事什么活动，邪恶和虚伪总是与他为敌，堵塞他的一切道路。然而他总得活下去，总得做点事情。这些无法解决的人生问题使他太痛苦，因此他一有机会就寻欢作乐，以便忘记这些问题。他出入交际场所，纵酒狂饮，收购图画，大兴土木，而更多的是读书。

他读书，拿到什么读什么，回到家里，仆人还在替他脱衣服，他已拿起书来读，读着读着就睡着了，而睡醒了就到客厅和俱乐部闲聊，从闲聊到喝酒找女人，然后又是闲聊、读书和喝酒。酒越来越成为他生理上的需要和精神上的需要。尽管医生劝告他，像他这样肥胖的人喝酒是危险的，他还是喝得很多。只是昏昏沉沉把几杯酒灌进大嘴里，身体里感到暖融融，对谁都很亲切，对任何问题都稀里糊涂，满不在乎——只有这时他才感到浑身舒服。只有两瓶酒落肚后，他才朦胧地感觉到，以前认为错综复杂的生活问题并不像他所想的那么可怕。而在他聊天时，听人谈话时，午饭后和晚饭后读书时，总是头脑昏昏沉沉，看到问题的麻烦。但一有了几分酒意，他就自我安慰说："这不要紧。我会解决的，一定会解决的，但现在没有工夫，这事以后我会考虑的！”但这个**以后**永远不会到来。

早晨，没吃过东西，皮埃尔又觉得那些老问题很棘手，很伤脑筋。他连忙拿起一本书来读，要是有谁来找他，他就格外高兴。

有时皮埃尔想起人家说的话：在战争中，士兵待在炮火下的壕沟里，他们要是闲着没事，总是竭力找点事做做，这样比较容易忍受危险。皮埃尔觉得，在生活中，人人都像士兵一样在竭力逃避烦恼：有的靠虚荣心，有的靠打牌，有的靠制订法律，有的靠女人，有的靠玩物，有的靠骑马，有的靠政治，有的靠打猎，有的靠酗酒，有的靠公务。“没有什么大人物小人物，大家都一样；都在千方百计逃避生活的烦恼！只要逃避现实，不看到这可怕的现实就好了。”

2

初冬，保尔康斯基公爵带了女儿来到莫斯科。由于他的经历，由于他的聪明睿智和独立见解，特别是由于当时人们对亚历山大一世政府热情的衰退，以及反法爱国情绪的高涨，公爵立刻成为莫斯科人特别崇敬的人物和莫斯科反政府派的核心。

这一年公爵老多了，身上出现了明显的老相，常常突然打瞌睡，容易忘记近事，喜欢回忆往事，成了莫斯科反对派领袖后常表现出幼稚的虚荣心。虽然如此，当老头儿穿着皮袄戴着假发出来喝茶时，特别是在晚上，只要一受人怂恿，就东拉西扯地谈起往事，颠三倒四地尖刻批评现状，这时他仍使全体宾客肃然起敬。这座古老的住宅和巨大的壁镜、古色古香的家具、戴假发的仆人、属于上世纪人物的严峻而聪明的老公爵、他那温顺的女儿和漂亮的法国女人（她们都很崇拜他）——这一切都给予客人庄严而愉快的印象。但客人们没有想到，除了他们看见的这两小时以外，每天还有二十二小时，在这二十二小时里这一家还有隐秘的家庭生活。

近来在莫斯科，这种家庭生活使玛丽雅公爵小姐感到很痛苦。她在童山时同神亲交谈，领略着孤独的清静，但这种最大的欢乐在莫斯科却被剥夺了。在莫斯科她享受不到都市生活的任何好处和乐趣。她不参加社交活动：大家知道父亲不让她单独出门，他自己则因健康欠佳不能外出，因此也就没有人邀请她赴宴和出席晚会。玛丽雅公爵小姐已完全摒弃结婚的念头。她看到凡是有可能成为她未婚夫的年轻人来访，公爵接待和送走他们时，总是态度冷淡，怒形于色。玛丽雅公爵小姐没有朋友。她这次来莫斯科，两个最亲密的朋友都使她失望：一个是布莉恩小姐，玛丽雅公爵小姐本来对她就不能推心置腹，如今更加讨厌她，并因某种原因疏远她；另一个是裘丽，她住在莫斯科，玛丽雅公爵小姐同她连续通过五年信，如今重逢，裘丽却对她很冷淡。裘丽在兄弟去世后，成了莫斯科最有钱的待嫁姑娘，正在尽情享受着交际的乐趣。她被年轻人团团围住，她还以为他们都是忽然发现了她的长处。裘丽已是个年纪不轻的上层小姐，她觉得现在已是她出嫁的最后机会，她的命运现在不决定，就永远无法决定了。每到星期四，玛丽雅公爵小姐就会带着感伤的微笑想到现在她已没有人可以通信，因为裘丽就在这里，每星期都同她见面，而且见面也不能给她任何乐趣。玛丽雅公爵小姐好像一个流亡的侨民老头，多年来一直在一个贵妇人那里消磨黄昏，却不肯娶她，因为娶了她，他就没有地方消磨黄昏了。她感到遗憾的是裘丽就在这里，她没有人可以通信。玛丽雅公爵小姐在莫斯科没有人可以谈心，没有人可以分忧，而近来苦恼的事却增添了不少。安德烈公爵归来和结婚的日期近了，他托妹妹向父亲疏通不仅没有成功，而且毫无希望，因为一提到娜塔莎伯爵小姐，心情本来不佳的老公爵就会大发脾气。近来玛丽雅公爵小姐新增的烦恼是给六岁的侄儿上课。在对待小尼古拉的态度上，她恐惧地发现，她的脾气像父亲一样暴躁。多少次她警告自己，给侄儿上课不要发脾气，但每次她手执教鞭坐下来教法语字母，希望尽快把自己的知识都灌输给孩子，可是孩子已经在担心姑姑马上会发脾气，他只要稍不用心，姑姑就会浑身发抖，焦急，发火，提高嗓门，有时扭他的胳膊，罚他站壁角。罚他站壁角后，她就会因自己的暴躁的坏脾气而痛哭；而小尼古拉就会随着她一起哭，擅自离开壁角，走到她面前，把她的湿手从她脸上拉开，并且安慰她。但最使公爵小姐伤心的是父亲的脾气，他总是对她发火，近来简直达到残酷的地步。要是他强迫她通夜跪拜，要是他打她，迫使她打柴汲水，她决不会觉得痛苦；可是这位好心的暴君——最残酷的莫过于他出于爱心而折磨自己，折磨女儿——不仅会侮辱她损害她，而且会向她证明，她总是处处不对，事事有错。近来他身上出现了一个新的怪现象，最使玛丽雅公爵小姐痛苦，那就是他同布莉恩小姐越来越亲近。公爵接到儿子结婚计划的消息后，立刻产生一个好玩的念头：要是安德烈结婚，他自己就同布莉恩结婚。这个念头显然使他高兴。近来他对布莉恩小姐表现得格外亲热，玛丽雅小姐觉得只是为了使她难堪，并通过对布莉恩的亲热来表示对女儿的不满。

有一次在莫斯科，老公爵当着玛丽雅公爵小姐的面（她认为父亲是故意当着她的面这样做的）吻了吻布莉恩小姐的手，并且把她拉过来亲热地搂住她。玛丽雅公爵小姐脸涨得通红，跑出屋去。几分钟后，布莉恩小姐走进玛丽雅公爵小姐屋里，满面春风，用她那好听的声音兴高采烈地讲着什么。玛丽雅公爵小姐慌忙擦去眼泪，毅然走到布莉恩面前，忘乎所以地对法国女人怒吼起来：

“哼，利用人家的弱点，真卑鄙，无耻，没有良心……”玛丽雅公爵小姐说不下去了，“你给我滚出去！”她叫着，放声痛哭起来。

第二天，公爵对女儿没说过一句话，但玛丽雅公爵小姐发现，吃午饭时公爵吩咐给布莉恩小姐第一个上菜。午饭结束，仆人照例先给公爵小姐送咖啡，公爵突然大发雷霆，拿手杖向费里普扔去，并立即命令把他送去当兵……

“都不听话……我说过两次了！……都不听话！她是我们这一家的第一号人物，她是我最好的朋友！”公爵嚷道，“你要是胆敢，”他第一次这样气势汹汹地对玛丽雅公爵小姐叫嚷，“再像昨天那样在她面前……忘乎所以，我就要让你明白谁是这里的当家人。滚出去！我不愿再看见你，快去向她赔不是！”

玛丽雅公爵小姐向布莉恩小姐和父亲赔了礼，为了自己，也为了托她求情的仆人费里普。

在这样的时刻，玛丽雅公爵小姐心里就会产生一种类似自我牺牲的自豪感。在这样的时刻，这位受她批评的父亲竟会在她面前找寻就在手边的眼镜，一转眼就忘记刚才发生的事，或者衰弱的两腿失脚踏空，又回顾一下，看有没有人看到他的衰弱，或者，更糟糕的是，吃饭时要是没有客人使他兴奋，他会突然打起盹来，把餐巾落掉，摇摇晃晃的脑袋垂到盘子上。“他老了，身子虚弱了，可我竟敢批评他！”在这样的时刻，玛丽雅公爵小姐常常生自己的气。

3

一八一一年，莫斯科有一位红极一时的法国医生。他体格魁伟，相貌俊美，像一般法国人那样和蔼可亲。在莫斯科大家都认为他医道高明。

那人叫梅蒂维埃。他出入上流社会，大家不是把他看作一个医生，而是看作一位地位平等的人。

保尔康斯基公爵一向嘲笑医药，但近来由于布莉恩小姐的劝告，准许这个医生来看他，而且同他渐渐搞熟了。梅蒂维埃每星期都来看公爵一两次。

在圣尼古拉节[①]，也就是公爵的命名日，全莫斯科的人几乎都上门祝贺，但公爵吩咐不见客；只邀请少数几个人吃饭，名单已交给玛丽雅公爵小姐。

梅蒂维埃一早前来祝贺。他作为医生公然打破规矩（他对玛丽雅公爵小姐这样说），直闯公爵的书房。不巧老公爵在这命名日早晨情绪特别恶劣。他一早晨吃力地在屋里走来走去，找每个人的碴儿，装作听不懂人家对他说的话，人家也没听懂他的话。玛丽雅公爵小姐明白，他这种满腹牢骚的恶劣心情往往会以大发雷霆告终。这天早晨，她仿佛在实弹步枪前走动，时刻有中弹的危险。医生没来以前，早晨过得还算太平无事。玛丽雅公爵小姐让医生进去后，拿了一本书坐在大厅门旁，这样她就能听见书房里发生的一切。

起初，玛丽雅公爵小姐只听见梅蒂维埃的声音，接着听到父亲的声音；后来两个声音同时说话，门打开来，门口出现了黑发蓬乱、身材漂亮、脸色惊惶的梅蒂维埃，还有头戴睡帽、身穿睡袍、面孔气得变形、眼睛下垂的公爵。

“你不明白吗？”公爵嚷道，“我可明白！法国间谍！拿破仑的走狗，间谍！我跟你说，从我家滚出去！”他砰的一声关上门。

梅蒂维埃耸耸肩膀，走到闻声从隔壁屋里跑来的布莉恩小姐跟前。

“公爵身体不太好，黄疸，高血压。不要紧，我明天再来。”梅蒂维埃说，一只手指放在唇上，匆匆地走了。

门里传出穿便鞋的脚步声和叫喊声：“间谍，叛徒，到处是叛徒！在自己家里都没有一分钟安宁！”

梅蒂维埃走后，老公爵叫来女儿，把全部怒火都发在她头上，怪她

① 这里指 12 月 6 日的冬尼古拉节。

不该把间谍放进来。既然他叫她开过名单，并且不放名单以外的人进来，为什么还要把这个无赖放进来！她是罪魁祸首。公爵说，跟她在一起没有一分钟安宁，死也不得安宁。

“不行，大小姐，我们非分开不可，非分开不可，您明白吗，明白吗？我再也受不了啦！”公爵说着走出屋去。接着仿佛怕她想不开，他又折回来，竭力装得心平气和地补充说：“别以为我这是气头上对您说这话。我很平静，这事我仔细想过了，就这么办，我们分开，您去给自己找个安身的地方！……”但他不能自制，怀着那种出于爱心的狂怒——显然他自己很痛苦——挥动双拳，对她嚷道：

“但愿有哪个傻瓜把她娶走！”公爵砰的一声关上门，派人去叫布莉恩小姐，这才在书房里安静下来。

下午两点钟，选定的六位客人来赴宴了。这六位客人是声名显赫的拉斯托普庆伯爵、罗普兴公爵和他的侄子、公爵的老战友查特洛夫将军，还有两个年轻人——皮埃尔和保里斯。他们都在客厅里等他。

保里斯最近来莫斯科休假，希望谒见保尔康斯基公爵。他善于奉承拍马，因而公爵破例在家中接待这个单身青年。

公爵家不是上流社会的“交际场所”。这是一个在市里并不太出名的小圈子，但在这里受到接待却比任何地方都更有面子。这一点保里斯是上星期才知道的。当时拉斯托普庆当着他的面对总司令说，他不能应邀在圣尼古拉节赴总司令的宴会，因为：

“这一天我照例要去向保尔康斯基公爵的老骨头致敬。”

“哦，对了，对了！”总司令回答，“他怎么样？……”

饭前，这几个人聚集在摆着旧式家具的高大的旧式客厅里，有点像庄严的法庭开庭。大家都不作声，即使说话声音也压得很低。保尔康斯基公爵走进来，神情严肃，一言不发。玛丽雅公爵小姐似乎比平时更文静羞怯。客人只勉强同她敷衍几句，因为看到她对他们的谈话不感兴趣。只有拉斯托普庆一人在引导谈话，他时而讲讲本市新闻，时而透露政界消息。

罗普兴和老将军偶尔参加谈话。保尔康斯基公爵听着，好像最高法官在听取汇报，只偶尔哼哼几声或插一两句话，表示他知道此事。大家谈话的语气表明，谁也不赞成政界的现状。他们所讲的事都反映局势每况愈下；但不论讲什么或批评什么，一旦涉及皇帝陛下，说话的人就自动住口，或者被人岔开。

晚饭后，话题转到最近的政治新闻，谈到拿破仑夺取奥登堡大公领地，俄国递交欧洲各国反对拿破仑的照会。

“拿破仑对待欧洲，就像海盗对待他劫得的海船那样，”拉斯托普庆重复他说过多次的话，说，“各国君主的姑息和昏庸简直叫人吃惊。现在轮到教皇了。拿破仑肆无忌惮地想推翻天主教教皇，但大家还是一声不吭。只有我们的皇上对掠夺奥登堡大公领地提出了抗议。就连……”拉斯托普庆公爵没再说下去，觉得已接近批评的禁区。

“有人提议用别的土地来交换奥登堡大公领地，”保尔康斯基公爵说，“他们这样把大公调来调去，就像我把农奴从童山转移到保古察罗伏和梁赞庄园那样。”

“奥登堡大公忍受这场灾难，镇定沉着，令人惊叹！”保里斯恭恭敬敬地插嘴说。他说这话，是因为他从彼得堡来这里前已有幸谒见过大公了。保尔康斯基公爵对他瞧了瞧，仿佛想说什么，但又改了主意，觉得他太年轻了。

“我读过对奥登堡事件的抗议，这份照会措辞之糟简直使我吃惊。”拉斯托普庆伯爵漫不经心地说，表示他对此事非常熟悉。

皮埃尔带着天真的惊讶望了望拉斯托普庆，弄不懂照会措辞不当怎么会使他这样烦躁不安。

“伯爵，只要照会内容确有分量，措辞如何有什么关系？”皮埃尔问。

“老弟，既然拥有五十万军队，文章应该是很好做的。”拉斯托普庆伯爵说。皮埃尔明白了，为什么照会措辞不当使拉斯托普庆伯爵这样不满。

“看来，摇笔杆子的人才辈出，”老公爵说，“彼得堡大家都在舞文弄墨，不仅写写照会，还起草新法律。我的安德烈在那里为俄国写了一大本法典。如今人人都在耍笔杆子！”老公爵不自然地笑起来。

谈话停了一会儿，老将军干咳几声来引人注意。

“诸位有没有听到最近彼得堡检阅时发生的一件事？新任法国公使

出了丑！”

“什么？对了，我听说了，他在陛下面前说了些不成体统的话。”

“陛下请他看看掷弹兵师和分列式，”将军继续说，“可是公使毫不在意，还说什么我们在法国没人注意这类琐事。陛下当时一言不发。据说，后来再检阅时，陛下就再没理过他。”

大家都不作声，因为这事涉及皇帝陛下，不能妄加评论。

“真是胆大妄为！”公爵说，“你们知道梅蒂维埃吗？我今天把他从家里赶了出去。他来过我这里。尽管我吩咐过别放任何人进来，可他们还是放他进来了。”公爵怒气冲冲地瞟了一眼女儿，说。他讲了他同法国医生谈话的经过，以及他肯定梅蒂维埃是间谍的理由。尽管理由很不充分，也不明显，却没有人反驳他。

烤菜之后，上了香槟。客人们纷纷起立向老公爵祝贺。玛丽雅公爵小姐也走到他跟前。

老公爵用恶狠狠的目光冷冷地瞧了瞧女儿，伸出刮光的皱面颊给她吻。他的脸部表情告诉她，他没有忘记早晨的谈话，他的决定仍然有效，只因客人在场他现在不向她提这事罢了。

大家走到客厅喝咖啡，老人们坐在一起。

保尔康斯基公爵更加兴奋了，讲了他对当前战争的看法。

公爵说，只要我们想同日耳曼人结盟，干预欧洲事务（蒂尔西特和约[①]已把我们牵连进去了），我们同拿破仑作战就要倒霉。我们既不应为奥地利作战，也不应对奥地利作战。我们的整个政策应当放在东方，至于对付拿破仑，只要陈兵边境，实行强硬政策，这样他就绝不敢像一八〇七年那样进犯俄国边境了。

“公爵，我们怎么好同法国人打仗呢！”拉斯托普庆伯爵说，“难道我们能讨伐我们的老师和上帝吗？看看我们的青年，看看我们的太太小姐吧！法国人就是我们的上帝，巴黎就是我们的天堂。”

拉斯托普庆伯爵提高嗓门，显然要人人都能听见。

“服装是法国的，思想是法国的，感情是法国的！您掐着梅蒂维埃

---

① 蒂尔西特和约，1807 年拿破仑同亚历山大一世签订的和约，俄国同意建立华沙大公国和参加大陆封锁。

的脖子把他赶出去，因为他是法国人，是无赖，可我们的太太小姐却拜倒在他的脚下。昨天我参加了一个晚会，那里五个女人中有三个是天主教徒，她们获得教皇特许在礼拜天绣花。可她们，恕我无礼，几乎赤身裸体坐在那里，好像澡堂的广告。唉，你看到我们那些年轻人，公爵，真想把彼得大帝的大棒从博物馆里拿出来，照俄国方式把他们满脑袋的糊涂思想打掉！”

大家都不作声。老公爵含笑望着拉斯托普庆，赞许地晃晃脑袋。

“好吧，再见，阁下，多多保重！”拉斯托普庆说，以他特有的敏捷站起来，把手伸给公爵。

“再见，老伙计，金玉良言，百听不厌！”老公爵说，拉住他的手，把面颊伸给他吻。其余的人也随着拉斯托普庆站起来。

4

玛丽雅公爵小姐坐在客厅里听老人们议论，却一点也不懂他们的话。她只是想着，客人们是不是都已看出父亲对她的敌视态度。她甚至没注意到吃饭时保里斯对她特别殷勤。保里斯来他们家这已是第三次了。

玛丽雅公爵小姐心不在焉，带着询问的神情望着皮埃尔。皮埃尔手里拿着帽子，脸上挂着笑容，在公爵走后最后一个走到她跟前。客厅里只剩下他们两人。

“可以再坐一会儿吗？”皮埃尔说，他那肥胖的身子落在玛丽雅公爵小姐旁边的安乐椅上。

“哦，当然！”玛丽雅公爵小姐说，但她的目光却在问：“您没看出什么吗？”

皮埃尔饭后心旷神怡。他眼睛瞧着前面，悄悄地笑着。

“公爵小姐，您早就认识那个青年吗？”皮埃尔问。

“哪一个？”

“保里斯。”

“不，没多久……”

“那么您喜欢他吗？”

“哦，他是个讨人喜欢的青年……您问这个干吗？”玛丽雅公爵小姐说，继续想着早晨同父亲的谈话。

“因为我注意到，年轻人常从彼得堡请假来莫斯科，目的就是要娶个有钱的姑娘。”

“您注意到这一点了？”玛丽雅公爵小姐问。

“是的，”皮埃尔含笑继续说，“这个年轻人就是这样：哪里有有钱的姑娘，他就往哪里钻。我可把他看透了。他现在没定好向谁进攻：向您还是向裘丽小姐。他对她非常殷勤。”

“他常到她家去吗？”

“去，常去。您知道新的求爱方法吗？”皮埃尔愉快地含笑说，显然带有不含恶意的嘲弄。他常常在日记里责备自己这种行为。

“不，不知道。”玛丽雅公爵小姐说。

“如今要讨莫斯科姑娘的欢心，必须带几分伤感。他在裘丽小姐面前显得十分伤感。”皮埃尔说。

“真的吗？”玛丽雅公爵小姐说，眼睛望着皮埃尔善良的脸，心里依旧想着自己的苦恼。她想：“我要是把自己的心情告诉什么人，我会觉得好过些的。皮埃尔这人那么善良，那么高尚。我真愿意把一切都告诉他。这样我会觉得好过些。他会替我出主意的！”

“您愿意嫁给他吗？”皮埃尔问。

“唉，伯爵！有时候我简直愿意嫁给随便什么人。”玛丽雅公爵小姐突然脱口而出，话里带着哭声，“唉，你爱着一位亲人，可是又觉得……”她的声音发抖了，“除了使他烦恼不能为他做什么，而这样的局面又无法改变，那真叫人痛苦啊！只剩下一条路：走。可是叫我到哪儿去呢？”

“您怎么啦，出什么事啦，公爵小姐？”

但公爵小姐没有说完，就哭起来。

“我不知道我今天怎么了。您别在意，把我说过的话都忘掉吧。”

皮埃尔的愉快心情顿时无影无踪。他关切地问公爵小姐，求她把事情全讲出来，把她的苦恼告诉他；但公爵小姐只是反复求他忘记她所说的话，她记不清她说了什么，说她并没有什么苦恼，除了他知道的那件事：安德烈公爵的婚事可能引起父子的争吵。

“罗斯托夫家有什么消息吗？”公爵小姐问，想改变话题，“我听说他们就要来了。我也天天在等安德烈回来，我倒希望他们在这里见面。”

“那他现在怎样看待这事？”皮埃尔问，指的是老公爵。玛丽雅公爵小姐摇摇头。

“可是有什么办法？一年的期限只剩下几个月了。这事很难办。我愿在最初的时刻帮哥哥一点忙。我希望他们快点来。我希望我能同她合得来……您认识他们好久了，”玛丽雅公爵小姐说，“请您老老实实告诉我，她是个怎样的姑娘，您觉得她怎么样，请您务必讲实话，因为安德烈违反父亲的意志，这样做太冒险了，所以我想知道……”

一种模模糊糊的本能告诉皮埃尔，这些解释和**讲实话**的反复要求，说明玛丽雅公爵小姐对未来的嫂嫂没有好感，她希望皮埃尔不赞成安德烈公爵的选择；但皮埃尔的回答与其说是他的想法，不如说是他的感觉。

“我不知道该怎样回答您的问题，”皮埃尔说这话时脸红了，自己也不知道为什么，“我实在不知道她是个怎样的姑娘，我一点也不会分析她这个人。她很有魅力。怎么会，我不知道。关于她我只能说这些。”玛丽雅公爵小姐叹了一口气，脸上的神情表示：“果然不出我所料，也是我所害怕的。”

“她聪明吗？”玛丽雅公爵小姐问。皮埃尔想了一下。

“我想不，”皮埃尔说，“但也可以说聪明。她天生不算聪明……可她就是很有魅力，没有别的。”玛丽雅公爵小姐又不以为然地摇摇头……

“唉，我真愿意喜欢她！您要是比我先见到她，就把这话告诉她。”

“我听说他们这几天就要到了。”皮埃尔说。

玛丽雅公爵小姐把她的打算告诉皮埃尔：等罗斯托夫家的人一到，她就去接近未来的嫂嫂，并竭力使老公爵看惯她。

5

保里斯想要一个有钱的姑娘，在彼得堡没有如愿，他就怀着这个目的来到莫斯科。到了莫斯科，保里斯没定好在裘丽和玛丽雅公爵小姐这两个最有钱的姑娘之间挑选哪一个。在他看来，玛丽雅公爵小姐虽然长得不美，却比裘丽有吸引力，但不知怎的，他觉得追求玛丽雅公爵小姐有点别扭。上次在老公爵的命名日同她见面，他几次试图同她谈谈心，她却回答得驴唇不对马嘴，显然没在听他说话。

裘丽正好相反，爽爽快快地接受他的殷勤，虽然用的是她独特的方式。

裘丽今年二十七岁。两个哥哥去世后，她就变得很富有。她长得实在难看，但自以为不仅依旧很美，而且比以前更加迷人。她产生这种谬误是由于：第一，她成了一位富有的待嫁姑娘；第二，她年纪越大，对男人就越少危险，男人对她也越少顾忌，他们可以享受她的晚餐、晚会和热闹的交际活动而不用承担任何责任。十年前，男人不敢每天晚上到一个有十七岁姑娘的人家去，唯恐败坏她的名誉，也使自己脱不了干系，可现在却大胆地天天上她家去，他们不把她看作一个待嫁的姑娘，而看作一个没有性别的朋友。

那年冬天，裘丽家成了莫斯科最愉快最好客的人家。除了正式宴会和晚会，裘丽家天天都是高朋满座，主要是男客。他们午夜十二点才吃饭，一直坐到凌晨两三点钟。裘丽从不错过一次跳舞会、游艺会和戏剧演出。她的打扮总是最时髦的。虽然如此，裘丽看破红尘，她逢人便说，她既不相信友谊，也不相信爱情，甚至不相信人生的欢乐，只盼在天国得到安息。她的神态好像一个绝望的姑娘，不是失恋，就是在爱情上受到残酷的欺骗。其实根本没有发生过这类事，可大家却把她看成那样的姑娘，连她自己都认为她的一生已饱经沧桑。这是一种忧郁症，但并不妨碍她寻欢作乐，也不影响年轻人在她那里消磨时光。每个来客都顺应女主人的忧郁心情，然后跟她一起闲聊，跳舞，做智力游戏和参加当时在裘丽家时兴的打油诗比赛。只有少数几个年轻人，包括保里斯在内，比较理解裘丽的忧郁心情。裘丽常同这几个年轻人个别长谈，谈论尘世的空虚，人生的无常。她给他们看纪念册，里面满是感伤的图画、格言和诗句。

裘丽对保里斯特别亲切，为他过早看破红尘而叹息，她自己虽也饱尝生活的辛酸，却竭力给予他友好的安慰，并给他看她的纪念册。保里斯也在她的纪念册里画了两棵树，题了一行字："乡间的树啊，你们枝叶扶疏，在我身上撒下黑暗和忧郁。"

保里斯在另一处画了一座坟墓，下面写道：

死是解脱，死是安息，
　唉，摆脱痛苦，别无他途。

裘丽称赞他写得很精彩。

"忧郁的笑容含有无比的魅力！"她给保里斯逐字背诵书里的这句话。

"这是黑暗中的一线光，悲哀和失望间的一道沟，表示心灵能获得抚慰。"

保里斯给她写诗作答：

你那多愁善感的心灵好比毒酒，
但没有你，我就没有幸福。
啊，温柔的忧郁，快来抚慰我！
快来抚慰我凄凉的孤独，
请在我滚滚的泪水中，
掺入一点神秘的甜蜜！

裘丽为保里斯在竖琴上弹出最悲怆的夜曲。保里斯则给她朗诵《可怜的丽莎》[①]，多次感动得泣不成声。裘丽和保里斯在大庭广众中见面，两人对视，仿佛在偌大冷漠的人间，只有他们两个才相互理解。

---

① 俄国作家卡拉姆辛（1766—1826）的中篇小说，写一个农村少女被贵族遗弃而自杀的故事。

德鲁别茨基公爵夫人常来裘丽家。她在同裘丽母亲打牌时，摸到裘丽陪嫁的底细（奔萨省两处庄园和下城一座树林）。德鲁别茨基公爵夫人怀着听天由命的心情，看待儿子同富有的裘丽之间借以联系的淡淡的哀愁。

“你总是那么迷人，那么忧郁，我可爱的裘丽。”德鲁别茨基公爵夫人对做女儿的说。

“保里斯说，他在您府上心灵才得到安宁。他遇到过那么多不顺心的事，可人又是那么多愁善感。”德鲁别茨基公爵夫人对做母亲的说。

“唉，我的孩子，近来我那么喜欢裘丽，简直没法对你形容！”德鲁别茨基公爵夫人对儿子说，“可谁能不喜欢她呢？她是个天使！唉，保里斯，保里斯！”她停了停，又说：“我真可怜她的妈妈。今天她给我看了奔萨省来的账单和信件（她们在那里有一座大庄园）。她真可怜，什么事都得亲自处理，大家都欺骗她！”

保里斯听着母亲的话，微微地笑了笑。他不怀恶意地嘲笑母亲天真的狡猾，但用心听着，有时向她仔细打听奔萨省和下城庄园的情况。

裘丽早就在等待她那位忧郁的崇拜者来向她求婚，并准备接受；可是保里斯对她、对她急于想出嫁的心情和装腔作势的模样很反感，又害怕从此剥夺自己真正的爱情，因此举棋不定。保里斯的假期快满了。他每天整天待在裘丽家，一想到这事，他就对自己说，明天去求婚吧。但在裘丽面前，保里斯望望她那几乎总是涂脂抹粉的脸颊和下巴，望望她那湿润的眼睛和面部表情（她那忧郁的表情随时准备一下子变成结婚幸福的狂欢），他无法说出那句命运攸关的话来，尽管他早就把自己想象为奔萨省庄园和下城树林的主人，并且把那里的收入做好了安排。裘丽看到保里斯迟疑不决，有时想到会不会是他不喜欢她，但女性的自我陶醉宽了她的心，她对自己说，那是由于他不好意思求爱罢了。不过，她的忧郁开始变为烦躁，而在保里斯动身前不久她采取了断然措施。就在保里斯假期快满的时候，阿纳托里来到了莫斯科，自然也出现在裘丽的客厅里。于是裘丽突然不再忧郁，变得很快乐，对阿纳托里大献殷勤。

“我的孩子，”德鲁别茨基公爵夫人对儿子说，“我从可靠方面得到消息，华西里公爵派儿子来莫斯科，是要他同裘丽结婚。我那么喜欢裘丽，真替她惋惜。你看怎么样，好孩子？”德鲁别茨基公爵夫人说。

保里斯想到他为裘丽忍受难堪的忧郁，白白浪费了一个月时间，又眼看他已做了安排的奔萨省庄园收入落到别人手里，特别是落到蠢货阿纳托里手里，他仿佛受了愚弄，感到非常委屈。他打定主意到裘丽家求婚。裘丽现出一副无忧无虑的神态迎接他，若无其事地说她昨天在舞会上很快乐，还问他什么时候动身。尽管保里斯跑来想表白爱情，因此存心显得温柔些，但一开口就气呼呼地说女人朝三暮四，感情善变，她们的心情完全受求爱的人支配。裘丽生气了，说他说的是事实，但女人需要丰富多彩的生活，总是老一套，谁都会厌倦的。

“因此我倒要奉劝您……”保里斯想刺她一下，刚开口要说，但就在这一刹那，他心里产生了一个不愉快的念头：他可能一无所获地离开莫斯科，白白浪费力气，而这样的情况他可从来没有遇到过。他话说到一半立即停住，垂下眼睛，免得看到裘丽怒气冲冲、犹豫不决的脸色，接着改口说：“我到这儿来，绝不是要跟您吵嘴。恰恰相反……”保里斯瞟了她一眼，看该不该说下去。她的怒气顿时消失，立即向他投去惶惑不安的恳求目光。“将来我可以设法同她少见面，”保里斯想，“事情既然开了头，就得干到底！”保里斯脸涨得通红，抬起眼睛瞧着她说：“我对您的感情，您当然知道！”再也不用说什么了：裘丽脸上焕发出得意扬扬的胜利神色；但她还是逼着保里斯说出在这种场合应该说的话，说他爱她，他从来没有像爱她那样爱过别的女人。她知道凭奔萨省的庄园和下城的树林，她有权这样要求。她果然得到了她所要求的东西。

未婚夫妇不再谈撒下黑暗和忧郁的树木，却共同研究如何布置彼得堡华丽的住宅。他们走亲访友，积极准备举行盛大的婚礼。

6

一月底，罗斯托夫伯爵带着娜塔莎和宋尼雅来到莫斯科。伯爵夫人身体仍未复原，不能出门，他们又不能等她康复，因为安德烈公爵随时都可能到达莫斯科，此外还得置办嫁妆，出售莫斯科郊区庄园，并抓住老公爵在莫斯科的机会，向他引见未来的儿媳妇。罗斯托夫的莫斯科住宅没有生火，他们也不准备久留，伯爵夫人又没来，因此罗斯托夫伯爵决定到莫斯科暂时住在阿赫罗西莫娃家，她早就邀请过伯爵了。

一天夜晚，罗斯托夫家的四辆雪橇开进旧马厩街的阿赫罗西莫娃家。阿赫罗西莫娃独自住在这里。她的女儿已出嫁，几个儿子都在官府供职。

阿赫罗西莫娃身子还是那么硬朗，说话还是那么爽直、高亢和果断，她的整个为人就像在责备别人性格软弱、迷恋情欲，因为她自己完全没有这些弱点。清早起来，她就身穿短袄，料理家务，然后乘车出门，逢到节日去做礼拜，做好礼拜去监狱和囚牢，办她从不对任何人讲的事[①]；平时她打扮整齐，每天在家里接见各阶层的来访者；然后吃午饭，陪她吃丰盛可口的午饭的总有三四个来客；饭后打纸牌；晚上她叫人读报纸和新书给她听，自己编织毛衣。她很少出门，如果出去，也只是拜访市里最显要的人物。

当罗斯托夫一家人到达，前厅发出咯咯的开门声，客人和他们的仆人带着一股寒气进来时，她还没有睡觉。阿赫罗西莫娃眼镜滑到鼻子上，仰起头，站在大厅门口，板着脸望着来客。要不是她仔细吩咐仆人安顿好客人和他们的行李，人家还以为她在对来客生气，马上就要把他们赶走。

“伯爵的行李吗？搬到这儿来。”她指指皮箱说，也不跟谁打招呼，“小姐们的，放到左边。喂，你们在那儿讨什么好！”她呵斥使女们说。“快去烧茶炊！哦，你长胖了，长得好看了，”她拽着脸冻得通红的娜塔莎的风帽说，“嚯，外面好冷！快把衣服脱了，”她对想吻她手的伯爵大声说，“你一定冻坏了。茶里要加朗姆酒！宋尼雅，你好。”她对宋尼雅说，用法语问候表示既亲热，又带点蔑视。

---

① 指对囚犯做慈善事业。

等大家脱去外套，梳洗完毕去喝茶，阿赫罗西莫娃逐个吻了来客。

“你们来了，住到我家，我打心底里高兴。”阿赫罗西莫娃说，“你们早该来了。”她说，意味深长地看了娜塔莎一眼……“老头儿在这里，天天盼望儿子归来。你一定，一定要同他见见。好，这事以后再说。”她添加说，回顾了一下宋尼雅，表示不愿当着她的面谈这事。“现在听我说，”她对伯爵说，“明天你要干什么？要请哪些人来？请申兴来？”她弯下一根手指，“好哭的德鲁别茨基公爵夫人，两个啦。她同儿子都在这儿。她要给儿子成亲了！还有皮埃尔，对不对？他同他妻子也在这里。皮埃尔躲着她，可她赶了来。星期三他在我这里吃过饭。至于她们，”她指指小姐们，“明天我带她们去伊维尔教堂，然后再去奥倍尔·舍尔玛[1]那里。你们大概都要做新装吧？不能拿我做标准，现在流行的袖子是这样的吧！前几天，伊林娜小公爵夫人来我这儿，我一看，简直吓死人，两条手臂好像套着两个水桶。如今是一天一个花样。你有什么事要办？”她严厉地问伯爵。

“事情都凑在一起了，”伯爵回答，“要给姑娘们买衣服，要出卖莫斯科郊区庄园和房子，还得同买主商量。再要抽空到马林斯科耶去一天，您要是方便，我想把两个姑娘留给您照顾一下。”

“行，行，在我这里保管没问题。我这里就像监护所[2]一样稳当。我会把她们带到该去的地方，对她们该骂则骂，该疼则疼。”阿赫罗西莫娃说，用大手摸摸她的宠儿兼教女娜塔莎的脸颊。

第二天早晨，阿赫罗西莫娃把两个姑娘带到伊维尔教堂和女裁缝奥倍尔·舍尔玛那里。奥倍尔·舍尔玛很怕阿赫罗西莫娃，卖衣服给她总是折本，但求快些把她打发走。阿赫罗西莫娃几乎订购了全部嫁妆。回到家里，她把所有的人都赶出屋去，只留下娜塔莎，叫这个宠儿坐在她旁边。

“好，现在我们来谈谈。祝贺你有了婆家。你钓到一个好女婿！我为你高兴；他这样大我就认识他了（她把手伸得离地一码高），”娜塔莎高兴得脸都红了，“我喜欢他，喜欢他全家。现在你听我说。你可是知

---

① 一家女裁缝铺的店名，同“大骗子”一词谐音。

② 见第394页注。

道，公爵老头儿不想让儿子结婚。老头儿脾气坏极了！当然，安德烈公爵也不是小孩子，不靠老头子也能过，不过违反父亲的意志进门也不好。要太太平平、欢欢喜喜才好。你是个聪明的孩子，知道该怎么办。你要和气，要乖巧。这样就好办了。”

娜塔莎不作声。阿赫罗西莫娃还以为她是害臊，其实她是不愿别人干预她同安德烈公爵的恋爱。她觉得他们的事不同于尘世俗事，没有人能理解他们。她只爱、只了解安德烈公爵一个人，安德烈公爵也爱她，不久他就会来接她。别的她什么也不要。

“不瞒你说，我早就认识他了，我也喜欢玛丽雅，你将来的小姑。‘小姑大姑，好比老虎。’可你那个小姑心地好，连苍蝇都不会伤害一个。她要求同你见见面。你明天就跟父亲去见她，你对她要亲热些，因为你比她小。以后等你那个人回来，你已跟他妹妹和父亲都认识了，他们也喜欢你了。对不对？这样是不是更好些？”

“更好些。”娜塔莎勉强回答。

7

第二天，罗斯托夫伯爵听从阿赫罗西莫娃的劝告，带娜塔莎去见保尔康斯基公爵。伯爵这次去访问心情不佳，他有点害怕。他记得上次两人见面正好是征集民团的时候，伯爵设宴招待，但因民团没有足额而受到公爵的严厉训斥。这事伯爵至今记忆犹新。今天娜塔莎穿了最漂亮的衣服，心情十分愉快。她想：“他们不可能不喜欢我，大家一向喜欢我。我真愿意为他们做事，真愿意喜欢他，因为他是他的父亲，也愿意喜欢她，因为她是他的妹妹，他们没有理由不喜欢我！”

他们坐车来到伏兹德维任克街一座阴暗古老的住宅，走进门厅。

“哦，上帝保佑！”伯爵半开玩笑半认真地说；但娜塔莎看到父亲走进前厅有点紧张，怯生生地低声问公爵和公爵小姐是否在家。客人一到，仆人中间起了一阵慌乱。一个仆人进去通报，在大厅里被另一个仆人拦住。他们低声说了些什么。一个使女跑进大厅，也匆匆地说了句什么，提到公爵小姐。最后，一个老仆怒气冲冲地跑出来，对罗斯托夫家人说，公爵不见客，但公爵小姐请他们进去。第一个出来迎接客人的是布莉恩小姐。她彬彬有礼地接待罗斯托夫伯爵父女俩，把他们领到公爵小姐屋里。玛丽雅公爵小姐迈着沉重的步子跑出来迎接客人，神态紧张，脸上泛起红斑。她想显得自然大方，但是装不像。玛丽雅公爵小姐第一眼就不喜欢娜塔莎。她觉得娜塔莎过分打扮，举止轻浮，虚荣心很重。玛丽雅公爵小姐自己也没有意识到，在她没看见未来的嫂嫂之前，因为羡慕她的美丽、年轻和幸福，又妒忌哥哥对她的爱，对她早就没有好感。除了这种无法克服的反感之外，玛丽雅公爵小姐此刻格外激动，因为一通报罗斯托夫家人来访，公爵就大发雷霆，说他不愿见他们，如果玛丽雅公爵小姐愿意，她可以接见他们，但不要让他们来见他。玛丽雅公爵小姐决定接见他们，但又提心吊胆，生怕公爵做出什么乖戾的事来，因为罗斯托夫家的人一到，他就十分激动。

"哦，亲爱的公爵小姐，我把我的百灵鸟给您带来了，"罗斯托夫伯爵讨好说，不安地环顾着，唯恐老公爵突然走进来，"你们认识了，我很高兴。可惜公爵贵体一直欠佳。"他又说了几句客套话，站起来，"您要是同意，公爵小姐，我把我的娜塔莎留在您这儿一刻钟，我到安娜·谢苗诺夫娜那儿去一下，就在狗市场，只有两步路。然后我来接她。"

罗斯托夫伯爵想出这个花招，只是为了让未来的姑嫂有一个畅谈的机会（他后来这样告诉女儿），更为了避免同他所害怕的公爵见面。他没有这样对女儿说，但娜塔莎明白父亲的恐惧和不安，因此感到委屈。她为父亲脸红，更为自己脸红而生自己的气。她大胆而挑战似的瞅了瞅公爵小姐，表示她什么人也不怕。公爵小姐对罗斯托夫伯爵说，她很高兴，请他在安娜·谢苗诺夫娜家里多坐一会儿。罗斯托夫伯爵就走了。

玛丽雅公爵小姐想同娜塔莎单独在一起谈谈，可是布莉恩小姐却不顾公爵小姐的眼色，留在屋里不走，滔滔不绝地大谈其谈莫斯科的娱乐和戏剧。娜塔莎因为在前厅受到怠慢，父亲惊惶失措，公爵小姐格外开恩接待她的不自然腔调，感到委屈。她觉得一切都不是滋味。她不喜欢玛丽雅公爵小姐，觉得她长得丑，又装模作样，古板乏味。娜塔莎突然感到浑身不舒服，说话漫不经心，这就使玛丽雅公爵小姐更加疏远她。经过五分钟装模作样的不愉快谈话，她们听见穿便鞋的脚步声迅速逼近。玛丽雅公爵小姐脸上现出恐惧的神色。房门打开了，公爵头戴白睡帽，身穿白睡袍，走了进来。

“哦，小姐，”保尔康斯基公爵说，“小姐，伯爵小姐……娜塔莎伯爵小姐，要是我没弄错的话……请您原谅，原谅……我不知道，小姐。上帝在上，我不知道您光临，就穿着这样的衣服来看我女儿，请您原谅……上帝在上，我不知道。”他那么不自然、那么不高兴地一再说，把“上帝”两字说得特别响，以致玛丽雅公爵小姐呆呆地站在那儿，垂下眼睛，既不敢看父亲，也不敢看娜塔莎。娜塔莎站起来行了个屈膝礼，也不知道她应该怎么办。只有布莉恩小姐一人得意扬扬地微笑着。

“请您原谅！请您原谅！上帝在上，我不知道。”老头儿嘟囔着说。他从头到脚把娜塔莎打量了一番，走出去了。老公爵走后，布莉恩小姐第一个恢复平静，谈起老公爵的病情。娜塔莎和玛丽雅公爵小姐默默地对视着，没有说出她们想说的话，因此相互间更加反感。

等伯爵一回来，娜塔莎就不顾礼貌，表示高兴，并且急着要走。这会儿她简直憎恨这个冷淡乏味的老公爵小姐，因为同她待了半小时，她却只字不提安德烈公爵，这使娜塔莎感到难堪。“我总不能当着这个法国女人的面先谈到他啊。”娜塔莎想。玛丽雅公爵小姐也为这事感到苦恼。她知道她应当对娜塔莎说说话，但她不能这样做，因为布莉恩小姐妨碍她，还因为她自己也不知为什么难以开口谈到他们的婚事。等伯爵一走出屋子，玛丽雅公爵小姐快步走到娜塔莎面前，握住她的双手，深深地叹了口气说：“等一下，我要……”娜塔莎自己也不知为什么，嘲弄地望着玛丽雅公爵小姐。

“亲爱的娜塔莎，”玛丽雅公爵小姐说，“您瞧，我哥哥找到了幸福，我很高兴……”她停住了，觉得自己说的不是真话。娜塔莎注意到这一点，并懂得原因。

“公爵小姐，我想现在谈这事不太方便。”娜塔莎说，表面上装得很高傲冷淡，喉咙里却被泪水哽住了。

“我说了什么啦！我干了什么啦！”娜塔莎一走出屋子，就想。

那天大家吃饭等了娜塔莎好久。她坐在自己屋里，像孩子似的大哭，擤着鼻涕，不断抽噎。宋尼雅站在旁边，吻着她的头发。

“娜塔莎，你哭什么呀？”宋尼雅说，“他们跟你有什么相干？一切都会过去的，娜塔莎。”

“不，你不知道这事多么气人……仿佛我……”

“别说了，娜塔莎，你又没有错，何苦这样？吻吻我吧。”宋尼雅说。

娜塔莎抬起头来，吻了吻朋友的嘴唇，把泪痕斑斑的脸贴在朋友身上。

“我说不上来，我不知道。谁也没有错，”娜塔莎说，“全得怪我。但这一切叫人太难受了。唉，他怎么还不来！……”

娜塔莎红着眼睛去吃饭。阿赫罗西莫娃知道保尔康斯基公爵怎样接待了罗斯托夫一家，但装作没注意娜塔莎伤心的脸色，在饭桌上一直跟伯爵和别的客人大声说笑。

8

那天晚上，阿赫罗西莫娃订了包厢票，罗斯托夫一家都去看歌剧。

娜塔莎本来不想去，但票子主要是为她订的，她不愿辜负阿赫罗西莫娃的一片盛情。娜塔莎打扮好到大厅等父亲。她照了照大镜子，看见自己长得美，长得很美，心里就越发伤心，但这种伤心带有甜味，充满爱情。

“天哪！假如他在这里，我就不会畏畏缩缩，傻头傻脑了，我一定会面目一新，大大方方地搂住他，偎依着他，让他用他那双好奇的探究的眼睛瞧着我——他常常用这样的眼睛瞧我——然后我会使他像以前那样发笑，而他那双眼睛——啊，我现在就看到他那双眼睛了！”娜塔莎想，“他父亲和他妹妹跟我有什么相干，我只爱他，爱他一个人，爱他的脸，爱他的眼睛，爱他的笑容，爱他那又刚毅又天真的笑容……

不，最好别去想他，别想，把他忘掉，暂时把他忘掉。哦，我再也受不了这种等待了，我要哭了！”娜塔莎离开镜子，竭力不让自己哭出声来。“宋尼雅爱尼古拉怎么能那样沉着，那样冷静，并且那么耐心地长期等待！”娜塔莎望着也打扮得漂漂亮亮、手拿扇子走进来的宋尼雅，想，“是啊，她完全是另一种人，我可办不到！”

娜塔莎这时热情洋溢，不能满足于单是爱人和被人爱。她现在需要，此刻需要拥抱心爱的人，说出心里翻腾着的情话，并且听他也对她情话绵绵。她乘上马车，坐在父亲旁边，若有所思地望着从结冰的窗子里透进来的路灯光，觉得更加情思翻腾，无限惆怅，简直忘了同谁坐在一起，要往哪里去。罗斯托夫家的马车加入车辆的行列，车轮缓慢地轧在雪地上，发出吱嘎声，驶到剧院门口。娜塔莎和宋尼雅连忙提着衣裾跳下马车，伯爵由跟班扶下车。三人就夹在男女观众和卖节目单的人中间，走到通包厢的走廊。从虚掩的门里传出来音乐声。

“娜塔莎，你的头发。”宋尼雅低声说。领票员慌忙彬彬有礼地抢先走到太太小姐们前面，打开包厢门。音乐声更响了，门里是一排排灯火辉煌的包厢，包厢里坐着袒胸露臂的太太小姐；池座里制服耀眼，人声嘈杂。一位贵妇人走进隔壁包厢，用女性的嫉妒目光瞅了娜塔莎一眼。幕还没有升起，乐队正在奏序曲。娜塔莎理理衣服，同宋尼雅一起走进去坐下，环顾着对面灯光明亮的包厢。几百双眼睛注视着她的光手臂和脖子。她心中突然涌起一种久未体验的又舒服又不舒服的感觉，由此又产生了一连串回忆、愿望和激动。

两个漂亮的姑娘，娜塔莎和宋尼雅，加上久未在莫斯科露面的罗斯托夫伯爵，吸引了大家的注意。此外，大家也约略知道娜塔莎同安德烈公爵订了婚，知道从那时起罗斯托夫一家就住在乡下。他们好奇地瞧着俄国一位出色人物的未婚妻。

大家都说，娜塔莎在乡下出落得更加漂亮了，而今晚由于兴奋显得格外美丽。她那生气蓬勃和青春洋溢的美，加上那副漠视一切的神态，使人赞叹不已。她那双乌溜溜的眼睛望着人群，但并不找寻什么人，她那露到臂肘以上的细细手臂搁在丝绒栏杆上，她的手随着序曲的拍子一张一合，把节目单也揉皱了。

“你看，那是阿列尼娜，”宋尼雅说，“好像同她母亲在一起。”

“老天爷！米哈伊尔·基里雷奇更胖了！”老伯爵说。

“瞧！我们的德鲁别茨基公爵夫人头上那顶高帽子！”

“卡拉金家的人，裘丽和保里斯同他们在一起。一看就知道是一对未婚夫妇。”

“保里斯求过婚了！我是今天才听说的。”申兴走进罗斯托夫家的包厢说。

娜塔莎循着父亲的视线望去，看见裘丽。裘丽又红又胖的脖子（娜塔莎知道上面扑过粉）上挂着一串珍珠项链，喜气洋洋地坐在母亲旁边。她们后面露出保里斯头发梳得精光的漂亮脑袋。保里斯面带笑容，一只耳朵凑近裘丽的嘴。保里斯皱着眉头望着罗斯托夫一家人，含笑对未婚妻说着什么。

“他们在谈我们，在谈我和他呢！”娜塔莎想，“他准是在劝慰未婚妻对我的嫉妒。他们这是自寻烦恼！我才不管他们的事呢。”

后面坐着德鲁别茨基公爵夫人。她头戴一顶绿色高帽，脸上现出听天由命和怡然自得的神气。他们的包厢里弥漫着一对未婚夫妇的亲热气氛，那是娜塔莎所熟悉和喜爱的。她转过身去，突然想起早晨访问时所受的屈辱。

“他凭什么不愿认我这个儿媳妇？唉，还是别去想他，等他来了再说！”娜塔莎想，环顾着池座里熟识的和不熟识的脸。陶洛霍夫站在池座前排正中。他身穿波斯服，浓密的鬈发向后倒梳，背靠乐池栏杆。他站在剧院最显眼的地方，知道自己吸引着全场观众的注意，神态自若，就像在自己家里一样。他的周围都是莫斯科的漂亮小伙子，而他则是他们中的佼佼者。

罗斯托夫伯爵捅了捅满脸通红的宋尼雅，指给她看原先的崇拜者。

“你认出来了？”伯爵问宋尼雅，“他这是从哪里冒出来的呀？”伯爵转身问申兴，“他不是好久没露面了吗？”

“好久没露面了，”申兴回答，“他到过高加索，又从那里走了。据说，他在波斯邦君手下当大臣，在那里杀死了王储。哼，如今莫斯科的太太小姐们简直都为他发疯了！波斯人陶洛霍夫，这称呼就够迷人了。

现在我们这里三句话离不开陶洛霍夫：凭他的名字起誓，把他看作一客山珍海味，”申兴说，“陶洛霍夫和阿纳托里把我们的太太小姐们都弄得神魂颠倒了。”

隔壁包厢来了一个高个子美人。她头上盘着一条大辫子，露出丰满的雪白肩膀和脖子，戴着两串大珍珠，厚实的绸衣窸窣作响，好半天才在座位上坐好。

娜塔莎不由得注视着她的脖子、肩膀、珍珠和发式，欣赏着她的肩膀和珍珠项链的美。当娜塔莎再次注视她的时候，这位太太回过头来，眼睛同罗斯托夫伯爵相遇，她向他点点头，嫣然一笑。原来她就是皮埃尔的妻子海伦。交游广阔的罗斯托夫伯爵探过身去同她交谈。

“您来了好久了，伯爵夫人？”罗斯托夫伯爵说，“我一定登门拜访，一定去吻吻您的手。我嘛，是来办事的，我把两个姑娘都带来了。听说谢苗诺娃[①]的演技盖世无双。皮埃尔伯爵从来没忘记过我们。他在这里吗？”

“是的，他要去拜访您的。”海伦说，仔细看了看娜塔莎。

罗斯托夫伯爵又回到自己的位子上。

“她长得很美，是吗？”伯爵低声问娜塔莎。

“美极啦！”娜塔莎说，“谁都会被她迷住的！”

这时响起了序曲的最后和声，乐队指挥用指挥棒敲了敲，几个迟到的男人走进池座，幕升起来。

幕一升起，包厢和池座里就鸦雀无声。所有的男人，不论年老年少，不论穿军装还是礼服，所有的女人，裸露的身子上戴着宝石首饰，个个怀着强烈的好奇心，全神贯注在舞台上。娜塔莎也开始看戏。

9

舞台上铺着平滑的地板，两边是彩色纸板做的树木，后面是一大块张在木板上的麻布。舞台中央坐着几个围红腰带、穿白裙子的姑娘。一

---

① 谢苗诺娃（1787—1876），俄国戏剧演员和歌剧演员。

个很胖的姑娘，身穿白色绸连衣裙，单独坐在一张矮凳上，凳子后面贴着一块绿色硬纸板。姑娘们都在唱歌。等她们唱完歌，白衣姑娘走到提词人小室那里。于是一个粗腿上穿着紧身绸裤的男人拿着一顶插有羽毛的帽子和一把短剑走到她面前，摊开两手，唱起来。

穿紧身裤的男人先单独唱了一段，然后白衣姑娘唱。两人唱完后响起了音乐，乐队开始奏乐，男人用手指抚摩着白衣姑娘的手，显然在等待拍子与她合唱。他们合唱了一曲，全体观众都鼓掌叫好；舞台上那对扮情人的男女现出笑容，摊开双手，向观众鞠躬。

娜塔莎长期在乡下生活，现在又心情不佳，她觉得剧院里的一切都显得粗野而古怪。她无法留意剧情的发展，连音乐也听不进去。她只看见彩色纸板的布景和身着奇装异服的男女，他们在明亮的灯光下活动、说话和唱歌。她知道做戏就得这样做，但又觉得这一切太虚伪做作，不自然，使她时而替演员害臊，时而又觉得好笑。她环顾周围观众的脸，想在他们脸上找到同样嘲弄和困惑的神情，但一张张脸都注视着舞台上的表演，现出娜塔莎认为是虚伪的赞赏的神色。“大概非如此不可！”娜塔莎想。她时而望望池座里一个个头发梳得精光的脑袋，时而看看包厢里袒胸露臂的女人，尤其是邻厢的海伦。海伦几乎脱光身上的衣服，脸上现出宁静的微笑，眼睛盯着舞台。娜塔莎沐浴在照亮全场的辉煌灯光和由于观众散发出热气而变得温暖的空气中，渐渐进入她久未体验的陶醉状态。她弄不明白这是怎么一回事，她在哪里，她眼前在发生一些什么事情。她看着，想着，头脑里掠过一些不连贯的奇怪念头。她突然想跳到包厢边上去唱那个女演员唱的咏叹调，又想用扇子碰碰坐在附近的小老头，又想凑近海伦去呵呵她的痒。

当舞台上一片肃静，等待咏叹调开始的时候，罗斯托夫家包厢附近的一扇门响了一下，一个迟到男人的脚步声从池座地毯上传来。“哦，他来了，阿纳托里！”申兴低声说。海伦笑眯眯地向进来的人转过身去。娜塔莎顺着海伦的目光望去，看见一个非常俊美的副官傲慢而又恭敬地向他们的包厢走来。这就是她早在彼得堡舞会上见过并引起过她注意的阿纳托里。阿纳托里现在穿着一套带肩章和肩饰的副官制服。他迈着克制而又矫健的步伐，要不是他长得俊美，要不是他脸上现出和蔼、满足和快乐的神色，这样的步伐就会使人觉得很可笑。尽管舞台上正在表演，他却怡然自得地高昂起他那香喷喷的好看的头，从容不迫地微微碰响马刺和佩剑，沿着过道地毯走来。他瞧了娜塔莎一眼，走到妹妹跟前，把戴着手套的手放在她的包厢边上，向她点点头，然后俯下身指着娜塔莎问着什么。

“真迷人！”阿纳托里说，显然是在说娜塔莎，但这句话娜塔莎与其说是听见的，不如说是从他嘴唇的动作上看出来的。接着他走到第一排，坐在陶洛霍夫旁边，用臂肘亲热而随便地碰碰陶洛霍夫，当时有几个人正在讨好他。阿纳托里快乐地向他挤挤眼，微微一笑，一只脚搁在乐池边上。

“兄妹俩真像！”罗斯托夫伯爵说，“两个都挺漂亮。”

申兴低声告诉伯爵阿纳托里在莫斯科的一件风流韵事，娜塔莎用心听着，只因为他刚才说她迷人。

第一幕完了，池座里的观众纷纷起立，乱哄哄地走进走出。

保里斯走到罗斯托夫家的包厢，若无其事地接受他们的祝贺，扬起眉毛，带着漫不经心的微笑，向娜塔莎和宋尼雅转达未婚妻要她们参加婚礼的邀请，然后走出去。娜塔莎愉快而带着媚笑同保里斯谈话，向她一度钟情过的人祝贺。娜塔莎自己陶醉在爱情中，觉得一切都是简单而自然的。

裸露着身子的海伦坐在娜塔莎旁边，对所有的人露出同样的笑容。娜塔莎对保里斯也同样微微一笑。

海伦的包厢里挤满了人，靠池座的那边则挤着一些最显赫最聪明的男人，这些男人仿佛都在争先恐后向别人表示，他们同她是认识的。

幕间休息时，阿纳托里同陶洛霍夫一直站在乐池前，眼睛望着罗斯托夫家的包厢。娜塔莎知道他们正在谈论她，感到很得意。她甚至转过身来，好让阿纳托里看见她自认为最美的侧面。第二幕开始前，皮埃尔来到池座里。罗斯托夫家的人来莫斯科后还没见到过他。皮埃尔满脸愁容，比娜塔莎最后一次看到时更胖了。他走到前排，没注意任何人。阿纳托里走到皮埃尔跟前，望着和指着罗斯托夫家的包厢，同他说着话。皮埃尔一看见娜塔莎，立即高兴起来，连忙穿过一排排座位向他们的包厢走去。他走到他们面前，臂肘支着包厢边沿，笑眯眯地同娜塔莎谈了好一阵。娜塔莎同皮埃尔谈话时，听见海伦包厢里有个男人的声音，不知怎的她立刻听出那是阿纳托里。娜塔莎回过头去，正好和他的目光相遇。阿纳托里用心醉神迷的目光含笑直望着她的眼睛，他离她这样近，她又这样热情地瞧着他，并且相信他喜欢她，但她和他还不认识，这真是太别扭了。

第二幕的布景是许多墓碑，天幕上有个洞表示月亮，脚灯去了灯罩。小号和低音提琴奏出低沉的调子，左右两边走出许多披黑斗篷的人。他们挥动双臂，拿着类似短剑的东西；接着又跑出来几个人，动手拉那个原来穿白衣、现在穿蓝衣的姑娘。他们不是一下子把她拖走，而是同她一起唱了好久，然后把她拖走。随后后台发出三下金属的敲击声，大家都跪下来唱祈祷词。这些表演几次被观众的喝彩声打断。

在演出这一幕时，娜塔莎不时往池座张望，每次都看见阿纳托里一只手臂搭在椅背上，眼睛直盯着她。娜塔莎看到他这样对她着迷，觉得很高兴，根本没想到这有什么不对。

第二幕结束时，海伦伯爵夫人站起来，转过身子（她的胸部完全裸露出来）对着罗斯托夫家的包厢，用戴手套的一个手指招呼老伯爵过去，也不理会走到她包厢里的人，脸上挂着亲切的微笑同伯爵说话。

“请您给我介绍一下您那两位可爱的女儿，”海伦说，“全城都在称赞她们，可我还不认识她们呢！”

娜塔莎站起来向艳丽夺目的伯爵夫人行了个屈膝礼。娜塔莎听到这位绝色美人的赞美，高兴得脸都红了。

“我现在也想做个莫斯科人了，”海伦说，“您好意思把这样的珍珠埋没在乡下吗？”

海伦伯爵夫人果然名不虚传，是个富有魅力的女人。她说话不假思索，脱口而出，特别善于阿谀奉承。

“不，亲爱的伯爵，请您让我来陪陪您那两位女儿。我在这儿待不久，你们也待不久，可我会想办法使她们高兴的。我在彼得堡就多次听到过你们的事，很想跟你们认识，”她带着她那始终不变的迷人笑容对娜塔莎说，“我从我的侍童保里斯那里听说过您的情况。您知道吗？

保里斯就要结婚了。我也从我丈夫的朋友安德烈公爵那里听说过您的情况。”海伦说到安德烈公爵时加重语气，暗示她知道他同娜塔莎的关系。为了更好地认识她们，她要求罗斯托夫家一位小姐同她一起看其余几幕。于是娜塔莎就坐到她旁边。

第三幕舞台上出现一座皇宫，里面点着许多蜡烛，挂着许多画，上面画着一群留胡子的武士。舞台前面站着两个人，大概是皇帝和皇后。皇帝挥动右臂，胆怯而难听地唱了两句，然后坐到大红宝座上。原先穿白衣、后来换蓝衣的姑娘，此刻只穿一件衬衣，披头散发站在宝座旁边。她悲伤地对皇后唱着什么，但皇帝严厉地对她摆摆手。这时舞台两边走出一大批赤脚的男女，他们一同跳起舞来。然后，提琴发出尖细而快乐的声音。其中一个姑娘，光着两条粗腿和细臂，单独走到幕后，整整腰带，又走到舞台中央，开始跳跃，一只脚碰着另一只脚。池座里的观众一起鼓掌喝彩。然后一个男人站在台角。扬琴和小号奏得更响了，这个赤脚男人跳得很高，并脚碰脚。这人就是迪波尔，他凭这一招每年挣六万卢布。池座、包厢和楼座里的观众都拼命鼓掌喝彩。迪波尔站住，笑容满面地向四方鞠躬。然后又是另一批赤脚男女跳舞，然后又是一个皇帝按着乐声呐喊，于是全体又合唱起来。但突然间，狂风大作，乐队发出半音音阶和降低的七度音，大家都跑了，又把其中的一个拉到幕后，幕落下来，观众中又发出震耳欲聋的喧哗声和噼啪声，个个情绪激动地叫着：

“迪波尔！迪波尔！迪波尔！”

娜塔莎已不觉得奇怪。她带着快乐的微笑，得意扬扬地环顾四周。

“迪波尔真迷人，是不是？”海伦对娜塔莎说。

“噢，是啊！”娜塔莎回答。

10

幕间休息时，海伦包厢里吹进来一股冷气，门开了，阿纳托里弓着身子，竭力不碰着任何人，走进来。

“让我来向您介绍我的哥哥。”海伦说，眼睛不安地从娜塔莎身上移到阿纳托里身上。娜塔莎回过她那好看的小脑袋，从光肩膀上向美男子微微一笑。阿纳托里，近看和远看都一样漂亮，在她旁边坐下来说，在纳雷施金家的舞会上有幸见到她，从此就没有忘记，并且从那时起一直渴望能再见到她。阿纳托里跟女人在一起，要比跟男人在一起聪明得多，自然得多。他说话大胆而随便，娜塔莎感到奇怪的是，这个引起那么多议论的人一点也不可怕，相反，他的微笑非常天真活泼，和蔼可亲。

阿纳托里问她对表演有何印象，还告诉她，上次演出，谢苗诺娃在台上摔了一跤。

"我说，伯爵小姐，"阿纳托里突然像对老朋友那样对她说，"我们这里要举行一次化装游艺会，您应该来参加，一定很有趣。大家聚集在阿尔哈罗夫家。请您一定来，好吗？"

阿纳托里说这话时，笑盈盈的眼睛一直盯住娜塔莎的脸、脖子和光手臂。娜塔莎无疑知道他在欣赏她。这使她高兴，但不知怎的，由于他在旁边她感到局促不安，脸上发热。当她没看着他的时候，她发觉他在看她的肩膀。她不由得截住他的视线，觉得还是让他看她的眼睛好。她望着他的眼睛，却恐惧地感到，她同他在一起时竟没有她同其他男人在一起时所产生的那种羞怯感。她自己也不知道是怎么回事，五分钟后就觉得她同这个人非常接近。当她转过身去时，她怕他会从后面抓住她的光手臂，吻她的脖子。他们谈着极其普通的事，她却觉得他们之间已亲密无间，她跟男人从没这样接近过。娜塔莎回顾海伦和父亲，仿佛问他们这是怎么一回事，但海伦正忙于同一位将军谈话，对她的目光没有反应，而父亲的目光除了像他一向说的"你开心，我也高兴"之外，没有别的含意。

阿纳托里用他那双暴眼睛平静而执拗地盯住她看，在这难堪的沉默时刻，娜塔莎为了打破沉默，问他喜不喜欢莫斯科。娜塔莎问过后，脸红了。她总觉得她同他说话是不体面的。阿纳托里微微一笑，仿佛在鼓励她说话。

"起初我不怎么喜欢，你要知道，一个城市怎样才能引人喜爱呢？那就是要有漂亮的女人，您说是不是？但现在我很喜欢莫斯科。"阿纳托里说，意味深长地瞧着她。“您来参加游艺会吗，伯爵小姐？请您一定来！”他说，伸手去碰她的花束，接着又压低声音说：“您将是最漂亮的小姐。您来吧，亲爱的伯爵小姐，把这朵花留给我做保证吧。”

娜塔莎像他自己一样，不明白他说的是什么，但觉得他那些难以理解的话含有不规矩的意图。她不知道说什么才好，就转过身去，仿佛没有听到他的话。但她一转身，便觉得他就在后面，离她很近。

“他现在怎么啦？不好意思啦？生气啦？要不要弥补一下？”娜塔莎问自己。她忍不住回顾一下。她对直望了望他的眼睛。他的亲切、自信与和蔼的微笑把她征服了。她也微微一笑，也像他一样望住他的眼睛微笑。她又恐怖地感觉到，他与她之间没有任何障碍。

幕又升起来。阿纳托里走出包厢，轻松愉快，神态自若。娜塔莎回到父亲包厢，她已完全顺应当前的环境。她觉得此刻发生的一切都很自然，而过去的一切，如她的未婚夫、玛丽雅公爵小姐和乡村生活，她却一次也没有想到，好像这一切都是很久很久以前的往事。

第四幕有一个小鬼，一面唱歌，一面挥动一只手，直到他脚下的木板被抽掉、他跌下去为止。娜塔莎在第四幕中只看见这个场面。她内心激动而苦恼，因为她的眼睛离不开阿纳托里。当他们从剧院出来时，阿纳托里走到他们跟前，喊来他们的马车，扶着他们上车。他扶娜塔莎上车时，握住她手腕以上的手臂。娜塔莎脸红耳赤，兴奋地回头看了他一眼。他也眼睛发亮，温柔地含笑望着她。

回家以后，娜塔莎才清楚地意识到刚才发生的事。她忽然想起安德烈公爵，不觉大惊失色。当大家从剧院回来坐下喝茶时，她当着大家的面哇地叫了一声，脸涨得通红，跑出屋去。“天哪！我完了！”她自言自语，“我怎么能堕落到这种地步？”她双手捂住涨红的脸，坐了好久，竭力想弄明白是怎么一回事，可是弄不明白，她也无法理解自己的感情。她觉得一切都混混沌沌，十分可怕。那里，在灯火辉煌的大剧场里，身穿钉光片上衣的迪波尔赤脚在潮湿的地板上跳来跳去，还有姑娘们，还有老人们，还有袒胸露臂、安详而骄傲地微笑着的海伦，他们一齐喝彩叫好，那里，在海伦身边这一切都是明白自然的；可是现在她单身独处，却觉得一切都难以理解。“这是怎么一回事？我看到他怎么会感到恐惧？我怎么会感到内疚？”她想。

娜塔莎的心事她只有夜间在床上才能向老伯爵夫人一个人倾吐。她知道，宋尼雅看事情严肃而简单，听到这种事不是完全不理解，就是大惊小怪。因此娜塔莎决定自己的苦恼自己解决。

“我同安德烈公爵的爱情是不是被糟蹋了？”娜塔莎问自己，又带着宽慰的微笑自己回答，“我真傻，问这个干什么？我出了什么事？什么也没有。我没有做过什么事，也没有招惹过什么人。谁也不会知道今天的事，我也不会再见到他了。所以，明明白白，什么事也没发生过，没有什么可忏悔的，安德烈公爵仍可以爱我**这样的人**。但我是个**怎样的人**呢？哦，天哪，天哪！为什么他不在这里！”娜塔莎平静了一刹那，立刻又有一种本能对她说，虽然这一切都是真的，虽然什么事也没有发生过，但她原先对安德烈公爵的纯洁爱情却完了。她又在心里回忆了一遍同阿纳托里的全部谈话，又看见那个俊美而大胆的人握住她手臂时的脸容、手势和温柔的微笑。

11

阿纳托里住在莫斯科。父亲把他从彼得堡打发到这里，因为他在那里每年要花掉两万多卢布，另外父亲还要替他还掉同样数目的债。

父亲对儿子说，他最后一次替他还掉一半债务，但有个条件，他要到莫斯科就任总司令的副官——这个差事是他替他谋得的，并要他在莫斯科结一门好亲。他还指点儿子去追求玛丽雅公爵小姐和裘丽。

阿纳托里一口答应，来到莫斯科，住在皮埃尔家里。皮埃尔起初不大乐意接待阿纳托里，但后来习惯了，有时还同他一起饮酒作乐，并用借款的名义送钱给他。

申兴说得不错，阿纳托里一到莫斯科，就引得莫斯科的太太小姐们神魂颠倒，尤其因为他不把她们放在眼里，情愿找吉卜赛女人和法国女演员，而跟她们的头牌演员乔紫小姐关系尤其密切。他从不错过陶洛霍夫家和莫斯科其他花花公子的酒会，通宵达旦狂饮，比谁都喝得多。凡是上流社会的晚会和舞会，他都要参加。传说他同几个莫斯科贵夫人闹过风流韵事，他在舞会上常同女人调情。但他从不追求姑娘，特别是那些丑陋的富家姑娘，主要原因是他两年前已结过婚。这事除了少数几个密友，没有人知道，两年前，当阿纳托里那个团驻在波兰时，一个并不富裕的波兰地主强使阿纳托里娶了他的女儿。

阿纳托里很快就抛弃了妻子，但他答应给岳父一笔钱，作为他冒充单身汉的条件。

阿纳托里对自己的处境永远心满意足，对己对人都毫无怨言。他凭本能深信，他非这样生活不可，而且平生从未做过坏事。至于他的行为对别人有什么影响，或者有什么后果，他从不考虑。他相信，鸭子生来只能在水里游，而他生来每年就要用三万卢布，并在上流社会占据要位。这一点他深信不疑，别人也深信不疑，因此既不拒绝让他在上流社会里占据要位，也不拒绝借钱给他。他逢人借钱，而且总是有借无还。

他不是赌徒，至少他从来不想赢钱，甚至情愿输钱。他不崇尚虚荣。不管人家对他有什么看法，他都无所谓。人家更不能指责他贪图功名。他有几次因自毁前程而使父亲生气，他嘲笑一切荣誉地位。他并不吝啬，对谁都有求必应。他的唯一嗜好是寻欢作乐，玩女人，他认为这种嗜好并没有什么不高尚。至于满足自己的嗜好会给别人什么影响，他从不考虑，因此满心以为自己是个无可非议的人，真心瞧不起一切恶棍和坏人，并且心安理得地高高昂起头。

这些花天酒地的浪子，这些男抹大拉[①]，他们也像女抹大拉一样，自以为无罪，并希望获得赦免。"'她许多的罪都赦免了，因为她的爱多'[②]；他的许多罪都赦免了，因为他的欢乐多。"

陶洛霍夫在经过流放和波斯冒险后，这年又回到莫斯科，过着吃喝嫖赌的奢侈生活，同彼得堡的老同事阿纳托里打得火热，利用他来达到自己的目的。

---

① 抹大拉是个从良的妓女，事见《新约全书·路加福音》第七和第八章。

② 见《新约全书·路加福音》第七章第四十七节。

阿纳托里真心喜欢陶洛霍夫，因为他聪明大胆。陶洛霍夫则利用阿纳托里的名誉、地位和关系，以勾引富家子弟来赌钱。他在利用阿纳托里，却不让对方察觉，而且感到高高兴兴。除了这种利用外，陶洛霍夫觉得控制别人本身就是一种乐趣、一种习惯和一种需要。

娜塔莎给了阿纳托里强烈的印象。看戏回来后，在吃晚饭的时候，他以行家的口气在陶洛霍夫面前品评她的手臂、肩膀、双腿和头发如何可爱，并表示决心要追求她。至于追求的结果怎样，阿纳托里并不考虑，他也无法知道，就像他无法知道他的任何行动的结果那样。

"她是很漂亮，但老兄，我们可不配。"陶洛霍夫对他说。

"我叫妹妹请她来吃饭，"阿纳托里说，"好不好？"

"你最好等她结婚以后……"

"你知道，"阿纳托里说，"我喜欢姑娘，她一下子就会晕头转向的。"

"你在姑娘身上已吃过亏了，"陶洛霍夫知道阿纳托里的婚事，说，"你要当心！"

"噢，总不会连吃两次亏的！你说呢？"阿纳托里傻笑着说。

12

看戏后的第二天，罗斯托夫家人没有出门，也没有人来访。阿赫罗西莫娃背着娜塔莎，同她父亲谈着什么事。娜塔莎猜想他们在谈老公爵，打着什么主意。这使她感到屈辱不安。她时刻都在等待安德烈公爵，两次派仆人到伏兹德维任克街去打听他的消息。他没有回来。现在她的心情比刚来莫斯科时更沉重。除了烦躁和思念，如今又增加了同玛丽雅公爵小姐和老公爵见面的不愉快回忆，并且感到一种莫名的恐惧和不安。她总觉得，不是他永远不会回来，就是在他回来前她会出事。她不能像以前那样平静而长久地独自思念他。她只要一想到他，就会同时想到老公爵和玛丽雅公爵小姐，想到上次的看戏和阿纳托里。她又想到了那个问题：她有没有过错？她对安德烈公爵的忠贞有没有被破坏？于是她又情不自禁地细细回忆这个能在她心中唤起莫名其妙的可怕感情的人，他的每一句话，每一个手势和脸部表情的每一微细变化。家里人觉得娜塔莎比平时更活跃，其实她的内心远不如以前平静和快乐。

星期日早晨，阿赫罗西莫娃请客人到本教区圣母升天堂做礼拜。

“我不喜欢那些时髦的教堂，”阿赫罗西莫娃说，显然以她的自由思想自豪，“上帝只有一个。我们的牧师很不错，礼拜做得很好，很庄严，助祭也不错。唱诗班举行音乐会，还谈得上什么神圣？简直是胡闹，我可不喜欢！”

阿赫罗西莫娃喜欢礼拜天，并且知道怎样度过。每星期六她的整幢房子都要大扫除；礼拜天她和仆人都不工作，都穿上过节服装去做礼拜。东家的午餐添几样菜；用人也有伏特加喝，有烤鹅和小猪吃。不过，整个家里节日气氛却在阿赫罗西莫娃脸上表现得最明显，这天她的脸色总是显得十分庄严。

做完礼拜，喝过咖啡后，客厅里的家具去了布套，仆人向阿赫罗西莫娃报告马车准备好了。阿赫罗西莫娃神态庄重，披上拜客用的漂亮披巾，站起来说她要去拜访保尔康斯基公爵，同他谈谈娜塔莎的事。

阿赫罗西莫娃走后，舍尔玛裁缝铺的一个女裁缝来找罗斯托夫家的人。娜塔莎关上房间通客厅的门，试新装，感到很满意。她刚穿上一件还没有缝袖子的上衣，转过头来看镜子里的后背是不是合身，忽然听见父亲在客厅里同一个女人谈得很起劲。娜塔莎听到这声音不觉脸红起来。这是海伦的声音。娜塔莎还没来得及脱下试穿的新装，门就开了，海伦身穿深紫色高领丝绒连衣裙，脸上挂着和蔼亲切的微笑，走了进来。

“哦，我的迷人精。”海伦对满面通红的娜塔莎说。“真迷人！不，这不像话，我亲爱的伯爵，”海伦对跟着进来的罗斯托夫伯爵说，“住在莫斯科，怎么能哪儿也不去呢？不，我不会放过你们！今晚乔紫小姐要在我那儿朗诵诗，另外还有些人要来。您要是不把您那两位比乔紫小姐更好看的美人带去，我就跟您绝交。我丈夫不在，他到特维尔去了，要不我会叫他来接你们的。你们务必要来，务必要来，九点以前就来。”海伦向恭敬地向她行屈膝礼的熟识的女裁缝点点头，姿势优美地理了理丝绒连衣裙的皱褶，在镜子旁的安乐椅上坐下。她不断快活地说这说那，对娜塔莎的美丽赞不绝口。她察看娜塔莎的衣服，称赞着，同时卖弄自己身上那件从巴黎定来的金纱连衣裙，并劝娜塔莎也去做一件。

"不过，您穿什么都合适，我的迷人精。"海伦说。

娜塔莎脸上一直挂着得意的笑容。这位她原先以为高不可攀、如今竟是如此和蔼可亲的伯爵夫人的称赞使她容光焕发，心花怒放。娜塔莎心里高兴。她觉得自己简直爱上了这位又美丽又和善的女人。海伦也真心喜欢娜塔莎，并愿意使她快乐。阿纳托里求她给他和娜塔莎牵线，她就是为此来找罗斯托夫父女的。海伦想到给哥哥和娜塔莎牵线，觉得挺好玩。

尽管她以前恨过娜塔莎，因为在彼得堡时娜塔莎夺去了他的保里斯，但她现在不再想到这事，并且按照她的想法真心实意地希望娜塔莎好。临走前，她把她的被保护人叫到一旁。

"昨天哥哥在我家吃饭，简直把我笑死了，他什么也不吃，为您而不断叹气，我的迷人精。他爱您爱得发疯了，真正爱得发疯了。"

娜塔莎听到这话，顿时脸红耳赤。

"嘿，脸红了，脸红了，我的迷人精！"海伦说，"您一定要来。就算您爱上了什么人，我的迷人精，这也不能成为您闭门不出的理由。就算您已订过婚，我相信您的未婚夫也情愿让您出去交际，而不愿让您闷死在家里。"

"这么说，她知道我订过婚了。这么说，她同丈夫，同皮埃尔，同那个规规矩矩的皮埃尔谈过这事，取笑过这事了。这么说，这事没什么关系。"在海伦的影响下，她觉得这事并不可怕，甚至十分自然，毫不足怪，"像她这样和蔼可亲的贵夫人，连她都这样疼我，我为什么不去开心开心呢？"娜塔莎想，惊奇地睁大眼睛望着海伦。

阿赫罗西莫娃中饭前回来了。她神情严肃，一言不发，显然在老公爵家打了败仗。刚才那场冲突太激烈了，她无法平心静气地把经过讲出来。伯爵问她怎么样，她只回答说，一切顺利，详细情况明天再谈。阿赫罗西莫娃知道海伦来访，并邀请娜塔莎参加晚会，就说：

"我不喜欢同海伦交往，也不劝你们和她来往。但既然你已答应了，那就去吧，去散散心。”她对娜塔莎说。

13

罗斯托夫伯爵把两个姑娘领到海伦伯爵夫人那里。参加晚会的人很多，但娜塔莎几乎一个也不认识。罗斯托夫伯爵发现大部分男女都以行为不检闻名，心里很不高兴。乔紫小姐站在客厅一角，被一群青年包围着。有几个法国人，其中包括梅蒂维埃。梅蒂维埃自从海伦来莫斯科后就成了她家的常客。罗斯托夫伯爵决定不打牌，不离开女儿，等乔紫的表演一结束就告辞。

阿纳托里站在门口，显然是在等罗斯托夫一家人。他同伯爵打过招呼，立即走到娜塔莎面前，然后跟住她。娜塔莎一看见他，就像在剧院里那样，因为他喜欢她而虚荣心得到满足，又因为他们之间不存在道德藩篱而感到恐惧。

海伦高高兴兴地接待娜塔莎，对她的美丽和打扮当众赞美了一番。她们来后不多一会儿，乔紫小姐就出去换装。客厅里安排好椅子，大家纷纷就座。阿纳托里给娜塔莎移过一把椅子，自己想坐在她旁边，但伯爵眼睛盯住娜塔莎，先在她旁边坐下。阿纳托里只得坐在后面。

乔紫小姐露出两条带肉窝的胖手臂，一边肩膀上披着一条红披巾，走到椅子中间留给她表演的地方，装腔作势地站在那里。人群中传出兴奋的低语声。

乔紫小姐严肃而忧郁地瞧了瞧听众，用法语朗诵一首诗，诗里提到母亲对儿子罪恶的爱情。她时而提高嗓门，时而得意地抬头低语，时而停顿，转动眼珠，发出嘶哑的声音。

“好极了，太美啦，太妙啦！”四面八方传出一片喝彩声。娜塔莎瞧着胖胖的乔紫，但什么也没听清，什么也没看见，也不明白眼前发生的是怎么一回事。她只觉得自己远离原来的世界，而陷入一个荒谬怪诞的世界，那里无法知道什么是好，什么是坏，什么是合理，什么是胡闹。她后面坐着阿纳托里，她觉得他离她很近，恐惧地期待着将要发生什么事。

第一段独白结束，大家都站起来，围住乔紫小姐，向她喝彩。

“她真美！”娜塔莎对父亲说。她父亲跟别的客人一起站起来，穿过人群，向女演员走去。

“我不那么认为，因为我看见了您。”阿纳托里跟在娜塔莎后面，说。他说这话，只有她一人能听见。“您真迷人……自从我看见您，我就不断地……”

“来呀，来呀，娜塔莎！”伯爵回过头来找女儿，“她真美！”

娜塔莎什么也没说，走到父亲跟前，用询问的目光惊讶地瞧着他。

乔紫小姐朗诵完几节诗走了。海伦伯爵夫人请客人们到大厅去。

伯爵想告辞，但海伦要求他不要破坏她的即兴舞会。罗斯托夫伯爵父女留了下来。阿纳托里请娜塔莎跳华尔兹。在跳舞的时候，他紧搂住她的腰和手，对她说，她真迷人，他爱她。在跳苏格兰舞时，娜塔莎又同阿纳托里一起跳。当他们两人单独在一起时，阿纳托里对她一言不发，只是盯着她。跳华尔兹时他对她说话，娜塔莎怀疑她是不是在做梦。跳完第一节，阿纳托里又捏了捏她的手。娜塔莎抬起惶恐的眼睛对他瞧瞧，但在他那亲切的眼神和微笑中含有那么自信的柔情，使她望着他说不出想说的话。她垂下眼睛。

“您别对我说这种话，我订过婚，我爱着另一个人。”娜塔莎慌忙说……她瞧了他一眼。阿纳托里听了她的话，既不感到难为情，也不烦恼。

“您别对我说这种话。我有什么办法呢？”阿纳托里说，“我说我爱您爱得快疯了，快疯了。您这么迷人，难道能怪我吗？……该咱们跳了。”

娜塔莎又兴奋又激动，惶惑地圆睁着一双眼睛环顾四周，显得比平时更快活。她几乎一点也不记得这天晚上发生的事。他们跳了苏格兰舞和“老祖父舞”，父亲叫娜塔莎回去，娜塔莎要求再玩一会儿。不论走到哪里，不论同谁说话，她都觉得他的目光盯住她。后来，娜塔莎记得她要求父亲让她到更衣室去整理衣服，海伦跟在她后面，笑着对她说她哥哥爱上她了。后来，在小起居室里她又同阿纳托里相遇。海伦溜走了，只剩下他们两人。阿纳托里拉住她的手，含情脉脉地说：

“我不能去找您，难道从此再也见不到您了？我爱您爱得快疯了。难道再也见不到了？……”阿纳托里拦住她的路，把脸凑近她的脸。

他那双又大又亮的男性眼睛离她的眼睛那么近，使她除了这双眼睛什么也看不见。

“娜塔莎？！”阿纳托里询问似的低声说，同时她那双手被握得发痛，“娜塔莎？！”

“我什么也不明白，我没有什么可说的。”她的眼神这样说。

火热的嘴唇压到她的嘴唇上，在这一刹那，她觉得她又自由了。屋子里又响起海伦的脚步声和衣服的窸窣声。娜塔莎回顾了一下海伦，涨红了脸，浑身哆嗦，用惶恐和疑惑的目光望了望他，向门口走去。

“我有一句话，只有一句话，看在上帝的分上听我说！”阿纳托里说。

娜塔莎站住。她很想听他说出这句话，向她说明白所发生的事，而她也愿意回答他。

“娜塔莎，一句话，只有一句话！”他反复说，显然不知道说什么好。他一直说到海伦走到他们跟前。

海伦跟娜塔莎一起又回到客厅里。罗斯托夫父女没有留下吃晚饭就走了。

娜塔莎回到家里，通宵没有合眼。一个无法解决的问题使她苦恼：她究竟爱谁，爱阿纳托里还是爱安德烈公爵？她爱安德烈公爵，她记得她爱得那么深。但她也爱阿纳托里，这是没有疑问的。“要不，怎么会发生这样的事？”娜塔莎想，“既然后来分别的时候，我用笑容报答他的笑容，既然我能让他这样做，这就说明我对他一见倾心。这就说明他这人善良、高尚、英俊，叫人不能不爱他。我爱他同时又爱另外一个，我该怎么办？”娜塔莎自言自语，对这些可怕的问题找不到答案。

14

早晨过得忙忙碌碌。大家纷纷起身，活动，谈话，女裁缝又来了，阿赫罗西莫娃又出现了，又招呼大家进早餐。娜塔莎眼睛睁得圆圆的，仿佛要拦截每一道向她射来的目光，惴惴不安地环顾所有的人，竭力装得若无其事。

早餐后，阿赫罗西莫娃（这是她一天中最愉快的时刻）坐到她的扶手椅上，把娜塔莎和老伯爵叫来。

“哦，我的朋友，我已把事情通盘考虑过了，我要奉劝你们，”阿赫罗西莫娃说，“昨天，不瞒你们说，我去看过保尔康斯基公爵。是的，我同他谈了谈……他竟大声嚷嚷。可这吓不倒我！我一五一十都对他说了！”

“那他怎么说？”伯爵问。

“他吗？疯了……不要听；唉，有什么可说的，我们把可怜的姑娘折磨坏了，”阿赫罗西莫娃说，“我劝你们，办完事就回家，回奥特拉德诺……在那里等……”

“哦，不！”娜塔莎叫起来。

“不行，得去！”阿赫罗西莫娃说，“到那里去等。未婚夫一来，这里免不了要发生一场争吵，还不如先让他同老头子面对面谈一谈，然后再到你们那里去。”

罗斯托夫伯爵立刻领会她的意思，赞成这个意见。如果老公爵态度好转，那就到莫斯科或者童山见他；要不然，就只好违反他的心意在奥特拉德诺举行婚礼。

“说得完全对！”罗斯托夫伯爵说，“我悔不该去见他，还把娜塔莎带了去。”

“不，有什么可后悔的？既然来了，就不能不尽礼。至于他不愿意，那是他的事，”阿赫罗西莫娃说，在手提包里找着什么，“嫁妆已准备好了，你们还等什么呢？还有什么东西没准备好，我会派人给你们送去的。尽管我很舍不得你们，但你们还是走了好。”阿赫罗西莫娃在手提包中找到她所找的东西，把它交给娜塔莎。这是玛丽雅公爵小姐写来的一封信，“她给你写了信。她多痛苦哇，可怜的姑娘！她担心你以为她不喜欢你呢。”

“她就是不喜欢我嘛！”娜塔莎说。

“别说蠢话了！”阿赫罗西莫娃呵斥道。

“我谁也不相信了，我知道她不喜欢我。”娜塔莎拿了信，大胆地说。她的脸色显得冷淡、愤怒和果断，阿赫罗西莫娃更仔细地对她瞧瞧，并且皱起眉头。

“你呀，大小姐，可不能这样回答我，”阿赫罗西莫娃说，“我说的全是实话。你给她写封回信。”

娜塔莎没有答话，回到自己屋里去读玛丽雅公爵小姐的信。

玛丽雅公爵小姐在信里说，她为她们之间发生的误会感到难过。玛丽雅公爵小姐请她相信，不论她父亲的情绪怎样，她都不会不爱她，因为她是哥哥的意中人，而为了哥哥的幸福她是不惜牺牲一切的。

“不过，”玛丽雅公爵小姐写道，“您别以为家父对您没有好感。他老了，又有病，要原谅他，但他心地善良，宽宏大量，他一定会疼爱使他儿子幸福的人。”玛丽雅公爵小姐要求娜塔莎另约时间再次见面。

娜塔莎看完信，坐到写字台前写回信。“*亲爱的公爵小姐*。”娜塔莎不假思索地开了头，就停住了。发生了昨天那件事以后，她还能写什么呢？“是的，那一切都有过，但现在完全不同了，”娜塔莎面对开了头的信，坐在那里想，“应该回绝他吗？真的应该回绝他吗？这太可怕了！……”为了摆脱这些可怕的念头，她去找宋尼雅，同她一起挑选刺绣的花样。

午饭后，娜塔莎回到自己屋里，又拿起玛丽雅公爵小姐的信。“难道真的一切都完了？”她想，“这一切来得那么快，难道真的把原来的一切都毁掉了？”她热烈地回想起她对安德烈公爵的爱情，同时又觉得她爱阿纳托里。她生动地想象着自己怎样成为安德烈公爵夫人，反复想象着同他一起生活的幸福，同时又回味着昨天会见阿纳托里时的细节，兴奋得浑身发热。

“为什么不能两全其美呢？”有时她头脑发昏，这样想，“只有那样我才能完全幸福，可现在我得挑选，两者缺少一个我都不会幸福。但要把发生的事告诉安德烈公爵，或者瞒着他，我都办不到。不过对**那个人**来说，并没有什么损失。我凭安德烈公爵的爱情生活了那么久，难道我能放弃这个幸福吗？”

“小姐，”一个使女神色诡秘地走进屋里，低声说，“有个人叫我交给您。”使女给她一封信，“但看在基督的分上，小姐……”使女还在往下说，但娜塔莎不假思索地拆开信，看阿纳托里写来的情书，但一句也没看懂，她只知道这信是他写来的，是她所爱的那个人写来的，“是的，我爱他，要不怎么会有这样的事呢？要不我手里怎么会有他写来的情书呢？”

娜塔莎双手发抖，拿着陶洛霍夫替阿纳托里代笔的热烈的情书。她看着信，觉得信里有着她自己全部感情的回声。

“从昨晚起我的命运就决定了：要么得到您的爱情，要么死。我没有别的出路。”信是这样开头的。然后他在信里说，他知道她的父母不肯把她嫁给他，其中有不可告人的原因，他只能向她一人透露，但要是她爱他的话，她只要说一个“**是**”字，就没有什么人间的力量能破坏他们的幸福了。爱情能战胜一切。他会把她偷偷地带到天涯海角。

“是的，是的，我爱他！”娜塔莎想，把信读了二十来遍，从他的一字一句里寻找特别深奥的含义。

那天晚上，阿赫罗西莫娃要去阿尔哈罗夫家，建议两个姑娘陪她一起去。娜塔莎推说头痛留在家里。

15

宋尼雅入夜回家，走进娜塔莎屋里，惊奇地发现娜塔莎和衣睡在长沙发上。旁边桌上放着拆开的阿纳托里的信。宋尼雅拿起信来看。

宋尼雅一面看信，一面凝视着睡梦中的娜塔莎，想从她脸上看出读信后的反应，但是看不出。她的脸色平静、温柔、幸福。宋尼雅抓住胸口，免得透不过气来，脸色苍白，惊惶和激动得浑身哆嗦，坐在安乐椅上直流泪。

“我怎么一点也没看出来？这事怎么会弄到如此地步？难道她真的不爱安德烈公爵了？她怎么能让阿纳托里这样干？他是个骗子和坏蛋，这是明摆着的。假如尼古拉，可爱的高尚的尼古拉知道这事，他会怎么样？她前天、昨天、今天脸色这样兴奋、决断、古怪，原来是这个缘故，”宋尼雅想，“但她不可能爱他！她大概不知道是谁写来的，就把信拆开了。她大概生气了。她不可能做出这样的事来！”

宋尼雅擦去眼泪，走到娜塔莎跟前，又注视着她的脸。

“娜塔莎！”她叫了一声，声音轻得几乎听不见。

娜塔莎醒了，看见宋尼雅。

“啊，你回来了？”

娜塔莎好梦初醒，又有力又温柔地搂住朋友。但娜塔莎一发现宋尼雅的惶惑不安，脸上顿时也现出困惑和疑虑的神色。

“宋尼雅，你看过信了？”娜塔莎问。

“看了。”宋尼雅轻声回答。

娜塔莎兴奋地微微一笑。

“不，宋尼雅，我再也受不了啦！”娜塔莎说，“我再也不能瞒着你了。你知道，我们彼此相爱！……宋尼雅，好人儿，是他写信来……宋尼雅……”

宋尼雅仿佛不相信自己的耳朵，睁大眼睛看着娜塔莎。

“那么安德烈公爵怎么办？”宋尼雅问。

“唉，宋尼雅，唉，你真不知道我是多么幸福！”娜塔莎说，“你不知道什么叫爱情……”

“不过，娜塔莎，难道**那一切**都完了？”

娜塔莎睁大眼睛看着宋尼雅，仿佛听不懂她的问题。

“这么说来，你要同安德烈公爵断绝关系了？”宋尼雅问。

“唉，你什么也不明白，你别说蠢话，你听我说！”娜塔莎突然烦躁地说。

“不，这事我不能相信，”宋尼雅重复说，“我不明白。你爱一个人爱了整整一年，忽然……你看见他才三次。娜塔莎，我不相信，你在开玩笑。只要三天你就会把什么都忘了，就是这样……”

“三天！”娜塔莎说，“我觉得我已爱了他一百年。我觉得在他以前我从来没爱过什么人，从来没像爱他那样爱过什么人。这事你无法理解，宋尼雅，等一等，坐到这儿来。”娜塔莎搂着她，吻她，“我听人家说，这样的事是常有的，你一定也听说了，但直到现在我才体会到这样的爱情。这同以前的不一样。我一看见他，就觉得他是我的主人，我是他的奴隶，我不能不爱他。是的，我是奴隶！他吩咐我做什么，我就做什么。这一点你不能理解。叫我有什么办法呢？我有什么办法呢，宋尼雅？”娜塔莎又惊又喜地说。

“但你想想你干了些什么，”宋尼雅说，“这事我不能不管。这些秘密通信……你怎么能让他这样放肆？”宋尼雅竭力掩饰着恐惧和厌恶的情绪说。

“我对你说了，”娜塔莎回答，“我身不由己，你怎么不明白，我爱他！”

“这样的事我不能容许，我要讲的！”宋尼雅大声说，眼泪夺眶而出。

“你怎么了，看在上帝的分上……你要是讲出去，你就是我的仇人，”娜塔莎说，“你要我倒霉，你要我们分开……”

一看见娜塔莎恐惧的神色，宋尼雅为朋友流下羞愧和怜悯的泪水。

“那么你们之间究竟发生了什么事？”宋尼雅问，“他对你说了些什么？他为什么不来我们家？”

娜塔莎没有回答。

“看在上帝的分上，宋尼雅，你对谁也别说，别折磨我，”娜塔莎要求道，“你要记住，这类事谁都不应该干涉。我已经告诉你了……”

“但为什么要这样保密？他究竟为什么不来我们家？”宋尼雅问，“他为什么不直接向你求婚？安德烈公爵不是给了你充分的自由吗？我不信真有这样的事。娜塔莎，你想想，会有什么**不可告人的原因**呢？”

娜塔莎惊讶地望着宋尼雅。显然，她这是第一次听到这样的问题，她不知道该怎样回答。

“什么原因，我不知道。但总有原因！”

宋尼雅叹了一口气，不信任地摇摇头。

“要是有原因的话……”宋尼雅开始说。但娜塔莎看出她的怀疑，恐惧地打断她。

“宋尼雅，你不能怀疑他，不能，不能，你明白吗？”娜塔莎叫道。

“他爱你吗？”

“他爱我吗？”娜塔莎看到朋友的迟钝，露出遗憾的微笑，“你不是看过他的信，见过他的人吗？”

“但如果他不是个正派人呢？”

“他……不正派？你不了解！”娜塔莎说。

“如果他是个正派人，就应该宣布他的意图，或者不再同你见面。你要是不愿意这样做，我就写信给他，我还要告诉你爸爸。”宋尼雅坚决地说。

“可我没有他活不下去！”娜塔莎叫道。

“娜塔莎，我不理解你。你在说什么呀！你想想你父亲，想想尼古拉吧。”

“除了他，我谁也不要，谁也不爱。你怎么敢说他这人不正派？难道你不知道我爱他吗？”娜塔莎嚷道，“宋尼雅，你走，我不愿同你吵嘴，你走吧，看在上帝的分上走吧，你没看见我多么痛苦！”娜塔莎勉强忍住怒气，绝望地说。宋尼雅哭出声来，跑出屋子。

娜塔莎走到桌前，不假思索地写了封回信给玛丽雅公爵小姐，那是她整整一个早晨都没能写成的。她在信里简短地告诉玛丽雅公爵小姐，她们之间的一切误会都消除了，她接受了安德烈公爵出国前宽宏大量地给予她的自由，请公爵小姐忘掉一切，如果她有什么地方得罪公爵小姐，请她原谅，但她不能做安德烈公爵的妻子。现在，娜塔莎觉得一切都是那么简单明了，容易解决。

罗斯托夫一家预定星期五回乡，星期三伯爵带一个买主到莫斯科郊区去看他的庄园。

伯爵动身那天，宋尼雅和娜塔莎应邀参加库拉金家的盛大宴会。阿赫罗西莫娃带她们去。在宴会上娜塔莎又遇见了阿纳托里。宋尼雅发现，娜塔莎跟他谈话，不愿被人家听见，而且在宴会上一直比平时兴奋。她们回家后，娜塔莎首先向宋尼雅作了她期待中的解释。

“你啊，宋尼雅，说了他种种坏话，”娜塔莎轻声细语地说，就像孩子希望别人称赞时那样，“今天我同他说明白了。”

“什么？说了什么？他说了什么？娜塔莎，你不生我的气，我很高兴。把一切都告诉我，把全部真相都告诉我。他究竟说了什么？”

娜塔莎沉吟了一下。

“唉，宋尼雅，你要是像我一样了解他就好了！他说……他问我答应过安德烈公爵什么。他听说我可以回绝安德烈公爵，很高兴。”

宋尼雅愁闷地叹了一口气。

“但你并没有回绝安德烈公爵，是吗？”

“也许我已回绝了！也许我同安德烈公爵已一刀两断了。你为什么把我想得这么坏？”

“我什么也没想，我只是不明白……”

“等一下，宋尼雅，你什么都会明白。你会明白他是个怎样的人的。你别把我往坏处想，也别把他往坏处想。”

“我从没把谁往坏处想：我爱一切人，我同情一切人。可是我有什么办法呢？”

宋尼雅并不因娜塔莎语气婉转而让步。娜塔莎的脸色越温柔讨好，宋尼雅的神情就越严肃认真。

“娜塔莎，”宋尼雅说，“你要我不同你说话，我就不说，现在是你自己开的头。娜塔莎，我不信任他。为什么要这样偷偷摸摸？”

“又来了，又来了！”娜塔莎打断她的话。

“娜塔莎，我为你担心。”

“你担心什么？”

“我担心你会毁了自己。”宋尼雅坚决地说，说出这样的话连她自己都感到吃惊。

娜塔莎的脸上又显出怒容。

“我要毁掉自己，毁掉自己，毁得越快越好。这不关你的事。遭殃的是我，不是你。别来管我，别来管我。我恨你。”

“娜塔莎！”宋尼雅恐惧地叫道。

“我恨你，恨你！你永远是我的仇人！”

娜塔莎跑出屋去。

娜塔莎不再同宋尼雅说话，而且老躲着她。她一直带着兴奋、惊讶和负罪的神情在房子里走来走去，一会儿抓抓这个，一会儿弄弄那个，又随手放下。

宋尼雅觉得不是滋味，但还是目不转睛地盯住朋友。

在伯爵预定回家前一天，宋尼雅发现娜塔莎一早晨都坐在客厅窗口，仿佛在等待什么。娜塔莎向一个过路军人打手势，宋尼雅还以为那个人就是阿纳托里。

宋尼雅更留神地观察朋友，发现娜塔莎吃饭时和晚上神色古怪，很不自然。她回答问题牛头不对马嘴，说话有头无尾，对谁都发笑。

喝过茶以后，宋尼雅看见一个使女怯生生地在门口等娜塔莎。宋尼雅放她过去，在门口偷听，知道又是转交信件。

宋尼雅恍然大悟，娜塔莎今晚有个可怕的计划。宋尼雅敲敲门，娜塔莎不让她进去。

"她要跟他私奔！"宋尼雅想，"她什么都做得出。今天她的脸色特别可怜和坚决。她同舅舅告别时哭了，"宋尼雅回想起来，"不错，她要跟他私奔，可是我该怎么办？"宋尼雅想，同时想起那些表明娜塔莎有可怕意图的迹象，"伯爵不在。叫我怎么办？写信给阿纳托里要他说清楚吗？但谁能命令他回答呢？听安德烈公爵的话，遇到不幸的事写信给皮埃尔吗？……说不定她真的已回绝安德烈公爵了（她昨天给玛丽雅公爵小姐去信了）。舅舅又不在！"

告诉很信任娜塔莎的阿赫罗西莫娃，宋尼雅又感到害怕。

"不管怎样，"宋尼雅站在阴暗的走廊里想，"现在应该报答我对他们一家的恩情和对尼古拉的爱了，否则就没有机会。不，我即使三天三夜不睡觉也不离开这走廊，我一定要拦住她，不让这个家庭出丑。"

16

阿纳托里最近住到陶洛霍夫家。诱拐娜塔莎的计划几天前已由陶洛霍夫考虑停当。宋尼雅在门外偷听后决定保护娜塔莎的那天，正是实现这个计划的日子。娜塔莎答应晚上十点钟从后门出去和阿纳托里接头。阿纳托里将让她坐上预先准备好的三驾马车，把她带到离莫斯科六十俄里处的卡明加村，在那里将由一位免职的牧师给他们举行婚礼。在卡明加村还准备好换乘的马匹，把他们送上华沙大道，然后换乘驿车逃到国外。

阿纳托里有护照，有驿马使用证，还有从他妹妹那里要来的一万卢布，又通过陶洛霍夫借到一万卢布。

两个证婚人坐在前室喝茶。其中一个是退职的小官吏赫伏斯提科夫，常帮陶洛霍夫安排赌局；另一个是善良、软弱、对阿纳托里忠心耿耿的退伍骠骑兵马卡林。

陶洛霍夫的大书房从天花板起四壁挂满波斯壁毯、熊皮和武器。陶洛霍夫穿着旅行装和高筒靴，坐在盖子打开的写字台前，写字台上放着账册和钞票。阿纳托里敞开制服，从证婚人坐着的房间出来，穿过书房走到他的法国跟班和其他仆人收拾行李的后房。陶洛霍夫数着钞票，记着账。

"我说，得给赫伏斯提科夫两千。"陶洛霍夫说。

"好，那就给吧。"阿纳托里说。

"至于马卡林，他肯为你赴汤蹈火，一无所求。好了，账算好了，"陶洛霍夫说着，给他看账单，"对不对？"

"对，当然对！"阿纳托里说，显然没在听陶洛霍夫说话，脸上一直挂着笑容，眼睛瞪着前方。

陶洛霍夫砰地关上写字台盖，带着嘲弄的微笑向阿纳托里转过身来。

"我看，这事你还是放弃吧，现在还来得及！"陶洛霍夫说。

"傻瓜！"阿纳托里说，"别再说蠢话了。你真不知道……鬼知道这是怎么搞的！"

"真的，放弃算了！"陶洛霍夫说，"我跟你说正经的。你这个主意难道是闹着玩的吗？"

"哼，又来惹我生气了！去你的！什么？……"阿纳托里皱着眉头说，"现在哪有工夫跟你开这种愚蠢的玩笑。"他说着走出屋去。

陶洛霍夫看见阿纳托里出去，轻蔑而宽厚地微笑着。

"你等一下，"他在阿纳托里后面说，"我不是开玩笑，我是说正经的，回来，快回来。"

阿纳托里又回到屋里，尽量留神望着陶洛霍夫，不由自主地听从他的话。

“你听我说，我最后一次对你说。我跟你开什么玩笑？难道我跟你闹过别扭？是谁给你安排这一切的？是谁给你找牧师？是谁给你弄到护照？是谁给你筹了钱？还不都是我。”

“那就谢谢你啦。你以为我会忘恩负义吗？”阿纳托里叹了一口气，拥抱陶洛霍夫。

“我帮了你忙，但我仍要警告你：这事很危险，要是冷静想一想，这事做得很蠢。嗯，你把她带走，很好。可他们会就此罢休吗？他们一发现你结过婚，你就得吃官司……”

“哼！胡说八道，胡说八道！”阿纳托里又皱起眉头说，“我不是跟你解释过了。呃？”阿纳托里也像一般头脑简单的人那样特别固执。向陶洛霍夫重复他说过一百遍的道理，“我不是已经对你说过，我拿定主意了：这次婚姻如果是无效的，”他弯曲一个手指，“那我就不用负责；如果是有效的，那也没关系，到了国外谁也不会知道这件事，你说是不是？你别再说了，别再说了，别再说了！”

“真的，还是算了吧！你何苦自寻烦恼……”

“滚你的蛋！”阿纳托里说，双手抓着头发，走出屋子，但立刻又回来，盘腿坐在陶洛霍夫前面的安乐椅上，“鬼知道这是怎么回事！呃？你摸摸，跳得多厉害！”他拉起陶洛霍夫的一只手，把它放在自己胸口上。“啊！多美的腿，老兄，多迷人的眼神！简直是女神！！呃？”

陶洛霍夫冷冷地笑着，他那双蛮横好看的眼睛炯炯发亮，显然想再拿他开开玩笑。

“那么，等到钱用光了怎么办？”

“怎么办？呃？”阿纳托里重复朋友的话说，想到前途确实有点惘然，“怎么办？我不知道……哼，还说那些废话干什么！”他看看表。“是时候了！”

阿纳托里走到后房。

“喂，快好了吗？你们还磨蹭什么！”他对仆人吆喝道。

陶洛霍夫收拾起钱，吩咐仆人把上路前吃的酒菜拿来，自己就到马卡林和赫伏斯提科夫屋里去了。

阿纳托里在书房里支着臂肘躺在沙发上，若有所思地微笑着，嘴里念念有词。

“来吃点东西。来喝一杯！”陶洛霍夫从另一间屋里喊道。

“我不要！”阿纳托里回答，仍旧微笑着。

“来吧，巴拉加来了。”

阿纳托里站起来，走到餐室。巴拉加是有名的三驾马车车夫，伺候陶洛霍夫和阿纳托里已有六年。当阿纳托里的团驻在特维尔的时候，他不止一次拉着阿纳托里傍晚从特维尔出发，天亮就赶到莫斯科，第二天晚上再把他拉回来。他不止一次载着陶洛霍夫逃脱人家的追捕，不止一次载着他们、吉卜赛人和骚娘儿们（巴拉加的说法）在城里兜风，他为了他们多次在莫斯科街上撞倒行人和别的车夫，每次都是老爷们（他这样称呼他们）救了他。他为他们赶死了不止一匹马。他不止一次挨他们的打，不止一次被他们用他爱喝的香槟酒和马德拉酒灌醉，他知道他们每个人的各种恶作剧，为了这种恶作剧，换了一般人早被流放到西伯利亚去了。他们常常叫巴拉加参加吉卜赛人的酒宴和舞蹈，他们经他的手花掉的钱何止一千卢布。他伺候他们，每年要玩命二十来次，他伺候他们，赶坏的马匹价值超过他们付给他的钱。但他喜欢他们，喜欢这种每小时十八俄里的狂奔，喜欢撞翻马车，冲倒行人，在莫斯科街上飞驰。他喜欢听背后老爷喝醉酒的狂叫：“快一点！快一点！”，虽然已经快得不能再快了；他喜欢朝吓得半死躲开马车的乡下人脖子上甩一鞭子。他常常想：“这才是真正的老爷！”

阿纳托里和陶洛霍夫也喜欢巴拉加，因为他赶车的技术好，他同他们的爱好相同。巴拉加跟别人讨价还价，斤斤计较，赶两小时车要二十五卢布；别人乘车，他总是派他的手下赶，难得亲自出马。但遇到“自己的老爷”坐车，他总是亲自驾驭，而且不讲价钱。每过几个月，他从跟班那里知道老爷们手里有钱，就滴酒不沾，一早走到他们面前，深深一鞠躬，求他们救济。两位老爷总是让他坐下。

“您就搭救我一次吧，老爷，大人，”巴拉加说，“我连一匹马也没有了，我要去赶集，您能借我多少就借多少。”

阿纳托里和陶洛霍夫手头宽裕的时候，往往给他一两千卢布。

巴拉加是个二十七岁的农民，矮个子，黄头发，红脸蛋，塌鼻子，脖子又红又粗，一双小眼睛炯炯有神，留着一小撮山羊胡子。他身穿羊皮袄，外面套着一件绸里蓝色薄长袍。

巴拉加向门对面的圣像画了十字，走到陶洛霍夫跟前，伸出一只不大的黑手。

“陶洛霍夫老爷！”他鞠着躬叫道。

“你好，老弟。他就在这里。”

“你好，大人！”巴拉加对走进来的阿纳托里说，也向他伸出手。

“你听我说，巴拉加，”阿纳托里说，双手放在他的肩上，“你喜欢我不喜欢？呃？现在你为我跑一趟……你套了什么马？呃？”

“就照您派去的人吩咐的，用您的千里马。”巴拉加说。

“好，你听我说，巴拉加！就是把三匹马都赶死，也要在三小时内赶到。懂吗？”

“要是把马都赶死了，那我们还怎么走！”巴拉加挤挤眼睛说。

“当心我打烂你的嘴脸，你还敢开玩笑！”阿纳托里突然睁大眼睛，嚷道。

“怎么敢开玩笑？”车夫笑着说，“为了自己的老爷我几时心疼过马？马能跑多快，就让它跑多快。”

“好！”阿纳托里说，“坐吧。”

“对了，坐吧！”陶洛霍夫说。

“我站一会儿好了，陶洛霍夫老爷。”

“坐吧，别废话，喝吧！”阿纳托里说，给他倒了一大杯马德拉酒。车夫一看到酒，眼睛就发亮了。他出于礼貌推让了一番，然后一饮而尽，再拿出藏在帽子里的红绸手绢擦擦嘴。

“什么时候出发啊，老爷？”

“这个……”阿纳托里看了看表，“这就走。注意了，巴拉加。你说，来得及吗？”

“只要出门吉利，怎么会来不及？”巴拉加说，“上次把您送到特维尔，只用了七个钟头。您该记得吧，老爷。”

“你知道吗，有一年圣诞节我从特维尔出发，”阿纳托里回忆往事，含笑对马卡林说，马卡林睁大眼睛讨好地望着阿纳托里，“你真不会相信，马卡林，我们跑得像飞一样，简直叫人喘不过气来。我们遇到一个车队，就超过了两辆大车。是吗？”

“那几匹马可了不起！”巴拉加继续说，“我当时把两匹拉边套的小马和栗色辕马套在一起，”他对陶洛霍夫说，“你也许不相信，老爷，那些马一口气跑了六十俄里。我勒都勒不住，两只手都冻僵了，麻了。我把缰绳扔了。我说，老爷，您自己来驾吧，我就倒在雪橇里。根本用不着赶，不到达目的地是勒不住的。那些鬼东西三个小时就赶到了。只有左边那匹马断了气。”

17

阿纳托里从屋子里出去。几分钟后，他穿了一件皮袍，系着银腰带，头上歪戴一顶同他俊美的脸很相称的貂皮帽，回到屋里来。他照了照镜子，又以同样的姿势站在陶洛霍夫面前，拿起一杯酒来。

“喂，陶洛霍夫，再见，谢谢你的帮忙！”阿纳托里说，“喂，伙伴们，朋友们……”他想了一下……“我青年时代的朋友们，再见。”他对马卡林等人说。

尽管大家都同他一起走，阿纳托里却想对同伴们说些庄严感人的话。他挺起胸膛，摆动一条腿，慢吞吞地大声说：

“大家举起杯来；巴拉加，你也举起杯来。来吧，我青年时代的伙伴们，朋友们，我们在一起，玩也玩过了，喝也喝过了，乐也乐过了。是吗？我们今天分手，什么时候能再见？我要出国去了。我们一起开心过，再见，朋友们。祝大家健康！乌拉！……”阿纳托里说完，把酒一饮而尽，把杯子往地上一摔。

“祝你健康！”巴拉加说，也喝干了酒，用手绢擦擦嘴。马卡林含泪拥抱阿纳托里。

“唉，公爵，我真舍不得和你分手！”马卡林说。

“走了，走了！”阿纳托里叫道。

巴拉加刚要走出屋去。

“不，等一下，”阿纳托里说，“关上门，坐一下。就是这样。”大家关上门，都坐下。[①]

“好，现在可以走了，朋友们！”阿纳托里说着站起来。

跟班约瑟夫把挎包和军刀交给阿纳托里。大家走到前厅。

“皮外套在哪里？”陶洛霍夫说，“喂，伊格纳施卡！你到玛特廖娜那里去一下，问她要皮外套，貂皮外套。我听人家说过怎样拐逃姑娘，”陶洛霍夫挤挤眼，说，“她准是穿着便服从家里半死不活地逃出来，你只要一耽搁，她就会眼泪鼻涕地叫爹喊妈，眼看着就会冻僵，就会闹着要回去，你就得用皮外套把她裹起来，抱上雪橇。”

跟班拿来一件狐皮女式斗篷。

“笨蛋，我对你说要貂皮的。喂，玛特廖娜，要貂皮的！”陶洛霍夫大声叫嚷，叫得隔开几个屋子都能听到。

一个美丽瘦削、面容苍白的吉卜赛女人，生着一双乌黑发亮的眼睛和一头黑里带灰的卷发，披着红围巾，臂上搭着一件貂皮外套跑出来。

“没关系，我不会舍不得，你拿去吧。”吉卜赛女人说，看到老爷有点害怕，但又舍不得貂皮外套。

陶洛霍夫没有搭理她，拿起皮外套披在玛特廖娜身上，把她裹起来。

“就是这样。”陶洛霍夫说，“然后这样，”他说着把皮外套领子翻起来，只露出她的一小块脸，“然后再这样，看见吗？”他把阿纳托里的头推到外套领口，从那里可以看见玛特廖娜光艳照人的笑容。

“嗯，再见了，玛特廖娜，”阿纳托里吻着她说，“唉，我在这里的

---

① 俄国风俗，出门前坐一会儿，预祝一路平安。

快活日子结束了！替我向斯焦施卡问好。嗯，再见了！再见了，玛特廖娜，你祝我走运吧。”

“哦，公爵，但愿上帝赐您洪福！”玛特廖娜带着吉卜赛人口音对阿纳托里说。

门口台阶旁停着两辆三驾雪橇，两名年轻的车夫勒住马。巴拉加坐在前面一辆雪橇上，高举双臂，不慌不忙地理着缰绳。阿纳托里和陶洛霍夫都坐他的雪橇。马卡林、赫伏斯提科夫和跟班坐另一辆雪橇。

“好了吗？”巴拉加问。

“走啦！”巴拉加嚷道，把缰绳绕在手上，雪橇就沿着尼基塔林荫大道往下奔驰。

“驾！让开，喂！……驾！”只听得巴拉加和驭座上小伙子的吆喝声。在阿尔巴特广场，雪橇撞了一辆马车，发出一阵咔嚓声，有人叫了起来，但雪橇又沿着阿尔巴特街奔驰。

巴拉加在波德诺文斯基街跑了两段路，勒住马，然后又回到老马厩街十字路口停下。

小伙子从驭座上跳下来抓住缰绳，阿纳托里和陶洛霍夫下了车，沿着人行道走去。陶洛霍夫走近一家大门，吹了声口哨。有一声口哨回答他，接着跑出来一个使女。

“到院子里来吧，要不会被人看见的，她马上出来。”使女说。

陶洛霍夫留在大门口。阿纳托里跟着使女走进院子，绕过墙角，跑上台阶。

阿赫罗西莫娃的高大跟班加夫里洛迎接了阿纳托里。

“请到夫人那里去一下。”跟班拦住去路，低声说。

“什么夫人？你是谁？”阿纳托里上气不接下气地问。

“请进，我是奉命来领路的。”

“阿纳托里！回来！”陶洛霍夫叫道，“变卦了！快回来！”

陶洛霍夫在门口同门房发生了冲突，因为阿纳托里进门后门房想把门锁上。陶洛霍夫用尽力气把门房推开，抓住跑出来的阿纳托里的手臂，把他拉到门外，然后一起向雪橇跑去。

18

阿赫罗西莫娃在走廊里遇见泪痕满面的宋尼雅，叫她把事情说出来。阿赫罗西莫娃抢过娜塔莎的条子，看了一遍，拿着条子去找娜塔莎。

“贱货，不要脸的东西！”她骂娜塔莎道，“我什么话也不要听！”她推开用惊讶而干燥的眼睛瞧着她的娜塔莎，把她锁在房里，吩咐门房今晚要是有人来，就让他们进来，但别放他们出去，并吩咐跟班把他们带进来，自己则坐在客厅里等候拐骗犯。

加夫里洛进来报告说，来的人都逃走了。阿赫罗西莫娃皱着眉头站起来，倒背着双手在屋里踱了好半天，考虑她该怎么办。深夜十二点光景，她摸着口袋里的钥匙，向娜塔莎房里走去。宋尼雅坐在走廊里痛哭。

“阿赫罗西莫娃夫人，看在上帝的分上让我进去看看她！”宋尼雅请求说。阿赫罗西莫娃没有理她，打开门径自走进去。“真下流，真可恶……在我家里，贱货……只是她父亲太可怜！”阿赫罗西莫娃想，竭力按捺自己的怒气，“不管有多大困难，我要大家闭上嘴，瞒过伯爵。”阿赫罗西莫娃大踏步走进娜塔莎的房间。娜塔莎双手捂着脸，一动不动地躺在沙发上。阿赫罗西莫娃刚才离开时她就是这样躺着的。

“好哇，太好啦！”阿赫罗西莫娃说，“在我家里约情人幽会！不用装腔，你听着，我在跟你说话。”阿赫罗西莫娃推推她的手，“我在跟你说话，你听着，你这贱货把脸都丢尽了。我本来要你好看，但我可怜你父亲。我不愿让他知道。”娜塔莎没有改变姿势，但全身因剧烈抽噎而不断起伏，阿赫罗西莫娃回顾了一下宋尼雅，在沙发上挨着娜塔莎坐下。

“算他走运，从我手里逃走了，但我找得到他，”阿赫罗西莫娃粗声粗气地说，“我对你说的话你听见没有？”她用一只大手托住娜塔莎的脸，把它转过来。阿赫罗西莫娃和宋尼雅看见娜塔莎的脸都大吃一惊。她眼睛发亮，没有泪水，嘴唇紧闭，双颊凹陷。

“别管我……我没什么……我要死了……”娜塔莎说，拼命挣脱阿赫罗西莫娃的手，仍像原来那样躺着。

“娜塔莎！……”阿赫罗西莫娃说，“我是要你好。你躺着，就这样躺着，我不来动你。你听着……你做了多大的错事，我不来说你，你自己明白。可是你父亲明天回来，叫我怎么向他交代？呃？”

娜塔莎又哭得浑身颤动。

“嗯，他会知道的，还有你的哥哥，还有你的未婚夫！”

“我没有未婚夫，我已经回绝了。”娜塔莎叫道。

“那也一样，”阿赫罗西莫娃继续说，“嗯，要是他们知道了，他们肯罢休吗？他，你父亲，我了解他，他会约他决斗的，这样好吗？呃？”

“哦，别来管我，你们干吗样样都要管！干吗？干吗？！谁要你们管？！”娜塔莎从沙发上支起身，恶狠狠地瞧着阿赫罗西莫娃喊道。

“你到底想干什么呀？”阿赫罗西莫娃叫道，又发起火来，“什么，谁把你关起来了？谁拦着不让他到我们家来？为什么他们要把你像吉卜赛女人那样带走？……就算他把你拐走了，你以为就找不到他了？……你父亲，还有你哥哥，还有你的未婚夫就找不到他了？他是无赖，是流氓，就是这么回事！”

“他比你们哪个人都好！”娜塔莎抬起身大声叫道，“要不是你们干涉……唉，天哪，这是怎么回事，这是怎么回事！宋尼雅，这是为什么呀？走开！……”娜塔莎哭得那么伤心，只有发觉咎由自取的人才会这样痛哭。阿赫罗西莫娃又要说什么，但娜塔莎又叫起来：“走开，走开，你们都恨我，瞧不起我！”她又扑倒在沙发上。

阿赫罗西莫娃又数落了娜塔莎一顿，教她把这一切瞒着伯爵，并要她明白，只要她娜塔莎决心忘记一切，不让任何人察觉，那就不会有人知道这件事。娜塔莎没有回答。她不再大声痛哭，但身子像发冷似的哆嗦着。阿赫罗西莫娃替她垫上枕头，盖了两条被子，亲自给她拿来菩提花茶，但娜塔莎没有理她。

“嗯，让她睡吧！”阿赫罗西莫娃说，走出屋子，以为她睡着了。

其实娜塔莎并没有睡着，她脸色苍白，睁大眼睛直勾勾地望着前方。娜塔莎通夜没有合眼，也没有哭，也没有跟几次起来看她的宋尼雅说话。

第二天早餐前，罗斯托夫伯爵如约从莫斯科郊外庄园回来。他很快活，因为已同买主成交，如今再没有事让他在莫斯科耽搁，不让他回去同伯爵夫人团聚了。阿赫罗西莫娃迎接他，立刻告诉他娜塔莎昨天很不舒服，已派人去请医生，但今天好多了。娜塔莎一早晨没有走出房门。她紧闭干裂的嘴唇，睁着一双呆滞干燥的眼睛坐在窗口，不安地望着街上的行人，慌张地回顾走进屋里来的人。她显然在等他的消息，等他自己上门或者给她送信来。

伯爵上来看她，她听见男人的脚步声不安地回过头来，她脸上又现出原来那种冷漠甚至愤恨的神色。她甚至没有起来迎接父亲。

“你怎么了，我的小天使，病了吗？”伯爵问。

娜塔莎沉默了一会儿。

“是的，我病了。”她回答说。

伯爵不安地问她为什么脸色这样难看，未婚夫有没有出什么事。娜塔莎回答他什么事也没有，请他不要担心。阿赫罗西莫娃证实娜塔莎的话，家里平安无事。伯爵从女儿的装病和烦躁中，从宋尼雅和阿赫罗西莫娃的尴尬脸色上清楚地看出，他不在的时候一定出了什么事；但他不敢想象爱女做出什么丢脸的事，再说他十分贪恋愉快的平静，就不再追问，竭力使自己相信没有发生过什么事，只是由于女儿生病而推迟回乡，使他感到有点不快。

19

自从妻子来到莫斯科那天起，皮埃尔就准备出门，以避免同她待在一起。罗斯托夫一家来莫斯科后不久，娜塔莎给他的印象使他急于去了却一个心愿。他到特维尔巴兹杰耶夫的寡妇那里去，后者答应把亡夫的一批文件交给他。

皮埃尔回到莫斯科，接到阿赫罗西莫娃的来信，请他去商谈一件有关安德烈公爵和未婚妻的要事。皮埃尔避免同娜塔莎见面。他觉得他对她的感情太强烈了，超过一个已婚男子对朋友未婚妻应有的感情。可命运总是偏偏把他同她纠缠在一起。

“出什么事了？他们的事同我有什么相干？”皮埃尔一边想，一边穿衣服准备到阿赫罗西莫娃家去，“但愿安德烈公爵快一点来和她结婚！”皮埃尔在去阿赫罗西莫娃家的路上想。

在特维尔林荫大道上有人呼唤他。

“皮埃尔，回来好久了？”一个熟悉的声音喊他。皮埃尔抬起头。一辆由两匹灰马拉的豪华雪橇，上面坐着阿纳托里和他的忠实伙伴马卡林，疾驰而过，溅起了一片雪泥。阿纳托里微微低下头，脸埋在海龙皮领子里，以花花公子军官惯有的姿势笔挺地坐在雪橇上。他脸色红润，精神焕发，歪戴着白翎皮帽，露出撒满雪花的擦过油的鬈发。

“是啊，真是个聪明人！”皮埃尔想，“只图眼前快活，总是无忧无虑，心安理得。我要是能像他那样，什么代价都愿意付出！”皮埃尔羡慕地想。

在阿赫罗西莫娃的前厅里，仆人帮皮埃尔脱下外套，告诉他，女主人请他到卧室去。

皮埃尔打开通大厅的门，看见娜塔莎坐在窗口，面容憔悴，怒气冲冲。她回头看了他一眼，皱起眉头，现出冷若冰霜的样子走出屋去。

“出什么事了？”皮埃尔一走进阿赫罗西莫娃的屋里就问。

“好事！”阿赫罗西莫娃回答，“我活了五十八年，这样丢脸的事还没见过。”在皮埃尔保证不把事情说出去之后，阿赫罗西莫娃就告诉他娜塔莎怎样背着父母回绝了未婚夫，罪魁祸首是阿纳托里，皮埃尔的妻子在阿纳托里和娜塔莎当中牵线，娜塔莎想趁父亲不在跟他私奔，然后秘密结婚。

皮埃尔耸起肩膀，张大嘴巴，听着阿赫罗西莫娃的话，简直不相信自己的耳朵。安德烈公爵的未婚妻，原先那么可爱的娜塔莎，竟要抛弃安德烈公爵，看中已婚的（皮埃尔知道他已结过婚）傻瓜阿纳托里，甚至疯疯癫癫，情愿跟他私奔！这事皮埃尔简直无法理解，也无法想象。

他从小认识的娜塔莎的可爱印象，同她现在这种卑贱、愚蠢和狠心的行为，在他心里怎么也无法联系在一起。他想到他的妻子。“她们都是一路货！”皮埃尔自言自语，想到同坏女人结合，并不是他一人独有的厄运。但他为安德烈公爵难过，为他的自尊心受到伤害难过。他越痛惜自己的朋友，就越是蔑视甚至憎恨刚才冷若冰霜地从他旁边走过的娜塔莎。他不知道，娜塔莎的心里充满绝望、羞耻和屈辱，她脸上现出凛然不可侵犯的神气不能怪她。

“怎么，结婚！”皮埃尔听到阿赫罗西莫娃的话说，“他不能结婚，他结过婚了。”

“那就更恶劣了，”阿赫罗西莫娃说，“好小子！真是个混蛋！可她还在等他，等了两天了。至少要把这事告诉她，叫她别等了。”

阿赫罗西莫娃从皮埃尔那里知道了阿纳托里结婚的详情，把阿纳托里痛骂了一顿，以泄心头之恨，然后告诉皮埃尔找他来的原因。她唯恐罗斯托夫伯爵或者安德烈公爵（他随时可能来到）知道这件她想瞒过他们的事，会同阿纳托里决斗，因此她要皮埃尔以她的名义叫他的内弟离开莫斯科，不许他再让她看见。皮埃尔直到现在才懂得老伯爵、尼古拉和安德烈公爵的处境危险，答应照她的意思去办。阿赫罗西莫娃又简明扼要地说了一遍她的要求，就放皮埃尔到客厅去。

“注意，伯爵什么都不知道。你要装作什么都不知道的样子。”阿赫罗西莫娃说，“我去对她说不要再等了！你要是愿意，就留下来吃饭。”阿赫罗西莫娃对皮埃尔大声说。

皮埃尔遇见老伯爵。老伯爵心烦意乱。这天早晨，娜塔莎告诉他，她已回绝了安德烈公爵。

“麻烦，麻烦，*老弟*，”老伯爵对皮埃尔说，“做娘的没有来，对付这些丫头可真麻烦；我真后悔到这里来。我对您无话不谈。您听说了，她没同谁商量就把未婚夫回掉了。老实说，这门亲事我从来就不很称心。就算他是个好人，但违反父亲的意思总不会幸福，再说，娜塔莎也不愁没有人来求婚。但这事毕竟已有好多日子，而她走这一步又没有得到父母的同意！如今她又病了，天知道是怎么搞的！真糟糕，皮埃尔伯爵，做娘的没有来，女儿真难对付……”皮埃尔看到伯爵心情很坏，就竭力把话岔开，但伯爵又回到这件使他苦恼的事上来。

宋尼雅神色慌张地走进客厅。

“娜塔莎不太舒服，她在自己屋里，希望见到您。阿赫罗西莫娃在她屋里，也请您去。”

“对了，您是安德烈公爵的好朋友，她大概有话要您转达，”伯爵说，“哦，天哪，天哪！原来什么都是好好的！”伯爵抓着两鬓稀疏的白发，走了出去。

阿赫罗西莫娃告诉娜塔莎，说阿纳托里是结过婚的。娜塔莎不信，要皮埃尔当面做证。宋尼雅带皮埃尔穿过走廊到娜塔莎屋里去时，把这事告诉了他。

娜塔莎脸色苍白而严肃，坐在阿赫罗西莫娃旁边，看见皮埃尔进来，就用热辣辣亮闪闪的询问目光迎接他。她没笑一笑，也没向他点头，只是一个劲儿地望着他，她的目光只是问：他是阿纳托里的朋友，还是像别人一样是他的仇人？皮埃尔本身对她来说仿佛是不存在的。

“他什么都知道，”阿赫罗西莫娃指着皮埃尔对娜塔莎说，“让他告诉你，我说的是不是事实。”

娜塔莎时而望望阿赫罗西莫娃，时而望望皮埃尔，好像一头被追逐的中弹野兽望着猎狗和猎人。

“娜塔莎小姐！”皮埃尔开口说，他垂下眼睛，觉得又是可怜她，又是厌恶他不得不做的这件事，“是不是事实，这对你倒没有什么关系，因为……”

“那么说他结过婚，这不是真的吧？”

“不，这是真的。”

“他结过婚，早就结过婚吗？”娜塔莎问，“你能起誓吗？”

皮埃尔对她起了誓。

“他还在这里吗？”娜塔莎急急地问。

“是的，我刚才看见他。”

她显然无法再说什么，只做做手势要大家走开。

20

皮埃尔没有留下来吃饭，立刻离开屋子走了。他乘车到城里四处找寻阿纳托里，一想到他，血就涌上心来，呼吸就感到困难。他不在滑雪场，不在吉卜赛人那里，也不在康莫奈诺那儿。皮埃尔去俱乐部。俱乐部里一切如旧：会员们三五成群坐在一起吃饭，他们招呼皮埃尔，谈论着社会新闻。一个茶房向他请安，他知道他的熟人和习惯，告诉他已在雅座里给他留了个位子，米哈伊尔·扎哈雷奇公爵到图书馆去了，巴维尔·基摩费伊奇还没有来。皮埃尔的一个熟人在谈论天气时问他有没有听到阿纳托里诱拐娜塔莎的事，城里流传着这消息是否属实。皮埃尔笑着回答说，这纯属谣言，因为他刚从罗斯托夫家来。他向人打听阿纳托里，一个说他还没有来，另一个说他今天要来吃饭。皮埃尔看着这些不知道他心事的冷漠的人，感到奇怪。他在几个厅里转来转去，直到客人都上满了，还不见阿纳托里，他没有吃饭就回家了。

皮埃尔所找寻的阿纳托里，那天在陶洛霍夫家吃饭，同他商量怎样补救这件失败的事。他觉得必须同娜塔莎见一次面，傍晚他到妹妹家，同她商量怎样安排这样一次会面。皮埃尔跑遍莫斯科没有找到他，回到家里，听差向他报告说阿纳托里公爵在伯爵夫人那里。伯爵夫人的客厅里正高朋满座。

皮埃尔回来后还没见到过妻子。他走进客厅也没和她打招呼（此刻他比任何时候都更恨她），一看见阿纳托里就向他走去。

“哦，皮埃尔！”伯爵夫人走到丈夫面前说，“你不知道我们的阿纳托里现在的处境……”她说到一半就停住了，因为看见丈夫垂下头，眼睛发亮，步伐坚决，现出疯狂和粗野的可怕神态，就像那次同陶洛霍夫决斗后一样。

“你走到哪里，哪里就出现伤风败俗的罪恶。”皮埃尔对妻子说，“阿纳托里，来，我有话同你说。”他用法语说。

阿纳托里回头看了妹妹一眼，乖乖地站起来，准备跟皮埃尔走。

皮埃尔抓住他的手臂，把他拉过来，走出屋子。

“你要是胆敢在我的客厅里……”海伦喃喃地说，但皮埃尔没有理她，走了出去。

阿纳托里像平时一样雄赳赳地跟在皮埃尔后面，但脸上现出不安的神色。

皮埃尔走进书房，关上门，眼睛不看阿纳托里，对他说：

“你答应娜塔莎伯爵小姐，要和她结婚吗？你想把她拐走吗？”

“老兄，”阿纳托里用法语回答（他一直都说法语），“你用这样的语气审问我，我认为没有义务回答。”

皮埃尔的脸本来已很苍白，这下子气得变了样。他用一只大手抓住阿纳托里的制服领子，使劲把他摇来晃去，直到阿纳托里脸上现出恐惧的神色。

“我说，**我要**同你谈谈……”皮埃尔重复说。

“什么？真是胡闹。呃？”阿纳托里说，摸摸连呢子一起撕下的领口纽子。

“你这无赖，坏蛋，我恨不得用这东西砸烂你的脑袋！”皮埃尔说，说得很不自然，因为他说的是法语。他拿起沉重的吸墨器，举起来威胁，随即又放回原处。

“你答应要同她结婚吗？”

“我，我，我没有想过，我从来没有答应过，因为……”

皮埃尔打断他的话。

“你有她的信吗？你有信吗？”皮埃尔走近阿纳托里，又问。

阿纳托里瞧了他一眼，立刻伸手到口袋里，掏出皮夹子。

皮埃尔接过递给他的信，推开一张挡路的桌子，一屁股坐到沙发上。

“我不会把你怎么样的，不用怕。”皮埃尔说，回答阿纳托里恐惧的神态。“第一，把信给我，”皮埃尔仿佛背书一样说，“第二，”他停了停继续说，又站起来在屋子里踱步，“你明天必须离开莫斯科。”

“但我怎么能……”

“第三，”皮埃尔没理他，继续说，“你同伯爵小姐的事，永远不许再提一个字。这一点，我知道我无法禁止你，但你要是有一点良心的话……”皮埃尔默默地在屋里踱了几次。阿纳托里坐在桌旁，皱紧眉头，咬着嘴唇。

“总之，你必须明白，除了你的快乐之外，还要顾到别人的幸福和安宁，你为了自己寻欢作乐，不惜毁掉人家的一生。拿我老婆那样的女人取乐，这你有权利，她们知道你想从她们身上得到什么。她们会用堕落的经验对付你；但答应同一位姑娘结婚……欺骗她，诱拐她……你怎么不明白，这就同殴打老人或者孩子一样卑鄙！……”

皮埃尔没再说下去，看了看阿纳托里，他的目光已不是愤怒，而是含有询问的神色。

“这个我不明白。呃？”阿纳托里说，看到皮埃尔忍住怒气，胆子大起来，“这个我不知道，也不想知道，”他说，眼睛不看皮埃尔，下颏微微打战，“但您对我使用卑鄙这一类字眼，我作为一个体面人，可不答应。”

皮埃尔惊讶地对他望望，不明白他想干什么。

“尽管这只是我们两人单独谈话，”阿纳托里继续说，“可我不能……”

“那么，你要我赔礼道歉吗？”皮埃尔嘲笑说。

“至少您得收回您的话。呃？如果您要我照您的意思去办。呃？”

“收回，我收回，”皮埃尔说，“我请你原谅。”皮埃尔看了看扯下的纽扣。“要是你需要路费……”阿纳托里微微一笑。

在妻子脸上经常看到的那种无耻的媚笑，又使皮埃尔按捺不住怒气。

“哦，你们这伙没有心肝的下流坯！”皮埃尔说着走出屋去。

第二天，阿纳托里就到彼得堡去了。

21

皮埃尔乘车去阿赫罗西莫娃家，告诉她已照她的意思把阿纳托里撵出莫斯科。一家人都惊惶不安。娜塔莎病得很厉害。阿赫罗西莫娃偷偷告诉他，那天晚上娜塔莎得知阿纳托里结过婚，就吃了偷偷弄到的砒霜。她吞了一点，害怕极了，就弄醒宋尼雅，告诉她干了什么。及时对她采取了解毒的措施，现在她已脱离危险，但身体十分虚弱，不能把她送回乡下。于是就派人去接伯爵夫人来莫斯科。皮埃尔看见了惊慌失措的伯爵和泪流满面的宋尼雅，但没有看见娜塔莎。

那天，皮埃尔在俱乐部吃饭，听见人家到处在谈论诱拐娜塔莎的事，他就竭力辟谣，说只是他的内兄向娜塔莎求婚而遭到拒绝，别的什么事也没有。皮埃尔认为他有责任隐瞒真相，保住娜塔莎的名誉。

皮埃尔提心吊胆地等待安德烈公爵归来，天天都到老公爵那里去打听消息。

老公爵从布莉恩小姐那里听到市里流行的传闻，又看了娜塔莎给玛丽雅公爵小姐要求解除婚约的信。他似乎比原来高兴，盼望儿子早日归来。

阿纳托里走了几天以后，皮埃尔接到安德烈公爵来信，通知他已回家，并请皮埃尔去看看他。

安德烈公爵一到莫斯科，立刻从父亲手里拿到娜塔莎写给玛丽雅公爵小姐要求解除婚约的信（这信是布莉恩小姐从玛丽雅公爵小姐那里偷出来交给老公爵的），又从父亲口里听到娜塔莎私奔未遂的事和一些添油加醋的话。

安德烈公爵头天晚上到家，皮埃尔第二天一早就去看他。皮埃尔原以为安德烈公爵的情绪一定同娜塔莎一样，因此，当他走进客厅，听见安德烈公爵在书房里高声谈论彼得堡的一个阴谋时，不禁大为惊讶。老公爵和另一个人的声音偶尔打断他的话。玛丽雅公爵小姐出来迎接皮埃尔。她叹了一口气，以目示意安德烈公爵在隔壁屋里，显然很同情他的不幸。不过皮埃尔从玛丽雅公爵小姐的脸上看出，她对所发生的事是高兴的，看到哥哥对婚变的态度也是高兴的。

"他说，他早就料到这事了，"玛丽雅公爵小姐说，"我知道，他自尊心太强，不会轻易流露感情，但他听到这事的反应比我预料的好，好得多。看来，这是理所当然的……”

“难道这事就真的全完了？”皮埃尔问。

玛丽雅公爵小姐惊讶地对他看看。她甚至不明白他怎么会提出这样的问题。皮埃尔走进书房。安德烈公爵的模样已有很大变化，身体显然已养好，但两眉之间新添了一道皱纹。他身穿便服，站在父亲和密歇尔斯基公爵面前，使劲打着手势，争论得很激烈。

他们正在谈论斯佩兰斯基。关于他突然被流放和被诬叛国的消息刚传到莫斯科。

“一个月前，有些人吹捧他（斯佩兰斯基），有些人根本不理解他的意图，如今却纷纷批判他，指责他，”安德烈公爵说，“批判一个失宠的人，把别人的错误都算到他头上，这很容易；但我认为，如果说本朝有什么业绩，那就应归功于他，都是他一个人的功劳……”安德烈公爵看见皮埃尔，马上停住话头。他的脸抽动了一下，立刻现出愤慨的神色。“子孙后代会对他做出公正评价的。”他说完这话，立刻转身招呼皮埃尔。

“哦，你怎么样？又胖啦？”安德烈公爵热情招呼他，额上新添的皱纹显得更深了，“是的，我很好。”他回答皮埃尔的话，嗨地一笑。皮埃尔明白，他的冷笑表示：“我很健康，但我的健康谁也不需要。”安德烈公爵对皮埃尔说了几句话，谈到过了波兰边境道路很糟，谈到他在瑞士遇见几个认识皮埃尔的人，还谈到他从国外请来德萨尔先生做他儿子的家庭教师。接着他又激动地参加两位老人关于斯佩兰斯基的谈话。

“如果有叛国行为和私通拿破仑的证据，那早就向全国公布了！”安德烈公爵愤激地匆匆说，“我个人一向不喜欢斯佩兰斯基，但我喜欢公道。”皮埃尔看出，他这位朋友现在需要激烈地争论同他不相干的事，只是为了压制内心的痛苦。

密歇尔斯基公爵一走，安德烈公爵就挽住皮埃尔的手臂，请他到他住的房间去。房间里放着一张铺好的床、几个打开的手提包和衣箱。安德烈公爵走到一个箱子前，取出一个匣子。他从匣子里拿出一个纸包。

这件事他做得很快，一声不响。他站起来，清清嗓子，脸色阴郁，嘴唇紧闭。

“我给你添麻烦，请你原谅……”皮埃尔明白安德烈公爵要谈娜塔莎的事，他的阔脸上现出怜悯和同情的神色。皮埃尔这种神情使安德烈公爵恼火，他就坚决、响亮而不快地说下去：“我接到娜塔莎伯爵小姐的退婚信，还听到你内兄向她求婚之类的消息。这是真的吗？”

“又是真的，又不是真的。”皮埃尔开始说，但被安德烈公爵拦住。

“这是她的信，”安德烈公爵说，“还有她的画像。”他从桌上拿起一包东西递给皮埃尔。

“把这交给伯爵小姐……要是你看见她。”

“她病得很厉害。”皮埃尔说。

“那么，她还在此地吗？”安德烈公爵问，“阿纳托里公爵呢？”他急急地添上一句。

“阿纳托里早就走了。娜塔莎病得半死……”

“她病成这样，我真难过！”安德烈公爵说。他冷酷无情地一笑，像他父亲一样。

“这么说，阿纳托里先生没有赏脸向娜塔莎伯爵小姐求婚啰？”安德烈说，他的鼻子哼了几声。

“他不能结婚，因为他已结过婚了。”皮埃尔说。

安德烈公爵不愉快地笑起来，那神态还是很像他父亲。

“那么他，您的内兄，现在在哪里，我可以问吗？”安德烈公爵问。

“他去彼得堡了……不过我不知道。”皮埃尔说。

“哦，这没关系，”安德烈公爵说，“你转告娜塔莎伯爵小姐，她过去是、现在也是完全自由的，我祝她万事如意。”

皮埃尔拿了那包信。安德烈公爵似乎想到，他是不是还应该说点什么，或者等皮埃尔说点什么，就瞪着一双眼睛望着皮埃尔。

“我说，您记得我们在彼得堡的争论吗？”皮埃尔问，“争论那个……”

“记得，”安德烈公爵连忙回答，“我说过应该宽恕堕落的女人，但我没说过我能宽恕。我不能。”

“但这事能相提并论吗？……”皮埃尔说。安德烈公爵打断他的话，尖声叫道：

“要我重新向她求婚，做个宽宏大量的人吗？……不错，这样做很高尚，但我不会*模仿这样的君子*。你若愿意同我做朋友，从此就别向我提到她……别提这件事。嗯，再见了。那么你肯转交吗？……”

皮埃尔走出屋子，去看老公爵和玛丽雅公爵小姐。

老头儿似乎比往常兴奋。玛丽雅公爵小姐同平时一样，但皮埃尔看出，她除了同情哥哥之外，还因哥哥解除婚约而高兴。皮埃尔看着他们，明白了，他们对罗斯托夫一家极其蔑视和愤恨，在他们面前甚至不能提到那个扔下安德烈公爵而去爱别人的女人的名字。

吃饭时，大家谈到战争，战争显然临近了。安德烈公爵不停地说话，一会儿跟父亲争论，一会儿跟瑞士教师德萨尔争论，显得比平时活跃，而活跃的原因皮埃尔是十分清楚的。

22

当天晚上，皮埃尔去罗斯托夫家执行他的使命。娜塔莎还在床上，伯爵在俱乐部，皮埃尔把信交给宋尼雅，就去看望阿赫罗西莫娃。阿赫罗西莫娃很想知道，安德烈公爵听到这个消息有什么反应。十分钟后，宋尼雅来到阿赫罗西莫娃屋里。

“娜塔莎一定要见见皮埃尔伯爵。”宋尼雅说。

“把他带到她那里去吗，那怎么行？你们那里还没有收拾好呢。”阿赫罗西莫娃说。

“不，她已穿好衣服，到客厅去了。”宋尼雅说。

阿赫罗西莫娃只是耸耸肩膀。

“伯爵夫人什么时候到啊，她可叫我等苦了。你注意，什么话也别对她说，”阿赫罗西莫娃对皮埃尔说，“骂她，又不忍心，她真可怜，真可怜！”

娜塔莎站在客厅中央，脸色憔悴、苍白、严峻，一点没有皮埃尔所预料的羞愧神态。皮埃尔进门的时候，她有点慌张，显然犹豫不决，不知该迎上去，还是等他走过来。

皮埃尔急急地走到她跟前。他以为她一定会像往常那样向他伸出手来，但她走到他面前就停住脚步，重重地喘着气，没精打采地垂下双臂，就像走到大厅中央表演唱歌那样，但脸上的表情同唱歌完全不同。

"皮埃尔伯爵，"娜塔莎迅速地说，"安德烈公爵原是您的朋友，现在他还是您的朋友，"她更正说（她觉得现在一切都同以前截然不同），"他当时对我说过，有事可以找您……"

皮埃尔默默地望着她，呼哧呼哧地喘着气。本来他心里一直在责备她，轻视她，但此刻那么可怜她，再也不忍心责备她。

"他现在在这里，请您对他说……请他饶……饶恕我。"娜塔莎没再说下去，呼吸更加急促，但没有哭。

"好……我对他说，"皮埃尔说，"但是……"他不知道说什么才好。

娜塔莎显然怕皮埃尔会有什么想法。

"不，我知道一切都完了，"她慌忙说，"再也不可能挽回了。我这样伤害了他，我感到很难过。您只要对他说，我求他饶恕，饶恕，饶恕我的一切……"她全身哆嗦，在椅子上坐下来。

皮埃尔心里充满一种从未有过的怜悯。

"我会告诉他的，我会再次告诉他的，"皮埃尔说，"不过……我想知道一点……"

"知道什么？"娜塔莎的目光问。

"我想知道，您是否爱过……"皮埃尔不知道怎样称呼阿纳托里，一想到他脸就红，"您是否爱过那个坏人？"

"您别叫他坏人，"娜塔莎说，"但我不知道，什么也不知道……"她又哭了。

皮埃尔心里越发充满了怜悯、柔情和疼爱。他感到他的眼镜下流着泪水，他希望没有人看见。

"不要谈了，我的朋友。"皮埃尔说。

他这种温柔、诚恳、亲切的声音忽然使娜塔莎感到惊讶。

“我们不谈了，我的朋友，我会把一切都告诉他的，但我求您一件事：请您把我看作您的朋友，您要是需要帮助、劝告或者谈谈心，您可以想到我。当然不是现在，而是等您心里平静下来，”他拉起她的手吻了吻，“我将感到幸福，要是我能……”皮埃尔心慌意乱了。

“您别这样说，我不配！”娜塔莎大声说，转身要走，但皮埃尔拉住她的手。他知道他还有话要对她说。但他一旦说出来，自己也感到吃惊。

“别这么说，别这么说，您来日方长！”皮埃尔对她说。

“我？不！我一切都完了！”娜塔莎又羞愧又自卑地说。

“一切都完了？”皮埃尔重复她的话说，“我如果不是像现在这样，我如果是世界上最漂亮、最聪明、最出色的男人，而且是自由的，我立刻就会跪下向您求婚的。”

娜塔莎许多天来第一次流出了感激和热情的眼泪。她瞧了瞧皮埃尔，走出屋子。

皮埃尔跟在她后面快步走到前厅，勉强忍住哽住喉咙的热情和幸福的泪水，把皮外套往身上一披，坐上雪橇。

“您现在去哪儿？”车夫问。

“去哪儿？”皮埃尔问自己，“现在还能去哪儿？难道去俱乐部或者去做客？”同他所体验的热情和爱情相比，同娜塔莎含着眼泪温柔而感激地对他的最后一瞥相比，人人都显得可怜而庸俗。

“回家。”皮埃尔说，尽管大气冷到零下十度，他却敞开熊皮外套，挺起宽阔的胸膛，快乐地呼吸着。

天气严寒而晴朗。在昏暗肮脏的街道上空，在黑魆魆的屋顶之上是一片幽暗的星空。皮埃尔仰望天空，才不再觉得，同他心灵的高度相比，尘世的一切是多么卑下。雪橇到了阿尔巴特广场，皮埃尔眼前展开一片广漠幽冥的星空。几乎就在圣洁林荫大道上空的中央，那颗巨大明亮的一八一二年彗星，被众星烘托着，它离地面最近，它的白光和上翘的长尾巴显得与众不同。据说，这颗彗星预示着种种灾难和世界末日。但这颗拖着长尾巴的明星并没有在皮埃尔心里引起丝毫恐惧的感觉。相反，皮埃尔快乐地含泪望着这颗明亮的星星。彗星仿佛以极快的速度沿着抛物线飞过广漠无垠的天空，突然像一支利箭射向地球，在夜空中所选定的地点停住，倔强地翘起尾巴，在闪闪发光的星星中放射着白光。皮埃尔觉得，这颗彗星同他迎接新生活的欢欣鼓舞的心情十分协调。